本书为2013年度国家社会科学基金青年项目“出土文献与先秦著述史研究”（批准号：13CZW023）结项成果。

本书为山东大学文学院科研规划项目成果“山东大学中文专刊”之一并获得出版资助。

目　录

绪　论

文字是文明的标志，由此而言，人类文明史即包含著述史。文明的缘起与推进，不能不回溯到遥远的远古时代。然而人类对自身历史的认知，却是详今略古的，于著述史亦然。当今已进入数字化时代，人们所读之“书”也呈现多种形态，书的介质除了传统的纸质，越来越多的人开始偏好电脑、手机等电子书的形式，甚至还可以“听”书。也正因此，人们对唐宋以来的传统书籍形态已愈益缺乏感知，更遑论魏晋以前的简帛古书了。但是，当今“书”的形式无论发生何种变化，其实都没有脱离自竹简古书以来的影子，这种血脉相连往往也是百姓日用而不知的。以史为鉴，才能继往开来；数典忘祖，必会丧失自我。了解先民在文化积累上的点滴努力，越发令人感到今日文明的来之不易。

古人著述的情形直接影响到我们对古代文献史料及其文化生态的理解，著述史的研究本应是文献学史、文化史研究的一个隐含的背景、预设的前提。学术研究的一个基本前提，是对研究对象“生存状态”尽可能精准的认知。这里所谓“生存状态”，即研究对象在其当时的产生、存在和变化的自身状况和全息背景。对研究对象“生存状态”的认知越全面、精确，学术研究也就会越准确和深入。

但是，中国文化漫长的发展历程往往使久远的事物落上厚厚的尘埃，这些事物的面目于是随之模糊不清。由于对上古著述史许多基本情况缺乏了解，人们常会形成一些错误认知乃至想象。最极端的一个例子是，不知从何时起，人们想当然地以为古人是拿刀子在竹木简上刻字①。

著述史特别是先秦著述史的研究无论国内外都还有太多空白。也可以说，在先秦著述史方面尚没有真正专门的研究。较为相关的，是一些文献学，包括图书史、古籍辨伪学等，以及古书通例之类的研究。

一　何谓“著述”

“著述”一词，本不甚难解，通俗所谓“写作”“著书立说”是也。但考虑到先秦著述方式的特殊性，以及本文论述的需要，也有必要在此略加说明。

《说文》无“著”字，有“箸”字，从“竹”从“艸”之字本多相通。“箸”即古文“書”字，《说文》：“書，箸也，从聿，者声。”② 聿象以手握笔之形，所以“著述”之“著”即书写之义。证以出土文献，其中的“書”字多作“箸”。故黄侃《说文解字斠诠笺识·竹部》云：“著衣之著当作褚，著作之著当作書或署。”③ “著/箸”既然为“書”之本字，则“著”之本义即书写。

述，《说文》曰：“循也。”④ 又《广韵》曰：“述，著述。”⑤《正

① 钱存训：《中国古代书籍纸墨及印刷术》（修订版）云：“书刀之用，自唐以来，有少数学者误以为是纸笔发明以前，用以在简牍上刻字的一种工具。《周礼·考工记》：‘筑氏为削。’唐贾公彦疏云：‘古未有纸笔，则以削刻字。至汉虽有纸笔，仍有书刀，是古之遗法也。’宋王应麟《困学纪闻》卷四云：‘古未有笔，以书刀刻字于方策，谓之削。鲁为诗书之国，故《考工记》以鲁之削为良。’清孙诒让《周礼正义》卷七十八云：‘古作书以削刻简札，故谓之书刀。’近人叶德辉《书林清话》卷一云：‘大抵秦汉公牍文多是刀刻’；又云：‘刻竹削牍，镂金勒石，皆以刀作字之先河。’《辞源》刀部‘刀笔’条云：‘古简牍用竹木，以刀代笔，故曰刀笔。’”（北京图书馆出版社2002年版，第49、50页）又如姚名达在考察了史、书二字的古文写法之后，认为“史字之丨甚长而贯穿手心，必为刻字之刀笔；𠙴则一般已承认为简形。……史为秉笔执简之人，书为史官秉笔刻简之状”（姚名达《中国目录学史》，上海古籍出版社2002年版，第22、23页）。

② （汉）许慎撰，（清）段玉裁注：《说文解字注》，浙江古籍出版社2006年版，第117页。

③ 黄侃笺识，黄焯编次：《量守庐群书笺识》，武汉大学出版社1985年版，第188页。

④ （汉）许慎撰，（清）段玉裁注：《说文解字注》，浙江古籍出版社2006年版，第70页。

⑤ 余乃永校注：《新校互注宋本广韵》，上海辞书出版社2000年版，第473页。

韵》曰："修也，缵也，撰也。凡终人之事，纂人之言，皆曰述。"[①]"述"又往往与"作"相对，《论语·述而》："述而不作。"朱熹《集注》云："述，传旧而已。作，则创始也。"[②] 故"述"之功能在于循守传旧，与创作有别。因此，若照字面讲，"著述"无非将既有之旧事形诸文字、书于竹帛而已。这个含义无疑倾向于"述"义，张华《博物志》卷六云："圣人制作曰经，贤者著述曰传。"[③] 即是偏于此义的。

"著述"连言的出现似不甚早，今可知者，约在两汉之际。如《史记索隐》引桓谭云："迁所著书成，以示东方朔，朔皆署曰'太史公'。则谓'太史公'是朔称也，亦恐其说未尽。盖迁自尊其父著述，称之曰'公'。或云迁外孙杨恽所称，事或当尔也。"[④] 桓谭（约公元前23年—公元56年）是两汉之交的学者，这可能是今见最早的"著""述"合称了。此后《汉书》《三国志》《后汉书》，以及刘劭《人物志》、张华《博物志》、葛洪《抱朴子》等史、子典籍中"著述"一词出现的次数已经较多。《汉书·贾谊传》载："（贾谊）凡所著述五十八篇。"[⑤] 班固自谓："专笃志于博学，以著述为业。"[⑥] 其所谓"著述"，则是泛指所有书于竹帛的文字，与现今的理解大致相同。

可见，无论"著""述"分言还是连称，在最初即注定了与文字密不可分。而文字又是文明的标志，故著述史是文明史中非常重要的一个方面。

总而言之，则"著述"可涵盖所有文字书写，即包括一般文章、书籍的写作、撰述、编纂，乃至最简单的写字。但"著述"作为一个

---

① （明）乐韶凤、宋濂等：《洪武正韵》，文渊阁《四库全书》本卷十四。

② （宋）朱熹：《四书章句集注》，中华书局1983年版，第93页。

③ （西晋）张华撰，王根林等校点：《博物志》，《汉魏六朝笔记小说大观》，上海古籍出版社1999年版，第209页。

④ （汉）司马迁撰，（南朝宋）裴骃集解，（唐）司马贞索隐，（唐）张守节正义：《史记》，中华书局2014年版，第4028页。

⑤ （汉）班固撰，（清）王先谦补注：《汉书补注》，上海古籍出版社2008年版，第3704页。

⑥ 同上书，第6254页。

词，通常指撰写文章、编著书籍，也指文章和书籍本身。

本书所谓“著述”，指有意识地用文字记述事件、思想、情感等人类活动的行为，以及由此行为产生的成果。故本书的研究，涉及著述者及其著述意识、著述行为、著述产品，以及上述各方面的传承演变等。

二　前人研究综述

前已言之，人们对上古著述情况缺乏基本了解，诸多相沿已久的“误解”不胜枚举，比如先秦诸子的作者问题，自汉人整理旧籍时就多认为以人名书的诸子之作者即诸子本人；再如子书的真伪问题，前人常以某书有后世语汇为由论证该书是后世伪造，这在传统辨伪学是最常用的方法。自近代以来，诸如以上“误解”在几代学者的努力下逐渐得以澄清。其中，最有名的莫过于余嘉锡先生的《古书通例》一书，特别是随着近年来简帛文献的大量出土，进一步证明余先生的论述是大致无误的，今天的学者论及此话题往往仍大致依仿余先生的条目[①]。其实，余先生之前，孙德谦在1925年写成的《古书读法略例》、刘咸炘在1929年《目录学》的讲授中都已约略论及古书体例的问题[②]；余先生之后，不少目录、校雠学著作亦论及于此，如张舜徽先生在20世纪40年代成书的《广校雠略》[③]。而上述这些近现代学者的研究乃继承发展了章学诚的学说，都是从目录学、校雠学的角度立论的。

随着出土文献的增多，学界对古书的研究也发生了一些变化，主要

---

① 如李零《出土发现与古书年代的再认识》（《李零自选集》，广西师范大学出版社1998年版，第27—31页）、［美］顾史考《以战国竹书重读〈古书通例〉》（《简帛》第4辑，上海古籍出版社2009年版，第425—442页）。

② 孙德谦：《古书读法略例》，北京市中国书店1984年版。刘咸炘著，黄曙辉编校：《刘咸炘学术论集·校雠学编》，广西师范大学出版社2010年版。关于孙、刘及余嘉锡古书体例研究的大概情况，可参看赵争《古书体例研究与古书辨伪——以孙德谦、刘咸炘、余嘉锡为中心的考察》，《湖南科技学院学报》2012年第1期。

③ 张舜徽：《广校雠略·汉书艺文志通释》，《张舜徽集》，华中师范大学出版社2004年版。

是以考古实物总结古书形式及其演变①，并根据出土发现论证、补充余嘉锡等人的观点②。这方面的研究今后还会因出土文献的增加而持续得到补充。

在纠正传统辨伪学的"误解"方面，学界提出了以考订古书时代取代传统的真、伪二元论思维③，这无疑是古籍文献学研究的一大进步。与之相关的另一个变化是，在学术思想史的研究上，学界一变往日的"疑古"思潮，而提出了"走出疑古时代"的口号④。但"走出疑古时代"又将如何？当然也不可一味地信古、崇古，矫枉过正必然过犹不及，同样是脱离实际情况的。而所谓的"释古"，也不过是"借古人之酒杯，浇自己之块垒"，在阐释古义的名义下，行阐发己义之实。

真正客观的、科学的研究应该尽量摒除个人主观因素的干扰，努力恢复研究对象古初的生存状态。但这并非要消除研究者的情感色彩，研究者的研究热情本身自然是值得肯定的，而且是必需的，乐在其中的研究是最佳的状态。不过研究的热情和喜悦主要应来自探索真知的过程和研究有成的收获，而非以己之好恶肆意更改、取舍甚至扭曲研究对象的

① 这方面的研究其实是继清人对书籍制度的考证而来的。清人著作如汪继培《周代书册制度考》、徐养原《周代书册制度考》、金鹗《汉唐以来书籍制度考》（载阮元《诂经精舍文集》十四卷，嘉庆扬州阮氏刻本）。近代以来的重要著作如王国维：《简牍检署考》（胡平生、马月华校注：《简牍检署考校注》，上海古籍出版社 2004 年版）、陈梦家：《由实物所见汉代简册制度》（载甘肃省博物馆、中国科学院考古所编著《武威汉简》，文物出版社 1964 年版，第 53—77 页；又收入陈梦家《汉简缀述》，中华书局 1980 年版，第 291—315 页）、钱存训：《书于竹帛——中国古代的文字记录》（上海世纪出版集团、上海书店出版社 2004 年版）、林清源：《简牍帛书标题格式研究》（台北：艺文印书馆 2004 年版）、程鹏万：《简牍帛书格式研究》（上海古籍出版社 2017 年版）等。

② 上引李零《出土发现与古书年代的再认识》、［美］顾史考《以战国竹书重读〈古书通例〉》即是显例。

③ 有的学者明确提出了此问题，如郑良树《诸子著作年代考·论古籍辨伪的名称及其意义（代序）》，北京图书馆出版社 2001 年版；有的学者是在实际研究中使用了这样的方法，如李零《出土发现与古书年代的再认识》（《李零自选集》）李学勤《帛书〈易传〉及〈系辞〉的年代》《申论〈老子〉的年代》《〈管子·轻重〉篇的年代与思想》（载李学勤《古文献论丛》，上海远东出版社 1996 年版）等。

④ 李学勤：《走出疑古时代》，辽宁大学出版社 1994 年版。关于疑古、信古、释古的论争一直是晚清以来的一大热点，关于此，可参看吴少珉、赵金昭主编《二十世纪疑古思潮》，学苑出版社 2003 年版。

情况，使之牵合自己的结论。

由于我们已长期习惯于唐宋以后古籍的情状，对汉魏以前特别是先秦古书的体例和著述方式还极为陌生。虽然有了上述一些研究，但不清楚和尚未探究之处还有不少，许多具体问题更是历史公案。因此，我们有必要摒弃疑古、信古、释古思潮的影响，尽量采取客观、科学的态度，全息式地关注上古著述的情况，既全面总结古人著述意识的演变、古书著述的体例以及流传承续的方式等，又能够深入剖析一些具体问题和个案，从而使我们能够较为全面、真切地了解先秦著述的实际情状。

三　本书的研究对象与研究方法

本书题为《先秦著述史》，即以先秦时期（自远古至秦统一之前，即公元前 221 年之前）中华大地上有关著述的（包括上文所说著述者及其著述意识、著述行为、著述产品等）一切事物，从著述的发生、演进到不同时代的著述特点及其展开等。

在方法上，第一，笔者追求对历史原生态的还原。从自然、社会文化、政治生态、经济形态等大背景中还原上古先民著述行为的发生，审视其著述产品的特点，揭示其著述意识的演变，这在第一章中体现得已比较明显，在后面几章也得到了较好的贯彻。第二，注重对文献的解读分析。这里的文献，既包括传统的典籍文献，也包括新出土文献，即近些年出土的简帛、甲骨、铜器铭文，乃至陶器符号、岩画和各种器物纹饰等，不论何种文献，只要有助于说明上古著述史的某些方面，都在本书的关注之列。通过对相关文献的深入解读和具体分析，使每一条论述、每一个论点都建立在坚实的文献论据之上，实事求是，毋为空言，是本书的学术追求。

诚然，限于知识之浅薄、学力之不逮，书中肯定存在不少漏洞、缺陷乃至错误，恳请学界同人、读者不吝赐教！

第一章　先秦著述史的分期：将著述史置于文化史视野之下

方法对于学术研究而言无疑是非常重要的，而方法又应是多样的。因为方法是手段，不是目的；只要能够实现目的，手段无妨多元，宏观与微观，归纳与演绎，分析与综合，乃至在人文学科的研究中运用社会科学、自然科学的方法皆无不可。而研究对象的具体情况，对于选择怎样的研究方法具有决定性作用。就本书的研究对象而言，著述史无疑应属于专门史一类，著述本身又是人类文化事业的一部分，因此，将著述史置于文化史的视野之下加以关照，本为题中应有之义。

研究视野的宽狭，必然会影响研究的广度和深度。这里无意贬抑具体细节的个案化研究，因为无论如何宏阔的视野，脱离了细部研究，都将流于空洞和疏阔。然而正如黄仁宇在《中国大历史·自序》中所承认的，就其个性而言，作者也是偏重归纳和综合。① 不过这仅是笔者主张将著述史置于文化史视野之下的原因之一，更重要的原因，笔者认为还是应该坚持一个较为宏阔的视野，在细部研究上才会更好地把握方向，不致犯“一叶障目不见泰山”的弊病。

之所以将著述史置于文化史的视野之下，还有一层考虑，就是二者

① 黄仁宇：《中国大历史·自序》，生活·读书·新知三联书店2008年版。

的主体是相同的。例如在战国时代，著述史的主体主要是诸子百家，文化史的主体亦然。这本是极可理解之事，因为著述者一般而言就是那些掌握了文化知识的人，即“知识分子”，他们当然也是一个时代文化事业的主要缔造者，所以二者具有同一性。

在文化史的视野下观照著述史，把握了二者的主体即知识者的发展演变轨迹，便能够掌握著述史在不同历史时期的特征、面貌，以及在整个历史时期的演进轨迹，并可以分析其中某些带有规律性的现象，从而能够更加深入地了解著述与著述史。基于此，本章即在文化史的大框架下，分析著述史应如何进行历史分期，并探索在不同历史时期，著述史的主体有何变化，大体呈现出怎样的特质。

第一节　著述史分期的标准

为便于叙述，人们往往会对研究对象的历史进行分期，虽然历史从来都是一条不曾止息、永不间断的河流。

一般而言，按照朝代划分是最简单便捷的做法，但每与研究对象的演进历程不能完全相符，故今之作者，多不采此法；又有较简单粗略的做法，即划分为上古、中古、近古，或前期、中期、后期，前者本身已嫌模糊难明，后者施之于具体的人、事或某一历史时期犹可，对某些“长时段”的“整体史”而言①，则未免过于粗陋。

过去对历史分期的观点多种多样，标准也不一。如按照马克思主义五种社会形态的理论，将夏代以前视为原始社会，夏代至东周的春秋时期则为奴隶社会，战国起进入封建社会，晚明开始出现资本主义萌芽，清末以来由于西方列强的侵略而造成中国半殖民地半封建社会的局面，

---

① 法国著名年鉴学派历史学家费尔南·布罗代尔在其《菲利普二世时代的地中海和地中海世界》（唐家龙、曾培耿等译，商务印书馆1996年版）、《15至18世纪的物质文明、经济和资本主义》（顾良、施康强译，生活·读书·新知三联书店2002年版）两部著作中，充分论证并较为集中地体现了年鉴学派的“三时段”理论和“整体史”观。

直至中华人民共和国成立而缔造社会主义社会，此即今日教科书所见的通常观点；或如按考古人类学的观点，根据人类使用工具的不同，将古代社会分为旧石器时代、铜石并用时代、青铜时代、铁器时代等。

马克思主义者是基于其阶级斗争理论、以号召工人阶级等底层民众革命为目的对社会形态的性质进行界定的，考古学家则主要是对人类文明的进步情况进行判断而得出的结论。综合二者来看，虽然他们对历史进行分期的理论各异，但有一个共同点，即都是从各自研究的实际需要或目的出发，并由此设立相应的标准。不仅马克思主义者和考古学家如此，这应是所有科学研究者共同遵守的准则。

对著述史进行历史分期，也应遵从著述史自身的“节奏”。那么，如何追寻著述史的“节奏”呢？从“长时段”的视角来看，著述史上标志性的变化是划分历史时段最好的依据，而这方面的变化主要存在于两个方面：一是著述载体的变化，二是著述主体的变化。

著述载体，即文字书写的介质，就中国而言，文字的载体最初是石器、陶器，后来是甲骨、青铜器和竹木简、缣帛①，最后才是纸。著述介质的变化固然深刻影响着著述行为，但由石、陶到甲骨，实际上正是文字从诞生到发展成熟的过程，此间著述行为的变化与其说是受到介质改变的影响，不如说是文字成熟本身的影响更大些；而甲骨、青铜作为载体的时代，简册已经成为主要的著述介质；反观由简帛到纸书的变革，则毋宁说人们的著述行为并无大的变化。所以，若以著述载体的演变为划分著述史分期的标志，并不能真正反映著述史演变的历程。相反，若是单纯地探讨书籍史，从书籍的外部形态之变化来探究书籍的演变历程，则必须关注著述载体。

著述的主体，实际就是历史上知识的主要掌握者，或曰“知识分

① 通常人们会认为，作为文字的载体，甲骨先于青铜，青铜又早于简册，然后有缣帛，最后才是纸张。其实，简册至少在甲骨文时代已经是文字的重要载体，而且可能已成为最主要的文字载体，只是不如甲骨和铜器容易保存，所以迄今所见最早的简册亦不早于战国。

子”。他们的身份、阶层和社会地位在不同时代有着显著差别。相比于著述介质，著述主体更能反映著述史的演变过程，因为在不同历史时期的确存在着不同知识者“你方唱罢我登场”的历史大剧，这个交替的过程往往要经历数百年甚至上千年的“长时段”，并且著述主体的变化不似著述介质那样不能反映著述行为的变化，他们是一切著述行为的执行者，可以反映与著述相关的主要情况。因此，将著述主体确立为著述史分期的标准，应该是正确的、更好的选择。

综合人类学、考古学、社会学、思想史等学科的相关研究成果来看，中国古代各时段知识者的身份主要经历了巫觋、史官、诸子和封建士大夫等替代演变的过程。可以说，这些不同身份的知识者不仅代表了各自不同时段的最高文化水平，他们还是著述史的主角，其著述行为、著述意识、著述成果等方面及表现出来的特点、演变的历程，都应是著述史研究的内容。

当然，需要注意的是，以著述主体为划分著述史历史时期的标准，并非意味着这一历史阶段是从此类著述主体出现开始，至此类著述主体从历史上消失结束；而是自此类著述主体成为知识的主要承担者、文化的代表者开始，到他们的这一身份被另一类著述主体代替为止。举例而言，史官的出现可能是较早的，传说中黄帝的史官即有大挠、隶首、容成、仓颉、沮诵等[1]，而确凿无疑的，晚商已有史官之名见于甲骨文[2]。但根据我们的考察，夏商以前即便有史官，也是作为巫觋的一类而存在，他们尚未真正从巫觋分离出来，成为知识的主要代表者。同样，自春秋战国之后，史官依然长期存在于中国古代社会之中，但其地位已如司马迁所言，“文史星历，近乎卜祝之间，固主上所戏弄，倡优所畜，流俗之所轻”[3]。因此，本书所论著述的主体，乃指此类著述者作为知

① （汉）宋衷注，（清）秦嘉谟等辑：《世本八种》，中华书局 2008 年版，第 110、111 页。

② 陈梦家：《殷虚卜辞综述》，中华书局 1988 年版，第 517—521 页。

③ （汉）司马迁：《报任少卿书》，（南朝梁）萧统辑，（唐）李善注：《宋尤袤刻本文选》第十册，国家图书馆出版社 2017 年版，第 196 页。

识文化的主要代表、各类著述的主要承担者，其所处的时代即可据以命名为某著述时代。

下面将简要论述各时段大致的起止时间和著述主体的情况、替代的过程。

第二节 巫觋时代

大致说来，在远古蒙昧时期，文明尚未到来，知识极为贫乏，人与人的差异并不大，彼时尚无所谓“知识分子”。新石器时代，人类的进化加速，人的思想观念日趋复杂，人们产生了“万物有灵”的观念[①]，原始的宗教巫术思想已然产生[②]，但专职的神职人员——巫师——则可能迟至新石器时代中晚期方始诞生。春秋晚期楚昭王向观射父咨询《周书·吕刑》“绝地天通”的原委，观射父对颛顼时代重黎“绝地天通”的解释，被现代学者认为是巫的职业化转折[③]。由于不同时间、不同地点的巫也存在各种差异，我们很难指实中国上古何时出现了巫，但从考古发现来看，我们或许能对巫在社会上的地位变化作出一点推断。

尽管人们早已从北京山顶洞人的丧葬仪式中使用赤铁矿粉的事实，推断他们已经对死后世界有所想象[④]，但直到仰韶文化早期（约前

① ［英］泰勒：《原始文化》，蔡江浓编译，浙江人民出版社 1988 年版。

② ［英］弗雷泽（Frazer，J. G.）：《金枝：巫术与宗教之研究》，徐育新等译，中国民间文艺出版社 1987 年版。

③ 持此论者，有徐旭生、杨向奎等，参见陈来《古代宗教与伦理——儒家思想的根源》，生活·读书·新知三联书店 1996 年版，第 23—25 页。但陈来本人并不如此简单地看待这一现象，而是认为“三皇五帝时代的巫觋与一般蒙昧社会的巫术和巫师不同，比较接近于沟通天地人神的萨满。但商周的古巫虽带有上古巫觋的余迹，却已转变为祭祀文化体系中的祭司阶层，其职能也主要为祝祷祠祭神灵”。在陈来看来，中国古巫是次生形态的，且其文化地位在不断走向衰落，从大传统逐渐退缩到小传统，“绝地天通”便是大小传统分离之始。

④ 但也有学者提出可能是原始人用赤铁矿粉来治疗伤口、促进愈合，见新智《山顶洞中赤铁矿粉的新解释》，《化石》1987 年第 4 期。

5000—前4200年），社会关系仍是相对平等的[①]。不过，在仰韶文化之前的裴李岗文化（前6200—前5500年）发现了内藏骨针的龟甲；兴隆洼文化（前6000—前5300年）也发现了许多人形雕塑和玉玦；赵宝沟文化（前5200—前4400年）[②] 尊形器上刻画的鹿、猪、鸟等形象，无不散发出巫觋或萨满的气息。像裴李岗文化大墓随葬有骨笛、骨板、绿松石饰物和内藏骨针的龟甲等，其墓主人就被认为可能是"卜筮、音乐、医术、天文兼通的巫觋"，而彼时或许已脱离"家为巫史"的状态，"巫师一类较专业的神职人员的地位逐渐凸显出来，且已经奠定了此后中国文化稳定、连续发展的基础"[③]。正是这些日渐凸显于社会群体之上的巫觋，成为中国历史上第一批"知识分子"。正如有的学者所说：

> 巫师与医药、文化、历史有一定关系。……在原始宗教活动中，如接生、起名字、成年仪式、婚丧嫁娶等，都要由巫师讲述氏族的历史和迁徙路线。他们能背诵氏族的谱系，讲述重大历史事件。凉山彝族在打冤家前夕，请毕摩讲家支历史，与其他家支的仇恨。……因此，巫师一般都掌握许多历史知识，通过代代相传，他们保存和积累了大量的历史传说。不仅如此，为了记事的需要，巫师也开始发明文字。我国少数民族的主要原始文字，都掌握在巫师手中。如彝族毕摩的彝文；纳西族东巴的象形文；耳苏巫师的象形文字等等。壮族、侗族、苗族的巫师也能歌善舞。土家族的巫师称"梯玛"，意为跳舞的带头人，说明巫师也是文化活动的核心人物。从这种意义上说，巫师是知识分子的前身，是原始文化科学知识的

---

① 张忠培：《元君庙墓地反映的社会组织》，《中国考古学：走向与推进文明的历程》，紫禁城出版社2004年版，第4—22页；严文明：《仰韶文化研究》（增订本），文物出版社2009年版，第277—318页。

② 以上新石器时代文化年代数据皆据任式楠、吴耀利主编《中国考古学·新石器时代卷》，中国社会科学出版社2010年版，第802页附录1《中国新石器时代主要考古文化年代简表》。

③ 韩建业：《早期中国：中国文化圈的形成和发展》，上海古籍出版社2015年版，第53、54页。

保存和传播者。①

文明初期的巫师不仅是知识的保有者，而且是文明的缔造者。巫师的这一优势地位大约一直保持到商周之际，才被新兴的史官取代。

数千年的巫觋时代可以说是中华文明曙光初现之时。在此时段，以巫觋为首的先民们创造了各种石器、骨器、玉器、陶器等生产工具、生活用具及祭祀礼器，还发明了制作陶器的机械，不断改进各种器具加工的工艺，并发明了文字。自然，无论是诉诸文字的著述还是口头文学的创作和传播，巫师都是此时的主角。

照理讲，有了文字就应该有著述，然而事情并非那么简单。试看今天所能见的文献史料，《尚书》中的《虞夏书》是相传最古老的，虽可能是后世据传说所追述，但当有所据而非杜撰②。这些文字及后来的甲骨文、金文及六经上的其他文献，多与祀、戎等国之大事相关，可见最早的文字著述多与政治礼仪紧密相关，换言之，即为礼乐制度的伴生物。礼制的本质，即等级制度，其产生、完善的过程，也就是巫觋地位逐渐凸显，到居于统治地位，再到边缘化乃至被取代的过程。

在公元前6200—前5000年前后的裴李岗文化时期至仰韶文化早期，包括同时期处于长江流域、东北地区等各地的文化遗存，虽然尚无明显的贫富分化和阶级分化，但那时的人们不仅能够制造极富特色的玉器、陶器，而且这些器物上往往布满富有巫觋或萨满意味的精美纹饰。这些纹饰（特别是彩陶纹饰）不仅具有装饰效果，而且是先民表达、记载思想情感的载体，如神秘的八角星纹、兽面纹，鸟纹等动物纹，太阳纹、几何纹等。更可贵的是，在此时的不少骨器、玉器和陶器等器物上

① 宋兆麟、黎家芳、杜耀西：《中国原始社会史》，文物出版社1983年版，第497、498页。

② 对此，早在明清时期就有许多学者，包括欧洲传教士及新城新藏等日本学者参与了讨论，特别是关于《尧典》“四仲中星”问题的探讨，虽然尚无法得出一个令多数人信服的结论，但其中包含若干较远古的信息则是得到一致认同的。可参看顾颉刚、刘起釪《尚书校释译论》，中华书局2005年版，第358—378页。

发现了许多类似于文字的刻划符号，例如贾湖遗址发现的龟甲刻符，蚌埠双墩发现的600多个陶器刻符，被认为是我国最早的“文字性符号”；而半坡、姜寨遗址陶器上的图画、图案中的象形符号，如“网”“鱼”“丝”“蛙”“鹿”等，也被学者认为具备原始的“文字性”。这些可能就是中国文字的源头，但还不是文字，只能说是“文字性”的符号或图画①。

在这些早期的“文字性”符号或图画的时代，人们在巫术思想的支配下，已经开始用这样的符号或图画来表达一定的思想情感，或用于某种特定的礼仪。如半坡时代的人面鱼纹图（图1－1）②，类似的图像屡见于半坡、姜寨、北首岭、西乡何家湾等遗址出土的陶盆、陶罐上，对此形象的解释有数十种，可以说见仁见智③。这些器物几无例外地用于瓮棺葬，特别是婴儿瓮棺葬的，加上鱼所具有的某些特性（如超强的生殖力），所以这不得不叫人想到生殖崇拜，这其中或许有原始人对婴儿再生的希冀？或者是希望死去的婴儿能给父母带来好运，多子多福？总之，其中似应有较丰富的思想情感，而且与巫术或许有一定关系。

图1－1　半坡遗址人面鱼纹图

---

① 王晖：《中国文字起源时代研究》，《陕西师范大学学报》（哲学社会科学版）2011年第3期。

② 为清晰显示，该图采用王晖《中国文字起源时代研究》一文中的插图。

③ 如刘云辉《仰韶文化“鱼纹”“人面鱼纹”内含二十说述评——兼论“人面鱼纹”为巫师面具形象说》（《文博》1990年第4期），就已总结前人说法达20种，此后出现的各种“新说”“新解”“新探”等甚多。

再如连云港发现的将军崖岩画（图 1－2）①，相关的解释同样五花八门②。但据汤惠生、梅亚文的研究，“经微腐蚀断代显示……史前人面像岩画时代为距今 4500—4300 年左右”③，已接近氏族社会的尾声。这些岩画固然存在多种解读，但这可能是原始人进行隆重的祭祀仪式之所，则基本上已成为共识。

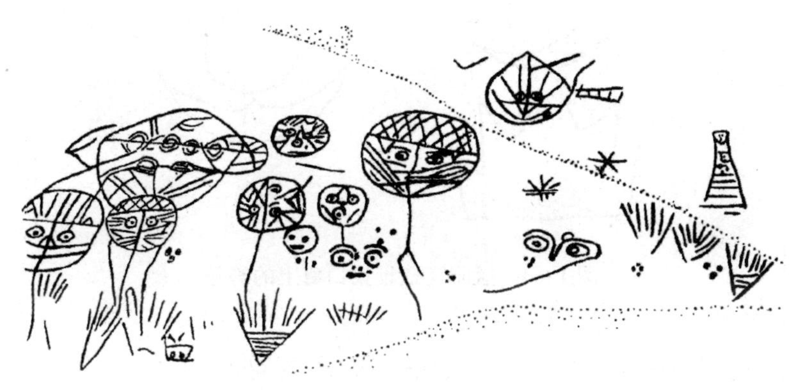

图 1－2　连云港将军崖岩画

类似的“文字画”，表达的内容可能无法一一对应一定的文字，且有超出文字之外的意蕴；而与文明发展史联系来看，它们与等级、礼仪相结合的现象，越到后来越明显。

大汶口文化莒县陵阳河遗址大口尊上的“日火山”符号（图 1－3），不仅刻于陶器的固定部位，而且广泛分布于北起山东诸城、莒县，南到安徽尉迟寺、南京北阴阳营的广大地区，持续的时间也较长，虽然学界对此字的释读各异，但大都认定这是含有一定意义的文字。而良渚文化

① 为清晰显示，该图采用陆思贤《将军崖岩画里的太阳神象和天文图》［《淮阴师专学报》（社会科学版）1983 年第 3 期］一文中的插图。

② 学界有诸如农神、太阳神、图腾等说法，各种异说可参看陈兆复《中国岩画发现史》，上海人民出版社 1991 年版，第 207—211 页；宋耀良《中国史前神格人面岩画》，上海三联书店 1992 年版，第 273—283 页；盖山林《中国岩画学》，书目文献出版社 1995 年版，第 74—76 页。

③ 汤惠生、梅亚文：《将军崖史前岩画遗址的断代及相关问题的讨论》，《东南文化》2008 年第 2 期。

的陶符，甚至有学者认为可能是“鸟书”的祖形①。良渚文化某些刻有多个字符的陶文，则被认为可能是最早联字成句的案例②。可以说，种种迹象表明，夏代以前的大汶口文化、良渚文化等，直至龙山文化、岳石文化和陶寺文化等，其间大约两千年的时间，正是中国文字形成的关键时期。

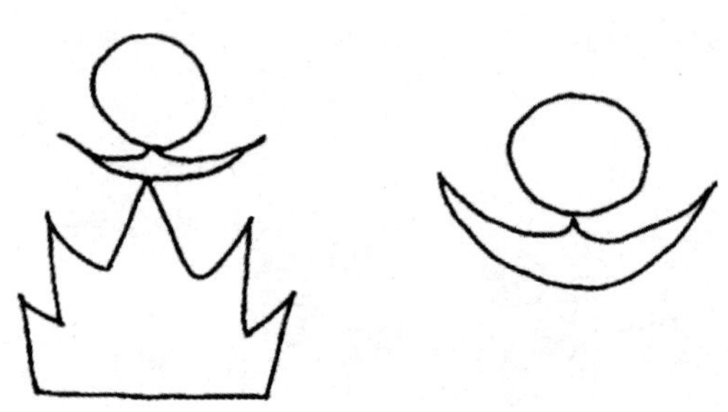

图 1－3　陵阳河遗址大口尊上的符号

在巫觋阶层的努力下，文字最终脱离了符号和“文字画”阶段，走向了成句的、成熟的形式，而国家、阶级亦随之诞生，文明正式开启。这个时间，一般认为是在尧舜至夏代初期。此时陶寺文化的朱书陶文“文尧”（或释作“文邑”）二字已是相当成熟的文字，而二里头文化的陶文已有许多可与后来的甲骨文、金文相对照③。

礼乐文明的孕育同样发生在巫觋时代。所谓礼乐文明虽然通常被视为西周至春秋阶段的特征，但其实质无非宗法封建制下的等级制度，体现出尊尊、亲亲的特色，即“三代的统治者利用祭祀中出现的神权和祖权的权威性来维护社会秩序，实现了神权、祖权与政权紧密结合的国家体制，形成了夏商周三代独特的礼制性社会”④。而其根源为早期的阶级分化和祖先崇拜，在原始社会的中晚期有较深的发展。仰韶文化

① 曹定云：《中国文字起源试探》，《殷都学刊》2001 年第 3 期。

② 王晖：《中国文字起源时代研究》，《陕西师范大学学报》（哲学社会科学版）2011 年第 3 期。

③ 参见王晖《中国文字起源时代研究》，《陕西师范大学学报》（哲学社会科学版）2011 年第 3 期；曹定云《中国文字起源试探》，《殷都学刊》2001 年第 3 期。

④ 高崇文：《古礼足征：礼制文化的考古学研究》，上海古籍出版社 2015 年版，第 4 页。

早期，如半坡或姜寨和北首岭遗址，尚看不出明显的阶级差异，人们还生活在平等和睦的原始公社中；但在仰韶文化后期，如河南大河村、甘肃秦安大地湾遗址，在聚落内部已出现明显的贫富分化①。此时，家庭或家族在氏族公社中的地位和作用日益凸显，特别是大汶口文化的墓葬，比较明显地反映了家庭、劳动及贫富的分化②。这样的变化是伴随着巫（或曰神职人员）的地位的提高，以及对孝的日益强调而产生的。后者反映在越来越注重厚葬方面，在各地都有体现，大汶口文化及后来的龙山文化尤其明显；前者在良渚文化时期已十分明显，据最新的考古研究，可能已经有王城和巨大的宫殿或者是用来祭祀的神殿③；而良渚文化那些精美的玉器，大多是用以祭祀的礼器。应该说，至此（约5500—4500年前）或稍前，神州大地已初步进入了文明时代，亦即本节所说的巫觋时代的前期④。

由此向前发展，直至夏商时代，处于统治地位的始终是掌握着最高知识的巫觋阶层。我们对夏代的史实所知虽不多，但也可以根据文献记载作出某些推测。《山海经·大荒西经》载："西南海之外，赤水之南，流沙之西，有人珥两青蛇，乘两龙，名曰夏后开。开上三嫔于天，得《九辩》与《九歌》以下。此天穆之野，高二千仞，开焉得始歌《九招》。"⑤ 又，《山海经·海外西经》："大乐之野，夏后启于此儛九代；乘两龙，云盖三层。左手操翳，右手操环，佩玉璜。在大运山北。一曰大遗之野。"⑥《太平御览》卷八二引《归藏》曰："昔夏后启筮，享神于大陵而上钧台，枚占皋陶，曰：'不吉。'" 又引《史记》曰："昔夏后启筮乘龙以登于天，枚占

① 严文明：《仰韶文化研究》（增订本），文物出版社2009年版，第245—255页。

② 张忠培、严文明：《中国远古时代》，上海人民出版社2010年版，第176—182页。

③ 刘云、朱丹阳、高薇：《良渚考古80年　终于弄清王城布局》，《都市快报》2016年12月15日第11—13版。

④ 这里所说的约5500—4500年前，即韩建业所谓"早期中国的古国时代"，见《早期中国：中国文化圈的形成和发展》第四章。

⑤ 袁珂校注：《山海经校注》（增补修订本），巴蜀书社1993年版，第473页。

⑥ 同上书，第253页。

于皋陶，曰：‘吉而必同，与神交通。以身为帝，以王四乡。’”[①] 这些珥蛇、乘龙、享神、登天的形象，被认为是巫的表现[②]。而夏启之父禹，扬雄《法言》更有所谓“禹步”的传说：“昔者姒氏治水土，而巫步多禹。”李轨注：“姒氏，禹也。治水土，涉山川，病足，故行跛也。……而俗巫多效禹步。”[③] 可见夏代应该是巫风盛行且以巫觋为统治者的。

商代的巫觋之风相对而言更加清晰[④]。商代与西周的一个重要不同，是其原始宗教氛围仍极浓厚，不仅祭祀占卜之风盛行，而且商王自身就是最大的“巫”，是“群巫之长”[⑤]。相传商汤曾祷雨于桑林（《吕氏春秋·顺民》）[⑥]，甲骨卜辞中也多以“王占曰”引出占辞，足见商王是占卜的核心人物。《尚书·君奭》中周公言：“我闻在昔成汤既受命，时则有若伊尹，格于皇天。在太甲，时则有若保衡。在太戊，时则有若伊陟、臣扈，格于上帝，巫咸乂王家。在祖乙，时则有若巫贤。在武丁，时则有若甘盘。”[⑦] 巫咸、巫贤，当然是著名的神巫，至于伊尹、伊陟、臣扈等，也能“格于皇天”“格于上帝”，表明他们同样能沟通天人。然则商王之下的最重要的大臣，也是著名的巫师[⑧]。这种情形同

---

① （宋）李昉等撰：《太平御览》，中华书局1960年版，第383页。

② 张光直：《中国青铜时代二集》，生活·读书·新知三联书店1990年版，第64页；潘世宪：《再探群巫》，《周易研究》1991年第1期。

③ 汪荣宝：《法言义疏》，中华书局1987年版，第317页。

④ 这方面的研究由来已久，主要的成果如陈梦家《商代的神话与巫术》（《燕京学报》1936年第20期）、张光直《商代的巫与巫术》（《中国青铜时代二集》，第39—66页）、晁福林《商代的巫与巫术》（《学术月刊》1996年第10期）等。

⑤ 陈梦家：《商代的神话与巫术》下编，《燕京学报》1936年第20期。

⑥ 陈奇猷校释：《吕氏春秋新校释》，上海古籍出版社2002年版，第485页。

⑦ （汉）孔安国传，（唐）孔颖达等疏：《尚书注疏》，阮元校勘《十三经注疏》本，台北：艺文印书馆2007年版，第245页。

⑧ 诚然，也有学者反对用“巫”或“萨满”来称呼商代的统治阶层，如陈来认为：“商周的‘巫’已经祭祀化了，不再是人类学上所说的巫师，不再是龙山文化以前未绝地天通的巫觋，而已成为商周祭祀体系中祭司阶层的一部分。”（陈来：《古代宗教与伦理：儒家思想的根源》，生活·读书·新知三联书店1996年版，第54页）虽然其分析不无道理，但本文认为商与周有所不同，商代的“祭司阶层”占据着最主要的统治地位，而周代发生了明显的倾向于人文礼乐制度的变化，所谓“祭司阶层”在统治阶层或整个社会生活中已经不那么重要，或者说已经不再居于最主要的地位了。换言之，将商代的“祭司阶层”视为巫觋发展的最高水平，或许并无大过。

时表明，商的统治在很大程度上是依靠宗教神权的威力来维持的，所以商代青铜器、玉器、骨器等器物上的纹饰以威严的饕餮纹或曰兽面纹为特色，不似西周青铜纹饰的简朴典雅。

夏商时代的文字目前所知以甲骨文居大宗，至商代晚期青铜铭文也在增加，记录的内容相对丰富起来。传世文献中，《尚书》中的《夏书》《商书》部分虽可能写成较晚，但也不见得全无凭据，或许如《公羊传》《穀梁传》一样经历了较长时间的口耳相传[①]。此外，《诗经》中的《商颂》部分，虽有宋襄公时所作之说，但传统的观点仍值得重视。既然周公对商人“有册有典”（《尚书·多士》）[②] 都颇为赞许，《商书》《商颂》早出的可能性还是有的。这些文字产生的原因及其功用各有不同，都值得深入研究。

可以说，巫觋是最早登上王者宝座的阶层，而且在西周以前一直处于统治地位。但这一情况也在悄悄发生着变化，因为“史”从“巫”的内部渐渐成长并独立出来。

第三节　史官时代

传说中黄帝的史官仓颉创造了文字[③]，上古往往将某些重要的发明创造归功于某位名人[④]，现在看来，其说故不可信。应该说，大多数原始时代的发明是集体智慧的结晶，但也不能排除可能某些个人在其中发

① 对此，可参考刘起釪对相应各篇写成时间的讨论，见顾颉刚、刘起釪《尚书校释译论》，中华书局 2005 年版。

② （汉）孔安国传，（唐）孔颖达等疏：《尚书注疏》，阮元校勘《十三经注疏》本，台北：艺文印书馆 2007 年版，第 238 页。

③ 《说文解字·叙》言：“黄帝之史仓颉，见鸟兽蹄迒之迹，知分理之可相别异也，初造书契，百工以远，万品以察。”《荀子·解蔽》《韩非子·五蠹》《吕氏春秋·君守篇》《世本·作篇》《淮南子·本经》等对此皆有记载，各有详略。

④ 《吕氏春秋·君守篇》载：“奚仲作车，仓颉作书，后稷作稼，皋陶作刑，昆吾作陶，夏鲧作城。”此外，《世本·作篇》对上古各种器物技术的发明及礼乐制度的创作记载更多，可参看曹书杰、原昊《〈世本·作篇〉七种辑校》，《古籍整理研究学刊》2008 年第 5 期。

挥了比较重要的作用。就文字的发生演进而言，已如上述，无疑经历了较为漫长的历程。但仓颉造字的传说及其史官身份，却也符合后世史官与文字关系特别密切的事实。

唐兰先生在《中国文字学》中推测4000多年前的《尚书·尧典》时代就已有史官和典册[①]。但史官并非真的是“新兴”的社会阶层，而不过是从巫觋蜕变而出的特殊群体。甲骨文中已出现各种“史”的称谓，如大史、小史、作册、东史、北史等，并已有“大史寮”的官署机构[②]，这些无疑是西周史官体制的先声。

周承殷制逐渐发展起一套较为完备的官制体系。周人在入主中原之前相对商人还是落后的，所以周初的统治者自文、武、周公直至成、康都表现出十分戒慎的态度[③]。故而周人在最初大致沿袭了商的官制，只是在不断调整的过程中使之更为完备，最终形成与礼乐制度相适应的官僚体制[④]。何景成提出，自西周中期（穆王）以后，西周逐渐形成了司土、司马、司工、宰、公族和史官六个系统，“在这六个系统中，司土、司马、司工称‘三有司’或‘三事’，属于行政系统，宰和公族属于内廷宫内系统，史官属于文书系统”[⑤]。此说有比较扎实的金文资料为依据，是大致不错的。但将史官归为文书系统，似有简单化之嫌。

---

① 唐兰：《中国文字学》，上海古籍出版社2005年版，第52、53页。

② 陈梦家：《殷虚卜辞综述》，中华书局1988年版，第517—521页。

③ 如周公在《酒诰》中说：“惟御事厥棐有恭，不敢自暇自逸，矧曰其敢崇饮？越在外服，侯、甸、男、卫邦伯，越在内服，百僚、庶尹、惟亚、惟服、宗工，越百姓里居，罔敢湎于酒。”《周颂·昊天有成命》亦曰：“昊天有成命，二后受之。成王不敢康，夙夜基命宥密。於缉熙！单厥心，肆其靖之。”

④ 何景成在《西周王朝政府的行政组织与运行机制》之第三章“分官设职：西周政府的职官体系”、第四章“西周王朝政府的官僚化进程”有较为详细的论述（光明日报出版社2013年版）。此外，关于西周官制还有很多前人的研究成果可供参考，如张亚初、刘雨《西周金文官制研究》，中华书局1986年版；汪中文《两周官制论稿》，高雄：复文图书出版社1993年版；王治国《金文所见西周王朝官制研究》，博士学位论文，北京大学，2013年。其他学者在著作的章节或专题论文中对此问题也有不少深入独到的讨论，此不烦详举。

⑤ 何景成：《西周王朝政府的行政组织与运行机制》，光明日报出版社2013年版，第139页。

首先，前文已指出，史官是由巫分化出来的，故其职司十分复杂，既有从巫继承来的神职方面的内容，也有与宗教关系紧密、传统上属于巫觋所执掌的天文历法等方面的事物，更有文书系统之职，以及由此衍生出来的一些相关职司，如太史对国家法律的掌管在《周礼·春官·大史》[①] 和《作册嗌卣》（《集成》5432）[②] 中就有相关记载。

其次，西周中央政府的官制体系之结构经历了一系列的演变，史官在其中的职能、地位亦非一成不变。李峰主要依据铜器铭文对西周早、中、晚期的中央政府组织结构进行了总结，并做成简洁直观的图表[③]，从中可以看出西周官制的大致情形及其所经历的变动。不难发现，李峰总结的西周政府结构在早期的确略显简单，而中、晚期则变化不大。这与前引何景成的观点是大体一致的，只是在三有司、宰、公族和史官之外多了军队的系统（西六师、殷八师和师氏）及宗教职官系统（太祝），这两个系统的职官在今见金文中没有担任右者，所以何氏未列入中央政府结构，但实际上确是存在的。由于西周中期以后中央政府已较完备且终西周之世未有重大变化，我们可以借此来分析西周官制的一些特点，并重点分析史官在其中的地位与作用。

图 1－4 是李峰所作西周中期政府组织结构图[④]，如果只考虑中央政府而剥离掉地方官吏，则可以大致将这个体系视为三个层级，即最高一级的周王、次一级的高级官员“委员会”（或曰执政卿、卿士）、第三级的各职能部门。

---

① （汉）郑玄注，（唐）贾公彦疏：《周礼注疏》，阮元校勘《十三经注疏》本，台北：艺文印书馆 2007 年版，第 401 页。

② 中国社会科学院考古研究所编：《殷周金文集成》，中华书局 1988 年版。按：本书所引《殷周金文集成》，均循学界惯例，仅随文注明器物编号，不再详注页码。

③ 李峰：《西周的政体：中国早期的官僚制度和国家》，生活·读书·新知三联书店 2010 年版，第 55、75、94 页。

④ 同上。

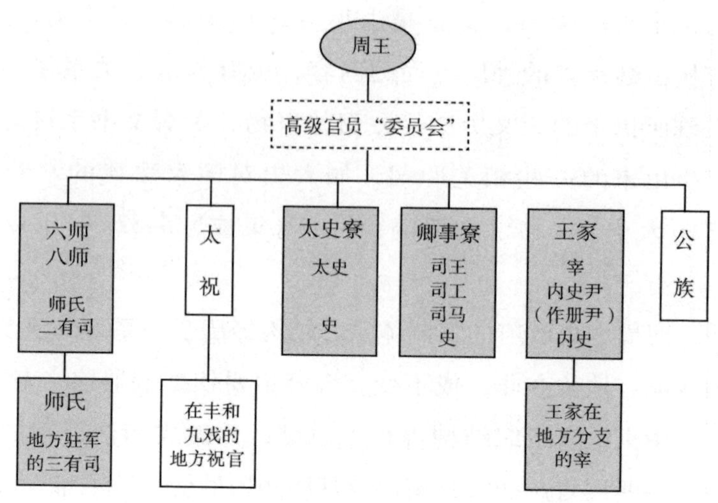

图1-4　西周政府组织结构（王畿地区：西周中期）

周王之下的执政卿（即被称为“卿士”者）① 是自周初周公、召公辅政演变而来，主要是周公、召公等姬姓贵族担任，周、召之后还有毕公（《尚书·顾命》），穆王时有祭公谋父，厉王时有荣夷公、召公虎（《国语·周语上》），宣王时有大师皇父（《诗经·大雅·常武》）等，幽王时有虢石父（《国语·郑语》），两周之际郑武公、庄公先后为平王卿士（《左传·隐公三年》），此后春秋之世周之卿士在《左传》《国语》等典籍中也多有记载。如果参照金文，则昭王时有周公之子明保（《令方彝》，《集成》9901），穆王时有虢城公、毛公班（《班簋》，《集成》4341），宣王时亦有毛公，应是穆王世毛班之后代（《毛公鼎》，《集成》2841），还有兮甲（即尹吉甫，《兮甲盘》，《集成》10174）。

① 杨伯峻曰：“经书屡见卿士一词，意义不一。《尚书·洪范》‘谋及卿士，谋及庶人’，《顾命》‘卿士邦君麻冕蚁裳，入即位’，卿士似泛指在朝之卿大夫，此广义之卿士。《牧誓》言‘是以为大夫卿士’，则卿士不包括大夫；此卿士义当同于《诗·小雅·十月之交》‘皇父卿士，番维司徒’、《商颂·长发》‘降予卿士，实维阿衡’之卿士，此狭义之卿士。杜注谓‘卿士，王卿之执政者’，盖得之。《左传》凡八用‘卿士’，皆狭义。”［《春秋左传注（修订本）》，中华书局1990年版，第26页。］可见周人多用狭义之卿士。

可以说，终周之世关于卿士的记载是史不绝书的[①]。

卿士之下的各职能机构中，至少有三个部门是以史官为主或有史官设置的。而如果看《周礼》，我们会发现，差不多每一种职官下面都有史数人。虽然《周礼》不能代表周官的实际，但此一现象已足以说明史官在周代的普遍性和重要性。当然，我们还须认识到诸类职官下属的“史”并非后世通常所说之“史”，其主要职责可能是记录与文书起草之类，或许相当于现在的文秘工作；然而正是在记录与文书起草的工作上，他们与太史、内史之类的史官具有相通性，所以名之曰“史”本就名副其实。如果由此角度而言，结合《周礼》的情况分析，可能图1－4中的师类、祝官和公族下面都会有史的设置。

除了史官的普遍性之外，我们对于周代的史官还需要了解至少两个方面，即周代史官（包括其他职官）的世族世官制度，以及周代史官地位的演变情况。前一方面也可以看作史官的继承性，后一方面则可视为史官的变化性。

商周在官制上的一个非常重要的变化是，商代的职官任命除了世族世官之外，还常常有“临事任官”的情况，这一方面反映了商代官制的不完备，另一方面也是商王为了摆脱贵族重臣的限制，更自由地行使王权[②]。周代在继承商代的基础上，官制更加完备，世族世官制度执行得更加彻底，甚至世族制度转而以世官制度为基础[③]。由于周代奉行世

① 王治国据《左传·襄公十四年》“天子有公，诸侯有卿”的记载，并结合金文，提出周代的执政者应称为“执政公”而非执政卿或卿士，因为：“到目前为止，我们尚未见到周王命某人为卿士的铭文，笔者认为这并非偶然，而是与周王朝主政大臣称公暗合。明保、毛伯和毛父在各自受到册命之前本来就已经是卿士，周王的册命实际上是册命卿士为公。”其说虽前所未有，但有一定道理，具体论证见北京大学博士论文《金文所见西周王朝官制研究》第二章第三节“西周王朝的执政公”。但《左传》《国语》等典籍既已称执政者为“卿士”，而《小雅·十月之交》已有“皇父卿士”之语，故在没有十分充足的证据之前，本文仍沿用习惯称呼。

② 王宇信、徐义华：《商代的国家与社会》，中国社会科学出版社2011年版，第507页。

③ 朱凤瀚说：“西周器铭屡见诸王每每以王朝旧臣毕身服役于王家之典范，勉励其后代子孙，尤重用先王旧老臣之后，使世世继其先祖考做王官，此已成为历代王朝政治传统。铭文习见王官在新、旧更替之际，或在新王登基时，仍要由王以册命形式加以法权上的认可（如上举师克盨），表明世官确已制度化。”“贵族因世袭官制而有资格继续保有土田、民人，加官晋（转下页）

族世官制度，官吏的选任皆为出身世族之子弟。根据学者的研究，大致说来，世族世官之制有以下要点[①]。

（1）世族与世官是相互联系、相互依存的。王朝官吏要从世族子弟中选任，而世族得以维系的关键即在其为世官，即一族之宗子世代为王官，以政治上的优势维系世族于不败。

（2）世官并非完全世袭。在官吏父子相继或新旧王更替之际，王要对官吏重加册封，这既是王权的体现，也是对贵族世官的法权确认，表明世官确已制度化。

（3）一般情况下，世族担任的具体职务也是世代相袭的，但也并非绝对。周代世族往往世代担任某一类职务的官职，但是职位的高低往往会因个人资历、功德的情况而有所升降。如据《虎簋盖》及《师虎簋》铭文，周王对虎的册命如下：

> 王呼内史曰："册命虎。"曰："载乃祖考事先王，司虎臣，今命汝曰：更厥祖考，胥师戏司走马驭人暨五邑走马驭人，汝毋敢不善于乃政。"（《虎簋盖》）
>
> 王呼内史吴曰："册命虎。"王若曰："虎，载先王既命乃祖考事，嫡官司左右戏繁荆，今余唯帅型先王命，命汝更乃祖考，嫡官司左右戏繁荆。敬夙夜，勿废朕命。赐汝赤舄，用事。"（《师虎簋》）[②]

有学者研究认为："虎簋盖是穆王时器，师虎簋是懿王时器。在虎

（接上页）级则土田、民人益增，失去官职，则旧有经济地位亦不能保证，由此可见，世族制度之基础应是世官制。世官制亦即世族生存与发展之政治基础。"见氏著《商周家族形态研究》（增订本），天津古籍出版社 2004 年版，第 373、374 页。

① 关于世族世官制的研究，可参看杨宽《西周史》之第三编第三章"维护贵族权势的重要官爵世袭制"，上海人民出版社 2003 年版；朱凤瀚《商周家族形态研究》（增订本）之第二章第五节、第六节，天津古籍出版社 2004 年版。

② 《虎簋盖》铭文见吴镇烽编著《商周青铜器铭文暨图像集成》第 12 册，上海古籍出版社 2012 年版，第 205 页；《师虎簋》见《殷周金文集成》，第 4316 页。为便于理解，本文径以现代通行汉字释读。

簋盖铭文中，‘虎’的职司是辅佐师戏管理走马驭人和五邑走马驭人。而在师虎簋铭文里，‘虎’则赓续其祖考之职，主管左右戏繁荆。由辅佐别人到独立主持一个部门，反映了其为宦生涯的升迁轨迹。”① 再如，据陕西扶风任家村发现的克、梁其诸器，克之祖考均任师职，克本人主要生活于厉王、宣王时期，厉王时克受命继其祖考任师职“司左右虎臣”（《师克盨》，《集成》4467），后又晋升为膳夫（《大克鼎》，《集成》2836），周王曾命膳夫克巡视成周八师（《小克鼎》，《集成》2796），可见此时克已为王朝重臣。至克之子梁其，亦继承其父而任膳夫，其家族遂成为雄踞关中的望族②。

由以上所述世族世官制的特点可以推知，周代的史官与此时的其他职官一样，也多为世职。如司马迁在《太史公自序》中追溯自己的家族即言“司马氏世典周史”③，像 1976 年 12 月在扶风庄白川静发现的微史家族铜器窖藏，也可说明微氏世代为周王朝史官。白川静分析“亚”形图像标志，认为“凡以此为标识之图象，可能均表示职掌送葬之礼仪”，册及两册之形的图像标识，“大概原本是表示掌牺牲之事的图象；其后才成为告牺牲于神灵以祈福禳灾的祝告之职，更且进而掌王之诰命了”，所以“作册系从祭祀之官转而为掌诰命之职的”④。白川氏的分析未必准确，但颇具启示意义。很多作器者为史官的铜器上往往有册形的徽标，如西周早期作册令制作的夨令方彝（《集成》9901）铭文末有“隽册”的标志，作册折制作的折方彝（《集成》9895）也有“木羊册”的标识，作册嗌卣（《集成》5400）铭末则题有“册𣪕舟”三字。

---

① 何景成：《西周王朝政府的行政组织与运行机制》，光明日报出版社 2013 年版，第 236 页。

② 朱凤瀚：《商周家族形态研究》（增订本），天津古籍出版社 2004 年版，第 341 页。

③ （汉）司马迁撰，（南朝宋）裴骃集解，（唐）司马贞索隐，（唐）张守节正义：《史记》，中华书局 2014 年版，第 3989 页。

④ ［日］白川静：《金文的世界：殷周社会史》，温天河、蔡哲茂合译，台北联经出版事业公司 1989 年版，第 20、21 页。

有一个现象不可不知，即西周史官以殷商人居多，这或许是商人文化高于周人之故。《吕氏春秋·先识览》载："殷内史向挚见纣之愈乱迷惑也，于是载其图法，出亡之周。"① 周初太史辛甲亦纣王的旧臣，《史记·周本纪》裴骃集解引刘向《别录》曰："辛甲，故殷之臣，事纣。盖七十五谏而不听，去至周，召公与语，贤之，告文王，文王亲自迎之，以为公卿，封长子。"② 普通史官由殷入周者更多，如前述作册折、作册嗌之家族皆是。尤可注意者是作册折的微氏家族，折本人是微氏家族在周的第三代，即史墙的"亚祖祖辛"，微氏家族世为周史，据史墙盘铭（《集成》10175）："微史烈祖乃来见武王，武王则令周公舍宇于周。"是微氏在周的第一代即任史官。微氏之"微"，据学者考证，乃源于微子③，微子的大宗受封于宋，小宗则迁入宗周腹地世代为史官。这说明，周代的世族并非一定是周王的血亲，还有可能是辅佐周王的旧臣或先王贵胄，换言之，周代世族制的缘由应该主要是政治因素，即出于现实统治的需要。

史官的世官性质自然可以保证其极强的延续性，而且，从以下两个故事还可以看出，可能是受到家学的影响，其子孙后代普遍具备任职史官的能力，即便其后代不再担任史官。《春秋·襄公二十五年》："夏五月乙亥，齐崔杼弑其君光。"《左传》："大史书曰：'崔杼弑其君。'崔子杀之。其弟嗣书，而死者二人。其弟又书，乃舍之。南史氏闻大史尽死，执简以往。闻既书矣，乃还。"④ 太史家族中，除了宗子之外，其群弟三人亦完全具备任职资格，可见史官的家学教育是遍及其所有子弟的，并非只针对其嫡子。此外，《左传·昭公十五年》载：

---

① 陈奇猷校释：《吕氏春秋新校释》，上海古籍出版社2002年版，第955页。

② （汉）司马迁撰，（南朝宋）裴骃集解，（唐）司马贞索隐，（唐）张守节正义：《史记》，中华书局2014年版，第151页。

③ 徐中舒：《西周墙盘铭文笺释》，《考古学报》1978年第2期；朱凤瀚：《商周家族形态研究》（增订本），天津古籍出版社2004年版，第283页。

④ 杨伯峻编著：《春秋左传注》（修订本），中华书局1990年版，第1099页。

十二月，晋荀跞如周，葬穆后，籍谈为介。既葬，除丧，以文伯宴，樽以鲁壶。王曰："伯氏，诸侯皆有以镇抚王室，晋独无有，何也？"文伯揖籍谈。对曰："诸侯之封也，皆受明器于王室，以镇抚其社稷，故能荐彝器于王。晋居深山，戎狄之与邻，而远于王室，王灵不及，拜戎不暇，其何以献器？"王曰："叔氏，而忘诸乎！叔父唐叔，成王之母弟也，其反无分乎？密须之鼓与其大路，文所以大蒐也；阙巩之甲，武所以克商也，唐叔受之，以处参虚，匡有戎狄。其后襄之二路，戚钺、秬鬯，彤弓、虎贲，文公受之，以有南阳之田，抚征东夏，非分而何？夫有勋而不废，有绩而载，奉之以土田，抚之以彝器，旌之以车服，明之以文章，子孙不忘，所谓福也。福祚之不登，叔父焉在？且昔而高祖孙伯黡司晋之典籍，以为大政，故曰籍氏。及辛有之二子董之晋，于是乎有董史。女，司典之后也，何故忘之？"籍谈不能对。宾出，王曰："籍父其无后乎！数典而忘其祖。"①

这个"数典忘祖"的故事说明，即便失其官守而担任其他职务，后世子孙对先人原来从事的职业也须熟悉，所以直至孔子，依然认为"三年无改于父之道，可谓孝矣"（《论语·学而》）②。

至于史官的变化性，要复杂得多。由于世族世官并非完全世袭，而是会视资历、功德等个人情况而有所黜陟，这就决定了某些史官家族会和其他世官家族一样具有变化性。但这只是浅层意义上的变化，对于整个史官阶层或统治阶层并无根本意义。更为重要的变化，是随着整个社会文化的推演而发生的史官阶层地位的变迁。

相对于夏商，西周的一个明显变化是渐渐从神权政治中走出来，发展出一种带有强烈人文精神的礼乐文明。这也是有的学者将西周理解为

① 杨伯峻编著：《春秋左传注》（修订本），中华书局 1990 年版，第 1371—1373 页。

② （清）刘宝楠撰，高流水点校：《论语正义》，中华书局 1990 年版，第 27 页。

一种官僚体制的原因，这当然与史官等职官体系密不可分，在西周的政府体系中，“史和作册的重要性及三有司突出的作用表明，周人可能对政府有一个非常不同的理解，一个对民事行政专注——虽然西周国家根本的政治使命是完成天命，但为了这个目的，周人建立了一个主要执行民事行政管理的政府机器，而并不是像前面讨论的商代政府那样首要是一个处理与神之间的关系，仅仅附带地处理民政事务的宗教体制”①。史官，作为由巫蜕变而来的一种职官，正是从“神权”向“官僚”体制演变的最好说明。

史官在周代的地位经历了由高到低的变化过程。前述太史辛甲之外，最著名的周初史官是与之并称的史逸，又称尹逸、尹佚、史佚或作册逸等。史逸之言在《左传》《国语》中被多次引用，足见其在周人观念中的地位之高，亦说明他在周代思想史上应有相当之地位。《汉志》有《尹逸》二篇，可惜已佚。清华简《耆夜》中记载武王八年勘耆（黎）之后饮至于文王太室，“毕公高为客，召公保奭为夹，周公叔旦为主，辛公𧬈甲为位，作册逸为东堂之客，吕尚父命为司正，监饮酒”②。辛甲、尹逸与毕公、召公、周公、吕尚等并列，足见其地位之高。

史官的地位，在周初当甚高。就太史而言，如辛甲，据前引刘向《别录》，在文王时即已受封为公，金文中西周早期的《公大史鼎》（《集成》2339、2370、2371）、《公大史簋》（《集成》3699）皆为太史作器而前面缀以“公”称，及至西周中期的穆王时器《作册魖卣》（《集成》5432）中仍有“公太史”之称，可见太史在西周中期之前一直是爵位较为尊崇的。

内史尹的地位虽常排在太史之后，如辛甲、尹逸常以辛、尹的次序连称，但内史尹的实际作用反而多在太史之上。据《大戴礼记·保傅》

---

① 李峰：《西周的政体：中国早期的官僚制度和国家》，生活·读书·新知三联书店 2010 年版，第 66 页。

② 李学勤主编：《清华大学藏战国竹简（一）》下册，中西书局 2010 年版，第 150 页。

篇记载，尹逸与周公、太公、召公并列为四辅，是常立于成王身后、“博闻强记，接给而善对”的“承”①，足见其地位实在三公之下、群臣之上。

周代史官的种类之多、官员之众、地位之高，几乎是空前绝后的。据许兆昌统计，“周代各类专称史官的职名十六类二十九个。分别有太史、小史、冯相氏、保章氏、内史、作册、尹氏、命尹、内史尹、作册尹、作命内史、作册内史、内史尹氏、御史、柱下史、守藏室史、外史、女史、左史、右史、瞽史、工史、眚史、书史、中史、緌史、祝史、祭史、筮史等。如果再加上不可知其具体职事的史官名称如戣史、辛史、彭史、微史、寡史、赤史、齐史、宁史、螨史、兼史、懋史等，则周代史官，其专有名称即达四十余种之多。”另据许氏总结，周代史官的职事亦达39种之多，传世文献中记载的西周史官人物有12位，器铭中更是多达46位，东周史官有48位②。这些数字虽未必准确，但足以说明周代史官的种类和数量一定是相当庞大的。

然而，总体而言，史官的地位在西周中期以后是呈下降趋势的。西周晚期的《诗经·小雅·十月之交》中列了一系列的职官：“皇父卿士，番维司徒。家伯维宰，仲允膳夫。棸子内史，蹶维趣马。楀维师氏，艶妻煽方处。”③这些职官大致是按地位高低排列的，其中内史已在卿士、司徒、冢宰、膳夫之后。这与周初辛、尹的崇高地位判然有别。在穆王时的《作册䰧卣》（《集成》5432）中，公太史尤且称公，而西周晚期的《毛公鼎》（《集成》2841）中，太史寮接受毛公统领，

---

① （清）王聘珍撰，王文锦点校：《大戴礼记解诂》，中华书局1983年版，第54页。同样的记载又见贾谊《新书·保傅》，（汉）贾谊撰，阎振益、钟夏校注《新书校注》，中华书局2000年版，第184页。

② 许兆昌：《周代史官文化：前轴心期核心文化形态研究》，吉林大学出版社2001年版，第38—78、130—187页。按，其中史官的职名与职事是就整个周代而言的，但其大部分在西周时已经存在。

③ （汉）毛亨传，（汉）郑玄笺，（唐）孔颖达疏：《毛诗注疏》，阮元校勘《十三经注疏》本，台北：艺文印书馆2007年版，第407页。

显然地位在“公”之下了。平王东迁之后，礼乐播散，史官的地位不仅进一步下降，而且屡屡出现失职的现象。如《左传·昭公元年》载：“晋侯有疾。郑伯使公孙侨如晋聘，且问疾。叔向问焉，曰：‘寡君之疾病，卜人曰实沈、台骀为祟，史莫之知，敢问此何神也？’”① 卜、史本是神职人员，竟不知鬼神之事，反而要向远道而来的子产询问，所以《礼记·郊特牲》曰：“失其义，陈其数，祝、史之事也。故其数可陈也，其义难知也。知其义而敬守之，天子之所以治天下也。”对此，孙希旦曰：“愚谓礼之数，见于事物之末；礼之义，通乎性命之精。故其数可陈，其义难知。”② 可见在战国儒家学者心目中，史已与巫祝等列，是知末而不明本的技术官员了。而春秋之世，史官乃至百官失职之事不绝于书③。

另外，史官地位的变化似与周王对权力的掌控和追求不无关系。因内史是周王的内廷官员，相对于太史而言，更易接近周王本人，甚至能够接近王后（《[illegible]鼎》，《集成》2696；《[illegible]鼎》，《集成》2789）。所以到西周中期，行政命令的起草和宣布权力“可能已由周王的‘内廷’所垄断。……这个改变与周王成为唯一可以对整个西周政府中所有官员进行册命的人，并且完全由他的内廷书记类职官撰写和宣读王命这个事实正相符合”④。这也是内史地位逐渐高于太史的原因。在《周礼》中，内史地位高于太史的事实以爵级的形式体现出来：内史为中大夫，太史为下大夫⑤。虽然早期的内史和太史爵位绝不止于此，但二者地位的高低还是得到了反映。

---

① 杨伯峻编著：《春秋左传注》（修订本），中华书局1990年版，第1217页。

② （清）孙希旦撰，沈啸寰、王星贤点校：《礼记集解》，中华书局1989年版，第707页。

③ 关于史官地位变迁，详见许兆昌《周代史官文化：前轴心期核心文化形态研究》，吉林大学出版社2001年版，第112—119页。

④ 李峰：《西周的政体：中国早期的官僚制度和国家》，生活·读书·新知三联书店2010年版，第82页。

⑤ （汉）郑玄注，（唐）贾公彦疏：《周礼注疏》，阮元校勘《十三经注疏》本，台北：艺文印书馆2007年版，第265、266页。

这一点还可以从其他周王身边的职官地位之跃升获得旁证。如商代已出现的宰（如宰丰骨[①]、此外还有宰甫卣，《集成》5395；宰椃角，《集成》9105），本是王家总管大臣，但在西周不少册命仪式中担任了右者的角色，甚至是许多史官的右者，如微史家族的十三年瘐壶（《集成》9723）、颂鼎（《集成》2828）、吴方彝（《集成》9898）等[②]。在《师嫠簋》（《集成》4324）中，宰成为乐师的右者。册命仪式中的右者一般是接受册命者的上司，至少职务要高于受命者或与之相当，这说明宰的职位是呈上升趋势的。前引《十月之交》中，"家伯维宰"似即宰官之长[③]，此时（幽王世）其地位仅在最高执政皇父卿士和司徒之后，排在第三位；至《周礼》编撰的时代，其地位已升至六卿之首。另一个周王身边的官员是膳夫，其地位同样呈上升趋势，在《十月之交》中紧接冢宰之后。从"膳夫"之名来看，应是主管周王膳食的官员，《周礼》正是这样解释的[④]，但因接近周王，渐受信用，进而传达王命（《大克鼎》，《集成》2836），甚至代表王去整顿成周八师（《小克鼎》，《集成》2797），足见其权势之大。宰和膳夫的地位、权势之高，和传说中商汤对伊尹的重用十分相似，后世传说中有"伊尹以割烹要汤"（《孟子·万章上》）之说[⑤]，《吕氏春秋·本味》更详细记载了"伊尹以割烹要汤"的说辞[⑥]，《老子》中

---

① 释文可参看郭沫若《殷契余论·宰丰骨刻辞》，《郭沫若全集·考古编》第一卷，科学出版社1982年版，第406页。

② 按：瘐的官职有可能不是史官。在微史家族103件铜器中，瘐组数量较多，达35件，但瘐组铜器的铭文中没有言及他为"史"或"作册"，反有"微伯瘐"之称。从"伯"的爵称及制器的种类、数量判断，似乎官位比其父史墙得到了较大的升迁。在制作十三年瘐壶时，他的职位究竟怎样还不易确定，但他作为微史家族的一员，似乎不应完全与史职无关。

③ 周王的宰往往不止一个，如在《蔡簋》（《集成》4340）中，右者为宰曶，蔡被任命的官职也是宰。《周礼》中除冢宰（太宰）外，还有小宰、宰夫等，郑玄以为"家伯维宰"指的是冢宰。

④ （汉）郑玄注，（唐）贾公彦疏：《周礼注疏》，阮元校勘《十三经注疏》本，台北：艺文印书馆2007年版，第57页。

⑤ （清）焦循撰，沈文倬点校：《孟子正义》，中华书局2015年版，第703页。

⑥ 陈奇猷校释：《吕氏春秋新校释》，上海古籍出版社2002年版，第745、746页。

也有“治大国若烹小鲜”（六十章）之说①，看来掌管厨膳之人容易接近王者而受重用，似乎自古皆然。宰和膳夫权位的上升与内史地位的上升应该是出于同样的原因，即周王对权力的追求与掌控。

由史官的盛衰我们可以大致划定史官时代的时间界限，自商末周初史官兴起，至春秋晚期衰落，大概即可视为中国文化史暨中国著述史上的史官时代。正是此一时期，后来被尊为儒家经典的“六经”逐渐形成，因此，我们也可以把史官时代称作“经典时代”。

第四节　诸子时代

春秋晚期，史官已衰颓至“失其义，陈其数”的境地，所以他们已不能作为文化的最高代表。此时，列国出现许多知识修养极高的贤士大夫，正如前引《左传·昭公元年》所载，晋侯之疾须向子产咨询，子产果然说出一段故事及许多道理，令晋国的贤大夫叔向十分钦佩。可以说，此时子产等贤士大夫已代替史官，成为最有知识修养之人。鲁叔孙豹、齐晏婴、晋叔向、郑子产、卫蘧伯玉和吴季札等都是一时俊彦，代表了新的历史文化发展动向。面对愈益礼坏乐崩的政局，这些贤士大夫纷纷提出各自的批评。《左传·昭公三年》记载了叔向与晏婴的一段对话：

> 叔向曰：“齐其何如?”晏子曰：“此季世也，吾弗知齐其为陈氏矣。公弃其民，而归于陈氏。……”叔向曰：“然。虽吾公室，今亦季世也。戎马不驾，卿无军行，公乘无人，卒列无长。庶民罢敝，而宫室滋侈。道殣相望，而女富溢尤。民闻公命，如逃寇仇。栾、郤、胥、原、狐、续、庆、伯，降在皂隶，政在家门，民无所

① （魏）王弼注，楼宇烈校释：《老子道德经注校释》，中华书局2008年版，第157页。

依。君日不悛，以乐慆忧。……”晏子曰：“子将若何?”叔向曰：“晋之公族尽矣。肸闻之，公室将卑，其宗族枝叶先落，则公室从之。肸之宗十一族，唯羊舌氏在而已。肸又无子，公室无度，幸而得死，岂其获祀?”①

一股末日的凄凉扑面而来，行将改天换日的质变正在酝酿着。叔向和晏婴称他们所处的时代为“季世”，流露出无可奈何、“幸而得死”的绝望情绪。

在这种消极绝望之外，更多的是积极的“救世”之举。就在上述叔向、晏婴的对话之后仅三年，郑国发生了一件大事，即郑国执政子产将刑法条律铸于鼎上，公之于众，引发了叔向对子产的批评。《左传·昭公六年》载：

郑人铸刑书。叔向使诒子产书，曰：“始吾有虞于子，今则已矣。昔先王议事以制，不为刑辟，惧民之有争心也。……民知争端矣，将弃礼而征于书。锥刀之末，将尽争之。乱狱滋丰，贿赂并行。终子之世，郑其败乎！肸闻之，‘国将亡，必多制’，其此之谓乎!”复书曰：“若吾子之言——侨不才，不能及子孙，吾以救世也。既不承命，敢忘大惠!”②

叔向责怪子产将刑书公之于众会引发民众争讼于法律而废弃礼义，子产则认为自己是在“救世”。史实证明，子产的法治思想代表了历史发展的方向。

诚然，并非所有贤士大夫都像子产一样具有长远的眼光，但大多数人抱有“救世”的思想，在“季世”里勉力于挽狂澜于既倒。比如叔

① 杨伯峻编著：《春秋左传注》（修订本），中华书局 1990 年版，第 1234—1237 页。
② 同上书，第 1274—1277 页。

向，虽然他对子产铸刑书表示反对，但并不能由此得出结论，认为叔向是旧贵族利益的维护者，是反动、落后的。事实上，晋国“政在家门，民无所依，君日不悛，以乐慆忧”的情形即孔子批评的“礼乐征伐自大夫出”，叔向对此极为愤慨，所以他特别注重“礼”，希望通过“礼”的恢复实现正常的统治秩序。

救世的努力是多方面的。子产以“法”整顿统治秩序的努力是救世，叔向以“礼”恢复统治秩序也是救世。不啻此，贤士大夫们在努力恢复“礼”的秩序时实际上是“托古改制”，已经在为“礼”重铸新的内核。春秋时，虽然许多上层贵族对“礼”的认知仍停留在表面的仪节上，但少数贤士大夫已将礼视作经国安民的大法。越到后来这种观念的表述就越清晰，到孔子时代的昭公五年（前537），晋侯如下的一次偶然发问，便引发了一段议论：

> 公如晋，自郊劳至于赠贿，无失礼。晋侯谓女叔齐曰：“鲁侯不亦善于礼乎？”对曰：“鲁侯焉知礼！”公曰：“何为？自郊劳至于赠贿，礼无违者，何故不知？”对曰：“是仪也，不可谓礼。礼，所以守其国，行其政令，无失其民者也。今政令在家，不能取也；有子家羁，弗能用也；奸大国之盟，陵虐小国；利人之难，不知其私。公室四分，民食于他。思莫在公，不图其终。为国君，难将及身，不恤其所。礼之本末将于此乎在（杜注：在恤民与忧国），而屑屑焉习仪以亟。言善于礼，不亦远乎？”君子谓叔侯于是乎知礼。①

稍后的昭公二十五年（前517年），亦有类似的记载：

① （周）左丘明传，（晋）杜预注，（唐）孔颖达疏：《春秋左传正义》，阮元校勘《十三经注疏》本，台北：艺文印书馆2007年版，第744、745页。

> 子大叔见赵简子，简子问揖让、周旋之礼焉。对曰："是仪也，非礼也。"简子曰："敢问，何谓礼？"对曰："吉也闻诸先大夫子产曰：'夫礼，天之经也，地之义也，民之行也。'……"简子曰："甚哉，礼之大也！"对曰："礼，上下之纪、天地之经纬也，民之所以生也，是以先王尚之。故人之能自曲直以赴礼者，谓之成人。大，不亦宜乎！"①

从中可得出如下结论。一，上层贵族一般的观念还是以"仪"当"礼"的，如鲁昭公、晋平公，还有赵简子。而他们的做法是于古有征的，《尚书·洛诰》载周公告诫成王说："汝其敬识百辟享，亦识其有不享，享多仪，仪不及物，惟曰不享。惟不役志于享，凡民惟曰不享，惟事其爽侮。"孙星衍疏曰："汝其敬识百国诸侯朝聘之享献，享以多仪文为敬，其仪文不及贡物者，犹不享耳。当思不营心于贡献，凡民徒以汝不重仪文，则将任其过差侮易之矣。"② 自周公以来，人们多以谨守仪文来表达敬德之意，这是相沿已久的传统。二，特别提出"礼"和"仪"的区别，前此是没有的，说明已经有人力图为"礼"寻求更多人本主义的理性依据，而不是仅仅停留在它所起到的社会功用上。后一点尤其应该引起注意，由重礼之仪向重礼之义的探寻，这种新的动向，虽然相对于人的内心世界来说仍是外在的，但可以看作孔子"人而不仁如礼何"的前奏，其间由"外"而"内"的发展演变之迹还是相当清晰的。

在对礼的重新阐释中，我们可以明显地感受到一种民本理性思想。新兴的民本理性思潮除了表现在上述对旧传统的重新阐释外，还表现在对民意民心的重视和对天命鬼神的敬而远之。与殷商不同，周人属于务

---

① 杨伯峻编著：《春秋左传注》（修订本），中华书局1990年版，第1457—1459页。

② （清）孙星衍撰，陈抗、盛冬铃点校：《尚书今古文注疏》，中华书局2004年版，第408、409页。

实的农业民族，“敬鬼神而远之”的思想可能早已有之，只是理性化色彩尚不及春秋之后鲜明。如《尚书》《逸周书》所载，就有不少敬天保民、修身崇德的思想。春秋以来，民本思想在贤士大夫中就越来越普遍了：

> 少师归，请追楚师。随侯将许之。季梁止之，曰：“……所谓道，忠于民而信于神也。上思利民，忠也；祝史正辞，信也。今民馁而君逞欲，祝史矫举以祭，臣不知其可也。”公曰：“吾牲牷肥腯，粢盛丰备，何则不信？”对曰：“夫民，神之主也，是以圣王先成民而后致力于神。……”（《左传·桓公六年》）①
>
> 史嚚曰：“虢其亡乎！吾闻之：国将兴，听于民；将亡，听于神。”（《左传·庄公三十二年》）②
>
> 内史过归，以告王曰：“晋不亡，其君必无后……如是则长众使民，不可不慎也。民之所急在大事，先王知大事之必以众济也，是故祓除其心，以和惠民。……”（《国语·周语上》）③

类似的言论还有很多。

初看起来，这些民本思想似乎没有多少可称道之处。但是如果将这些思想与前代人的观念或与当代居高位而庸碌的贵族统治者进行一番对比，其理性的光芒就相当夺目了。《礼记·表记》载孔子论夏商周风尚之不同曰：“夏道尊命，事鬼敬神而远之，近人而忠焉。先禄而后威，先赏而后罚，亲而不尊。其民之敝，蠢而愚，乔而野，朴而不文。殷人尊神，率民以事神，先鬼而后礼，先罚而后赏，尊而不亲。其民之敝，荡而不静，胜而无耻。周人尊礼尚施，事鬼敬神而远之，近人而忠焉。

---

① 杨伯峻编著：《春秋左传注》（修订本），中华书局1990年版，第111页。

② 同上书，第252页。

③ 徐元诰撰，王树民、沈长云点校：《国语集解》，中华书局2002年版，第32页。又，据《左传》，事在鲁僖公十一年（前649年）。

其赏罚用爵列，亲而不尊。其民之敝，利而巧，文而不惭，贼而蔽。”[①] 夏道“尊命”，殷人“尊神”，周人“尊礼”，这种差异被陈来视为巫觋文化、祭祀文化和礼乐文化的演进，他分析道：“尊命即尊占卜之命、巫觋之行，那时的神灵观念尚未充分发展，所以说远于鬼神。殷人尊神事鬼，先鬼后礼，表明殷人虽已有礼，但居文化主导地位的是鬼神，礼完全不具有任何优先性（此礼是指人道之礼）。周人尊礼，礼在周人的文化体系中占主导地位，享有对其他事物的优先性。由于人道之礼居主导地位，鬼神祭祀虽仍保留，却已渐渐远之，向神道设教的形态发展（这也是荀子所说的君子以为人道，百姓以为鬼神）。在‘子曰’的论述中，三代文化演化展开为一种‘否定之否定’特征。……周人的远神近人则是经过对殷人的理性否定而呈现的对夏的更高一级的肯定，是周代文化理性化进步的体现。”[②] 周人这种超越前代的理性认识，正如孔子在回答弟子樊迟问智时所说：“务民之义，敬鬼神而远之，可谓知矣。”（《论语·雍也》）[③]

在整体的比较中，我们已经看到周人较夏商的理性进步。而在周代的不同时段，人们的思想观念并没有停滞，而是在沿着理性化的道路前进。周初确立了宗法分封制以后，在相当长的时间里，包括西周和几乎整个春秋时期，人们是按照血统即出身来分配和获得权力与资源的，不是个人，而是家族处于权力的中心。这就是何怀宏所说的“世袭社会”[④]，即“血而优则仕”的贵族时代。显然，这样的时代自有其缺乏理性的一面，“血而优则仕”的现实是建立在天命神授的观念之上的，祖先崇拜的思想还相当普遍。如此一来，以民为“神之主”

---

① （清）孙希旦撰，沈啸寰、王星贤点校：《礼记集解》，中华书局 1989 年版，第 1309、1310 页。

② 陈来：《古代宗教与伦理——儒家思想的根源》，生活·新知·读书三联书店 1996 年版，第 280 页。

③ （清）刘宝楠撰，高流水点校：《论语正义》，中华书局 1990 年版，第 236 页。

④ 何怀宏：《世袭社会及其解体：中国历史上的春秋时代》，生活·读书·新知三联书店 1996 年版。

而主张“听于民”的民本思想就具有非同寻常的意义了，它不仅体现了明显优于贵族天命神授的理性光辉，而且昭示了“中国文化演进的突出特色是人文性和人间性”①。自春秋至战国，中国文明的神性逐渐消退，理性和人性日益凸显，而孔子正是这一过程的关键点。

进入战国，情况慢慢发生了变化：各国掌权者多已不再是旧贵族，社会秩序也经历了激烈动荡，尤其是士人阶层迅速崛起；旧的礼乐体制崩坏，传统的规范被打破，思想空前活跃；诸侯国之间的吞并战争风起云涌，社会处于无序的失衡状态，亦即前文指出的社会政治权威、思想权威皆已丧失的“真空”状态。在这种“真空”状态下，战国时代经历了从混乱无序到重建秩序规范的动荡过程。

西周与春秋的贵族时代是一个依靠血统或出身来获得权力和资源的“血而优则仕”的时代。那时“士之子恒为士”“工之子恒为工”“商之子恒为商”“农之子恒为农”（《国语·齐语》）②，社会各阶层分工明确，世守其业，基本上没有什么社会流动。战国之初，社会结构发生了翻天覆地的变化，陵谷变易，礼崩乐坏，贵族阶层基本瓦解，工商繁兴，而庶民亦有因耕战而富贵者。大概此类事情很早就出现了，《国语·周语下》载周太子晋说：“天所崇之子孙，或在畎亩，由欲乱民也。畎亩之人，或在社稷，由欲靖民也。”并举黎、苗、夏、商败亡的例子，认为他们“上不象天，而下不仪地，中不和民，而方不顺时，不供神祇，而蔑弃五则。是以人夷其宗庙，而火焚其彝器，子孙为隶，不夷于民”③。此种现象越到后来越为常见。《左传·僖公三十三年》载，此前晋文公之时，“初，臼季使，过冀，见冀缺耨，其妻馌之，敬，相待如宾”④。冀缺之父是冀芮，本是晋惠公一党的贵族，欲害文公而被

---

① 陈来：《古代宗教与伦理——儒家思想的根源》，生活·新知·读书三联书店 1996 年版，第 12 页。

② 徐元诰撰，王树民、沈长云点校：《国语集解》，中华书局 2002 年版，第 220、221 页。

③ 同上书，第 100、101 页。

④ 杨伯峻编著：《春秋左传注》（修订本），中华书局 1990 年版，第 501 页。

秦穆公诱杀，此时其子冀缺只好隐居自耕了。像这样的例子并非罕见，比如史墨对赵简子说："社稷无常奉，君臣无常位，自古以然。故诗曰：'高岸为谷，深谷为陵。'三后之姓，于今为庶。"（《左传·昭公三十二年》）① 而春秋末年沦落的贵族尤其多。至于庶民升为贵族的，前人常举赵简子于哀公二年（前493年）伐郑的誓词："克敌者，上大夫受县，下大夫受郡，士田十万，庶人工商遂，人臣隶圉免。"②

最引人瞩目的是士阶层的演变。士本处于贵族阶级的最底层，但又为四民之首，余英时认为："把士的社会身份正式地确定在'民'的范围之内，这是春秋晚期以来社会变动的结果。"③ 对此可能尚有进一步研究的必要，但社会的变动使得士阶层规模大为扩大，则是不争的事实④。士人由此成了"无恒产而有恒心者"的特殊群体，士人的地位在脱离贵族、亲近庶民的看似降低的过程中因掌握着"道"反而提高了。他们是靠知识和智慧博取官职的自由人，是官僚政治得以存在和运行的基础。士成为一个变动不居、沟通上下的特殊阶层，它对上层官宦和下层编户齐民都是开放的，最具流动性。这些特点的获得是一个渐变的、自然的过程，与贵族社会的瓦解大致同步。由"血而优则仕"到"学而优则仕"，以"贤贤"取代"尊尊""贵贵"，战国这个特殊时代为广大士人开辟了展现自我的空前而绝后的广阔舞台。

孔子之时，"君命召，不俟驾行矣"（《论语·乡党》）⑤，尚十分注重

① 杨伯峻编著：《春秋左传注》（修订本），中华书局1990年版，第1519、1520页。

② 同上书，第1614页。按：余英时《士与中国文化》（上海人民出版社2003年版）之"古代知识阶层的兴起与发展"一章对此问题有较详细的论述，可参看。当时社会变迁的情状及原因是非常复杂的，亦非本书所能及，可以参考许倬云《中国古代社会史论：春秋战国时期的社会流动》（邹水杰译，广西师范大学出版社2006年版）、何怀宏《世袭社会及其解体：中国历史上的春秋时代》（生活·读书·新知三联书店1996年版）等。

③ 余英时：《士与中国文化》，上海人民出版社2003年版，第15页。

④ 关于"士"的纷繁意涵，可参看阎步克《士大夫政治演生史稿》（北京大学出版社2003年版）第二章"封建士大夫阶层的出现"，他认为"四民"之"士"不同于贵族之士，乃是平民甲士。在此，不妨把本书之"士"定义为"无恒产而有恒心"的、以求仕任事为职志的低级贵族阶层。

⑤ （清）刘宝楠撰，高流水点校：《论语正义》，中华书局1990年版，第428页。

君臣尊卑；孟子则以为“将大有为之君，必有所不召之臣”（《孟子·公孙丑下》）①，所以引起了万章的怀疑，孟子就引子思为例，说：“缪公亟见于子思，曰：‘古千乘之国以友士，何如？’子思不悦，曰：‘古之人有言，曰事之云乎？岂曰友之云乎？’子思之不悦也，岂不曰：‘以位，则子君也，我臣也，何敢与君友也？以德，则子事我者也，奚可以与我友？’千乘之君求与之友而不可得也，而况可召与？”（《孟子·万章下》）② 可见不仅孟子的时代，即战国初年的子思之时，士人已经有以君王师友自居的了。《孟子·万章下》中还记载了关于子思的另一件事：“缪公之于子思也，亟问，亟馈鼎肉。子思不悦，于卒也摽使者出诸大门之外，北面稽首再拜而不受，曰：‘今而后知君之犬马畜伋！’”③ 孔子之后战国之初，士人地位确有提高，当时以礼贤知名的诸侯，有鲁缪公、魏文侯，据钱穆先生考证，鲁缪公朝中贤士除子思外，还有曾申、公仪休、泄柳、申详、墨子、南宫边、县子等，魏文侯朝中有子夏、田子方、段干木、魏成子、翟璜、翟角、吴起、李克、西门豹、乐羊、屈侯鲋、赵苍唐等，其中尤以魏文侯礼贤影响为大，钱先生对此评曰：

> 今魏文以大夫僭国，子夏即亲受业于孔子，田子方段干木亦孔门再传弟子，曾不能有所矫挽，徒以踰垣不礼，受贵族之尊养，遂开君卿养士之风。人君以尊贤下士为贵，贫士以立节不屈为高。自古贵族间互相维系之礼，一变而为贵族平民相对抗之礼，此世变之一端也。④

---

① （清）焦循撰，沈文倬点校：《孟子正义》，中华书局2015年版，第281页。

② 同上书，第774、775页。

③ 同上书，第766页。

④ 钱穆：《先秦诸子系年》之《魏文侯礼贤考》《鲁缪公礼贤考》，商务印书馆2001年版，第149—158、179—184页。

这的确是真知灼见。所谓“人君以尊贤下士为贵，贫士以立节不屈为高”，其中实则隐藏着“道”与“势”、“德”与“位”之间的消长变化。孟子说：“天下有达尊三：爵一，齿一，德一。朝廷莫如爵，乡党莫如齿，辅世长民莫如德。”（《孟子·公孙丑下》）[①] 这道出了其中的“秘密”。“爵”即“势”“位”，为有国有家的统治者所专；“德”即贤，“辅世长民”所必备，正是士人所持有的；“齿”即年龄，所以为尊，乃是传统使然。孟子还引重古代贤王贤士说：“古之贤王好善而忘势，古之贤士何独不然？乐其道而忘人之势。故王公不致敬尽礼，则不得亟见之。见且不得亟，而况得而臣之乎？”（《孟子·尽心上》）[②] 其实这完全是战国的情形。可见，当时情势，列国纷争，各诸侯国急需“辅世长民”的贤能才俊，帮助他们实现保国扩土乃至统一天下的大业；士则不然，“行不合，言不用，则去之楚、越，若脱蹝然”[③]。真是“得士者昌，失士者亡”，两相对比之下，确是“道”“德”高过了“势”“位”，自魏文侯以下，礼贤养士之风日盛。

这种情形在历史上是空前绝后的。士人多以道自任，高自标榜；诸侯卿相为了扩充势力、扩展领土，需要求助于有治国安民、统兵破敌之术的贤能才俊，故也多折节下士，对才德之士以师友相待。前引子思与鲁缪公的故事，子思就是以师自居的。《吕氏春秋·举难》载：“文侯师子夏，友田子方，敬段干木。”[④] 孟子也引费惠公之言说：“吾于子思，则师之矣；吾于颜般，则友之矣；王顺、长息，则事我者也。”（《孟子·万章下》）[⑤]《战国策·燕策一》载郭隗对燕昭王说：“帝者与

① （清）焦循撰，沈文倬点校：《孟子正义》，中华书局2015年版，第281页。

② 同上书，第954、955页。

③ 《史记·魏世家》载：“子击逢文侯之师田子方于朝歌，引车避，下谒。田子方不为礼。子击因问曰：‘富贵者骄人乎？且贫贱者骄人乎？’子方曰：‘亦贫贱者骄人耳。夫诸侯而骄人则失其国，大夫而骄人则失其家。贫贱者，行不合，言不用，则去之楚、越，若脱蹝然，奈何其同之哉！’”（第2223页）这段话常被引用，钱穆便评论说：“可以推见当时士焰方张，学者得势，已非往昔孔墨初兴之比矣。”见《先秦诸子系年》之《魏文侯礼贤考》，第150页。

④ 陈奇猷校释：《吕氏春秋新校释》，上海古籍出版社2002年版，第1319页。

⑤ （清）焦循撰，沈文倬点校：《孟子正义》，中华书局2015年版，第743页。

师处，王者与友处，霸者与臣处，亡国与役处。诎指而事之，北面而受学，则百己者至……"[①] 正由于重视士的作用，礼待士人，魏于列国最先称霸，燕也因此得以破齐复仇。对道德与势位尊卑的认识，在其他诸子中也同样存在着：

> 故势为天子，未必贵也；穷为匹夫，未必贱也；贵贱之分，在行之美恶。（《庄子·盗跖》）[②]

从道不从君，从义不从父，人之大行也（《荀子·子道》）。[③]《战国策》中还有这样著名的记载：

> 齐宣王见颜斶，曰："斶前！"斶亦曰："王前！"宣王不悦。左右曰："王，人君也。斶，人臣也。王曰'斶前'，亦曰'王前'，可乎？"斶对曰："夫斶前为慕势，王前为趋士。与使斶为慕势，不如使王为趋士。"王忿然作色曰："王者贵乎？士贵乎？"对曰："士贵耳，王者不贵。"（《战国策·齐策四》）

接着颜斶引古为证，列举了"尧有九佐，舜有七友，禹有五丞，汤有三辅"，所以成为世之明主，宣王听后便浩叹而"愿请受为弟子"[④]。这个故事未必属实[⑤]，但很能反映当时士焰方张的社会现象。

在道、德高于势、位的自我体认之下，士人的地位大为提高，士人的个性得到了极大的张扬。思想界空前活跃而自由，士人积极展开活

---

① （西汉）刘向集录：《战国策》，上海古籍出版社 1998 年版，第 1064 页。

② （清）郭庆藩撰，王孝鱼点校：《庄子集释》，中华书局 1961 年版，第 1003 页。

③ （清）王先谦撰，沈啸寰、王星贤点校：《荀子集解》，中华书局 2013 年版，第 624 页。

④ （西汉）刘向集录：《战国策》，上海古籍出版社 1998 年版，第 407—412 页。

⑤ 即本书紧接着"齐宣王见颜斶"的下一章"先生王斗造门而欲见齐宣王"讲了一个极为类似的故事，但主角换成了王斗。

动，四处游说，争取实现自己的理想和学说，发挥自己的才能，建功立业，其最下者也要设法养家糊口。

士人张扬的个性在游辩中得到了充分的展示。自孔子周游列国之后，百家竞起，无不奔走于各国执政之间，或游说以纵横之术，或训导以仁义之说，或挫敌于战阵之前，或救人于危难之际。如墨子，千里奔波以救宋危；如鲁仲连，折冲樽俎以解赵围。诸子不仅纷纷著书以总结本学派的理论学说并宣扬之，而且出现了总结游说论辩方法的专门理论。如《战国策》，其中既有可信的史料，即刘向《战国策书录》所说的原题为《国事》《事语》等古书；又有更多不乏虚构的故事，视为信史是不妥的，而许多篇章驰辞骋辩，颇富文采，若推断为策士们平时揣摩演习的范本，则或有可能[①]。再如《荀子·非相》的部分章节和《韩非子·说难》，也可以视为对游说方法的一种理论总结。就连孟子这样的儒者，也非常讲究游说的技巧，以为“说大人则藐之，勿视其魏魏然”（《尽心下》）[②]，并常常能够引导对方的思路，使之陷于自相矛盾之中，甚至逼得“王顾左右而言他”（《梁惠王下》）[③]。喜欢游说的诸子时常热衷于论辩，他们注意研究论辩的技巧，出现了像公孙龙、惠施等专以论辩为事的名家学派，《墨经》也有不少类似于名家白马、坚同的论题。而齐国的稷下学宫游士最盛，史称：“宣王喜文学游说之士，自如驺衍、淳于髡、田骈、接予、慎到、环渊之徒七十六人，皆赐列第，为上大夫，不治而议论。是以齐稷下学士复盛，且数百千人”

① 何晋：《〈战国策〉研究》第三章第二节“论《战国策》非史著”专论《战国策》的性质问题，引徐中舒语曰：“（《战国策》）其中又杂有从横说士悬梁刺股、简炼揣摩的拟说、拟作。”（原载《论〈战国策〉的编写及有关苏秦诸问题》，《历史研究》1964 年第 1 期。又载何晋《〈战国策〉研究》，北京大学出版社 2001 年版，第 136 页）何晋的说法是有道理的，他还总结道：“在篇章上，今本《战国策》编次粗疏，多有重复；在内容上，其旨趣集中在记录游士的策辞谋略而非史实，不实的设辞及拟作是被允许的。”见该书第 152 页。至于《战国策》的性质为史书还是子书，自宋代以来颇多争论，实则刘向《书录》已经暗示，其中如《国事》《事语》之类可能多含史实，而所谓《国策》《短长》《长书》《修书》之类，则可能多是纵横家言。

② （清）焦循撰，沈文倬点校：《孟子正义》，中华书局 2015 年版，第 1091 页。

③ 同上书，第 153、154 页。

(《史记 · 田敬仲完世家》)[①]。学者田巴善辩，“一日服千人”（《史记 · 鲁仲连邹阳列传》之《正义》引《鲁仲连子》)[②]。可见游辩的风气是得到了统治者支持的。

纵观整个中国古代社会，春秋战国间的社会变革可以说是影响最为深远的一次。这场变革的胚胎成形于春秋时期，其实质就是以新的官僚制代替旧的贵族世袭制，最终走向以士大夫为基础的官僚制政体。世袭制是以家族、血统为统治基础的，政治权力是分散的，天子的直辖区域大不过千里，各诸侯、卿大夫在自己的封地上有完全的统治权力，而且在世袭社会中，即使再有能力的贤者，也必须要依托一个家族才有展示自己的机会；官僚制社会则不同，它是以小农家庭的自然经济为统治基础的，政治权力相对集中，天子的权威一般来说是无上的，可以达于帝国的每一个角落，没有了世袭的贵族和封地，下层民众只要有能力，常常可以通过一定的渠道进入统治者的行列，社会的流动性大为增强[③]。同时，贵族时代的“礼”也渐渐失去了其原有的规范整个社会的效用，“刑不上大夫，礼不下庶人”被“王子犯法，与庶民同罪”取代，“法”成了维持社会秩序的基本依据。

随着统一大局的日益明显，顺应这一趋势并为之提供理论依据的思想学说也发展起来。这样的思想学派以法家为主，或者接近法家。秦始皇焚书坑儒最为人诟病，而在此前 100 多年商鞅已经有过类似之举，《韩非子 · 和氏》载：“商君教秦孝公以连什伍，设告坐之过，燔诗书而明法令，塞私门之请而遂公家之劳，禁游宦之民，而显耕战之士。”[④]秦国行法家之治道，虽刻暴少恩，但境内俨然，故受到荀子的称赞

---

① （汉）司马迁撰，（南朝宋）裴骃集解，（唐）司马贞索隐，（唐）张守节正义：《史记》，中华书局 2014 年版，第 2296 页。

② 同上书，第 2981 页。

③ 对此可参考何怀宏《世袭社会及其解体：中国历史上的春秋时代》一书。

④ （清）王先慎撰，钟哲点校：《韩非子集解》，中华书局 1998 年版，第 97 页。

(《荀子·强国》)[①]。不但秦国，其他国家的变法革新也多与法家思想为近，如李悝在魏国、吴起在楚国的变法，皆以选贤任能、富国强兵为目的，注意加强君权和削弱旧贵族的势力，申不害教韩昭侯以“术”，则是法家之别派。齐国邹忌的改革，杨宽先生也以为推行的是法家政策[②]。

这样的社会情势对以道自居，但除了自身的才智学识几乎别无长物的士人来讲，是利弊各半的。官僚体制当然为有能力的士人提供了一定的进身之机，使“朝为田舍郎，暮登天子堂”成为可能；但权力的集中使得“道”的力量在实权的“势”面前常常显得微不足道。后世常称孔子为“素王”，即有王者之道德，而不居王者之势位。在某种程度上，可以说这是士人共同的不幸。孟子时获宠于齐宣王的右师王驩，在公行子儿子的丧礼上，“右师往吊，入门，有进而与右师言者，有就右师之位而与右师言者”（《孟子·离娄下》），不趋炎附势者仅孟子一人而已[③]。再如《庄子·列御寇》载宋人曹商使秦，得车百乘而返，夸耀于庄子，庄子说：“秦王有病召医，破痈溃痤者得车一乘，舐痔者得车五乘，所治愈下，得车愈多。子岂治其痔邪，何得车之多也？子行矣！”[④] 庄子的嘲讽不可谓不辛辣，但反过来也说明，居道之士在“势”面前仍是弱者，而像孟子、庄子这样守志不移者就更加可贵了。

阎步克引《韩非子·忠孝》：“古之烈士，进不臣君，退不为家，是进则非其君，退则非其亲者也。”[⑤] 并深刻地指出：“然而与其说‘不臣君’、‘不事亲’是‘古之烈士’之行，不如说是战国以来那种流动、分化社会中的新现象。”[⑥] 如果我们从另外的角度、顺着韩非的思路思

① （清）王先谦撰，沈啸寰、王星贤点校：《荀子集解》，中华书局 2013 年版，第 358 页。
② 参见杨宽《战国史》第五章，上海人民出版社 2003 年版。
③ （清）焦循撰，沈文倬点校：《孟子正义》，中华书局 2015 年版，第 638—640 页。
④ （清）郭庆藩撰，王孝鱼点校：《庄子集释》，中华书局 1961 年版，第 1049、1050 页。
⑤ （清）王先慎撰，钟哲点校：《韩非子集解》，中华书局 1998 年版，第 467 页。
⑥ 阎步克：《士大夫政治演生史稿》，北京大学出版社 2003 年版，第 132 页。

考，则正可见韩非对这种新现象的非议和不满。这与上述其他诸子的个性张扬恰恰形成鲜明的对比，可以说透露出了战国末年社会发展的新信息。《韩非子》中还有一则故事，更形象地表露了他的观点：

> 太公望东封于齐，齐东海上有居士曰狂矞、华士昆弟二人者，立议曰："吾不臣天子，不友诸侯，耕作而食之，掘井而饮之，吾无求于人也；无上之名，无君之禄，不事仕而事力。"太公望至于营丘，使执杀之，以为首诛。周公旦从鲁闻之，发急传而问之曰："夫二子，贤者也，今日飨国而杀贤者，何也？"太公望曰："是昆弟二人立议曰：'吾不臣天子，不友诸侯……。'彼不臣天子者，是望不得而臣也……是望不得以赏罚劝禁也。且无上名，虽知不为望用……且先王之所以使其臣民者，非爵禄则刑罚也。今四者不足以使之，则望当谁为君乎？……今有马于此，如骥之状者，天下之至良也；然而驱之不前……则臧获虽贱，不托其足。……行极贤而不用于君，此非明主之所臣也，亦骥之不可左右矣，是以诛之。"（《韩非子·外储说右上》）①

不为君之臣，不为主所用，即便是贤者，也要杀之，这不仅是韩非一人的主张，此前就在素有法家传统的赵国出现，《战国策·齐策四》"齐王使使者问赵威后"载，齐王使者尚未发书，威后连问何以有功的钟离子、叶阳子、婴儿子没有得到重用，接着又问："於陵子仲尚存乎？是其为人也，上不臣于王，下不治其家，中不索交诸侯。此率民而出于无用者，何为至今不杀乎？"② 从统治者的这些严词厉句中，我们可以感觉到他们与士人的矛盾正在加剧，自由的空气正在消散。

① （清）王先慎撰，钟哲点校：《韩非子集解》，中华书局1998年版，第315、316页。

② （西汉）刘向集录：《战国策》，上海古籍出版社1998年版，第418页。於陵子仲即陈仲子，其人已见《孟子·滕文公下》，是以知早于韩非。

在此情势下，士人自然会选择不同的态度。此前，战国中期的孟子、庄子，就傲然以帝师自居，或者干脆采取不合作的态度。战国末年，作为王室成员的韩非是完全站在君主的立场上的。荀子的另一个弟子李斯则以仓鼠自期，丧失了士人的气节，最终以丞相之尊，甚至屈从于宦者之势（《史记·李斯列传》）。游说秦国的尉缭也因惧怕秦王政而欲引退，说明在统一在即的威势之下，士人已经产生了一定程度的自危感（《史记·秦始皇本纪》）[①]。钱穆先生说："反游仕、反文学之思想，则为战国晚年学术之特征。"他认为战国中期孟子时代的学术思想偏重于士的出处问题，而晚期则恰相反，偏重于政治界应如何对付学术界的问题，即思想知识之统治问题。而这一时期的代表，钱穆先生认为是老子、荀子和韩非[②]。老子的时代可能要早一些，荀子和他的弟子韩非，则无疑是战国末年士人的代表，他们的态度，都具有冷静的现实主义的特色。

通过以上论述，我们知道，春秋晚期到战国末年这个阶段，社会各方面发生了天翻地覆的变化。春秋时期是贵族时代，"礼"是维持贵族社会秩序的法则。贵族们在生活和言行上保持着文雅的风尚，常常给人以诗意的感觉，但贵族的德行讲究多注重外在的表现。此外，理性色彩的持续增强，也是此阶段乃至战国时期文明进步的一条内在的理路。春秋晚期贵族统治已趋没落，文化的下移使得士人成为战国时代最为活跃的力量。战国时，中国社会经历了从自由无序到秩序重建的艰难历程。在无序的战国中期，诸子思想空前繁盛，士人们往往以道自居，高自标榜，个性极度张扬；而在天下走向一统的战国末年，官僚体制基本建立，学术思想趋向于为统一服务，士人的精神也因之趋于冷静和理智。

综上，将著述史置于文化史的视野之下，既是一种方法或曰思维方

① （汉）司马迁撰，（南朝宋）裴骃集解，（唐）司马贞索隐，（唐）张守节正义：《史记》，中华书局2014年版，第297、298页。

② 钱穆：《国史大纲》，商务印书馆1996年版，第111页。

式，也是一种态度。万事皆有因，没有一件事物是孤立的，所有事物都处在与其他事物的联系之中。我们固然不可以文化史代替著述史，但著述史绝不是孤立存在的，所以必须将之放在一个更大的范围内，将之置于与其他事物的联系中加以考察，方能更好地认识它，看清楚它的特点及发生、演变的规律。

第二章　巫觋时代的著述

人类的著述何时开始，这似乎应该从人类的诞生谈起。然而上述两件事恐怕都不是能够确切说清楚的。人类从数千万年前的原始古猿，经历了漫长的演进历程，到学会使用、制造工具和直立行走，并学会用语言进行交流，这期间的点滴进步所耗费的时间可能要以万年计。

由于“史前”指有文字记录之前的人类历史，而一般意义上的“著述”无疑应与文字相关，所以“史前”便无所谓“著述”。但如果我们承认人类任何形式的记录事件、表达情思都可视为与现代意义上的著述同质的话，那么，原始人有意识地记录和表达的任何现代物质遗痕就都应该算作史前时代的“著述”；而这些“著述”便是历史时期真正意义之著述的前身。值此之故，我们有必要对史前先民的“著述”遗迹进行一个简单的梳理，以作为人类著述史的开端，并表达我们对数千万年人类进化史的纪念。

本来，史前时代最直接的“著述”应该是原始人类的语言叙说，亦即我们现在文学史上称为“口头文学”的神话传说与原始歌谣之类。但此类“著述”往往直到较晚的时代才形诸文字，已非原貌。幸而在原始口头文学之外，还有不少史前人类活动的痕迹留存至今，并且其中有一些明显是原始先民有意识的“叙说”。就其“叙说”媒介而言，主要包括岩画、陶器、玉器乃至早期青铜器上的纹饰，以及以这些器具为依托的造型艺术本身，还有由岩画、纹饰演变而来，并最终演进为文字的各种符号，等等，这些就是文字诞生之前人类“著述”的主要遗存。

诚然，这些“著述”远比不上后世的文字作品，其局限性是显而易见的。不仅这些介质本身制作不易，更关键的是用于“叙说”的“话语”，其实是诉诸形象，故而依赖于形象的，它本不能与语言相对应，也就不具备语言的抽象性和灵活性。这一点，是史前“著述”永远也无法与后世著述相比的，所以对它的解读也就免不了猜测的成分，各种歧解更是不可避免。然而，即便学术界众说纷纭，但是仍然可以勾勒出一个虽只粗具轮廓但却大致公允的史前“著述史”的面貌。

在勾画这样一个粗线条的轮廓之前，有几个前提务必要澄清。

首先是史前文化（包括史前“著述”）的描绘，最好不要如某些专门的学科研究那样分析为岩画、陶器、玉器、雕塑等物质文化形态。按物质形态分类研究，虽然方便了今人，但绝不符合远古的实际。因为这些不同形态的“作品”和器物在原始人的生活中并不是截然分开的，而是“浑融一体”的。当然，这并不妨碍某些专门学科的研究，例如，考古学家看重陶器、玉器的类型，岩画学者则主要从人类学、民俗学的角度观察岩画的内涵，艺术家则更注重彩陶的造型、色彩、质感和构图，等等。不过，要从文化史（包括著述史）的角度来关注这些史前遗存，最好还是让这些不同形态的史前文物“还原”到原始人类的生活之中，返回其“浑融一体”的状态。唯有如此，才能更准确地描绘出其“史”的面貌，而不致造成支离破碎之感。

其次，还应注意不可用现代艺术的眼光审视远古的文化遗存。我们现在已习惯于将史前文物按其形态分为岩画、陶器、玉器等，并以此为基础对它们的构图、造型和纹样等加以分析，如此，“我们实际上已经在不自知的情况下使它们等同于现代艺术，因为我们所说的现代艺术不正是基本上已经脱离了具体的使用特点而变成一种纯形式差异的审美了吗？……然而这些不同的形式在原始文化或史前文化的情境中恰恰具有着相同的功用”①。

还有一点需要注意的是，在解释史前的文化现象时，要慎重使用某些颇为流行的文化人类学的概念和理论。研究原始文化，当下颇为流行的一种做法是以文化人类学的理论解释原始社会的现象，动辄贴上图腾崇拜、原始宗教的标签，仿佛这是包治百病的灵丹妙药。原始人固然处于蒙昧时代，但在数以千年计、万年计的时段里，不同阶段、不同地域、不同族群之间，想必也是千差万别的。因此，在具体的研究过程中，首要的不是急于找到某种理论来解释某些现象，而是对所见的现象进行具体的分析，在此基础上提出较为客观合理的解释，即便运用某些既有的理论或进行比较研究，也应注意其适用的范围及例外的可能性。

第一节　文明的“夏天”：大暖期的自然环境与文明发展概况

人类的历史究竟从何讲起？本文对此无意追溯，因为无论是数千万年前的埃及猿还是数百万年前的南方古猿，抑或数十万年前的北京人，对于我们要论述的对象——著述而言，显然都太“早”了。久远的人类进化史如同漫漫长夜，黎明的曙光大概只能从距今大约一万多年前的新石器时代开始。新石器时代的开端无疑是整个人类史最重要的转折之一，因为石器的制作工艺之提升仅是开始进入新石器时代时的“革命”之一，更重要的是农业的兴起、陶器的烧制，乃至艺术也开始萌生。一句话，这是人类经历了至少 200 多万年的积累之后第一次真正的开启民智。自进入新石器时代开始，又经历了至少六七千年的演进，人们在实践中渐渐发明了另一更为神奇之物——文字。文字的发明让人类真正驶上了文明快车道，而本节所论，主要是探讨文字发明之前的我国先民的

① 户晓辉：《地母之歌：中国彩陶与岩画的生死母题》，上海文化出版社 2001 年版，第 26 页。

"著述"情况，即他们是如何表情达意的。

一　大暖期：史前先民的生活环境概述

虽然考古工作者已经发现相当数量的史前遗迹，也已进行了大量相关研究，但实话说，仅凭这些地下遗迹和遗物，要想复原古代先民的生存环境、生活细节，甚至想从这些推测出他们当时的思想情感，不仅相当困难，而且可以做出的确切论断无疑是少之又少的。我们根据考古学、古人类学、古气候学、古环境学等学科研究的成果，可以大致描绘出远古时代文明的太阳是如何升起的。

经历了多次冰期和间冰期的人类，据认为在全新世开始之前再次迎来了一场突如其来的极端寒冷气候——新仙女木事件，此事件发生的时间大约距今 1.29 万年，并持续了大约 1300 年，相比于此前温暖宜人的博令期和阿雷罗德期而言，新仙女木期让人类再次体验了冰河时代的感受。由于经历了十几万年的发展，加上此前环境的适宜，智人人口已经有了大幅提升。面对气候和人口的双重压力，为了生存下去，已经积累了相当丰富的狩猎—采集经验的人类，被迫开始驯化动物和种植植物，于是农业诞生了。当然，农业的诞生还需要有适合种植的植物以及适宜这些植物生长的环境等①。这个被柴尔德称为新石器革命的农业，虽然保障了人类繁衍的食物，但也付出了巨大代价。有学者指出农业除了对环境的破坏，对人类自身也有诸多不利，如降低了食物多样性，定居、农耕劳作以及人与家畜在一起生活容易引发传染病，等等，有研究表明，人类自进入农业社会之后身高是不断变低的，何况还把人类带入了不平等的阶级深渊并伴随着残酷暴烈的战争②。

---

① ［日］田家康：《气候文明史》第一部第三章"最终冰期的终结和新仙女木事件"，范春飚译，东方出版社 2012 年版；王绍武：《全新世气候变化》，气象出版社 2011 年版，第 35—39 页。

② ［以色列］尤瓦尔·赫拉利：《人类简史：从动物到上帝》，林俊宏译，中信出版社 2017 年版，第 75—93 页；［日］田家康：《气候文明史》，范春飚译，东方出版社 2012 年版，第 81—83 页。

然而，无论如何，人类在进入农业社会之后，新石器时代开始了，而且天公作美，自距今 1 万年前后，世界进入了一个持久的“夏天”——大暖期到来了。世界各地进入农业社会的时间不同，可供驯化与种植的动植物也各异，就连大暖期的起讫时间也因地理位置和地形而有区别。已知最早的农业是在著名的、肥沃的新月地带纳吐夫文化（Natufian culture）产生的，在大约 1.2 万年以前，那里的人类就培育出了小麦、大麦以及豌豆、扁豆和鹰嘴豆等[1]。在中国，水稻的培育大约 1 万年前就开始出现于长江中下游[2]，在北方黍粟的种植可能也已有 1 万年的历史了[3]。然而大暖期的开始与此并不完全同步，而是要稍晚于农业的起源。图 2－1 是学者根据氧同位素比率的变化描绘出的 2 万年前至今气候变化的图景[4]（图 2－1）。

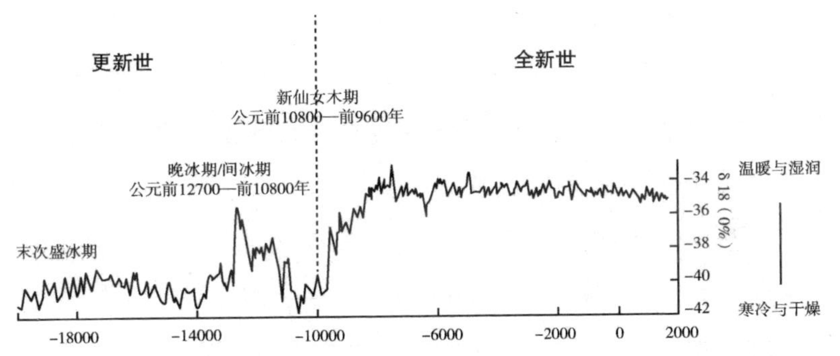

图 2－1　2 万年前至今气候变化

由此看来，学界普遍认为的农业起源是受了新仙女木事件影响所致是有理由的。但中国的大暖期还有其自身的特殊性，这也是需要说明的。

一般认为，大暖期是进入全新世之后，气温迅速上升，在距今 9000

---

① 彭鹏：《试论近东地区的农业起源——以植物的栽培和驯化为中心》，《四川文物》2012 年第 3 期。

② 公婷婷：《中国水稻起源、驯化及传播研究》，博士学位论文，中央民族大学，2017 年。

③ 何红中：《全球视野下的粟黍起源及传播探索》，《中国农史》2014 年第 2 期。

④ ［德］贝林格：《气候的文明史：从冰川时代到全球变暖》，史军译，社会科学文献出版社 2012 年版，第 48 页。

到5000年时处于相对稳定的高温状态。但我国情况略有不同，“8.5—3.0kaBP为我国大暖期的起讫时间……和当前国际上比较流行的9—5kaBP相比，开始时间晚了0.5ka，结束时间晚了2.0ka”①。这段时间恰是我国文明形成的关键时期，是从新石器时代中期的大地湾文化（前5900—前5000年）、仰韶文化（前4900—前2900年）直到商代（约前1600—前1046年），这段时间正是本章所要论述的重点。可以说，在这个漫长的“夏天”开启之后，我国的文明也进入了发展的“快车道”。

当然，即使在大暖期气候也常有波动，科学家将延续了5500年的大暖期分为4个阶段：

> （1）8.5—7.2kaBP，以不稳定的由暖变冷的温度波动为特征，8.5kaBP前的急剧升温所示的气候突变会导致严重灾害，不利于生物繁衍和人类发展……延至8kaBP左右的暖湿气候，已使植被分布起了重大变化。北方暖温带落叶阔叶林带向北推移了3个纬度……在目前内蒙古温带草原赤峰市兴隆洼遗址中发现8135±270aBP的大量胡桃楸（*Juglans mandshurica*）果核，现生长在亚热带长江湖泊水域的水蕨（*Ceratopteris*）。新石器文化迅速发展，在黄河与长江流域农业成为主要的生产，形成了定居的聚落。……但好景不长，敦德冰心记录中在7.8kaBP前后与7.3kaBP前后出现了二次的温度下降。北京附近发现原分布在山地的暗针叶林树种于7.7kaBP前后向平原扩展（孔昭宸等，1982）与这次降温事件吻合，这段时间内黄河流域有三四百年的文化层变稀以至缺失，可能与此有关。
>
> （2）7.2—6.0kaBP，是大暖期中稳定的暖湿阶段，即大暖期的鼎盛阶段（Megathermal maximum）……各地气候均较暖湿，季

---

① 施雅风主编、孔昭宸副主编：《中国全新世大暖期气候与环境》，海洋出版社1992年版，第7页。按：kaBP即kilion-anniversary Before Present的缩写，意谓距今×千年。

风降水几乎波及全国，植物生长空前繁茂……内蒙、新疆、青海至西藏的内陆湖泊均呈现高湖面，华北平原也是湖沼的盛大发展时期。……现代的流动沙地，当时大部分被植被固定，黄河中游黄土与内蒙中东部沙地的古土壤全面发育。长江中下游落叶常绿阔叶混交林带内6.5—6.0kaBP时的温度较今高2.7℃（唐领余等，1990）……良好的气候环境，使人类生产、人口和居住地迅猛发展。在黄河流域为仰韶农业文化（以粟为主）的盛期，在长江下游为马家浜农业文化（以稻为主）盛期，河姆渡遗址（7.6kaBP）中发现丰富的植物、动物表明当时自然界具有华南南亚热带以至热带的暖湿气候（Shi Xingpang，1991）。

（3）6.0—5kaBP，是气候波动剧烈、环境较差的阶段。一方面继承着前阶段暖湿气候特点，保存着暖期生物遗迹，如在山东郯城5245±90kaBP、南京句容宝华山5140kaBP发现丰富的亚热带植物，并从水蕨（*Ceratopteris*）和山龙眼（*Proteaceae*）的存在，推知当时温度有高于现代达3.6℃的可能；另一方面，敦德冰心记录显示存在3次降温事件，特别中间一次降温事件在华北与华东均很明显（杨子庚，1979；洪雪晴，1989）。从孢粉资料分析长江下游平均温度比6.5—6kaBP时下降1℃以上（唐领余等，1990）。……太湖地区当时设置的许多古井表明气候一度比今干燥，地下水位下降，严重的影响人民生活。崧泽文化遗址数比前阶段马家浜文化遗址数也有减少。

（4）5.0—3.0kaBP，大暖期后面的二千年间，4kaBP之前为气候波动和缓的亚稳定暖湿期，气候环境较上阶段有所改进，北方的龙山文化（以黑陶为特征）与长江下游的良渚文化蔚然兴起，遗址数量较前猛增。……季风降水北辕南辙，中国绝大部分气候仍然比今暖湿。4kaBP前后为一多灾的时期，在敦德冰心记录曲线中出现较宽浅的冷谷，甘肃齐家文化遗址气温和降水突然下降，农业北界南移了1度。中国东部有传说中历时数代的灾难性的大洪水可能导致龙山文化与良渚文化的结束。大禹治水的故事表明，先民已有领导的组织起来与自然灾害顽强斗争，取得了巨大成功。在这个灾难过后，直到3kaBP气候仍然比较暖湿。现存于南方热带的亚洲象（*Elepfus maximus*）尚能生存于41°N的河北阳原，可为明证。①

从总体上看，当时中国气候变暖的程度，大致上使得黄河中下游地区处于亚热带、长江中下游地区处于热带或接近热带的状况。“中国东部大范围平均冬季升温值可达4—5℃，而夏季升温值可能仅1℃左右。比较Velichko等（1991）所定晚大西洋期（6—5kaBP），北半球冬季三大升温强烈区［加拿大北部与格陵兰、以亚库茨克（Yakutsk）为中心的西伯利亚东北部、哈萨克斯坦至里海地区］较现代高3—4℃，西欧与中俄罗斯平原不超过2—3℃。由此可知，中国除华南以外是世界大暖期盛时冬季升温值最高地区之一。……这才使得现在栖身于热带和南亚热带的亚洲象（*Elepfus maximus*）、犀牛（*Rhinoceros sondaicus*）、貘（*Tapirus indicus*）能够在大暖期生活于34°—41°N的北方地区。”②

当然，也正如上述不同阶段中会有气候的波动，即便在较小的范围内，也难免“十里不同天”或“东边日出西边雨”的情况，但这5000多年的大暖期的确是人类文明发展的“最适宜期”。

在中国，无论北方还是南方，在由旧石器时代进入新石器时代的过程中，农业和陶器几乎同时出现，虽然它们的普及可能还需要一个过程，因为在有陶器的遗址的先民们大多仍靠渔猎采集为生，即便在有栽培稻等农业萌芽的地区，这些原始农业也往往仅是渔猎采集的补充，还

---

① 施雅风主编、孔昭宸副主编：《中国全新世大暖期气候与环境》，海洋出版社1992年版，第7—9页。

② 同上书，第7—12页。此外，任式楠、吴耀利主编《中国考古学·新石器时代卷》的第一章“中国新石器时代的自然环境”（中国社会科学出版社2010年版，第48—79页）对整个中国新石器时代自然环境的各个方面也有较为详细的论述，可参看。

占不到主要地位。但无论如何，农业和陶器都可以视为人类进入新石器时代的标志。其时大约在 12000 年—8000 年前，当时的先民正经历着气候渐暖的变化，随着环境的改善，人类开始离开山林洞穴，走向河谷平原①，他们中的男子可能平时以渔猎为主，女子则负责采集植物的果实和种子，并以石磨盘、石磨棒等加工这些种子；他们使用的工具有较为精致的细石器、比较原始粗糙的陶器，各种骨器、蚌器，可能还有相当数量但没有保存下来的木棒等木器。从墓葬的情况看，早在山顶洞人时期（距今约 3 万年）就已经有安葬死者并在死者身体上及周围撒赤铁矿粉的习俗，说明当时已经产生了灵魂的观念，或许已经存在宗教意识；新石器时代早期，则已在各地形成不同葬俗，如甑皮岩流行的蹲踞葬，虽没有随葬品，但死者身上摆放有一些大小不等的天然石块，在一个婴儿的头骨上还覆盖着两件大蚌壳；东胡林人有屈肢葬，在东胡林遗址发现雕刻有精致花纹的骨刀以及用紫游螺壳串成的项链，表明人的审美意识已经发展到相当高的水平。

二　古文化、古城、古国：中国文化圈的形成

进入大暖期之后，中国新石器时代亦进入中期，按照考古界学者的研究，经历了古文化→古城→古国的演进历程②，可以说至古国时代，中华大地基本上已开启了文明篇章，这个时间可能是在公元前 3500—前 1800 年之间③。在此之前，中国主要经历了两个阶段，即新石器时代中期（约前 7000—前 5000 年）和新石器时代晚期（约前 5000—前 3500 年）。

① 北方的东胡林、于家沟、南庄头等遗址都在离河水不远处的阶地上，与稍早的山顶洞遗址已经不同；但南方的许多新石器时代早期遗址依然多在山间洞穴之中，如江西仙人洞、湖南玉蟾岩、广西甑皮岩等。

② 苏秉琦：《中国文明起源新探》，辽宁人民出版社 2011 年版，第 111—122 页。

③ 韩建业：《早期中国：中国文化圈的形成和发展》，上海古籍出版社 2015 年版，第 106—194 页。

在新石器时代中期，中国大地上逐渐形成了三大文化系统：黄河流域和淮河上中游地区（以大地湾文化、裴李岗文化、后李文化、白家文化、双墩文化等为代表），长江中下游和华南地区（以顶蛳山文化、彭头山文化、跨湖桥文化、高庙文化等为代表），华北和东北地区（以磁山文化、兴隆洼文化、赵宝沟文化等为代表）①。在此期间，南稻北粟的农业格局进一步发展，虽然渔猎采集仍相当重要，但农业可能已由刀耕火种进入耜耕阶段，农业收成基本上保证了定居生活的稳定。与农业相得益彰的是陶器的进步，此时这三大文化系统都能制作出精致美观而功能多样的陶器，出现了彩陶（如大地湾文化）和白陶（如高庙文化），多种功能的陶器，如作为炊器的陶鼎，作为酒器的陶壶，作为蒸食器的甑，作为饮食器的陶豆，等等。更重要的，是陶器烧制工艺的进步，出现了陶窑，表明人们在控制火候、提升温度方面实现了飞跃，这为中国以后在陶瓷、青铜铸造上所能达到的技术水平奠定了基础。此外，此时除了石器，骨器、玉器的制作工艺在兴隆洼等文化中达到了很高的水准②。在建筑方面，北方依然流行半地穴式房屋，南方则多地面式或干栏式建筑，两者都以木结构为主，兴隆洼和后李文化甚至发现面积超过100平方米的大型房屋，环壕聚落则成为此时较为常见的居住方式。在意识形态上，人们的宗教观念进一步发展，巫师等神职人员的地位似乎已从普通民众中开始凸显，如贾湖遗址一墓葬（M282）中的随葬品有60余件，包括陶壶、陶罐、陶鼎、龟甲、七孔骨笛、牙刀、牙饰等；另一墓葬（M355）中则有随葬品22件，包括陶壶、穿孔龟甲、鹿角、绿松石等③。此外，具有后来中国特色的“以祖先崇拜为核心的

---

① 韩建业：《早期中国：中国文化圈的形成和发展》，上海古籍出版社2015年版，第31页。

② 杨虎、刘国祥、邓聪：《玉器起源探索：兴隆洼文化玉器研究及图录》，中国社会科学院考古研究所香港中文大学中国考古艺术研究中心2007年版。蔡靖泉：《江汉地区新石器时代早期的城背溪文化玉石器——兼论同时期的兴隆洼文化和裴李岗文化玉石器》，《三峡大学学报》（人文社会科学版）2017年第6期。韩英：《兴隆洼文化的生产工具与经济形态》，《赤峰学院学报》（哲学社会科学版）2013年第8期。

③ 河南省文物考古研究所编：《舞阳贾湖》，科学出版社1999年版，第192、193页。

世俗化的信仰体系、多层次整体性的思维方式”也已形成①。

新石器时代晚期，前述三大文化系统继续发展，黄河流域由大地湾文化、裴李岗文化等发展出仰韶文化，成为当时文化的高峰；黄河下游和淮河中游则由后李文化和双墩文化融合发展为北辛文化②，后来则发展为大汶口文化。长江流域则有中上游的汤家岗文化、大溪文化和下游的河姆渡文化、马家浜文化。东北地区赵宝沟文化继续发展，兴隆洼文化则发展成红山文化，盛极一时。当然，除上述各新石器时代文化之外，还有一些在各地兴盛过的文化，如屈家岭文化、崧泽文化等。此时各地的文化星罗棋布，但发展水平又存在一定的高低差异。新石器时代晚期的后段，社会分化日益明显，祖先崇拜、宗教仪礼在各地日渐繁复，艺术、符号乃至文字开始产生，有的遗址已经出现城堡。

古国时代（前 3500—前 2000 年），已经发展到铜石并用的时代，真正的文明到来了。正如前文所述，这一阶段与上一阶段交替的过程（前 4000—前 3000 年前后）是气温波动较为剧烈、环境较差的时期，中原的仰韶文化逐渐出现低谷，长江下游的崧泽文化也较前低迷。但中原文化出现低谷的同时也在与周边文化进行交流与融合，并在后续发展中再次成为各文化区的核心，形成中原龙山文化。中原龙山文化、海岱龙山文化、长江下游的良渚文化和中游的屈家岭文化都出现了明显的具有统治中心性质的城址，城中往往建有宫殿或祭祀场所。从各地的墓葬来看，社会分化成为较普遍的现象，有的（如良渚文化）甚至出现明显的贫富分化③。彩陶走向衰落，各类陶器上的图像也渐为符号（可能就是后来的文字）所代替。可以说，这是中国走向文明的重大转折点，考古学家这样描述此时期的文化史意义：

① 韩建业：《早期中国：中国文化圈的形成和发展》，上海古籍出版社 2015 年版，第 51 页。

② 韩建业：《双墩文化的北上与北辛文化的形成——从济宁张山“北辛文化遗存”论起》，《江汉考古》2012 年第 2 期。

③ 林华东：《良渚文化研究》，浙江教育出版社 1998 年版，第 449—466 页；刘斌：《神巫的世界：良渚文化综论》，浙江摄影出版社 2007 年版，第 182—192 页。

当时的中国出现多地区中心，其中有不少已经具备初始国家性质，如以良渚遗址群为核心的良渚文化、以石家河遗址群为核心的屈家岭文化、以大汶口墓地和丹土城址为代表的大汶口文化、以牛河梁遗址群为核心的红山文化、以西坡大墓为代表的仰韶文化西王类型、以西山古城为代表的仰韶文化秦王寨类型、以大地湾遗址为代表的马家窑文化石岭下类型等。仅良渚文化达到的文明程度和空间范围，就可以和同时期的西亚文明和埃及文明相提并论！而其年代约在公元前3500—前3000年间，恰与美索不达米亚文明和埃及文明的时间近同。①

龙山时代（约前2500—前1800年），中国大地上林立的万国开始向中原核心聚拢，并最终走向王国时代。在此过程中，中原出现了大约位于传说中尧都位置的陶寺文化遗址。陶寺古城面积近300万平方米，内有大型宫殿建筑，有些大墓可能是王墓，随葬品多而且精②。同期中原的王城岗、平粮台等遗址也发现有古城。而此时长江流域的文化趋于衰落，良渚文化及石家河文化走向没落，龙山前期的陶寺文化及后期的王湾三期文化强势崛起，基本奠定了中原核心的地位。

值得注意的是，夏代之前的龙山时代还是古代礼制萌芽的时期。无论山东的龙山文化还是中原龙山文化，抑或南方的良渚文化以及稍早的北方的红山文化，在器物、建筑及墓葬等方面表现出明显的阶级化趋势，其中许多玉器、陶器、漆木器精美的造型、别致的纹饰，都已呈现出夏商周礼器的特征。“器以藏礼”，说明这一时期已经出现礼制③。礼制的实质其实就是等级制度，是阶级社会的规则，同时也是文明的标志。可以说，夏代之前的龙山时代，随着阶级的分化、文字的使用、礼

---

① 韩建业：《早期中国：中国文化圈的形成和发展》，上海古籍出版社2015年版，第157页。

② 解希恭主编：《襄汾陶寺遗址研究》，科学出版社2007年版。

③ 高炜：《龙山时代的礼制》，《庆祝苏秉琦考古五十五年论文集》，文物出版社1989年版，第235—244页。

制的诞生，中国已经迈入文明时代。

三　夏商时代：中国文明的开启

按照古代史籍的记载，大约在尧舜禹的时代，即公元前2000年前后，中国进入家天下的夏王朝。然而从考古上对夏朝的探索看，虽然已经找到了相当于夏代的一些遗址，但由于没有发现类似殷墟甲骨那样的文字材料，夏代的历史始终无法讲清楚。虽然二里头文化就是夏文化几乎获得了考古学界的共识①，但不可否认，这个问题直到目前，也仍如夏鼐在20世纪80年代所说的那样："至于二里头文化与中国历史上的夏朝和商朝的关系，我们可以说，二里头文化晚期是相当于历史传说中的夏末商初。但是夏朝是属于传说中的一个比商朝为早的朝代。这是历史（狭义）的范畴。在考古学的范畴内，我们还没有发现有确切证据把这里的遗迹遗物和传说中的夏朝、夏民族或夏文化连接起来。我们知道，中国姓夏的人相传都是夏朝皇族的子孙。我虽然姓夏，也很关心夏文化问题，但是作为一个保守的考古工作者，我认为夏文化的探索，仍是一个尚待解决的问题。"② 这一点，是得到了当今夏文化考古学者认可的③。即便如此，有一点还是获得了当今学界的共识，即夏代是存在的，只是我们现在尚不能很好地证实而已。另外，二里头文化达到的文明程度，也可以认为它是能够大体上代表夏代文明的，二里头遗址在实际研究中已被认定为夏代（至少是夏代中晚期）的王都所在。由于二里头文化之前已经在诸如裴李岗文化的舞阳贾湖、仰韶文化、大汶口文化、龙山文化的邹平丁公、陶寺遗址等发现了相当数量的刻划符号，有的明

① 1997年11月由夏商周断代工程办公室在河南偃师举办的"夏商前期年代学讨论会"上，与会专家一致认为二里头文化一至四期为夏文化，说明在二里头文化为夏文化的问题上取得了初步共识。关于考古界对夏商文化的探索，请参考孙庆伟《追迹三代》，上海古籍出版社2015年版。

② 夏鼐：《中国文明的起源》，中华书局2009年版，第96页。

③ 许宏：《高度与情结——夏鼐关于夏商文化问题的思想轨迹》，《南方文物》2010年第2期。

显就是文字，而二里头陶器上也有不少刻划符号应该就是文字，所以二里头时期已经有文字的使用也是可信的。至于“二里头文化至今尚未发现可以确认的成篇文字，揣测其缘由，一是当时能认识、掌握文字的人很少，王室典册又埋藏在特定地点，很难发现；二是受文字载体体制质料及埋藏环境的限制，若当年的成篇文字写在竹、木、帛类有机质材料上，便很难保存下来”①。

此外，对于夏代史，因为已经进入有文字记载的历史（狭义）阶段，所以对相关的传世文献必须引起足够的重视。如《尚书·甘誓》《大戴礼记·夏小正》等据信确为自夏相传的文献，至少其基本史实具有较高的可信度②。

前述科学家研究大暖期的结论表明，在约4000年前出现了洪水灾害，而这段灾害过后，气候再次恢复了较为温暖舒适的状态，这一过程一直持续至商周易代前后。在此期间，人们感戴于天地祖灵的恩赐，占卜、祭祀，在二里头文化中已然十分兴盛，发展至商人的殷墟时代就更是无事不卜了。

自新石器时代逐渐进入阶级时代以来，政教合一一直是各地部落方国以及中央王国的政治常态，无论南方的良渚文化还是北方的红山文化，居于社会顶端者既是政治领袖也是最高的神职人员。夏代也是这样，在二里头不仅发现了宏伟的宗庙遗址及坛、墠类祭祀建筑，还有许多与祭祀等礼仪活动相关的青铜与陶质、石质的礼器、乐器等，占卜是否用龟甲虽尚无明确的证据，但以牛、羊、猪、鹿等兽骨为占卜工具是确然无疑的。陶器、玉器、铜器上出现的饕餮纹、虎食人纹，我们固然尚无法说清龙、虎、龟、蛇、鸱鸮等动物形象所代表的含义，但所有这些同样昭示着其在商代的走向，或者说一切似乎都在证明，夏是商的初

① 杨锡璋、高炜主编，中国社会科学院考古研究所编著：《中国考古学·夏商卷》，中国社会科学出版社2003年版，第126、127页。

② 同上书，第21、22页。

级阶段，而商是夏的进一步发展①。无怪乎孔夫子曾感慨道："殷因于夏礼，所损益可知也。"（《论语·为政》）② 而夏人宗庙建制的情形，竟与《仪礼》《礼记》中描绘的许多礼仪场景若合符节，更充分说明三代礼乐的一贯性。

由于殷墟甲骨的发现，商代历史是较为清楚的。商人与夏人虽属不同的部族，但他们基本上以中原腹地为主要活动区域，二者的差异应较商周之间的差别为小。从考古界在二里头文化是夏文化还是早商文化的持久争议③即可看出，商代早期与夏代是非常相似的。

商代虽然较多继承了夏代的传统，但夏商之间还是有同有异的。从大处讲，二者都延续了此前政教合一的统治方式，以及巫觋传统。夏商都是巫觋居于统治地位的国家，这在第一章已有所论述。需要指出的是，对于夏代的宗教发展水平我们固难以详知，然据文献所载，夏人多以歌舞娱神，与神交通，其与萨满应是十分接近的。而商代之宗教虽仍带有某些原始因素，如其鸟崇拜就或有图腾崇拜的因素，但此时特别是商代晚期的宗教较之武丁及其以前，则已发生较为明显的进步。武丁以前因资料缺乏依然无以详知，而武丁时期的宗教信仰已经较原始的图腾信仰具有进步性，原始的图腾信仰是将自然崇拜与祖先崇拜结合起来，而其崇拜的神灵是单一的；武丁时期商人的神灵崇拜虽仍以自然神和祖先神为主，但已将二者分离开来，而且神灵的数量众多。再就武丁之后的情况来看，在宗教信仰上的变化也是显著的。具体而言，商人自始至终存在对天神（如"帝"或"上帝"）的崇拜，但很明显的是越到后来

---

① 王青：《浅议新砦残器盖纹饰的复原》，《中原文物》2002 年第 1 期；陆思贤：《二里头遗址出土饰牌纹饰解读》，《中原文物》2003 年第 3 期；朱志荣、朱媛：《夏代二里头陶器的审美特征》，《清华大学学报》（哲学社会科学版）2011 年第 5 期；姜永帅：《商代青铜器纹饰"一首双身"造型母题的来源与演变》，《南京艺术学院学报》（美术与设计版）2013 年第 3 期；任平平：《二里头遗址出土玉礼器纹饰特征探析》，《科学与财富》2017 年第 9 期。

② （清）刘宝楠撰，高流水点校：《论语正义》，中华书局 1990 年版，第 71 页。

③ 对此，可参考孙庆伟《追迹三代》之第四、五、六、七四部分，上海古籍出版社 2015 年版。

其崇拜的程度越弱，据研究，“商人揣摩上帝意志的卜辞，绝大多数都是属于第一期的武丁卜辞，其次是第三期、第四期卜辞，在第二期祖甲卜辞中很少见到，到了商末的帝乙、帝辛时的第五期卜辞中则几乎见不到了”，对地神等其他自然神的崇拜祭祀与对上帝的崇拜情况类似，而商人对祖先神的崇拜则明显超过自然神，祭祀之频繁，祀典之隆重，牺牲之众多，远非自然神可比。而且，“到了商代末期，甚至对诸天神和其他自然神已不再进行祭祀了；但对祖先神的祭祀，却是随着时间的推移，越来越规范化和制度化了”，如祊祭和周祭，这说明商人的宗教在日益宗法化①。

有学者指出，商代的统治阶层虽有巫咸、巫贤等名称，但他们与商王皆已超越巫觋的时代，而应以祭司视之：

> 的确，在神灵观念上古巫与萨满相近。尤其是，按照《楚语》所说，在绝地天通之前的巫觋是可以通天升天的，因此，绝地天通以前的巫觋是很近于萨满的。然而……商周的“巫”已经祭祀化了，不再是人类学上所说的巫师，不再是龙山文化以前未绝地天通的巫觋，而已成为商周祭祀体系中祭司阶层的一部分。……由古史资料和人类学理论来看，三皇五帝时代的巫觋与一般蒙昧社会的巫术和巫师不同，比较接近于沟通天地人神的萨满。但商周的古巫虽带有上古巫觋的余迹，却已转变为祭祀文化体系中的祭司阶层，其职能也主要为祝祷祠祭神灵。②

此说是有道理的，商代确可视为上古由巫觋时代向史官时代蜕变的时期。正由于此，商代社会虽仍处于一个神道设教、率民事神的时代，

① 常玉芝：《商代宗教祭祀》之第九章第一节“商代宗教的性质”，中国社会科学出版社2010年版，第537—553页。

② 陈来：《古代宗教与伦理——儒家思想的根源》，生活·新知·读书三联书店1996年版，第45—55页。

但已开启了周人淡化神性、专注民事的先机，而商周之际的历史变革，更是值得我们深入研究的重大课题。

第二节　从史前岩画到陶器符号

史前即文字出现之前，彼时是没有著述行为的，但在人类社会出现了一些与著述相类似的有目的的行为，无疑可以视为后来著述之源头。由较早的岩画、结绳记事，到陶器、玉器等器物上的装饰纹样，最终出现较为抽象的符号和早期文字。本节内容将简述这个漫长的发展历程，以向远古的先民致敬。

现在的研究让人越来越相信，“史前的岩画是一种原始的语言，一种文字之前的文字”①，或者说，“从本质上讲，岩画是人类语言的一种图画符号，是记录、表达思想的工具，是语言的视觉形式。虽然岩画不能直接表达语言，但可以心领神会，实质上就起到了语言的作用”②。意大利卡莫尼卡山谷史前研究中心主任、国际岩画委员会主席埃马努埃尔·阿纳蒂甚至认为：“早期狩猎者的视觉语言是一种通用语言，拥有在全世界都很相似的表达体系和文本形态。这种视觉语言也表达出图像和象征的联想，这些联想出自同一逻辑体系，这标志着各地具有一种相似的思维和自我表达的方式。相似之处如此之多，以至于有人提出，应该存在过一种世界语，而且它也不仅仅是在逻辑和视觉表达的层面：口说的语言可能应该也有全球性的规则。由此，我本人提出了一种假说，那就是，一种母语最初在大迁徙前的土地上首先形成，然后衍生出了现代人所说的所有语言。最早在非洲大陆上迁移的那些智人就应该是以这样的方式，把他们的早期语言带到了亚洲、欧洲和其他的大陆上。”③

---

① 陈兆复：《古代岩画》，文物出版社2002年版，第3页。

② 李祥石：《世界岩画欣赏》，宁夏人民出版社2017年版，第2页。

③ ［法］埃马努埃尔·阿纳蒂：《艺术的起源》，刘建译，中国人民大学出版社2007年版，第100页。

岩画这种表达思想意识的方式是否就是最初的人类母语的一个方面，现在看来尚难以证实，但这种“视觉语言”确实在某种程度上具有语言文字之功效，汉字“书画同源”的历史便是明证。因此，研究岩画，便是研究“文字之前的文字”，是追寻著述史的源头所必须做的。

从世界范围看，早在四五万年前，人类尚处于穴居的时代，就已经在山岩洞穴的岩壁上留下了那时的“著作”——岩画。从岩画的分布范围来看，世界各大洲除南极洲外都有发现，而且都起源于旧石器时代，据研究，“到目前为止，岩画的年代在南非和西欧，距今40000—30000年左右；其次是亚洲，距今30000年以上；再次是大洋洲，距今20000年前已出现了岩画；南美洲在距今17000年前也有岩画证据。意大利岩画学者埃曼努尔·阿纳蒂预言，‘将来的研究有可能证明美洲大陆出现岩画的年代还要更早些’”。[①] 虽然各地的岩画时代不同、风格各异，但都是人类早期的重要艺术形式，以图画、图案或符号的形式反映了当时的社会生活、经济状况、自然环境、宗教审美、思维方式等多方面的内容。

一　中国岩画的分布、特征及相关研究概况

中国的岩画资源十分丰富。从时间上讲，有早至三万年前的内蒙古雅布赖山洞窟手形岩画，在诸多方面与西班牙卡斯提里奥和法国的封·德·高姆、柏梅尔、加加斯洞窟的手形岩画极为相似；阿尔泰山的四处洞窟岩画也应该是旧石器时代晚期至新石器时代早期的作品[②]。但相比而言，欧洲是旧石器时代岩画最为集中的地区[③]，中国岩画的年代则主要是新石器时代。另一点与欧洲岩画不同的是，欧洲岩画多是惟妙惟肖

① 盖山林：《世界岩画的文化阐释》，北京图书馆出版社2001年版，第449页。另据研究，“最古老的岩画的年代距今超过50000年”，见［意］埃马努埃尔·阿纳蒂《世界岩画：原始语言》，张晓霞、张博文、郭晓云、张亚莎译，宁夏人民出版社2017年版，第3页。

② 盖山林：《世界岩画的文化阐释》，北京图书馆出版社2001年版，第119、121、122页。

③ 高火编著：《欧洲史前艺术》，河北教育出版社2003年版，第13页。

的具象图画，而中国岩画更加抽象，且具符号化倾向，这与稍后的陶器、玉器乃至青铜器上的纹饰、符号颇有异曲同工之妙。

然而中国岩画与时代稍晚的陶器等的一个重要不同是其分布地域，陶器等器物的分布主要是中原及其周边地带，但岩画恰恰多发现于较为偏远的边疆地区①。据盖山林研究，我国岩画大致可以分为四个区域。

（一）东北农林区

东北农林区包括黑龙江省和内蒙古自治区呼伦贝尔盟市，即大兴安岭以东以西以及黑龙江东部广大地区，其特点是岩画数量少、时代晚，题材单一，多描绘与其生活直接相关的事物（如鹿），被描绘的物象多是孤立的、个别的，图像之间似乎没有联系，且图像线条粗放，制作简单，往往仅以单线条勾勒出物象的轮廓。从岩画内容可以推断，当时的人们过着渔猎生活，信仰萨满教，岩画多为萨满师所为，目的是对所画动物施加巫术，希冀狩猎成功。

（二）北方草原区

北方草原区，东从大兴安岭以南起，往西经内蒙古自治区、山西省、宁夏省、青海省、甘肃省直至新疆维吾尔自治区、西藏自治区，包括北中国整个草原地带和西藏地区，这个广阔地带不同地区的岩画特征虽存在差异，而共性是主要的：岩画分布广、数量多、密集程度高，已发现的岩画初步统计在 10 万幅以上，估计总量不下百万幅；主要题材是野兽、家畜、狩猎、畜牧，动物岩画占绝对优势，反映的是猎牧社会的文化；延续时间长，从旧石器时代直至近世，跨越三万年；作画方法多样，最早的是以骨管吹塑而成的手印，后来有磨刻、敲凿、线刻、涂绘等手法，以敲凿岩画为主；作画者身份亦以萨满为主。

---

① 近年来，河南也在多地发现了岩画，而且日益引起人们的注意。中原岩画以具茨山为中心，特点鲜明，以抽象的各种形态的凹穴岩画为主，兼有少量字符，较少具象岩画。参见刘五一编著《具茨山岩画》，中州古籍出版社 2010 年版；刘五一编《中原岩画》，中州古籍出版社 2012 年版。

（三）西南山地区

西南山地区包括云、贵、川、桂等，四省自然环境相似，画风有一致性：岩画多选择在濒江崖壁上，通常图像较大，不像北方多为岩刻，而以涂绘为主。题材上动物较少，而以人像为主，反映的是当地先民媚神娱神的原始宗教思想，以及生殖崇拜、图腾崇拜、祖先崇拜、水神崇拜等。

（四）东南海滨区

东南海滨区包括江苏省、福建省、台湾省、广东省、香港特别行政区等地，其特点是岩画分布较零散、不集中，内容多与宗教祭祀有关，有的与祭祀水神、海神有关，人面像岩画占有重要地位。岩画制作方法以凿刻为主，艺术风格上带有抽象化和符号化倾向。①

以上是盖山林总结的中国岩画的分布区域及其特点，陈兆复的观点大致相同而略异②。也有学者将我国岩画简单分为南北两大系统，并将两大系统的风格概括为北方刚劲雄健、浑厚有力，南方画风清新、婉约简洁③。

虽然中国有如此丰富的岩画资源，但相关研究起步较晚。欧洲的岩画研究基本上是从西班牙阿尔塔米拉洞窟岩画发现（1879 年）之后开始的，我国最早的研究始于 1915 年黄仲琴对福建省仙字潭岩画的调查，但真正的岩画大发现则是 20 世纪 50 年代以后的事了。并且，直至 20 世纪 80 年代上半叶，美国《考古学》杂志发表的“世界岩画分布图”及国际岩画委员会的世界岩画研究报告中，中国部分都是空白④。但此后中国岩画研究呈快速增长态势，20 世纪 80 年代以来，已出版著作 200 余种，相关硕博士学位论文 300 余篇，各类相关报刊文章约 4000 篇。上述相关研究中，大半是近十年来的成果，可见岩画研究加速增长的趋势。当今岩画学界影响较大的学者有盖山林、陈兆复、李祥石等，

---

① 盖山林：《中国岩画学》，书目文献出版社 1995 年版，第 82—84 页。

② 陈兆复：《古代岩画》，文物出版社 2002 年版，第 50 页。

③ 李祥石：《走进岩画》，宁夏人民出版社 2014 年版，第 2 页。

④ 陈兆复：《中国岩画发现史》，上海人民出版社 1991 年版，第 2 页。

他们对中国岩画的发现、研究做出了重大贡献。盖山林有《中国岩画学》《阴山岩画》《乌兰察布岩画》《世界岩画的文化阐释》等一系列关于岩画的研究著作；陈兆复有《中国岩画发现史》《外国岩画发现史》《中国岩画》《古代岩画》及外文著作《岩画研究手册》（英文）、《中国史前的岩画》（德文）等；李祥石是贺兰山岩画的发现者，有《贺兰山与北山岩画》《发现岩画》《解读岩画》《岩画与文字》等著作。岩画学者的岩画研究主要包括岩画分布与区域特征、岩画的题材类型及母题阐释、岩画的创作方法、岩画中的符号（文字）、岩画的保护等诸多方面。可以说，当前的岩画研究已经粗具规模，并已形成一定的研究体系。

二　我国岩画研究的两个倾向

就著述史的角度而言，我们主要关注的是岩画的表意功能，这也同时包含对岩画的解读问题。从广义上讲，任何形式的表达（如图画或符号）可以说都具有表意的功能，因为表达本身即是人内在心志的表现，哪怕儿童的涂鸦之作亦然，但显然并不能说一切具有表意功能的作品都是著述。但反过来讲，我们却可以说著述是自一般的表意作品发展而来，或者说，著述是一种升华了的、以文字为主要表现方式的表意之作。事实上，后世图、书并称，“书”中往往也有“图”，二者相得益彰，自古至今从未彻底分离。因此，若说史前时代的岩画及陶器纹饰尚处于著述的以图为主且正经历向着以文字为主的时代演进的过程，倒也并非十分离谱。

目前我国学界对岩画表意功能的解读主要有两个倾向：一方面，是从人类学、民俗学等角度，认为诸多岩画是原始宗教的反映；另一方面，是从文字的视角释读岩画，或说是将岩画解释为另一种“文字”。

例如，学者常将原始巫术（或萨满教）与岩画相关联，认为巫师（或萨满师）是岩画的主要作者①，故而其中充满各种原始宗教信仰，

① 盖山林：《中国岩画》，广东旅游出版社1996年版，第226—231页。

诸如动物崇拜、图腾崇拜、神灵崇拜、生殖崇拜、祖先崇拜等①。语言是人类最重要的表达工具，而文字是人类语言的书面形式。在有文字之前，人类表达最直观有效的方式可能就是图像了。例如，“属于著名的图画文字记载的，要算北美印第安人的‘大事记’或‘冬季报告’，他们用人、动物和整个场面的图画确切地记述了部落历史上的重大事件……许多很好地掌握了图画文字书写技术的部落，常常在牛皮、斗篷和帐幕上画上自己的遭遇和故事，叙述水灾、战争、食物丰足、贫困、疾病以及生活上的一切重大事件”。“像北极部落，草原印第安人，西加罗林群岛和帛琉岛的土人，他们的绘画和记事件的图画文字就是这类通信的最好例子。这些民族的人们运用这种方法记载了日常生活、重大事件以及部落历史。”② 在这样的事例中，图画显然具有了文字的功能。而作为原始人类图画遗迹的岩画，自然有被解读为文字的意愿，在“书画同源”的中国尤其如此。加之中国岩画具有较强的抽象性、符号化的特点，更加强了这种意愿。因此，我国学者的研究更加注重岩画与文字的关系，像陈兆复、李祥石（特别是后者）都做过不少这方面的研究。

当然，我国学者所关注的岩画与文字之研究，这里的“文字”通常指真正的文字，与阿纳蒂的研究有所差别。阿纳蒂在《艺术的起源》及《世界岩画：原始语言》中运用符号学理论讨论岩画艺术，将岩画视为一种特殊的视觉文字，并把它分为象形（图画）文字、表意文字和心理文字三种类型（实际上是把岩画看作三种类型的符号，或用他的说法叫作“语法形式”），以此分析各种类型岩画（他把世界上的岩画分为早期狩猎者、采集者、进化了的狩猎者、畜牧饲养者和复合经济人口五种创作者类型）的语法构成及句法含义，以期揭示岩画背后的隐喻。阿纳蒂的研究无疑是意义重大的，但与我们所说的“文字”并

① 这种解释方法是极为常见的，例如前述盖山林对我国岩画四大区域特征的概括即是。

② ［德］J. 利普斯：《从信号鼓到报纸》，李毅夫译，《民族问题译丛》1957 年第 10 期。

不是一回事，因为岩画无论多像文字，也只能留存于视觉层面，是没有读音的，换言之，它是不能直接对应语言的。

另外，西方学界对岩画或原始艺术的解读方法远比我们丰富，阿纳蒂在其《艺术的起源》中就总结了十二种理论：为艺术而艺术、开心的魔术、狩猎的魔术、洞穴教堂说、从偶然到有意、结构方法论、神话理论、性的符号体系、历法理论、萨满教理论、女神母亲理论、猴子的艺术及"本能"理论等。或许也是有感于萨满教理论得到了较为广泛的认可和应用，阿纳蒂指出："萨满教的理论是基于有说服力的例证上的，这一点与狩猎理论、神话召唤的理论、历法的理论或是性象征主义的理论是相似的。然而，很难相信一种单一的因素就足以解释得了艺术创作的全部动机。"①

的确，由于原始岩画艺术不是与语言相对应的文字，不同时空的人群之间存在诸多不确定性的差异，所以要想很好地、完全地阐释岩画是不可能的。列维－布留尔在其《原始思维》中说："欧洲人观察者如果冒昧地去解释原始人的图画，几乎一定要碰钉子。封·登·斯泰年在巴西根据经验确信了这一点。"他接着引了巴金松（R. Parkinson）的经历来证明这一点：

> 我们在这里碰到一个难题。"*Mitteilungen*"（德国一家人种学杂志）在这些图画里看出了蛇，的确，在这些图画里是可以看出蛇的头和身体；但是拜宁人（Baining）却肯定说这是猪……接下去的一个图勉强可以看成是脸孔，但据土人们解释，它是粗棍子，虽然它跟粗棍子没有任何相似之点。当然，没有一个人，即使是天赋最荒唐最狂放的想象力的人也想不到这种解释……接下去是三个圆形的图画，我倾向于把它们看成是眼睛，但土人们马上驱散了我

① ［法］埃马努埃尔·阿纳蒂：《艺术的起源》，刘建译，中国人民大学出版社 2007 年版，第 53 页。

的错觉，他们肯定地告诉我眼睛不能画在图画上。还是拜宁人给我解释了这些图案。毫无疑问，画这些图画的人们是把一定的观念与这些图画联想起来了，尽管它们之间的关系几乎在一切场合中都是我们所不能看出的，因为图画与所画的东西之间没有任何相似之点。我们见到，我们要按照图画中表现的与我们所知的东西之间的相似来解释原始人的图案画是多么错误。拜宁人在这些约定的图画中看出了贝壳、树叶、人形，等等。这种观念在他们的脑子里确立得这样牢固，以至问到他们这些图画的意义时，准会在他们脸上看出一种莫名其妙的表情：他们不能理解大家怎么不能一下子明白这些图案的意义。[①]

的确，就像同在中国，不同方言的差距之大，以至于一个河北人如果到了闽南，听了地道的闽南语足以让他感觉与置身国外无异。

除了像阿纳蒂那样直接将岩画视为一种具有特殊语法形式的特殊文字之外，我国学者将岩画视为文字前身的一般观点，则是认为岩画有一个从追求形似到“逐渐向简约化、图案化、抽象化、程式化发展”的过程[②]，岩画的这一发展趋势被认为是指向文字的诞生的。李祥石就把岩画视为一种“前文字”，或称为“句意文字”“象意文字”，是文字的早期形态，他引用苏联学者 B. A. 伊斯特林的话说：“随着社会、思维和语言进一步发展，随着对经过整理的书写的要求的产生，图画文字的图形越来越分解为一个个的图画符号，而这种符号无论意义上还是形式上也越来越稳定。几乎每一个这样的符号都逐渐地开始表达单个的词（确切些说是表达言语的单个的表意单位），而图画文字被改造成为更完善、更有条理，但也更复杂得多的表词文字。”[③] 陈兆复虽然明确指

① ［法］列维－布留尔：《原始思维》，丁由译，商务印书馆 1981 年版，第 112 页。
② 盖山林：《中国岩画学》，书目文献出版社 1995 年版，第 248 页。
③ 李祥石：《岩画与文字》，宁夏人民出版社 2017 年版，第 8、9 页。

出图画属于艺术范畴，“文字起源于原始图画，但图画并不是文字”，但他仍然认为汉字是原始图画发展来的，并以莒县陵阳河大汶口文化陶缸上的四个符号为例进行了说明论证，而且进一步列举了甲骨、金文中的动物象形字，认为这些文字“表现手法与岩画极为相似”。最后，陈兆复总结说：“根据前面的分析，我们有理由认为，中国最古老的文字与岩画同出一源。其创造的方法是相同的，有的字形与岩画相似，有的字形与岩画完全相同。中国的汉字起源于岩画，或基本起源于目前在中国广大地区发现的岩画。可以说，岩画就是中国象形文字之父母。”①

必须承认，岩画在人类历史上的确是今知最早的人类表情达意的工具，既有对先民生活实景的记录，也有对其宗教信仰、思想情感的表达。例如，阴山岩画中有鸵鸟和大角鹿，与古动物学、古环境学所认为的，在大约一万多年前这两种动物仍在我国北方活动的研究结论相吻合；北方岩画中猎牧场景的刻画与西南地区岩画中放牧的场景就具有明显的差异。像我们在第一章中提及的连云港将军崖岩画，在综合考察当地环境、岩画时代的情况下，认为将军崖岩画可能反映了新石器时代晚期当地先民的原始宗教崇拜思想和祭祀活动，应该说大致是不错的。

某些岩画也确如阿纳蒂在《艺术的起源》中分析的那样，可能其中含义丰富，且有某种类似语法形式的逻辑。例如，“西藏岩画多处出现这样的画面，由一组程式化的符号组成，中央往往是一枝状符号。主枝向上，两侧有若干分枝，有的分枝末端还有点状的植物果实。在枝状植物的上方一般是日月图像，或在日月图像旁边还有类似卐字形的符号。这一组程式化的图形是西藏岩画中的丰产符号。……日土县多玛区的恰克桑（曲嘎尔羌）岩画中的一幅作品有着此类岩画中最为典型和完整的构图。它是由红色颜料绘制的。画面的正中绘一枝状符号，两侧绘有小圆点代表果实，上端左侧绘有日月符号，在左右侧及下端绘有四个太阳，充分表达了对太阳寄予的殷切之情。这幅作品构图完整而且含义明确。

① 陈兆复：《古代岩画》，文物出版社 2002 年版，第 231—239 页。

它表明，当时的人们将植物的生长同日月等自然现象联系在一起，祈求自然界的阳光、雨露保障植物（如牧草等）得以生长。这是与‘丰产巫术’或‘祈求巫术’有关的画面”。① 如图2－2所示。

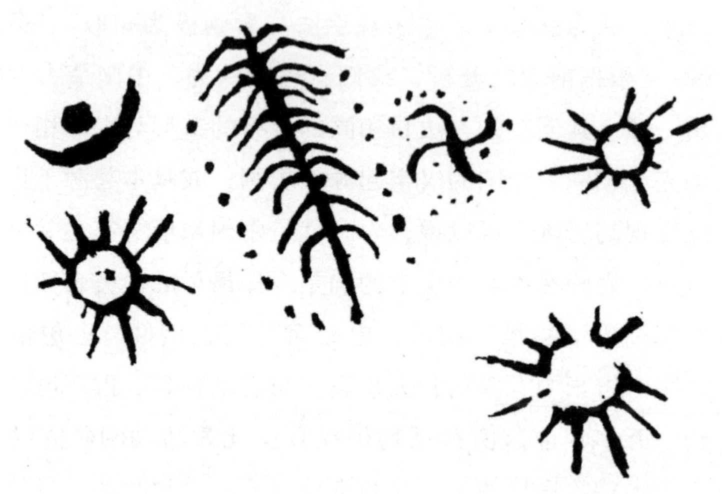

图2－2 西藏岩画中的丰产符号（摹绘，采自陈兆复《古代岩画》）

但是像这样能够说清楚的岩画并不多，相反，在解释岩画时过度阐释或随意比附的现象是目前岩画研究中存在的一大问题，理应引起我们足够的重视乃至警惕。例如，有学者在一篇文章中引用了如下两组岩画图案，作者对这两组岩画的解释是，第一组（图2－3）中，早期太阳岩画还只具外形；而到第二组（图2－4）时，自图一至图四却越来越接近人面了。形式的变化实际反映了观念意识的变化。前一组图虽是自然的太阳，但“表现了人性在强大的自然力面前的扭曲，更多的是对自然力的神秘和恐惧；而后一组序列是人面化的太阳，这是人的自我力量的投射与对象化，反映了人的自我意识的初步觉醒，犹如上帝依照自己的样子造人，人也依照自己的样子制造了神，这是人类的进步，是先民在意识思维上质的飞跃。这种人格化神灵意象的产生，意味着先民正

① 陈兆复：《古代岩画》，文物出版社2002年版，第227—229页。

从图腾崇拜的时代走向氏族的原始宗教的时代。这意味着北方先民已完成了从自然崇拜到图腾崇拜、祖先崇拜、神灵崇拜的过程，表现出了浓厚的宗教色彩”①。

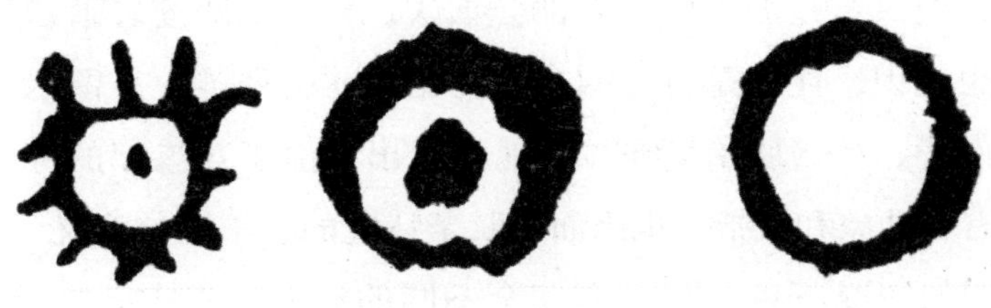

图 2－3　太阳岩画

图 2－4　太阳神岩画

需要说明的是，作者并没有提供上述两组图中七幅图画的发现地点和所据以推断的创作时代，是否只是根据岩画的外形而臆断其先后我们不得而知。再者，即便作者的排序确实是按岩画创作的时间先后排列的，又何以能证明这些一定是太阳岩画？且这些岩画的作者一定是在时间上有先后继承的关系？至于说后一组岩画是人的自我力量的投射、反映了人自我意识的觉醒，甚至意味着先民从自然崇拜到图腾崇拜、祖先崇拜、神灵崇拜的演变过程云云，更是无稽之谈。试问，自然崇拜与图腾崇拜、祖先崇拜、神灵崇拜在历史上是一个连续演进

① 张琰、高圆、李鑫雅：《北方面具岩画中原始宗教含义的体现》，《内蒙古农业大学学报》（社会科学版）2007 年第 4 期。

的过程吗？这简直是对进化论的滥用了。类似的所谓研究数不胜数，这种现象在学术界大行其道，才是真正令人恐惧的。

事实上，无论国内还是国际上，虽然对岩画或原始艺术已经有了相当的研究，但只要是严肃的学者都会承认，要真正解读岩画和理解原始先民的思想意识，注定是万分困难的。比如前引列维－布留尔《原始思维》中的例子。在《原始思维》中他还指出，由于互渗律的存在，原逻辑思维才有了抽象和概括，也因而被赋予特定的、不同的意义，“同一个东西在不同的情况下也可能具有完全不同的意义。‘梵宁加（waninga）（图腾动物或植物的神圣标记）的各个部分有完全不同的意义，但应当记住，同一个部分对一个图腾说来有某种意义，但对另一个图腾则有根本不同的意义’。最后，关于在澳大利亚土著居民那里搜集的形似几何图形的图样，斯宾塞和纪林说：‘这些几何图的由来根本不知道，它们的意义（如果它们有意义的话）纯粹是约定的。例如，刻在什么珠灵卡的表面上的螺纹或者许多同心圆，可能表示橡胶树，但完全同样的图画刻在其他珠灵卡上则表示青蛙了。’”① 在这样一种原逻辑思维下创作的岩画，我们所能真正解读的作品可想而知是少之又少的。

至于岩画（包括陶符）与文字的关系，虽然已有众多学者做了大量研究，但我认为同样应该持审慎的态度。首先，由于我国岩画主要集中在边疆地区，作为文明起源核心区的中原岩画较少，即便近年来发现了以具茨山为中心的一些岩画，其形态也较为单一；而外围地区的岩画，年代早晚不一，很多用以说明岩画与文字关系的较为抽象的符号，其时代可能已经迟至中原的商周时期，实际上远远不能说明汉字是起源于岩画的。例如，前文已经提及，陈兆复认为汉字起源于岩画，他举的一个例证便是“车”字，他引用了宋耀良的观点，认为甲骨文中“车”字的“构字法体现出的观念与早期马车岩画相同，两者之间显然存在着源流关系。合理的解释是甲骨文和金文中的‘车’字借用了马车岩

① ［法］列维－布留尔：《原始思维》，丁由译，商务印书馆1981年版，第111页。

画的图符”[①]。但是他在前面讲车辆岩画的部分是这样说的：“车辆是中国北方草原地带青铜时代至早期铁器时代（夏至战国时期）常见的岩画题材之一，在内蒙古、宁夏、新疆、青海都曾发现过。值得注意的是，这种车子的结构均为双轮、单辕、有舆（车厢），大部分驾双马。”下面是陈兆复所举岩画的例子[②]（图2－5）。

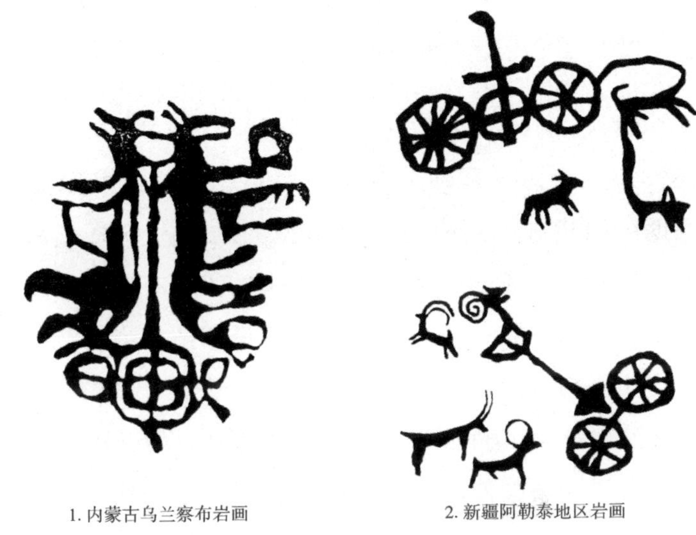

1. 内蒙古乌兰察布岩画　　2. 新疆阿勒泰地区岩画

图2－5　北方岩画中的车辆（摹绘）

这里所举岩画中的图案确与甲骨、金文中的“车”字相近，如甲骨、金文有如下写法（图2－6）。

分析甲骨、金文中“车”字是否与上述岩画有渊源关系，一是需要考虑二者在地域上是否相近，能否产生相互影响；二是考虑二者在时间上是否可以先后相承。就地域而言，无论是新疆阿勒泰还是内蒙古乌兰察布，都距中原数千里之遥，显然较难产生相互影响。即便就当地而言，“由于我国历史发展的不平衡性，乌兰察布草原未能在中原的商周

① 陈兆复：《古代岩画》，文物出版社2002年版，第242页。

② 同上书，第133、134页。

图2-6 甲骨文、金文中的“车”字

资料来源：以上四字分见中国社会科学院考古研究所编《甲骨文编》（中华书局1965年版）29288、29291，《金文编》（容庚，中华书局1985年版）19535、19551。

时期进入文明时代，不仅在草原上青铜时代没有文字，即使到了早期铁器时代也还没有文字，只是到了5世纪左右，内蒙古草原才产生了文字，跨进文明的门槛进入文明”①，这里说的内蒙古草原在5世纪所产生的文字即古突厥文，确与乌兰察布岩画中的符号有渊源关系，但这种文字与汉字相去甚远，是一种拼音文字。可见即便是当地，都没有在岩画的影响下产生类似汉字的象形文字，何况相去数千里的中原呢？而从时间上看，乌兰察布的车辆岩画未必早于甲骨文，而新疆阿勒泰的车辆时代更晚，因为“这些图像应推测为中期稍后以来的作品，因车辆的出现，反映了铁器时代之后的经济技术及生产力得到了迅速发展的状况”②。

至此，我们的结论是，岩画是今知最早的史前人类留存下来的表情达意的工具，自四五万年前的旧石器时代一直持续至有文字的时期，它反映了原始先民的生产生活、宗教信仰、思想情感的方方面面，有着独特的表达方式，甚至出现某种类似语法形式的结构，对文字的形成有着先导的作用。但在研究岩画时，由于时空的悠远隔膜，对岩画的释读及其与文字的关系的论证是需要谨慎的，不可过度解读，更不可随意比附。

三 远古刻画符号及文字的诞生

比岩画稍晚但同样重要的，是陶器、玉器、骨器、石器、蚌器及龟

① 盖山林：《乌兰察布岩画》，文物出版社1989年版，第304页。

② 刘青砚、刘宏编著：《阿尔泰岩画艺术》，山东美术出版社1998年版，第19页。

甲、兽骨等新石器时代遗存的各类器物上的纹饰、符号等，其中最重要的是陶器符号。由于玉器、骨器等器物本身数量少，且其上的纹饰与符号多雷同于同时期的陶器，故相关研究多以陶器符号为主，简称陶符。

陶器特别是彩陶上的纹饰有与岩画类似者。如马家窑文化、仰韶文化等许多陶器上有蛙纹、鱼纹、鸟纹及玫瑰花纹等，常被学者解读为生殖崇拜、图腾崇拜。还有一类纹饰，则显然有更为丰富的含义，如河南临汝阎村出土的成人瓮棺葬具陶缸上绘有一幅《鹳鱼石斧图》（图2－7），“这幅彩陶绘画，从内容上看，可分为两组：一组为鹳叼鱼，一组为带柄的石斧。鹳是一种捕食鱼、虾的水鸟，形体似鹤又似鹭，身体椭圆、圆眸，嘴长而直，昂首挺立，体微后倾。嘴下叼一条大鱼，形态逼真、古朴优美。石斧捆绑在一个竖立的木棒上端，木棒上有四个圆孔，用以穿绳固定石斧。木棒中部有×形符号，握柄处用尖状器刻画出绳索花纹。木棒下端略粗，看来是为了防止绳索脱出而专门设计的”。对这幅图的解释众说纷纭，一种影响较大的说法，便是图腾说，如严文明认为：“这两种动物应该都是氏族的图腾，白鹳是死者本人所属氏族的图腾，也是所属部落联盟中许多有相同名号的兄弟氏族的图腾，鲢鱼则是

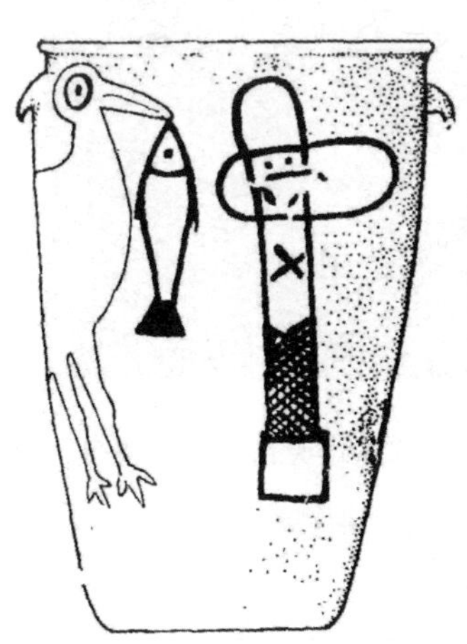

图2－7　鹳鱼石斧图

说明：左侧摹绘图采自临汝县文化馆《临汝阎村新石器时代遗址调查》，《中原文物》1981年第1期。右侧照片采自《中国国家博物馆馆刊》2015年第7期。

敌对联盟中支配氏族的图腾。这位酋长生前必定是英武善战的，他曾高举那作为权力标志的大石斧，率领白鹳氏族和本联盟的人民，同鲢鱼氏族进行殊死的战斗，取得了决定性的胜利。在他去世之后，为了纪念他的功勋，专门给他烧制了一个最大最好的陶缸。”① 此说看似合乎情理，然是否即是历史真实，则远不能论定。原因就在于，虽然我们一眼便能识别图中事物所对应的现实事物为何，甚至可以大致推断石斧可能是权力之象征，进而推断画中当颇有深意，但一涉及具体所指，则不免生出许多歧解，或主写实说，或主图腾说，或云当为生命转化之象，仁智互见，莫衷一是②。正是由于这是一幅图画，不是文字，故其意涵具有极大的不确定性，恐怕只有作画者或当时人能比较明确地说出其含义了。

纹饰之外，刻画符号被认为与文字生成的关系更为紧密。例如，大汶口文化莒县陵阳河、大朱家村、诸城前寨、安徽蒙城尉迟寺等遗址的大口尊上发现有类似文字的符号（图 2 –8）。

图 2 –8　大汶口文化莒县陵阳河遗址大口尊上的符号

资料来源：图片采自山东省文物管理处、济南市博物馆编《大汶口：新石器时代墓葬发掘报告》，文物出版社 1974 年版，第 118 页。

---

① 严文明：《〈鹳鱼石斧图〉跋》，《中原文物》1981 年第 12 期。

② 相关讨论可参看牛清波《中国早期刻画符号整理与研究》，博士学位论文，安徽大学，2013 年，第 59—62 页。

图中右侧的符号被认为是左侧符号的简化，就目前发掘情况看，此类符号在大汶口文化区域的分布是相当普遍的，换言之，它就像文字一样，在相同的文化区得到了普遍传播。不仅如此，相同的符号在大汶口文化之外的良渚文化、石家河文化也有发现。良渚文化玉器上有不少刻符与大汶口文化符号相似，其中即包括上图右侧的简化符号，在美国佛利尔博物馆所藏的一件玉镯之上有刻，有学者分析："大汶口文化陶尊上的刻符，其出现年代不会晚于大朱村墓地的中期，绝对年代可推定为不晚于距今4700年。……乙类刻符（笔者按：即良渚文化与大汶口文化相似的刻符）在良渚文化中的出现年代，大概不会早于距今4700年。……大汶口文化与良渚文化有着密切的文化交流关系，这已成为研究者的共识。据此，可以确认良渚文化中的乙类刻符是受大汶口文化的影响产生的，乙类刻符的文化属性，原本是大汶口文化。"①石家河文化更是晚于大汶口文化，时代大约与龙山文化相当，而"和河南龙山时期文化的联系和交流是十分密切的"，玉器则"受到了良渚文化的强烈影响"②。不仅石家河文化的符号与大汶口文化的相似，其器物也与大口尊几无二致，而且数量之多，远非大汶口可比。据考古报告，大汶口文化"这些刻画图象文字的陶尊，都随葬在大墓中，且放在显著位置，中小墓还未发现。这说明陶尊不被普通氏族成员所拥有，更不是常人用于随葬的器物，它与墓主生前的社会地位密切相关，是显示墓主身份、地位的象征物，并非生活用具，可能是一种'礼器'"③。实则所谓礼器就是祭器，良渚文化玉器也是祭器自不待言，而石家河文化所出刻符陶缸（《肖家屋脊》称为陶臼）多见于肖家屋脊和邓家湾遗址，则正是发现于规模至少在70余平方米以上的祭祀遗址，且成排成列套接摆

① 朱乃诚：《良渚文化玉器刻符的若干问题》，《华夏考古》1997年第3期。

② 任式楠、吴耀利主编：《中国考古学·新石器时代卷》，中国社会科学出版社2010年版，第672页。

③ 山东省文物考古研究所、莒县博物馆：《莒县大朱家村大汶口文化墓葬》，《考古学报》1991年第2期。

放于地面上（图2－9）。

图2－9　石家河文化与大汶口文化刻符陶尊对照

资料来源：前二图采自湖北省文物考古研究所、北京大学考古系、湖北省荆州博物馆编著《邓家湾：天门石家河考古报告之二》之彩图一〇、一三，文物出版社2003年版；后图采自《大汶口：新石器时代墓葬发掘报告》，文物出版社1974年版，第118页。

不仅如此，大汶口文化和石家河文化刻符陶尊的刻画符号内还发现有涂朱现象。因此有学者认为，有的刻符上涂朱，说明此类陶器是一种祭器，陶符中有两个无疑是农具的象形字，另两个是反映天象的会意字，说明它可能与祭天、祈年的活动有关①。关于石家河文化，严文明也指出："邓家湾石家河文化时期的宗教性遗存，可能是反映一种庆贺丰收的祭祀活动。大批陶缸或陶臼摆放在那里虽然不是实际用来盛放食物（粮食或米酒）或舂米的，却可能是在重大的祭典中代表丰盛的粮食收获和加工场面。陶缸上刻划的镰刀也具有同样的意义。陶缸上刻划的杯子和遗址中成百上千的红陶杯可能是一种祭具，而大量的陶塑动物则可能是代表祭祀时用的牺牲。那些抱鱼跪坐的陶偶可能是代表祭祀者的形象。"② 两位学者各自从不同的角度，结合两种文化的遗址情况，却

① 高广仁：《大汶口文化的社会性质与年代——兼与唐兰先生商榷》，《大汶口文化讨论文集》，齐鲁书社1979年版，第114页。按，所谓农具象形字，是指陵阳河大口尊上绘有[符号]和[符号]两个符号。

② 严文明：《邓家湾考古的收获》，《邓家湾：天门石家河考古报告之二》序之第5页。

得出了近似的结论。虽然我们还不能十分肯定地认为，上述陶符一定体现了祈年或庆贺丰收的农业祭祀，而所谓“反映天象的会意字”，也未必就与天象或观象授时有关。随着出土发现的增多，有不少学者将及其简体与仰韶文化和良渚文化陶、玉器上的刻画符号联系起来，并结合《山海经》《淮南子》等关于日、鸟的神话传说，提出了此符号可能代表了“飞鸟载日”或“飞鸟负日”的神话，倒叫人觉得颇有意趣[①]。无论如何，似乎从这些陶器和玉器的使用场景、拥有者，到符号涂朱的现象，再到符号的可能意涵，都指向一点：这是一种巫师用于祭祀、沟通天人的符号。

就大汶口文化“飞鸟载日”符号的流传之广、寓意之丰而言，说它是一种文字是讲得通的。但它还远不是一种成熟的文字，是否有读音也尚存疑问，更不用说形成文字体系了。

当然，个别刻划符号不是单个，而是多个成组出现的，就显得更像文字，甚至被认为是记录语言的句子了。例如，较著名的是20世纪90年代初山东邹平龙山文化丁公遗址出土的一块陶片上，刻有多达11个符号，其时间“相当于龙山文化晚期偏早时期，其绝对年代估计在距今4100—4200年之间”[②]。这要比甲骨文早800余年，当时引起的轰动可想而知。但遗憾的是，这十一个符号与甲骨文的写法相去较远，难以识别（图2－10左）。这一重要但又无法辨识的发现无疑引起了学界热烈的讨论，一时间众说蜂起，以甲骨金文构型释读者有之，以彝文读之者有之，以之为东夷文字者有之，否定其为文字者亦有之，以其为成熟

① 高明：《略谈古代陶器符号、陶器图像和陶器文字》，《高明论著集》，科学出版社2001年版，第234、235页；孙长初：《大汶口文化“”符号新解》，《东南文化》2005年第3期；张朋川：《中国彩陶图谱》，文物出版社1990年版，第157、158页。良渚文化中形符号是玉璧、玉琮上多见的一类刻符，其中间的，也被认为是“飞鸟负日”之象，只不过前面大汶口的形象是后视图，此为俯视图而已，见牛清波《中国早期刻画符号整理与研究》，博士学位论文，安徽大学，2013年，第481、482页。

② 山东大学历史系考古专业：《山东邹平丁公遗址第四、五次发掘简报》，《考古》1993年第4期。

文字者有之，以其为儿童涂鸦者亦有之，怀疑其伪者有之，力证其真者亦有之①，令人眼花缭乱，迄今也难有定论。可喜的是，不久之后在江苏高邮发掘龙虬庄遗址时在南荡文化遗存中发现了一块陶器残片，上面有两行八个刻符（图 2－10 右）。这八个符号上下两组风格不同，上边四个有点近似于甲骨文，下面四个连笔书写，反而与丁公陶符相近。对此八个符号的解释虽不如丁公陶符那样热烈，说法也不少。这些解释有一个共同点，即仍倾向于以甲骨金文的构字法来进行释读②，或者结合文字画的象形性加以揣测③，或者以古彝文来解读④。这种情况实际上和前述丁公陶符的研究状况相去无几。《发掘报告》分析南荡文化遗存说："在兴化南荡遗址约 2 万平方米的范围内，其浅薄的文化层呈小片零星分布，表明其延续时间不长，应为临时性遗址。龙虬庄遗址南荡遗存的情况基本与南荡遗址相同。南荡文化遗存的文化性质为王油坊类型龙山文化从豫东一带沿淮河再沿古邗沟向宁镇地区迁徙过程中的文化遗留；经 ^{14}C 测定，南荡遗存的年代为 1815 ± 103B. C. 和 1907 ± 63B. C. ，

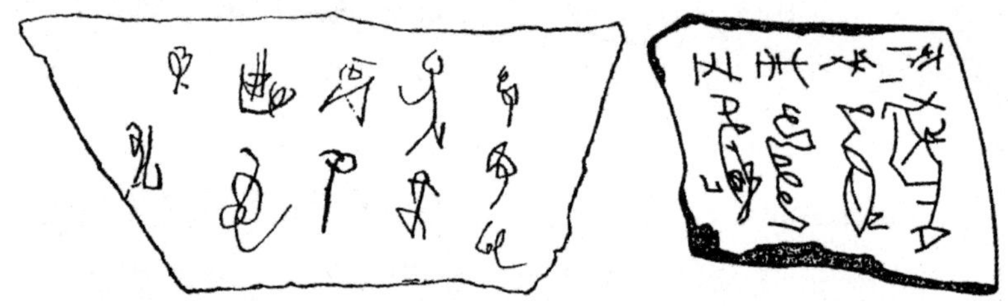

图 2－10　龙山丁公遗址（左）、龙虬庄南荡文化遗存（右）刻符陶片

资料来源：左图采自冯时《山东丁公龙山时代文字解读》（《考古》1994 年第 1 期），右图采自龙虬庄遗址考古队编著《龙虬庄：江淮东部新石器时代遗址发掘报告》，科学出版社 1999 年版，第 205 页。

---

① 相关讨论可参看牛清波《中国早期刻画符号整理与研究》，博士学位论文，安徽大学，2013 年，第 102—108 页。

② 饶宗颐：《谈高邮龙虬庄陶片的刻划图文》，《东南文化》1996 年第 4 期。

③ 周晓陆：《生命的颂歌——关于释读龙虬庄陶文的一封信》，《东南文化》1998 年第 1 期；王晖：《中国文字起源时代研究》，《陕西师范大学学报》2011 年第 5 期。

④ 刘志一：《龙虬庄陶文破译》，《东南文化》1998 年第 1 期。

因此南荡文化遗存的年代可定为4000aB. P. 前后的龙山文化末至夏初。”①根据这一线索，杨振彬认为：“陶片上的文字是由山东龙山文化部族的一支在迁移过程中与江淮地区土著文化部族共同书写的属于‘盟书’性质的东西，双方用自己部族的文字表达相同的意思。”② 也就是说，上边类似甲骨文的四个字是当地土著的文字，下边四个类似丁公陶符的连笔字是迁徙中的龙山文化部族的文字。从时间上讲，龙虬庄陶符略晚于丁公陶符，其间或有继承关系亦未可知，但杨振彬的解释颇有理致，虽未必是盟书，而用明显不同的两种符号书写，确可能与其迁徙性质有关。

与龙山时代约略同时的良渚文化遗址也发现了某些成组符号的现象，如江苏澄湖古井群遗址发现的一件黑陶罐上有四个刻划符号③；浙江余杭南湖黑陶罐上刻有八个符号④；1937 年何天行公布了一件余杭县发现的黑陶卮，器口缘刻划八个符号，与法国收藏家吉斯拉（G. Gieseler）收藏的一件玉琮上的 10 个符号接近⑤；美国哈佛大学赛克勒博物馆（Sancler）收藏有一件良渚文化陶壶，上面有九个符号⑥。这些符号风格各异，似乎不是一种文化部族的产物，或许有些与文字无关。但与龙山文化的多刻符陶器同时并出，似乎是在提示人们：有文字的文明时代已经来临。

四　汉字体系的形成

关于刻画符号与文字的关系，已有学者指出：“陶器是先民日常生

---

① 龙虬庄遗址考古队编著：《龙虬庄：江淮东部新石器时代遗址发掘报告》，科学出版社 1999 年版，第 204 页。

② 杨振彬：《长江下游史前刻划符号》，《东南文化》2001 年第 3 期。

③ 张明华、王惠菊：《太湖地区新石器时代的陶文》，《考古》1990 年第 10 期。

④ 余杭县文管会：《余杭县出土的良渚文化和马桥文化的陶器刻划符号》，《东南文化》1991 年第 5 期。

⑤ 西安半坡博物馆：《史前研究》，三秦出版社 2000 年版，第 552—557 页；李学勤：《良渚文化的多字陶文》，《吴地文化一万年》，中华书局 1994 年版，第 4—6 页。

⑥ 饶宗颐：《饶宗颐二十世纪学术文集》卷一，中国人民大学出版社 2009 年版，第 97 页。

活中经常使用的器物，不是书写文字的素材，也不像殷商的甲骨，为了特定的目的，有大量刻写文字的必要。”① 事实上，不仅先民不会在陶器上大量刻写文字，即现有的刻画符号而言，其中的大部分也应该不是文字，高明认为：“陶符自新石器时代仰韶文化开始，中间经过商代，直到春秋战国时期，仍然继续出现，不仅始终是每器只用一个符号，而且一直是独立存在，从不和汉字共同使用。……春秋战国时代的汉字已相当成熟。可是，陶符仍非常原始，形体依然如旧。从而可见，它同汉字并不属于同类事物，有本质的区别。”文字的使用是存在大量重复现象的，但高明考查仰韶文化、崧泽文化、良渚文化、龙山文化、马家窑文化及商代、春秋战国的陶符发现，其重复率多不及10%，且“集中在一些笔划简单易于重复的几种符号方面。因而在现有的资料中，看不出在不同时代的遗址出土的陶符之间，有什么彼此因袭或相互继承的关系”②。

的确，由于刻画符号出现在成熟文字之前，且多是以线条刻划而成，具有更强的抽象性，与我们习见的文字更加接近，所以我们自然会把它当作文字发生的直接源头。但是，有学者注意到：“独立或基本独立而形成的成体系的文字，按现在学术界公认的说法，只有美索不达米亚的苏美尔文、古埃及的象形文字、中国的汉字、美洲的玛雅文字等。既然世界范围内许多地区都很早出现了图画和刻划符号，原始巫术也很早就普遍地出现，为什么文字体系只在这少数的地区形成？……在欧洲……在亚洲、美洲、非洲、澳洲的广大地区，都发现了史前的刻绘图画和刻绘符号，但文字体系并未在这些地区普遍发生，而只是在其中极少数地区发生。”③ 其实从中国各地的情况就已经证明了这一点，前文所述岩画实际上和器物上的刻画符号一样，都是包括图画和符号的，

① 李孝定：《汉字的起源与演变论丛》，台北联经出版事业公司1986年版，第60页。
② 高明：《高明论著选集》，科学出版社2001年版，第6、7页。
③ 何崝：《中国文字起源研究》，巴蜀书社2011年版，第2页。

而岩画主要发现于中原之外的地区，但这些地区大多没有发展出文字体系；器物符号的情况也差不多，正如高明所研究的结果，虽然发现了众多符号，但大多数与文字无关。

即便如此，我们并不能说岩画和符号就真的与文字没有任何关系。因为前面已经讲过，自旧石器时代即已出现的岩画，已经是人类表情达意的工具，虽不能与语言一一对应，但具备了一定的表达能力，有的甚至具有某种语法形式的结构，因此我们说岩画是文字的先导。同样，符号也是文字的先导。特别是对于汉字而言，在其创生的初始阶段，取材于图画和符号尤多。伊斯特林认为："任何一个民族使用过的整套古老约定符号总是很有限的；因此约定符号不能给广泛通用的表词文字体系提供足以发展的基地。"因此他认为图画才是表词文字体系的第一源头，"图画文字对文字发展的影响最大。古老的表词文字是在图画文字的基础上形成的"①。

那么，文字体系的形成需要什么条件呢？高明指出："文字是以语言为基础的一种社会现象，是历史的产物。文字必须同语言密切结合，才能成为人们交际的辅助工具。语言有自身的局限性，受一定空间和时间的限制。例如，话讲出口，语意随着语音而消失。当社会发展到一定阶段，这种不留痕迹的语言，不能满足人们在社会交际上的需要，要求把语言保存下来传给生活在不同空间和不同时间的人们。这就是在社会生产的产品有了剩余，贸易往来非常频繁，需要把经营双方的协议，通过某种形式固定下来。当然，有了对文字的要求，不一定就能产生出文字，中间经过各种形式的尝试，最后才创造出文字。"② 与高明的看法相近，伊斯特林的研究结论是："最初表词文字体系产生的主要原因应该是奴隶制的形成和国家的出现，因为它们特别需要规则而准确的文字

① ［俄］B. A. 伊斯特林：《文字的产生和发展》（第二版），左少兴译，北京大学出版社 2002 年版，第 83—85 页。高明也有此说，见高明《"图形文字"即汉字古体说》，《高明论著选集》，科学出版社 2001 年版，第 62—70 页。

② 高明：《高明论著选集》，科学出版社 2001 年版，第 9 页。

记录来进行管理，在国家和寺庙的产业中进行计算和统计，满足宗教祭祀的需要，记载法典等等。历史已证实了这点。规则的表词文字（埃及的、苏美尔的、中国的、克里特的等文字）确实是几乎同古老奴隶制国家的产生同时出现的。”① 何崝认为，文字的生成经历了原始的图画和符号、巫师文字、通行文字三个阶段，通行文字即能够用于人际交流的文字体系，其形成的条件十分苛刻：“它需要有相当发展程度的农业、畜牧业和手工业，需要有优越的地理条件（可供航行的海洋和河流，以及较为平坦的地面），需要能利用畜力和运载工具，需要相距不太远、并且在同一时期的多个文明的并起，需要在多个文明之间发展较大规模的贸易。而这较大规模的贸易，正是通行文字形成的原动力。……因为较大规模的贸易需要在人际广泛地、准确地传递、记录信息，这就需要一种符合要求的符号体系——通行文字。”②

综合来看，文字体系的形成应该是经过了相当长时间的量变积累，包括图画和符号阶段（岩画及各种器物上的刻画符号）、巫师文字阶段，最后实现了质变，形成了文字体系。这个发生质变的临界点，大概是国家形成的前后，因为此时生产力发展到了一定水平，农业、畜牧业和手工业分工深化，剩余产品增加，需要进行较大规模的贸易，在贸易中要求以文字来记录、传递信息，由此促进了文字体系的生成。

对于汉字体系而言，上述说法是基本相符的，然而其间似有缺环。前已言及，新石器时代中国大地上的各文化区域虽已发现相当数量的刻画符号，但正如高明所言，这些符号恐怕大多与文字并无直接关联。而“商代后期的汉字不但已经能够完整地记录语言，而且在有些方面还显得相当成熟。……商代后期跟汉字脱离原始文字阶段而形成完整文字体系的时代，应该已经有一段距离了”。既然商代后期汉

---

① ［俄］B. A. 伊斯特林：《文字的产生和发展》（第二版），左少兴译，北京大学出版社 2002 年版，第 89 页。

② 何崝：《中国文字起源研究》，巴蜀书社 2011 年版，第 64 页。

字已经是相当成熟的文字，汉字体系形成的临界点就应该在此之前，但是我们现在缺乏直接的证据证明其形成究竟在何时，所以只能按照常理推断很可能是在夏商之际[①]。伊斯特林认为表词文字是建立在图画文字基础上的，因此表词文字体系的形成有一个由图画文字向表词文字的过渡，例如，“埃及王朝前最古老的文字文物，按其类型来说，远不是表词文字型的，而基本上是图画文字型的，但也包含了某些表词字（其中包括音词字）；只是在埃及第一——第二王朝时期才发生向表词—辅音文字的过渡。……殷代的甲骨文……表明汉字早已形成为纯表词文字体系（只有宗教仪式用的青铜器皿上的某些图像才有残余的图画文字性质）”[②]，所以汉字体系的形成似乎缺乏像埃及文字那样的过渡。

何崝列举了殷墟文字字形与此前的符号相似者共 127 个[③]，相对于大约 5000 字的殷墟文字来说还是太少了，而且即便这些相似的殷墟文字也未必是从其列举的那些符号借鉴继承而来。所以何崝最后的结论，仍然是认为甲骨文字体系是在武丁时期的 59 年内，“由于贸易规模的扩大，事务增多，通过记诵保存资料的方式已难以适应需要，商王朝在域外文字的启发下，利用已积累的具有高度能产性的符号，由参与贸易和经济管理的卜人集团创造和整理出文字体系，当然，这个文字体系中也包括其他人员在参与贸易中造出的字形”[④]。何氏此说仍然无法解释上述汉字体系由图画文字向表词文字过渡的缺环问题。而且，他认为甲骨文中的记事刻辞如“某入×”“某示”之类[⑤]，即表明“卜人并非只管

① 裘锡圭：《文字学概要》，商务印书馆 1988 年版，第 27 页。

② ［俄］B. A. 伊斯特林：《文字的产生和发展》（第二版），左少兴译，北京大学出版社 2002 年版，第 87、88 页。

③ 何崝：《中国文字起源研究》，巴蜀书社 2011 年版，第 584—596 页。

④ 同上书，第 682—688 页。

⑤ 如“喜入五”（《丙》381）、“中示”（《卜》598）之类，即喜纳入龟甲五、中对纳入之龟甲进行验视之意。

占卜，他们还从事贸易的管理，直接参加贸易，还要给货物记账”①。但“入”“示”二字在甲骨文中的含义是否如何氏所理解的那样，还是可商榷的，有学者就论证“示”与“入”及类似的“来”“以”等意思相近，是交纳、付与之义②。因此，此类记事刻辞所记并非如何峙所说是对卜人参与贸易、管理的记录，而仅仅是对各地贡纳的用于占卜的龟甲兽骨的收纳、整治、经管情况的记录③。

汪德迈（Léon Vandermeersch）也认为汉字体系是武丁时期占卜师创造出来的，但他同时认为占卜师创造的这一文字系统的“目的并非像所有其他文字——无论表意或拼音文字系统——那样去记录口语所言，而是用一种科学语言形式去记录占卜运行规则”，其占卜性语义更是“彻底弃绝了自然语言的语义”，在“与口语完全分离但彼此仍相互影响”的情况下形成了中国独有的“文言”④。因此，汪德迈认为最初的汉字体系并不是为记录口语而诞生的。

这种将汉字体系归功于卜人集团创造的看法并非全无道理。至少，我们前面讲过，从新石器时代后期如大汶口“飞鸟载日”符号及其在良渚文化、石家河文化的存在状况看，巫师确不失为当时文化的代表。所以，何峙所认为的在通行文字之前有巫师文字的阶段是有道理的，他所举的早期苏美尔文、埃及早期象形文字、古代欧洲的克里特象形文字A和象形文字B、美洲的玛雅文字、我国现存的沙巴文、东巴文、水书等例证，也颇有说服力⑤。也正因此，虽然缺乏足够的证据，我们仍然相信在武丁时代之前汉字体系已基本形成。

笔者认为这个文字发展史上的所谓缺环其实应该是有相当丰富的内

---

① 何峙：《中国文字起源研究》，巴蜀书社2011年版，第677、678页。

② 方稚松：《殷墟甲骨文五种记事刻辞研究》，线装书局2009年版，第22—44页。

③ 陈梦家：《殷虚卜辞综述》，中华书局1988年版，第176—181页。

④［法］汪德迈：《中国思想的两种理性：占卜与表意》，金丝燕译，北京大学出版社2017年版，第1—4页。

⑤ 何峙：《中国文字起源研究》，巴蜀书社2011年版，第10—16页。

容的，只是我们尚未发现或由于某些原因难以证实而已。个中缘由难以尽言，但至少有如下几点值得思考。

（一）某些早期符号或文字的发现证明，汉字经历了相当长的演进历程

前文所述自岩画到刻划符号，再到最后疑似文字、成组出现的多个刻符，虽然难以指明哪一个符号或图画与后来的汉字相关，但先民表达思想情感的方式渐趋抽象化、最终指向文字表达的痕迹还是相当明显的。在进入阶级社会前后，确已有文字产生，应该也是不争的事实。陶寺朱书文字的发现便是一个很好的证据。

陶寺文化年代约当公元前2600—前2000年，陶寺遗址规模宏大，被认为是唐尧或虞舜的都城，其社会阶层分化严重，已形成初步的礼制文明，具备了早期国家形态。1984年春在陶寺遗址晚期（前2200—前2000年）灰坑中出土一件有两个朱书文字的陶扁壶（图2－11）。

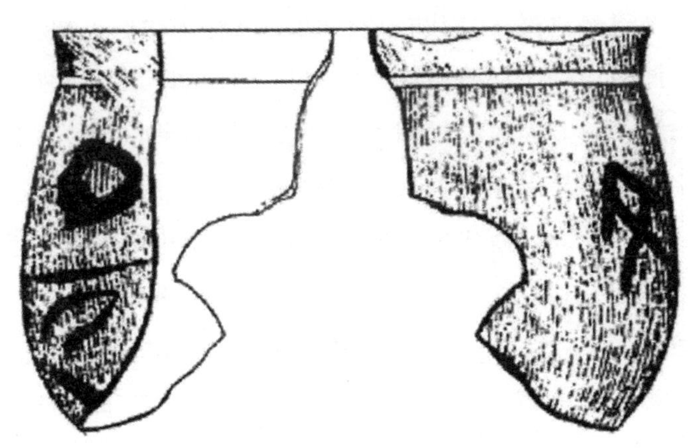

图2－11　陶寺遗址朱书陶壶

资料来源：中国社会科学院古代文明研究中心：《中国社会科学院古代文明研究中心通讯》2001年第1期，图一。

扁壶正面和背面各一字，朱书，书写工具似为毛笔。关于此二字的性质，学界已取得基本共识，即这是文字而非符号。对此二字的释读，

由图中可知其字形与数百年后的甲骨文属同一系统，学界一般认为正面的字应该就是“文”，背面的则较多争论，或以为是一字（罗琨、何驽、王晖、冯时等），或以为是二或三个字（李学勤、蔡运章等）[①]。文字释读可能遽难定论，但值得注意的是，陶片沿断茬一周皆有涂朱，可知陶文是在陶壶残破之后书写于陶片上的。朱书文字并在陶片边缘涂朱，说明此器或为某祭祀仪式上有意为之，具有强烈的宗教意味，则此陶文之为神职人员所为是可以断定的。

陶寺朱书文字的出现虽系孤例，但可以证明我国与其他地区一样，在建立国家制度、进入夏代的前后文字开始形成。当然，从文字开始出现到文字体系的成熟是一个漫长的过程，这期间不仅是单个文字的积累，更重要的是文字赖以生成和发展的社会条件的演变。

夏代应该是汉字积累的重要时期，但关于夏代的考古发现仍相对匮乏，二里头文化发现的符号也多如高明所说，难以认为就一定是文字。但本章第一节已经讲过，夏代较商代的巫风更为浓厚，更加接近萨满。可以推测，此时应处于何崝所论述的巫师文字的阶段。之所以没有发现相关文字材料，一方面可能是因为巫师文字本身数量就少，另一方面则可能与文字载体不易保存有关（下文有论述）。

商代武丁之前，即商代早中期虽然文字材料也不多见，但还是有一些例证可以证明，其时文字体系正在形成，试举例如下。

1. 江西吴城陶文。据《发掘报告》称，江西清江吴城商代遗址共分三期，在每期的陶器和石范上，都刻有不少文字和符号，特别是一期，“有十四件（连同采集的一件），在器物底部、肩部和器表，共刻有三十九个文字、符号，多者十二字、七字、五字、四字不等，少者一字。它们都是早于殷墟甲骨卜辞文字的一种商代前期文字”。在不大的发掘范围内，出土了共六十六个文字和符号，说明此种文字在当时已经

① 相关讨论可参看牛清波《中国早期刻画符号整理与研究》，博士学位论文，安徽大学，2013 年，第 68—71 页。

广为流传应用[①]。

2. 河北藁城陶文。藁城台西村遗址早期相当于郑州二里冈上层，晚期相当于安阳殷墟一期，是商代早中期的代表，在两期的居址中发现70多件陶器上有文字和符号。据研究，这些陶文应与商代铜器铭文类似，主要表示器物所有者的族氏或人名，但与铜器铭文不同的是，“商代铜器上表示族氏的文字，每每比卜辞等保留更多的象形因素。这是为了使铭文图象化，因而这种文字不能代表当时通用文字的一般特点。但从殷墟发现的材料考察，陶器的铭文和铜器不同，不仅接近于卜辞等通用文字，有的甚至更为草率。因此，可以推想台西出土的陶文基本上反映了遗址时期通用文字的各种特征。台西陶器上的文字，较之殷墟时期，显然有更多的原始性”[②]。

3. 小双桥朱书文字。据研究，郑州小双桥遗址存续时间较短，绝对年代相当于公元前1435—前1412年，相当于商代中期偏早的阶段，极可能就是商王仲丁“自亳迁于隞（嚣）”的隞都遗址。朱书陶器发现于遗址中心区宫殿建筑附近的祭祀坑群，有朱书文字的陶缸多出土于牛头坑、牛角坑和其他类型的祭祀坑中。这些文字多为数目字、象形文字或徽记类，大概与藁城陶文性质相近，但皆以朱砂作颜料书写于陶缸器表，与甲骨、金文也属同一系统，可以肯定的是它们与祭祀仪式关系密切[③]。

4. 郑州二里冈遗址字骨。郑州二里冈也是商代早中期遗址，发现三件字骨，其中一件牛肋骨残片上刻有十字：

又土羊

乙丑贞，从受……

① 江西省博物馆、北京大学历史系考古专业、清江县博物馆：《江西清江吴城商代遗址发掘简报》，《文物》1975年第7期。

② 季云：《藁城台西商代遗址发现的陶器文字》，《文物》1974年第8期。

③ 宋国定：《郑州小双桥遗址出土陶器上的朱书》，《文物》2003年第5期。

七月。①

这已与殷墟甲骨文无别。学者研究认为，此刻辞时代接近武丁早期的卜辞，而字形较稚弱，显然要早于殷墟卜辞。

上述例证虽不多，但足以说明自夏代前夜即已开始出现真正的文字，在经过了数百年演进之后，至少到商代早中期，较为成熟、完整的文字体系已经形成。

（二）早期文字的书写方式与载体

之所以现在少见殷墟甲骨文以前的文字，一个很重要的原因是，早期文字的主要书写方式是写而非刻，早期文字的主要载体可能是简册而非甲骨或陶器、铜器等。林沄曾说："最早的汉字应该也是拿毛笔写的。因为古文字里边'書'字是上面有一支毛笔：[古文字]（颂鼎）、[古文字]（趞鼎），要更象形一点是这样的：[古文字]、[古文字]（子書簋）。另外还有一个'畫'字，'畫'字上面也是有一支毛笔：[古文字]（五年师旋簋）。当然最早的文字很多是从图画形象来的。既然图画是拿毛笔画的，最早的文字应该也是毛笔写的。它的载体是什么呢？应该就是简册。竹简木简然后把它编起来的东西。那么毛笔什么时候有的呢？应该起码新石器时代已经有了。因为新石器时代彩陶的花纹肯定是拿毛笔画的，彩陶上面的记号很多也是毛笔画的。"②

---

① 李学勤：《谈安阳小屯以外出土的有字甲骨》，《文物参考资料》1956 年第 11 期。不同学者对此牛肋骨刻辞的看法差别较大，有的认为应是 11 字（李维明：《郑州出土商代牛肋骨刻辞新识》，《中国文物报》2003 年 6 月 13 日第 7 版；葛英会：《读郑州出土商代牛肋骨刻辞的几种原始资料与释文》，《中原文物》2007 年第 4 期），有的认为是 10 字（陈梦家：《殷虚卜辞综述》，中华书局 1988 年版，第 27 页），有的认为是卜辞（李学勤：《中国古代文明研究》，华东师范大学出版社 2009 年版，第 14—19 页；李维明：《郑州出土商代牛肋骨刻辞新识》，《中国文物报》2003 年 6 月 13 日第 7 版；葛英会：《读郑州出土商代牛肋骨刻辞的几种原始资料与释文》，《中原文物》2007 年第 4 期），有的则认为是刁刻（陈梦家、王蕴智：《郑州商城遗址牛骨刻辞的释读及其性质》，《纪念徐中舒先生诞辰 110 周年国际学术研讨会论文》，巴蜀书社 2010 年版，第 45—49 页）。各家在释读上也有异，但不影响本文结论，故此不赘。

② 林沄：《谈谈汉字历史中的几个问题》，《出土文献》第二辑，2011 年，第 113 页。

这个说法是极有见地的。不仅彩陶花纹多为以笔描画，即前述陶寺朱书、小双桥朱书，以及某些甲骨上的文字，都是毛笔书写的。应该说，不论是甲骨文时代还是甲骨文之前，凡有文字以来，当主要以书写为主，刻划应是临时的、个别的。

何崝逐一详细考察了陶、骨（甲）、铜、石（玉）及竹木、缣帛、麻布、兽皮等可能在商代作为文字载体的材料，其结论是，陶、骨（甲）、铜、石（玉）都不会作为日常应用的文字载体，最可能作为日常应用文字载体的是竹木，其次是缣帛和麻布，兽皮则未见。但是最可能作为日常文字载体的三种材料，迄今都没有发现写有文字的实物。个中原因是，“竹木保存，北方不如南方。……商代杀青工艺未使用或不够成熟。……简牍有地下埋藏的时限”，缣帛和麻布的情况大体相同①。事实上，我们现在能见到的最早的简帛文献尚未有早于战国时期的，但我们并不能因此断定春秋以前的主要书写材料是青铜器和龟甲兽骨。正由于简帛材料不易保存，所以我们现在所能见到的春秋以前的文字材料才主要刻（铸）写在甲骨和青铜器上。我们应该相信《尚书·多方》中周公对殷遗民说的话：“惟殷先人，有册有典。”② 至少自商代始，汉字就主要是以毛笔书写于简册之上的了。

（三）汉字体系有其自身的独特性

商代晚期的文字体系已经相当成熟，正如伊斯特林所说，这一体系是较为纯粹的表词文字，但它不同于一般的表词文字，一般表词文字很难发展成一种纯粹的文字体系。汉字之所以得到发展，很大程度上是由于其孤立型词根语言的属性，“在各种不同类型的语言中，孤立型词根语言最大程度地促进了表词文字的发展和巩固，因为语法上不变化的词（特别是单音节词）最容易作为基本的和不变的单位从言语中划分出

① 何崝：《中国文字起源研究》，巴蜀书社 2011 年版，第 615—650 页。

② （汉）孔安国传，（唐）孔颖达等疏：《尚书注疏》，阮元校勘《十三经注疏》本，台北：艺文印书馆 2007 年版，第 238 页。

来。此外，孤立结构的词根语言不需要有音节或音素的补充符号来表达语法形式。……特别是在中国，表词文字有了极大的发展，这在很大程度上是由于汉语属于词根孤立语之故"①。

伊斯特林认为，表词文字还存在两大缺点——它们的复杂性（多符号性）和难以表达词的语法形式，随着文字不再为祭司、职业书写人、学者和国家官吏垄断，即其使用范围扩大到贸易、日常生活等范围，表词文字的缺点特别是第一个缺点就会越发明显；为了解决这一矛盾，这时表词文字就会增加音节成分和音素成分，从而变得越来越表音化。但由于中国士大夫保守主义的影响，他们力图垄断文字，阻挠文字的简化和大众化进程，汉字体系成为唯一的例外②。但也有人认为汉字是在商代就直接形成了与口语脱离的文言表达形式，原因是"中国的表意文字体系不是作为话语的书写被创造的，而是作为一种配置的象征体系而被创造的，以直接表述占卜的参数与结果"③。显然，这是把甲骨文看成了商代最主要的文字形式，是不符合实际的。

事实上，可能汉字体系的脱离口语（或曰文言化）未必是中国士大夫保守所致。汉字字形实际上是在不断走向简化的，但在其演变的每个阶段都保持了相对的稳定性。从甲骨、金文到小篆，再到隶书、楷书，最后到现在的简化字，都是这样。

再者，汉字其实也经历过伊斯特林所说的表音化，只是过程比较复杂，没有走上一般的纯音节或纯音素文字之路。实际上，很多并不是很成熟的文字就已经产生了表音现象，如东巴文，虽然尚处于何峼所说的巫师文字阶段，但它在书写时常常有借音表意的现象，比如他们画一堵围墙，墙的发音在纳西语里与"俩"相同，旁边再写个数字"二"，就

① ［俄］B. A. 伊斯特林：《文字的产生和发展》（第二版），左少兴译，北京大学出版社 2002 年版，第 90 页。

② 同上书，第 160、161 页。

③ ［法］汪德迈：《中国思想的两种理性：占卜与表意》，金丝燕译，北京大学出版社 2017 年版，第 26 页。

表示“俩”；画一个蒜头，蒜的发音和“个”一样，就表示“个”，这样的情况非常普遍。汉字的表音，有类似东巴文的，即同音通假现象。在战国时期这样的现象特别多，其实就是表音化过程。林沄在一次讲座中对此问题作了简要回答：

> 问者四：林先生您好，我想问一下您对战国文字里边大量运用通假现象有什么解释？
>
> 林：我解释就是这个表现汉字在发展过程当中有个音化的趋势。但这个音化的趋势使汉字运用上面要发生很大的问题。因为这个意音文字的使用一方面它能够很好地记录语言，第二就是记录完了以后你去读它的时候能够把它的意思读明白。汉字的情况如果对应了汉语的特点，如果它要表音太强的话，它最后在识读上面就会有很大的问题。所以后来这种音化的趋势就受到了抑制。形声字越来越发达，成为汉字发展的主流。①

也就是说，汉字在战国时期由于列国纷争，基本上处于自然发展的状态，如东巴文那样的同音假借的表音化趋势是相当普遍的。但是由于这种表音方式不是字母表音，我们极易受到通假原字字义的误导，如果这种情况过多，势必影响对文字的识读，容易造成混乱。所以这种趋势虽然没有根绝，但得到了抑制。这个抑制并非扼杀，而是通过另一种表音方式实现的，就是形声字。形声字有义符和声符两部分，把表意和表音结合起来，便于识读，也方便新造字。“不仅创造新字多采用形声字体，而且其他结构的字体也向形声方面就范。有些本来已独立存在很久的象形字和会意字，因受形声结构的影响，中途又在原来字体中增添声符或形符，转化为形声字。……因而形声字的数量越来越多。上面已经提到，形声字在《说文》中已占全字数的80%以上，如以现代汉字统

① 林沄：《谈谈汉字历史中的几个问题》，《出土文献》第二辑，2011年，第136页。

计，早已超过 90%。……中国汉字虽未走向音素文字的道路，但是，它以自身结构的变化，在不打破方块形体的情况下，以一种特殊形式，加强它的表音成分。”①

再者，汉字从战国时期自然发展状态走向规范化、以形声字实现表音化的过程，应该说与秦汉时期对文字识读、书写方面统一和规范所做的大量工作是分不开的。据《汉书·艺文志》“小学类”记载，除《史籀》篇为周宣王太史所作外，自秦有《苍颉》篇，为丞相李斯之《苍颉》和车府令赵高《爰历》、太史令胡母敬《博学》三种著作的合编，而汉有司马相如《凡将》等十种著作。这些工作意义重大，班固在《小序》中说：“古制，书必同文，不知则阙，问诸故老；至于衰世，是非无正，人用其私。故孔子曰：‘吾犹及史之阙文也，今亡矣夫!’盖伤其浸不正。”在列举历代的工作之后，班固特别讲到了扬雄和他本人的努力：“至元始中，征天下通小学者以百数，各令记字于庭中。扬雄取其有用者以作《训纂篇》，顺续《苍颉》，又易《苍颉》中重复之字，凡八十九章。臣复续扬雄作十三章，凡一百二章，无复字，六艺群书所载略备矣。”② 在班固看来，到他自己为止，这个工作才算较为完备，最后的语气不无自豪。他们的这些努力，很多时候代表了官方的立场，像李斯等所为，应该就是秦的统一文字，扬雄显然也是官方所授意。这说明早期中国中央政府对文字书写是非常重视的，至少在西周就已如此，周宣王太史的《史籀》之作，也许与李斯、扬雄的目的是相同的，所以我们现在能见到的青铜铭文，西周时代的文字写法大致是统一的，反倒是战国时代列国各行其是，不易辨识。班固还提到：“汉兴，萧何草律，亦著其法，曰：‘太史试学童，能讽书九千字以上，乃

① 高明：《高明论著选集》，科学出版社 2001 年版，第 26 页。形声字在汉字中的比例，据较为详细的统计，甲骨文中占 27.27% 弱，至《说文解字》约占 81.24% 弱，至南宋郑樵的《通志·六书略》，已占 90.00% 弱，参见李孝定《汉字的起源与演变论丛》，台北联经出版事业公司 1986 年版，第 136 页。

② （汉）班固撰，（清）王先谦补注：《汉书补注》，上海古籍出版社 2008 年版，第 2947 页。

得为史。又以六体试之，课最者以为尚书、御史、史书令史。吏民上书，字或不正，辄举劾。’”① 说明当时对文字书写的规范化要求是很严的，在上书的文字中若有不合规范者，是可能会被治罪的。《史记·万石君列传》记载了一个故事：“（石）建为郎中令，书奏事，事下，建读之，曰：‘误书！“馬”者与尾当五，今乃四，不足一。上谴死矣！’甚惶恐。”② 这个故事说明班固所说的律令是可信的。

至此，我们可以得出如下结论：汉字可能在新石器时代出现刻画符号的时候就开始萌芽，至新石器时代晚期、进入阶级社会前后开始形成真正的文字，但主要是与宗教祭祀相关的巫师文字；汉字体系可能是进入国家社会的夏代至商代早中期开始形成的，至商代晚期的甲骨文已经比较成熟；但汉字体系的定型是迟至秦汉时代才最终完成的，整个过程经历了数千年。

第三节　文字崇拜与巫觋时代的著述

上节已述及，文字在产生之初即为巫觋所掌握，故其著述往往与宗教巫术相关，而此时的著述亦受原始宗教崇拜、祖先崇拜之影响，具有文字崇拜的特点。

敬惜字纸一直是中华民族的传统，其中不乏文字崇拜的观念。文字崇拜对著述有着极为深刻的影响，时代越早，文字崇拜在著述中的作用也越明显。本文所谓“文字崇拜”，即人们对文字及文字所代表之事物（如宗教、祖先崇拜思想意识及其支配下的神灵等）的崇拜思想。

史前先民在原始宗教崇拜思想的驱使下，在岩石、陶器、玉器等各

① （汉）班固撰，（清）王先谦补注：《汉书补注》，上海古籍出版社2008年版，第2946页。

② （汉）司马迁撰，（南朝宋）裴骃集解，（唐）司马贞索隐，（唐）张守节正义：《史记》，中华书局2014年版，第3349页。《史记集解》引服虔曰：“作‘馬’字下曲而五，建时上事书误作四。”《汉书》所载略同，颜师古曰：“‘馬’字下曲者为尾，并四点为四足，凡五。”（《汉书补注》，第3598页）可能石建的“馬”字下面四点少了一点。

种器物上刻绘出各种神灵、动植物、日月星辰以及各种符号，并在此基础上产生了文字。因此，文字崇拜一开始便与原始宗教崇拜密不可分，是原始宗教崇拜的一种体现。随着文明的推进，人们的意识也逐渐淡远于原始的宗教崇拜，就中国古代而言，西周时期的礼乐文明可以说是建立在人的伦理关系基础上的一种制度，蕴含着浓厚的祖先崇拜意识。此时的文字崇拜，便富含了祖先崇拜的内容，并由此塑成了青铜铭文的铸刻。西周至春秋时代出现的一字褒贬的史官记事传统，更与人们对文字神圣力量的崇拜密不可分，体现了人们以文字约束、规范统治者行为并发挥其对后世垂范、镜鉴作用的意图。

一　立象尽意：从史前的图腾崇拜到殷彝上的族氏铭文

《易·系辞上》说："子曰：'书不尽言，言不尽意。然则圣人之意，其不可见乎？'子曰：'圣人立象以尽意，设卦以尽情伪。'"① 这虽是春秋战国时人对远古易占发源的一种推测，但"立象见意"恰是史前原始宗教崇拜的重要方式。

前已言之，包括岩画、陶器、玉器以至青铜器上的纹饰，以及以这些器具为依托的造型艺术本身，还有由岩画、纹饰演变而来，并最终演进为文字的各种符号等，都是原始先民有意识的"叙说"。虽然不是文字著述，但就其功能而言，它们可谓是"文字出现前的文字"，因为"人们的交流方式是多种多样的，除了语言之外，在文字出现之前，图画是一种很重要的方式"②。这种"立象见意"的原始"著述"正是先民颇为常见的表达方式。

众多"立象见意"的表达，大都指向一个共同的"源动力"——原始宗教崇拜。原始宗教崇拜也是学界解释史前各类"立象见意"艺

---

① （魏）王弼、韩康伯注，（唐）孔颖达等正义：《周易正义》，阮元校勘《十三经注疏》本，台北：艺文印书馆 2007 年版，第 157、158 页。

② 陈兆复：《古代岩画》，文物出版社 2002 年版，第 3 页。

术的基本工具，这不是出于主观臆想，而是建立在大量历史文献、考古实物以及文化人类学的田野调查等基础之上的。因此，具体细节的推测或可商榷，而其解释方法几乎是不容置疑的。在大量的研究结果中，我们可以通过一些实例一睹史前“立象见意”之“著述”的风采，并可借此了解从远古的氏族时代直至文明初现的演进情形。

早在狩猎采集阶段的原始人类，就已开始了“立象见意”的艺术创作，岩石是他们进行创作的画布，岩画便是历经千万年而留存至今的作品。中国的岩画，照理应该遍布全国各地，然而或许是由于中原华夏民族文明的早熟，战乱的频仍，现今所见的岩画，多在边远的西北、西南、东南等地区，唯少见于中原。但这并不能说明中原地区从未出现过岩画，而主要是由于岩画裸露地表，比深埋地下的文物更易遭到破坏之故。事实上，在《韩非子》《史记》《水经注》等早期典籍中，就已有岩画的记载①。以现在少数民族地区发现的岩画来看，结合各地（包括边疆和中原）发现的陶器、玉器之纹饰，亦差可揭示史前“著述”的大致风貌。

对最初的狩猎采集者岩画的解释，通常把画面中的动物形象理解为原始巫术的作用对象，即希望通过一定的巫术仪式，以求能猎获更多的猎物。而令人称奇的是，有时猎物同时具有图腾崇拜的因素。例如，在内蒙古狼山炭窑沟，有不少狩猎期的大型岩画，其中有一匹卧马，被认为是具有中国独有的画马技法的岩刻，此马虽然头部已经脱落，而马身仍十分巨大，马高 1.05 米，长 2.40 米，如此的巨型是世所罕见的，这说明在画者看来，这匹马是非同寻常的，故马不仅是他们的主要狩猎对象，甚至一度成为他们的主要图腾标志②。

这虽然只是一种推测，但在另一事例中，加强了这种推测的可能性。陈兆复在《古代岩画》中记载了这样一个故事：

① 陈兆复：《古代岩画》，文物出版社 2002 年版，第 13—16 页。
② 宋耀良：《中国岩画考察》，台北联经出版事业公司 1998 年版，第 14、15 页。

中国鄂温克族猎熊，而熊是该民族的图腾动物，其民俗仪式就更复杂。他们把熊皮当偶像，称呼公熊为“和克”，即祖父之意；称母熊为“额我”，即祖母的意思。猎熊为避讳而说成是“我们去做客”，猎枪则称“吹火筒”，熊被打死说是熊“睡了”，而且在狩猎时还要不断地表白：不是我们鄂温克族人打死了你，是别人打死的。吃熊肉时，大家都要学乌鸦叫，以表示不是鄂温克族人吃而是乌鸦在吃。人们怀着敬畏与恐惧的复杂心态为熊举行葬礼，对熊的部分器官磕头礼拜，还要故作悲痛之态。这些举措只是为了取得熊的谅解，也是为了自身得到精神上的解脱，减少负罪感。在狩猎者心目中，猎物既是良友，亦是仇敌。一方面，猎物为人们提供衣食之资；另一方面，猎人与猎物搏斗，受到伤害是意料中事。把猎物供奉为图腾，并采取各种仪式，是人们用原始宗教调节爱与恨情绪的一种方式①。

这个故事说明，早期岩画以及陶器等器物上刻画的动物形象，固然不能都用图腾崇拜来解释，但至少有一部分，可能不仅是图腾的标志，同时还是狩猎采集时代的狩猎对象。因此，“立象见意”自人类“著述”的最初源头，便具有了与图腾崇拜不可分割的联系。

后世许多图腾崇拜的相关记载，都可以在早期岩画或陶器、玉器纹饰中得到印证。比如，“古代羌族的图腾崇拜有三：一为羊图腾。据东汉应劭《风俗通》释为：‘羌……主牧羊。故羌字从羊、人，因以为号。’说明羌人与羊之密切关系。羌族自称‘尔羋’，音近羊叫声。古羌人颈上悬挂羊毛模拟羊的形状，时至今日，羌族仍沿继这一习俗。羌族在丧葬中用‘羊’作死者‘替身’，‘为灵魂引路’，在各种祭典中杀羊、撒羊血，不准吃羊肉，或烧成灰，或弃之野外。二为猴图腾。传说羌族巫师得到神猴引路才学得巫术，故视猴为老祖宗。巫师以猴皮为

---

① 陈兆复：《古代岩画》，文物出版社2002年版，第114、115页。

帽，崇拜猴头。三为马图腾。崇拜白马，不吃马肉。……在桌子山岩画中，有着原始氏族图腾崇拜的遗迹，召烧沟岩画中的‘羊’图腾、‘马’图腾、‘五神’图腾和苦菜沟岩画中的‘猴’图腾，生动地说明了这一点。”[①] 这种巧合并不能证明桌子山的这些疑似图腾的岩画就是羌人的遗产，因为羌人可能不是某个固定民族或族群，而是殷人或以后的华夏族对广大西方“非我族类”的部民族之统称[②]。然而这是远古时代游牧于此的先民留下的、带有图腾崇拜性质的作品，则是毫无疑问的。

因为北方草原的主人常常是“你方唱罢我登场”，多个民族散布于辽阔的原野上，所以很难说某幅岩画作品一定是哪个民族之作。例如，桌子山岩刻中还有一头鹿（图2－12），夸张的鹿角远超过身体的大小，犹如一棵大树般高高耸立，面对如此形象，任谁都会油然而生崇敬之意，故其中必定饱含了浓厚的宗教崇拜之情。而恰巧蒙古族的传说中，其女性始祖就是一头白鹿（见《元朝秘史》开篇），但很明显岩刻中的鹿不是蒙古人的始祖，因为雌鹿一般是没有角的。但鹿确是许多欧亚草原民族崇拜的对象，固然不易“对号入座”，我们却无法否认作品浓浓的宗教情结背后，似在诉说着先民对祖先的颂扬、族群的认同。

原始时代晚期，陶器、玉器大量出现，各种图像开始出现在精美的彩陶和玉器上。

较早的彩陶纹饰以仰韶文化最具特色。其中，半坡类型中鱼纹数量惊人，形态各异，“有的腾跃而上，有的环逐而游，有的单体独处，有的复体结合，有的又呈几何形的高度抽象，还有的与人面纹、网纹相合璧”[③]；而甘肃省马家窑、大地湾遗址，青海省乐都柳湾遗址出土了不少蛙纹彩陶；陕西华县泉护村、宝鸡北首岭遗址，河南省临汝阎村遗址，

① 梁振华：《桌子山岩画》，文物出版社1998年版，第59、60页。

② 王明珂：《华夏边缘：历史记忆与族群认同》，台北允晨文化实业有限公司1997年版，第227—230页。

③ 刘兰华、张柏：《中国古代陶瓷纹饰》，哈尔滨出版社1994年版，第51页。

图 2-12　内蒙古乌海市桌子山苦菜沟岩刻
（摹绘，转引自陈兆复《古代岩画》，第 179 页）

则出土了大量鸟纹彩陶。对此，有学者联系众多的上古卵生神话传说，提出鱼、蛙、鸟纹都是生殖崇拜的产物，或许还有图腾崇拜的因素①。

此外，仰韶文化庙底沟类型中以玫瑰花为特色的彩陶纹饰，以及红山文化中以龙鳞纹图案为主要特征的彩陶，和以猪龙、熊龙等“龙”为特征的造型和花纹的玉器，被认为是华族和龙族的象征，并成为中华民族的根系所在②。

这种“立象见意”式的“文字崇拜”，在文字出现之后依然保持了

① 廖群：《中国审美文化史·先秦卷》，山东画报出版社 2000 年版，第 25—38 页。
② 苏秉琦：《中国文明起源新探》，辽宁人民出版社 2011 年版，第 105、106 页。

相当长的时间，并在后来以文字的形式存在着。

青铜器的出现始于何时已不可考知，但夏代应该已具备相当水平的青铜铸造技艺。《左传·宣公三年》载楚庄王问鼎中原，王孙满曾言："昔夏之方有德也，远方图物，贡金九牧，铸鼎象物，百物而为之备，使民知神、奸。……用能协于上下，以承天休。"① 铜鼎上的"物"（即饕餮纹、夔龙纹、凤鸟纹等各类纹饰）或许代表了臣服于华夏中央王朝的各方国。

随着理性精神的增强，商代以后图腾崇拜思想远比以前要弱，但图腾崇拜与祖先崇拜原本是相通的，图腾崇拜的一些遗迹依然体现在很多方面，包括以祖先崇拜的形式继续存延，一种延续的方式，便是铸于彝器上的族氏铭文。

早期青铜彝器上有一类象形性较强的、较为古老的文字，与同时的流行文字相比风格很不一样，这类文字在有铭彝器上的使用极为广泛，"迄今为止，已著录的先秦有铭青铜器约13000件，其中半数左右铭刻极为简短，有的仅铭刻一个十分象形的字，有的在此外再加一父祖日名"②。约占半数的此类有铭铜器主要集中在商代至西周早期③，而且周代此种铸铭的方式也主要见于殷遗民的彝器上，即便偶见于周人彝器，也应是受了殷人的影响，所以在此主要以殷彝为例说明这一现象。

这类象形性较强的铭文自宋代已引起学者注意，特别是经过近代以来的研究，其性质已基本获得共识，即它们是代表家族名号的文字，可称为"族氏铭文"。学界对族氏铭文的称呼并不统一，有族徽、记名

① 杨伯峻编著：《春秋左传注》（修订本），中华书局1990年版，第669—671页。

② 刘雨：《殷周青铜器上的特殊铭刻》，《故宫博物院院刊》1999年第4期。

③ 何景成说："从现有资料来看，在青铜器上缀以族氏铭文的现象最早可追溯到二里岗时期。……至于这种现象消亡的时间，虽然直到西周晚期在铜器铭文上还见有缀以族氏铭文的现象，甚至于春秋时期的个别铜器铭文上也有在铭末缀以族氏铭文的现象。但从现有的资料来看，在铜器上缀以族氏铭文的现象在西周中后期基本消失，上述的情况只是个别现象。"（何景成：《商周青铜器族氏铭文研究》，齐鲁书社2009年版，第279、280页）

金文、族名金文、家族标记等十多种，“族氏铭文”能更准确地反映此类文字的本质，故目前较为通用①。可以说，族氏铭文是商代青铜器铭文的重要内容，是研究商代文化、社会、思想、风俗等不可或缺的资料。

近现代以来，最早揭示族氏铭文之本质的是郭沫若。他早在1930年就已指出：“此等图形文字乃古代国族之名号，盖所谓‘图腾’之孑遗或转变也。……准诸一般社会进展之公例及我国自来器物款识之性质，凡图形文字之作鸟兽虫鱼之形者必系古代民族之图腾或其孑遗，其非鸟兽虫鱼之形者乃图腾之转变，盖已有相当进展之文化，而脱去原始畛域者之族徽也。”② 诚然，正如后来林沄③、李零④等学者所批评的那样，此类图形文字并非全是族徽，而且与西方式的族徽图案并不相同、不当称为族徽。但郭氏所论，基本揭示了族氏铭文代表家族名称的实质，则是学界所公认的。

沿着郭沫若族徽说的思路，唐兰认为：“铜器里的氏族名称，往往是图形文字，和其他铭文不同，这是因当时人对氏族名称，尚视为神圣，所以普通文字，虽随时代演进，独对于这一部分，总保留最古的形式。至于把文字和花纹相杂，只不过艺术上的一派作风而已。”⑤

由郭、唐两位先生的论述看来，族氏铭文与前面所述“立象见意”式的图腾崇拜具有一脉相承的关系，并把图腾崇拜发展到了文字崇拜。族氏铭文是商人宗法制度的反映，这些宗族往往支脉庞大，拥有土地、职官乃至武装力量，有自己的宗庙，宗族长负责主持祭祀并

---

① 何景成：《商周青铜器族氏铭文研究》，齐鲁书社2009年版，第1—9页；严志斌：《商代青铜器铭文研究》，上海古籍出版社2013年版，第251、252页。

② 郭沫若：《殷彝中图形文字之一解》，《殷周青铜器铭文研究》，科学出版社1961年版，第12、20页。

③ 林沄：《对早期铜器铭文的几点看法》，《古文字研究》第五辑，中华书局1981年版，第35—48页；又见《林沄学术文集》，中国大百科全书出版社1998年版，第60—68页。

④ 李零：《苏埠屯的“亚齐”铜器》，《文物天地》1992年第6期。

⑤ 唐兰：《古文字学导论》，齐鲁书社1981年版，第205、206页。

在族内拥有绝对权力[①]。从族氏铭文有许多与甲骨文方国名相同的情况来看，有的宗族可能就是方国，如须句、孤竹、无终等。这些带有宗族标识的彝器，正是用以祭祀的礼器。在当时人看来，对鬼神的祭祀是无比神圣之事，而关于祖先的一切，也是要传承、保护，子孙永宝，亘古不变，远非"三年无改于父之道"那么简单，所以这些文字表现出古朴、原始的一面，似乎亘古如斯；但同时，作为宗族的传人，他们除了在祭祀时以歌舞极尽颂扬之能事，在这标识性的族名上也会加上一些装饰，或许是以此表达对祖先的崇敬与热爱吧。

装饰的方式，首先表现在铭文本身极强的象形性。在崇拜心理的驱动下，铸器者为神圣其事，往往对作为宗族象征的铭文极尽摹刻、注重细节，如图 2－13 所示。

图 2－13　象形性族氏铭文举例

说明：自左至右分别采自《商周青铜器铭文暨图象集成》第 2 册，第 66 页，第 7 册，第 387、406 页，第 8 册，第 281 页。

资料来源：张亚初、刘雨：《商周族氏铭文考释举例》，《古文字研究》第七辑，中华书局 1982 年版，第 36 页。

装饰的再一个表现是张亚初、刘雨所说的对称写法："族氏铭文有时为了追求美观、对称，经常采取一字重复对称出现的写法。"如图 2－14 所示。

---

① 林沄：《从武丁时代的几种"子卜辞"试论商代的家族形态》，《古文字研究》第一辑，中华书局 1979 年版；朱凤瀚：《商周家族形态研究》（增订本），天津古籍出版社 2004 年版，第 149—164 页。

图 2－14　对称写法族氏铭文举例（每两个铭文为一组，左为对称写法，右为单字）

资料来源：引自何景成《商周青铜器族氏铭文研究》，齐鲁书社 2009 年版，第 42 页。

还有一种装饰方式是在族氏铭文周围饰以花纹，据何景成总结共有三种，分别是夔纹、几何纹及夔纹与几何纹的结合[①]，如图 2－15 所示。

图 2－15　以花纹装饰的族氏铭文

说明：自左至右分别采自《殷周金文集成》10685、2957、10698。

上述装饰方式也有两种同时并用的，如图 2－16 即同时使用了象形和对称之法。

图 2－16　同时并用两种装饰法的族氏铭文

说明：采自《商周青铜器铭文暨图象集成》第 3 册，第 58 页。

---

① 何景成：《商周青铜器族氏铭文研究》，齐鲁书社 2009 年版，第 44、45 页。

应该说，此等文字崇拜现象是有其深厚的历史文化渊源的，特别是对于华夏族而言，自远古的图腾崇拜、祖先崇拜，发展到商人的族氏铭文，并进而影响到周人[①]。实际上，渐次积累起来的文字崇拜还有文字起源于巫觋的缘故，并在商周之时影响于著述史的方方面面。

二 文字崇拜与敬天事神：殷墟甲骨卜辞

前文已述，巫觋在文字创造生成的过程中发挥了主角的作用，他们创造文字的目的，实际上是沟通鬼神。这在前述大汶口文化、良渚文化以至陶寺文化的刻画符号或陶文都可以得到说明。在商代，这方面的最直接的体现是甲骨卜辞。

甲骨文在当时其实是一较特殊的文字，专门用于占卜，且以商王室所发现居多，非王卜辞是很少的[②]，殷墟之外的卜辞就更少了[③]。当时文字只被少数人所掌握，可能掌握文字的这少数人主要是巫师[④]，但巫师写、刻的文字未必主要限于甲骨文。卜辞因为刻于甲骨而得以留存，但正如前文所说，主要的文字可能是写而不是刻的，是写于竹木简牍上的，只是竹木易腐，无法流传至今而已。所以我们在论说甲骨文之前，首先要在心中树立这样一个前提：甲骨文只是历史的机缘使我们今天能够看到的最早的较大规模的成熟文字材料，但它在当时是一种特殊文字，并且不是当时唯一的甚至不是主要的文字材料。其次，巫师可能是存在分工的，有负责钻凿占卜的巫师，也应该还有一些巫师从事其他方面的工作，比如像作册那样负责为王侯起草文书、记录其言行的史

① 何景成：《商周青铜器族氏铭文研究》，齐鲁书社2009年版，第279—282页。

② 常耀华：《殷墟甲骨非王卜辞研究》，线装书局2006年版。

③ 殷墟之外，仅在陕西周原和济南大辛庄发现过较多有字甲骨，此外的发现是零星的、少量的。可参看吴浩坤、潘悠《中国甲骨学史》，上海人民出版社1985年版，第44—47页“殷墟以外出土的殷商甲骨”。

④ 称此类神职人员为“巫师”是否合适，学界是存在不同看法的。笔者认为此类人即便与一般意义的巫师存在差异，也是较为接近的，故无意对此问题详加辨析，为行文方便，姑且如此称之。

官，只是我们缺乏足够的材料，了解较少而已。因此，对于甲骨文，我们既要足够重视，因为这几乎是唯一的商代一手文字材料；同时我们也不可过于拔高它，认为它就是当时唯一的文字材料。

目前学术界在甲骨文特别是所谓“卜辞文学”的研究上，主要的倾向便是拔高。学术浮躁之风盛行，有时并无真正的根据，反说出十二成的话来。或如饶宗颐批评甲骨文字释读的停滞不前所说：“一向大家都以先入为主，不肯虚心认真把句子读通，囫囵吞枣地将差就错，又复滥用假借，大前提未解决，便继续推论下去，这个不好的习惯，大家应该反省加以改正。”① 任何研究都是这样，如有的学者论卜辞《四方雨》说：“主卜者领唱‘今日雨’时，陪卜的贞人遂接着念：‘其自西来雨？’‘其自东来雨？’……如此一唱互和，祈求之祭宣告完毕，音乐、舞蹈、诗歌的表演，也至此结束，是之谓巫风。”② 似乎一次占卜还要伴以歌舞，且有唱有和。自郭沫若称这首卜辞“一雨而问其东西南北之方向，至可异”，便不断有人过度解读，殊无谓也。其实稍稍了解卜辞的人都知道，像《四方雨》这样的卜辞只是体现了当时占卜思维无所不及的现象，本不奇怪，恐怕一次普普通通的占卜，绝不会出现有唱有和的情境，这样的想象根本无助于我们对占卜文化的真正了解。然而不仅作者对此居之不疑，更有学者在此基础上进一步推论道：“倘若这些推断都是成立的话，那么卜辞文学可能就是歌诗的源头了，因为从某个角度来看歌谣生存于‘小传统’的乡野之中，而歌诗则可能是传承于‘大传统’的庙堂之上的。”③ 卜辞是不押韵的，也不可能是用来歌唱的，上古口头传唱的歌谣才是歌诗的源头；《易经》有固定的卦爻辞，为便于记诵才追求句式的整齐和韵律，卜辞不被记诵，是不会追求

① 饶宗颐：《如何进一步精读甲骨刻辞和认识“卜辞文学”》，宋镇豪、段志洪主编《甲骨文献集成》第 29 册，四川大学出版社 2001 年版，第 337 页；原载香港中文大学中国文化研究所《中国语文研究》1992 年第 10 期。

② 萧艾：《卜辞文学再探》，《殷都学刊》1985 年增刊。

③ 蔡先金、刘昕：《从文学史的角度：甲骨卜辞透视》，《社会科学战线》2015 年第 9 期。

诗歌一样的整齐句式与和谐韵律的。这种过度深求不仅毫无必要，更不会因此提高卜辞的文学价值。

李学勤认为，占卜会有盛大的仪式："你可以设想当时特别是武丁盛期，那个时候进行一次甲骨占卜做得那么隆重，还要刻兆，还要涂朱、涂墨，整个典礼仪式是非常盛大而隆重，我们知道得太少，但甲骨文它所反映的就是这个过程。"① 占卜可能是有仪式的，但每天都进行那么多次占卜，不可想象每次占卜都是盛大而隆重的仪式。在商代，真正盛大隆重的仪式主要是用于祭祀的。李学勤在他的文章中接着说："你不了解这个卜法的过程，你怎么知道甲骨文的真实含义，当然可以说我们从甲骨文里去倒推出这个过程来，可这个研究得太少了，特别是和文献相联系。"这倒是个很切实的说法。的确，我们需要了解卜法的过程，但我们似乎更需要了解占卜的原理：为什么古人要选择龟甲进行占卜？

王兴国对此进行了专门研究，广征博引，认为以兽骨进行占卜的多是从事畜牧与渔猎的民族，殷人不是像董作宾所说的那样以牛肩胛骨补龟甲之不足，而是以龟卜代替骨卜。龟寿命极长，外形法天象地，象征宇宙，而且背甲上有磁场，不会迷失方向，"知天之道，明于上古"（《史记·龟策列传》），以其神、灵而受到古人的重视②。的确，龟之为古人所崇奉是渊源有自的，早在七八千年前的裴李岗文化贾湖遗址就发现有刻画符号的龟甲 8 件，"在 349 座墓葬中，有 23 座随葬龟甲；有的随葬成组的背腹甲和完整的龟壳；有的随葬单个的完整龟甲；有的随葬龟甲碎片，并且多数伴出有石子，表现出了当时崇拜的内容和具体形式。龟灵崇拜是动物崇拜的一部分，也是对精灵崇拜的一种形式。贾湖遗址中的龟灵崇拜已渗透到了人们日常生活中的各个方面"③。距

---

① 李学勤：《建国六十年来甲骨学研究的回顾与展望》，《殷都学刊》2010 年第 1 期。

② 王兴国：《龟占蓍卜解谜——论龟蓍作为卜筮具及其在古代卜筮中的作用和地位》，《文史哲》2014 年第 2 期。

③ 任式楠、吴耀利主编：《中国考古学·新石器时代卷》，中国社会科学出版社 2010 年版，第 139 页。

今5000多年前的安徽省含山凌家滩文化出土的玉龟和玉版，更是明显具有天地宇宙的象征①，体现了古人龟灵崇拜的进一步发展②。

正是在这样悠久的以灵龟通神、象征宇宙的思想传统基础上，商人发展出独特的龟卜形式。在经过了取龟、衅龟（杀龟取甲）、攻龟（锯削刮磨钻凿）等一系列繁杂手续之后，方可灼烧占卜；占卜时又有命龟、灼龟、占龟等，然后刻辞为记；事后还有书辞、刻兆及在卜辞上涂朱、涂墨等一系列后续工作，最后是藏龟（入档）③。关于甲骨卜辞的整治与刻写，前人的研究已相当详备，此不多赘。

甲骨文字的书写，显然已是有意识的行为，其目的除了基本的备忘之外，更与天人沟通、人鬼交流的宗教意识相关④。今存的最早文字，绝大多数是刻于甲骨上的占卜记录，真正用于人际交流的内容反而绝少⑤。

今见商人的著述既以沟通人神为其特色，占卜、祭祀便是其生成之源。“殷人尊神，率民以事神，先鬼而后礼”（《礼记·表记》），商代的风俗，宗教氛围远胜周人。他们的祭祀之繁，和他们的占卜一样，基本上是每天必有之事，所以卜辞又以祭祀类为最多。比如商王对先祖的周

---

① 陈久金、张敬国：《含山出土玉片图形试考》，《文物》1989年第4期；俞伟超：《含山凌家滩玉器和考古学研究精神领域的问题》，《文物研究》1989年第5期；饶宗颐：《未有文字以前表示“方位”与“数理关系”的玉版》，《文物研究》1990年第6期；冯时：《史前八角星纹与上古天数观》，《考古求知集》，中国社会科学出版社1997年版。

② 类似的龟甲和玉龟还有不少考古发现，可参看李零《中国方术考》（修订本），东方出版社2001年版，第57—62页；《中国方术续考》，中华书局2006年版，第218—233页。李零认为凌家滩玉龟玉版与式法有关，则更是宇宙之象征了，见前书第62页。

③ 陈梦家：《殷虚卜辞综述》，中华书局1988年版，第9—19页；王宇信、魏建震：《甲骨学导论》，中国社会科学出版社2010年版，第57—67页；李零：《中国方术考》（修订本），东方出版社2001年版，第242—250页。

④ 钱存训认为：“中国古代的文字，不仅是人与人往来的工具，也是人与鬼神之间的媒介。……中国文字在发展的初期，后者的分量和前者同样占有很重要的地位。”（《书于竹帛：中国古代的文字记录》，上海书店出版社2006年版，第4页）

⑤ 今见之商代文字，根据载体不同可简单分为甲骨刻辞和器物铭文两类，前者以卜辞为主，少量为记事刻辞和表谱刻辞（陈梦家：《殷虚卜辞综述》，中华书局1988年版，第44页），而卜辞之中又以王卜辞居多，少量为与王族亲密相关的贵族卜辞；器物铭文主要刻写在青铜器和玉、石、陶器及极少的角器、骨器上。

祭，即是甲骨卜辞中所见商王各种祭祀中最为常见和隆重的一种，包括翌、祭、壹、劦、彡祀典，对先祖周而复始地进行祭祀，至商末而发展为周期为三十六旬、三十七旬两种，亦即平均一个周祭为一年的不间断祭祀①。仅此即可见商代祭祀烦琐之一斑。

商人祭祀的对象不仅包括先公、先王等祖先神，还包括天地日月山川之神，总体来讲，可如陈梦家先生所言分为三类：

> 甲、天神　上帝；日，东母，西母，云，风，雨，雪
>
> 乙、地示　社；四方，四戈，四巫；山，川
>
> 丙、人鬼　先王，先公，先妣，诸子，诸母，旧臣②

这个分类大致对应《周礼·春官·大宗伯》的祭祀对象③，这说明自商以讫春秋战国，祭祀对象并没有根本性的变革。其间的变化，更需留意的可能在人们对祭祀对象的态度上，或曰宗教信念上。

祭祀与占卜是密不可分的，一方面，占卜即是向天地鬼神祈求降福或者询问吉凶；另一方面，祭祀本身往往也需要占卜。占卜的范围之广，更是今人难以想象的。举凡征战、祭祀、气象灾变、田猎农渔、梦幻生死、旬夕行止等，所有举动皆需占卜，可谓无事不占、无时不卜④。

大致而言，占卜的过程要经过对龟甲、兽骨的整治，命龟、灼龟、

---

① 关于周祭制度的周期，尚有多种分歧观点，见常玉芝《商代周祭制度》，中国社会科学出版社 1987 年版，第 200—216 页。

② 陈梦家：《殷虚卜辞综述》，中华书局 1988 年版，第 562 页。常玉芝的看法与陈梦家相近，将商人祭祀的神分为上帝及帝廷诸神、自然神和祖先神三类（《商代宗教祭祀》，中国社会科学出版社 2010 年版）。

③ （汉）郑玄注，（唐）贾公彦疏：《周礼注疏》，阮元校勘《十三经注疏》本，台北：艺文印书馆 2007 年版，第 270—273 页。

④ 罗振玉将贞卜事类分为八项，王襄则分为十二项，董作宾在《殷历谱》中分为二十项，胡厚宣则析为二十四项，陈梦家则在郭沫若所分五类的基础上分为六类。见陈氏《殷虚卜辞综述》，中华书局 1988 年版，第 42 页。《甲骨文合集》分为二十二类。

占龟，最后刻辞、归档等程序。所刻之辞，包括命龟之辞、占辞和事情发生后的验辞，以及兆记、兆序等。一篇完整的卜辞通常不外前辞、命辞、占辞和验辞四部分，如：

癸未卜，㱿（1），贞旬亡祸（2）。王占曰：“往，乃兹有祟。”（3）六日戊子，子弢死。一月（4）。①

这则卜辞的第（1）部分即前辞，记占卜的日期和贞人；第（2）部分为命辞，即询问未来一旬有无灾祸；第（3）部分是占辞，即商王对卜兆的解读，认为“有祟”；第（4）部分是验辞，意谓自癸未至第六日戊子，子弢死了，此事发生在一月。

如何解读卜辞，现在尚没有统一的意见。例如对命辞的语气，便有疑问和肯定两种截然相反的观点。从宗教思维来讲，人是不会向神提出疑问或请神做出选择的，疑问只是人的疑问，人只能向神提供一种可能来请神昭示吉凶祸福②。所以现存的甲骨卜辞，往往对同一件事要经过多次（通常五次或更多次）正反两方面的对占③，也就是说，对同一件事的占卜往往在十次以上，所以《庄子·外物》说：“杀龟以占卜，乃刳龟，七十二钻而无遗策。”④

有的学者解释，多次（通常五六次）对占的占卜方式可能是模拟宇宙的一种行为，即命辞贞问五方或六合，并以左面否定、右面肯定的

① 拓片见《甲骨文合集》第4册第10405片正面，释文参《甲骨文合集释文》（胡厚宣主编，中国社会科学出版社1999年版）及马如森《甲骨金文拓本精选释译》（上海大学出版社2010年版，第47页）。下引卜辞释文如非特别注明，皆见《甲骨文合集释文》。

② 过常宝：《先秦散文研究：早期文体及话语方式的生成》，人民出版社2009年版，第14—17页。

③ 关于商代的占卜制度，可参看王宇信、杨升南主编《甲骨学一百年》第六章第二节《殷商王朝的占卜制度》，社会科学文献出版社1999年版。他们指出，晚商王朝的占卜制度“以同事数贞、异时习卜，及以王占为核心，右、左卜官建置为两系的‘三卜制’，构成其重要特征”。

④ （清）郭庆藩撰，王孝鱼点校：《庄子集释》，中华书局1961年版，第934页。

对占形式表示上下界，构成一个全面的宇宙图式①。这种猜测当然有其合理性，但仅仅是现代人的一种猜测，是否符合古人之意还有待验证。不过，《尚书·洪范》中“三人占，则从二人之言”② 的观念似乎已可以解释商人多次占卜的心理。

虽然我们还不是很清楚商人将文字刻于甲骨的全部用意，但仅从甲骨卜辞本身来看，其沟通神人的意识还是比较清楚的。例如，卜辞中常见向上帝、诸神及先公先王等卜风、雨和年成者，今以卜雨为例：

（1）戊子卜，殻，贞帝及四月令雨。一 二 三 四

（2）贞帝弗其及今四月令雨。一 二 三 四

王占曰：丁雨，不亩辛。旬丁酉允雨。（《合集》14138）

这是个四次对占的实例。贞人卜问帝在现今的四月份“令雨”和“弗其令雨”两种可能，即上帝是否命令雨神下雨，商王观察卜兆，判断在丁日下雨，不唯独在辛日下雨，到丁酉日果然下雨了。这反映了早期农业社会中人们的宗教心理，也许当时较干旱，人们正盼望着一场春雨。再如：

（3）【癸酉】卜，贞宁雨【于】岳。亩……（《合集》14482）

（4）其求年于河，此又雨。

（5）于岳求年，此雨。（《合集》28258）

上引（3）是向高祖神岳请求止雨的卜辞，（4）、（5）是向高祖神

① ［英］艾兰：《龟之谜：商代神话、祭祀、艺术和宇宙观研究》（增订版），汪涛译，商务印书馆2010年版，第135—137页。

② （汉）孔安国传，（唐）孔颖达等疏：《尚书注疏》，阮元校勘《十三经注疏》本，台北：艺文印书馆2007年版，第174页。

河、岳请求好年成并希望此地有雨的卜辞。类似的占卜不胜枚举①。

商人把如此众多的卜辞郑重其事地刻在甲骨上，并认真地庋藏起来②，他们的目的难以猜测。孙诒让认为："将卜，开甲俾易兆，卜竟，纪事以征吉。"③ 即卜辞契刻的目的是带来吉祥；张光直则认为"刻记卜辞至少部分是为了历史的和官方的目的"，"占卜的结果可能来自已逝去的祖先的智慧，那么，记录结果以备查询"就如西周金文常见的那样，是为了"子子孙孙永宝用"④。无论他们的目的究竟如何，商人一定是怀着无比虔敬的心情，"对上帝及帝廷诸神，对风神、云神、雨神、日神、四方神、东母、西母、土地神和其他诸如鸟、山、川等自然神，对高祖、先公、先王、先妣诸祖先神，以及对异族神……几乎每天都在进行着频繁的、花样繁多的祭祀"⑤。

由上可见，商人的卜辞著述行为与其宗教信念是紧密相关的，而这样的宗教信念与商人当时的社会、政治行为模式又是相适应的。商代的统治虽在名义上也像西周一样是天下的共主，但商王朝与方国的统属关系要松散得多，不少方国对商叛服不定，或者干脆长期敌对。所以有学者认为，商代国家的关系是部落联盟，商只是联盟诸国中的大国，各国间的关系是平等的，甲骨文中"多王"一词就是诸部落首长的群称⑥。值此之故，商王的权力更像是一种"霸权"式的，需要不断地通过田

---

① 关于商人的各种占卜、祭祀行为，请参看常玉芝《商代宗教祭祀》，中国社会科学出版社2010年版。

② 关于甲骨占卜之后的处理，董作宾总结为存储、埋藏、散佚、废弃四种，而以前两种为多见，见氏著《殷墟文字甲编自序》，《考古学报》1949年第4期。

③ 孙诒让：《契文举例叙》，《籀庼述林》，中华书局2010年版，第170页。

④ 张光直：《美术、神话与祭祀》，郭净、陈星译，辽宁教育出版社1988年版，第74、75页。

⑤ 常玉芝：《商代宗教祭祀》，中国社会科学出版社2010年版，第420页。

⑥ 孙亚冰、林欢：《商代地理与方国》第六章《商代方国》，中国社会科学出版社2010年版，第254—258页。书中根据与商的敌友关系，将各方国分为三类，只与商为敌的有26个，时敌时友的51个，一直为友的64个。书中还指出，保持友好关系的方国是臣属于商的，卜辞中有称为"臣"的方国，也有王族或功臣的封国，但为数不多；这些臣属方国要向商纳贡，帮助商进行军事行动，商对它们也有保护、帮助的义务，但这些方国的独立性依然很强，与后世中央、与地方的统属关系不同。

猎和军事征伐行为来展示自己的统治实力，这种霸权式的统治方式在商的王廷内部同样存在[①]。事实上，狩猎、战争和祭祀三种行为，从其象征意义上看是相通的，都是为了证实统治者的生杀权力，狩猎的猎物和战争的俘虏都用来祭祀[②]。这样的统治模式，与其对宗教权威的依赖显然是直接相关的。

在这样浓厚的宗教氛围和霸权式的统治之下，巫的地位和作用应该是十分瞩目的。事实上，从陈梦家、李宗侗到张光直等学者，无不认为商代自商王以下的大小官吏莫不是巫。但张光直同时也承认："可能商代专职的巫才称巫，而王室官吏虽有巫的本事却不称巫。"[③] 这道出了商代巫大致的存在状态，但也有像巫咸、巫贤、巫彭等，似乎是王室官吏而称巫者。诚然，甲骨卜辞中的"巫"地位有高有低，高者可参与占卜命龟（《合集》5648—5650），甚至享受祭祀；低者多由各方国、族地进贡于朝廷，实为女奴，有的会在祭祀中被焚或用为人牲[④]。

恰恰是在这样浓厚的宗教氛围下，甲骨卜辞反映了中国人由原始宗教性的非理性思维走向理性思维的转折，这是值得我们特别注意的。前文已述，龟甲之所以为人所青睐而成为占卜之具，很大程度上是由其象

① 李峰：《西周的政体：中国早期的官僚制度和国家》，生活·读书·新知三联书店2010年版，第28—33页。关于商王廷内部的霸权式统治，李峰引吉德炜的观点认为，这主要体现为商王室政府"完全依赖于商王的个人统治，其身边仅有一群贞人作为商王的私人随从来协助商王"，李氏自己也认为，"商代国家并不是通过由一个自身结构尚不清晰且规模有限的中央政府所领导的行政网络来进行管理，而是由商王的霸权力量松散地组织在一起"。此外，王玉哲也认为，夏商时期"中央"与方国的关系是平等的，而并不是后人想象中的君、臣隶属关系，这种隶属关系是在周公东征并创立一套完整的分封制度之后才逐渐形成的。参见王玉哲《中华远古史·自序》，上海人民出版社2000年版，第4、5页。

② ［英］艾兰：《龟之谜：商代神话、祭祀、艺术和宇宙观研究》，汪涛译，四川人民出版社1992年版，第131页。

③ 张光直：《中国青铜时代（二集）》，生活·读书·新知三联书店1990年版，第44页。陈、李二人之说亦见张书引用。

④ 张亚初：《商代职官研究》，《古文字研究》第十三辑，1986年，第90页；王贵民：《商朝官制及其历史特点》，《历史研究》1986年第4期。徐义华经过对甲骨卜辞中"巫"的分析，认为巫的地位在商末由于王权的加强而受到打压，所以大为降低，"在政权体系中几乎没有作用了"。见王宇信、徐义华《商代国家与社会》，中国社会科学出版社2011年版，第478—480页。

征宇宙的特性所决定的，所以有学者提出："甲骨占卜学的特性是什么呢？它标志着初始的神灵思想转向以宇宙一个代表物卜占为依据的理性思想。这一转变在两个方面是决定性的。首先在信仰上，龟占把占卜从通过祭祀乞知神灵善凶的初始参照中分离出来。事实上，龟从来不曾作为给神灵的实体供品。它之所以被用作占卜灵媒并非为牺牲祭物，而是与宇宙同性之灵物。这正是中国占卜理性将与通往神学之道分叉而走向阴阳五行学的转折点。其次是在技术制作流程上，龟甲占卜在方法上具有实验性。人们不再为神灵之欲而担心，而是在龟所标志的宇宙微型上投射当下因素，由此得出甲坼即得所占之事。占卜师们成为完善这一投射的专家，并将构成此投射的兆文程式化，使之成为几乎是科学性的卜兆。"[①] 龟卜的"理性"诚然是相对的，不过相比于萨满式的以舞降神，仍然有显著的进步。换言之，也可以说龟卜即当时最主要的"科学"。

龟卜的"理性"进步体现在很多方面，例如程式化的操作规程和卜辞叙事两个方面。在操作规程上，正如前文所述，自取龟、衅龟到占龟、藏龟等一系列操作有条不紊，而且这背后所遵循的规则很多是理性的、与宗教思维无关的，如《周礼·春官·龟人》："取龟用秋时。"注谓："秋取龟，及万物成也。"[②] 即是说因万物以秋天长成、成熟，故最适宜在此时取龟。从叙事的角度看，卜辞更是呈现为非常强烈的程式化的公文格式，完整的卜辞都是以前辞、命辞、占辞、验辞四个部分，按顺序记录占卜的时间、占卜者、卜问的内容、占卜的结果及应验的情况。这个记录是非常刻板的，与一直以来宗教祭祀的仪式很相似，但它与宗教仪式已全然不同，因为它是完全依据兆象作出的判断，虽然我们今天会指责说，占卜仍然是一种迷信，但它既没有向神灵请示，也基本上排除了人为的操作，是相对客观的，因而是"科学"的。

---

① ［法］汪德迈：《中国思想的两种理性：占卜与表意》，金丝燕译，北京大学出版社 2017 年版，第 15、16 页。

② （汉）郑玄注，（唐）贾公彦疏：《周礼注疏》，阮元校勘《十三经注疏》本，台北：艺文印书馆 2007 年版，第 374 页。

甲骨卜辞的叙事与当时的日常叙事文学有相似之处，应该说，二者可能都是商代叙事文学的一般呈现，只是卜辞更受制于其格式而已。在卜辞之外，还有一些刻辞或铜器铭文，反映了商末日常叙事文学的水平。卜辞之外的刻辞，研究者将之分为与卜辞有关的记事刻辞、特殊记事刻辞、一般性记事刻辞和表谱刻辞等类别①。

与卜辞有关的记事刻辞即刻于甲桥、甲尾、背甲、骨臼、骨面的所谓五种记事刻辞，“这类刻辞专署甲骨卜材的前期准备之事，如卜材的来源、甲骨的贡纳、整治及检视者等等”②。

特殊记事刻辞，大抵属于铭功旌纪或颁示信凭意义的书刻文字，主要有人头骨刻辞（俘获敌国国君献祭于先王而在其头骨上刻辞申明），虎骨、兕骨、牛头骨、鹿头骨刻辞（多为铭功旌纪之用），牛距骨、牛胛骨刻辞，骨符（可能是最早的军事信物）。

一般记事刻辞，有鹿角器、骨笄、骨刀、骨匕刻辞等，内容多关乎日常社会生活。

表谱刻辞主要有干支表、祀谱、家谱刻辞。此外，还有许多“习刻”，既有初学契刻者稚嫩的刀笔，也有教授者的示范之作。

以上皆卜辞之外的甲骨文字。这些甲骨文字与卜辞不同的是，少数（如五种记事刻辞、表谱刻辞、人头骨刻辞等）之外，大多没有了神圣的宗教目的，而更重记事或纪念。特别是那些与卜辞无关的记事刻辞，不论铭功旌纪类还是一般的记事刻辞，都具备了较高的文字表达能力，如著名的宰丰骨刻辞：

> 壬午，王田麦菉（麓），获商戠兕。王赐宰丰寝小䭕兄。在五

---

① 王宇信、杨升南主编：《甲骨学一百年》，社会科学文献出版社 1999 年版，第 243—253 页，以下介绍皆据该书。陈梦家《殷虚卜辞综述》的分类大致相同。关于卜辞之外的记事文字，各家分类有较多歧异，可参看方稚松《殷墟甲骨文五种记事刻辞研究》，线装书局 2009 年版，第 15—20 页。

② 王宇信、杨升南主编：《甲骨学一百年》，社会科学文献出版社 1999 年版，第 243、244 页。

月，隹王六祀，彡日。①

这段刻辞刻在一块雕花兕骨柶上，详细地描述了时间、地点和商王田猎获兕并赏赐宰丰的经过，实际目的是记录此骨柶的来历以为纪念。这样的文字，从内容到目的与金文已无区别。

加拿大皇家安大略博物馆收藏的一件刻辞虎骨非常珍奇，是以猎获的成年老虎的右上膊骨制成，正面雕刻精美花纹，在骨桥弯曲处刻有一蓄意攻击的老虎，往上是两层饕餮纹、一层简省龙纹和一层蝉纹；虎骨背面是两行竖排刻辞："辛酉，王田于鸡录（麓），隻（獲）大𩁹虎，才（在）十月，隹（唯）王三祀劦（协）日。"（《合集》37848）虎骨的花纹和刻辞上都嵌镶有绿松石，非常精美，刻辞内容是讲在商王三年十月举行协祭之时，辛酉日这天，商王在鸡山之麓打猎，猎获了一只大老虎。据研究，这个商王就是纣王，史载他"材力过人，手格猛兽"（《史记·殷本纪》）②，或许这就是一次"手格猛兽"的真实记录。另一件牛距骨刻辞，是宰丰记载的商王之言："王曰：（宜）大乙禮，于白录（麓）豚，宰丰。"（《合集》35501）字数虽不多，但"刻辞文例自上而下，由右而左分三行排列，已开中国后世传统书写格式之先声"③。这些叙事与占卜无关，但叙事方式大致与卜辞相近，而形式上更加灵活。文字最多的是著名的《小臣墙刻辞》，是刻于一块牛肩胛骨上，已残断，据李学勤推测："骨牍正面是一篇纪事文字，现存五行五十七字，但第五行末并未终结，所以全篇应有六行。再以干支表仅留十分之三的比例推算，这篇文字很可能原有二百字以上。"④ 此及前述牛距骨

① 释文据郭沫若《殷契余论》，《郭沫若全集·考古编》第一卷，科学出版社1982年版，第406页。

② （汉）司马迁撰，（南朝宋）裴骃集解，（唐）司马贞索隐，（唐）张守节正义：《史记》，中华书局2014年版，第135页。

③ 王宇信、杨升南：《甲骨学一百年》，社会科学文献出版社1999年版，第251页。

④ 李学勤：《小臣墙骨牍的几点思考》，李雪山等编《甲骨学110年：回顾与展望》，中国社会科学出版社2009年版，第37页。

刻辞及宰丰骨刻辞都是直书左行，与后世一般书写格式相同，与虎骨刻辞的直书右行不同，可能当时直书左行的书写格式已成为趋势，或许是简册制度业已流行的反映。这件牛肩胛骨容字之多，包括铜器铭文在内，在商代是无出其右的，李学勤认为："察其形制尺寸，肯定是模仿那时已经存在的木牍而制作。……由此便可推知，当时人们已能撰作相当长篇的文字，如《尚书》的《商书》《诗经》的《商颂》，都可能有其本源，这是根据这件骨牍能够得出的重要推论。"①《小臣墙刻辞》的释文如下：

> ……小臣墙从伐，毕（擒）危（李学勤用赵平安说释作羌，即羌方）美（李学勤释柔，即羌方之君长名）
>
> ……人二十四人，而（李学勤释馘）千五百七十，䜌百
>
> ……丙（两），车二丙（两），𠨘（李学勤释虢，义为弧）百八十三，函五十，矢
>
> ……用（李学勤释竹，并以为可能属上读）又白麐于大乙，用魋白印
>
> ……䜌于祖乙，用美（柔）于祖丁，僼甘亭，易（赐）……②

根据李学勤的考证，此刻辞的前面应有记战争时间的日干支，文末应有年月，日干支之下应有王怎样出师征伐，所伐何国，接着是"小臣墙从伐"一句，从伐者当不止小臣墙一人，可能前面还有其他人。接着便记录征伐的战果，擒获敌方君长等二十四人，杀死千五百七十人，第三行记战利品马、车、弓箭等项，从这些记载看，战争的规模不是很大。第四行以下记祭祀之事，以白麐祭祀大乙，"用魋白（伯）

① 李学勤：《小臣墙骨牍的几点思考》，李雪山等编《甲骨学110年：回顾与展望》，中国社会科学出版社2009年版，第40页。

② 《甲骨文合集》36481正，并见李学勤《小臣墙骨牍的几点思考》，李雪山等编《甲骨学110年：回顾与展望》，中国社会科学出版社2009年版，第38页。

印”“用柔”等是以地方君长为人祭，“倢甘亭”可能是商王在甘地设置行宫，最后“易（赐）”字后面应是记赏赐之事①。从以上对《小臣墙刻辞》内容的推测看，已与西周记载战争的青铜铭文相差无几，只是最后的祭祀和用人牲的部分体现了殷人的特征。

一个民族要彻底摆脱原始蒙昧的巫觋宗教思维，转变为以理性思维为基本特征，需要一个十分漫长的演进过程的。前文已经讲过，商人对天神（如“帝”或“上帝”）的崇拜，越到后来其崇拜的程度越弱，对祖先神的崇拜则明显超过自然神，至商代末期对诸自然神甚至已不再祭祀，而对祖先神的祭祀却越来越规范化和制度化，形成了祊祭和周祭制度，说明商人的宗教在日益宗法化，也就是在宗教方面商人是日益理性化了②。通过上面的分析也可看出，商人在著述上也表现出日益理性化的趋势。

关于小臣墙刻辞，李学勤还指出：“骨牍文字是书写黄组卜辞的人刻成的，他应该是王朝的史官，所以这件牍未必是小臣墙个人所有，还当视为王朝的记录。”③ 史官是从巫觋分化出来的一类职官，是下一时期（史官时代）著述史的主角，而其诞生则至少应在商代。

甲骨文字之外，商代还留下了不少铜器铭文。早期的商代青铜器是没有铭文的，对此，白川静认为：“也许用于氏族内部祭祀之彝器，原本就没有铭刻的必要。受祀祖灵与祀者，彼此可藉由祭祀之行为而获致充分之结合。……这时候，可以说彝器即是神灵，比称作祭器更具象征

---

① 李学勤：《小臣墙骨牍的几点思考》，李雪山等编《甲骨学110年：回顾与展望》，中国社会科学出版社2009年版，第37—40页。

② 除本章第一节第三部分提及的常玉芝的观点之外，王贵民也认为：“考察甲骨文中的祭祀卜辞，可见在武丁时期以后，祭祀典礼中的各项内容都在减少、简化，这种趋势，到商代晚期更加明显。”主要的表现是：“首先，祭祀中逐步减少了自然神祇的受祭对象，上帝的威灵逐渐由人王来替其实现”，“其次，祭牲的逐步减少，最后减少到极低的程度”，“第三，祭祀的形式化倾向”，“第四，重直系轻旁系，重近亲轻远祖的趋向”。这与常玉芝的观点是非常接近的。见王贵民《商周庙制新考》，《文史》第45辑，中华书局1998年版，第29、30页。

③ 李学勤：《小臣墙骨牍的几点思考》，李雪山等编《甲骨学110年：回顾与展望》，中国社会科学出版社2009年版，第39页。

的意义。”① 商代中期以后的铜器上开始出现所谓“族徽”性质的图像标识②，“使用这种标识只是为区别彼此，表示自己的一种行为，即以诸多氏族之一员而标示本氏族的地位”，有时“也合刻着受祀者之庙号，或者只记庙号的也不少。刻上父祖等之名，乃是具有以特定之名表示祀者与受祀者之关系的意义。这或许是族内的亲族关系正在分化，氏族生活日趋复杂的事实反映吧！故殷代铜器出现刻记图象标识与庙号之金文，可以解释为：表示上述的氏族关系之意识，以及氏族内部之情况，已经逐渐明确了”③。可见族徽式的铭文也是政治、宗法关系发展的一种结果。氏族内外的秩序化演变实际上是礼法文明在逐渐进步，其最高级的形式便是册命金文的大量产生，当然，那是西周中期之事了。

商末金文多为记载作器之源起的文字，与宰丰骨刻辞类似。如小臣艅犀尊铭文：

> 丁巳，王省夔祖（京），王赐小臣艅（俞）夔贝。隹王来征人（夷）方，隹王十祀又五，肜日。（《集成》5990）

此类文字往往记载作器者跟随某上司（如商王）参与了某项行动而受到赏赐（常为赐贝），因而为某祖先作此器以志纪念。通常在文字的开端记获得赏赐的日期，结尾记作器之年，而西周的金文往往先记事情发生的年月日，这是其不同。然而就记事而言，商末金文虽然尚没有发现长篇大论，但已首尾完足，完全符合史家记事的要求了。而这类记录功赏的文字，与前述铭功旌纪类刻辞性质相近，同样是社会秩序化、

---

① ［日］白川静：《金文的世界：殷周社会史》，温天河、蔡哲茂合译，台北联经出版事业公司1989年版，第17页。

② 郭沫若：《殷周青铜器铭文研究·殷彝中图形文字之一解》，《郭沫若全集·考古编》第四卷，科学出版社2002年版，第13—22页。自郭沫若明确提出“族徽”之说，学界研究者甚多，可参看张懋镕《一千年来商周青铜器族徽文字研究述评》，《新史学》2007年第18卷第2期。

③ ［日］白川静：《金文的世界：殷周社会史》，温天河、蔡哲茂合译，台北联经出版事业公司1989年版，第17、18页。

礼法文明进步的一个侧面，也是连接图像标识性铭文与册命铭文的中间环节。

甲骨、金文之外，传世的文献中，《今文尚书·商书》有《汤誓》《盘庚》《高宗肜日》《西伯戡黎》《微子》等五篇被认为是商代的作品。另，近出“清华简”中的《尹至》《尹诰》（即传世文献所称的《咸有一德》）两篇，皆记汤和伊尹灭夏前后之事，也应归入《商书》一类。这些文献虽然可能经过了后人的润色加工，但仍具有相当的可信度。《周书·多士》中周公对殷商遗臣说：“惟尔知，惟殷先人，有册有典，殷革夏命。”① 即谓商代的典册记载了商汤革夏之命的史实。由上述甲骨、金文的史料来看，亦可见商人是具备《商书》等篇的著述能力的。从这些文字的内容来看，都是记言的，且多属商王和重臣的训诰之体，如非商王身边专职的史官，要记载下这些言行是难以想象的。《吕氏春秋·先识览》载：“夏太史令终古，出其图法，执而泣之。夏桀迷惑，暴乱愈甚，太史令终古乃出奔如商。……殷内史向挚见纣之愈乱迷惑也，于是载其图法，出亡之周。”② 这种说法虽不尽可信，其中太史令、内史等职官名称似不会出现那么早③，然而史官是否在较早的时代就已经从巫分化出来，仍是个值得深入探讨的问题。

---

① （汉）孔安国传，（唐）孔颖达等疏：《尚书注疏》，阮元校勘《十三经注疏》本，台北：艺文印书馆2007年版，第238页。

② 陈奇猷校释：《吕氏春秋新校释》，上海古籍出版社2002年版，第955页。

③ 晚商的甲骨、金文中有“作册”的职官名。因西周中期以后“作册”之称渐被“内史”代替，故《吕氏春秋》中的“殷内史”也可能是后人以后起的“内史”称谓来称呼商代的“作册”。

第三章　史官时代的著述

至少从商代后期始，长篇的文字已经比较常见，这与史官有着密不可分的关系。史官逐渐从巫师中分离出来，成为专门负责文字工作的人，长篇文字可能是由史官记录的君王在某种场合的演说或与重臣的交谈，也可能是有些演说先由史官起草，再由君王或史官代为宣读的，这种演说方式似乎也是文字崇拜的体现。有些君王对下属的赏赐、册命文书，往往被作为铭功的重要内容镌铸于青铜重器之上；部分重要的演说或谈话文字由史官起草、记录下来，以类相从，慢慢汇集成“书”“语”之类的文献，便是后来的《尚书》《逸周书》《国语》等经典。

西周至春秋这一历史时期是以史官为代表的贵族世官时代，礼乐文明造就了中华文化之魂，同时也是各类经典文献的形成时期。史官不仅成就了“书”“语”类经典，还以秉笔直书的精神铸就了“春秋”类史书，后世的《春秋》便是孔子以鲁国的史书为底本编著的。此外，“诗”也是瞽史等职官根据公卿至于列士的献诗及从民间搜集的歌谣润色编写而成的，于是才有今天所能见到的《诗经》。由此也可以说，史官时代就是经典时代，是以六经为代表的传统经典形成的时代。

反观这些经典，不难发现，它们都是官学的产物而非个人的著述，正是前人所谓官守之学也。但春秋晚期私家讲学之风兴起，私家著述也因之而起。私家讲学与私家著述的兴起并不是偶然的，正是从官守之学内部酝酿的。

第一节 “史”字与史职：早期中国史官的“职业化”历程

中国是世界上最重视以史为鉴的国家，史官自然成为传统社会十分重要的一类职官。然而关于史官起源问题，历来论者众说纷纭，多从字源学上加以论证。对此，笔者以为仅从字源学的角度是难以得出令人信服的结论的，如果从史官职责入手，也许会有豁然开朗之效。笔者不揣谫陋，希望在此问题上提出一点自己的看法，以就正于方家。

一 前人的研究

自清代以来，很多学者从“史”字的字源上考证史官的来历，提出了许多有价值的意见。《说文解字》曰：“史，记事者也。从又持中，中，正也。”① 这个简洁的解释无疑羼杂了后世对史官的认识，又即手，中若解为中正之义，是无法用手把持的，所以“中”字究竟为何物，便成为理解“史”字本义的关键，遂衍生为学界聚讼纷纭的难解公案。根据胡厚宣的总结，历来释史之作对“中”的解释有如下数种：

（1）释为笔——戴侗《六书故》、谢彦华《说文闻载》、马叙伦《说文解字六书疏证》。

（2）释为薄书——江永《周礼疑义举要》、章炳麟《文始》。

（3）释为简册——吴大澂《说文古籀补》、林义光《文源》。

（4）释为盛算之器——阮元《积古斋钟鼎彝器款识》、王国维《释史》。

（5）释为斗柄，史为天官——顾实《释中史》。

① （汉）许慎撰，（清）段玉裁注：《说文解字注》，浙江古籍出版社2006年版，第116页。

(6) 记事之版——徐宗元《释史》。

(7) 钻龟之钻——劳干《史字的结构及史官的原始职务》。

(8) 钻燧取火之弓钻——李宗侗《释史新论》。

(9) 中上插旗，表明史出去办公——东华约斋《字源》。

(10) 从丫从史，象史官执使节出使之形——马薇庼《薇庼甲骨文原》。

(11) 史为田猎之网，而网上出干者，搏取兽物之具也——陈梦家《史字新释》。①

其中第（9）例，说的是史字的[illegible]形；（10）、（11）二例，似是专对史字的[illegible]形而言，亦即将[illegible]视为史之本字，而视[illegible]为其减省。胡厚宣本人则大致同意陈梦家的解释。此外，还有萧兵的“神圣中杆”说②、林巳奈夫的“旌旗羽饰”说③等；高亨④、姚名达⑤、白川静⑥、王贵民⑦、许兆昌⑧等学者也对此发表过自己的意见。

上述诸家在此问题上聚讼纷纭、莫衷一是，其根本原因可能主要在以下几个方面。

第一，诚如许兆昌所说，前辈学者有个共同之处，即拘泥于《说文解字》中史是“记事者”的观点，极力论证“从又持中”的“中”是笔、简等书写工具或盛简的器物之类。实际上，早期的“史”字不

① 参见胡厚宣《殷代的史为武官说》，《全国商史学术讨论会论文集》，《殷都学刊》1985年增刊。又见胡厚宣、胡振宇《殷商史》，上海人民出版社2003年版，第102—106页。

② 萧兵：《中庸的文化省察——一个字的思想史》，湖北人民出版社1997年版。

③ ［日］林巳奈夫：《中国先秦时代の旗》，《史林》1966年第49卷第2号。

④ 高亨：《文字形义学概论》，《高亨著作集林》第八卷，清华大学出版社2004年版，第137页。

⑤ 姚名达：《中国目录学史》，上海古籍出版社2002年版，第22、23页。

⑥ ［日］白川静：《常用字解》，苏冰译，九州出版社2010年版，第167页。

⑦ 王贵民：《说卲史》，胡厚宣等《甲骨探史录》，生活·读书·新知三联书店1982年版，第303—339页。

⑧ 许兆昌：《先秦史官的制度与文化》，黑龙江人民出版社2006年版，第1—6页。

仅指史官之“史”，还可用为“事”、“使”及“吏”等字。并且，“事”字更可能是这些字的本字、本义，“史”“使”“吏”为“事”的孳乳字①。的确，要追溯史官的源头，仅从文字学的角度研讨是远远不够的，更重要的是要考察早期史官的职事。若果如许氏所言，王国维考证许多职官自史官所出的说法就需要修正了。

第二，早期的“史”字与“事”“使”“吏”等没有分别，都写作𡗜，但它们在不同的语境中却分别承担着不同的义项，比如商周常见的卿事寮、太史寮的“事”“史”二字，意思显然有别。王国维虽然明知“史”“吏”“事”三者截然有别大概是秦汉之际的事，在《诗》《书》的时代尚不甚分别，但他还是提出了“古之官名多从史出”的论断，认为卿士/卿事即卿史，御事即御史，六卿/六事、三有事/三吏也无非称史者②。也正因此，学者间对早期带“史”字的文字在隶定上即有较大出入，观点自然相去甚远。例如，胡厚宣据甲骨文认为史“是出使的或驻在外地的一种武官”，“常担任征伐之事”③。但胡厚宣据以证明商代“史”为武官的材料，陈梦家多隶定为“吏”，认为是“官吏”或“使臣”之义，即使隶为“史”字，也认为其职责“似皆主祭祀之事”④；有的学者虽隶定为“史”，但认为这类“史”最初仅是使臣，是“商王朝为了与各地方政权联系”而派遣的使者，只是“为了联系方便和加强监控”，有时会设立专门使者（即所谓“立史”），这些专门使者的“职责也不再局限于信息的传递，而是带有视察、监督、协助地方事务等多重职能，具有了政务和军事职官的性质”⑤。笔者认为，后一种观点可能更接近史实。

---

① 许兆昌：《先秦史官的制度与文化》，黑龙江人民出版社2006年版，第6页。

② 王国维：《观堂集林》，中华书局1959年影印本，第269、270页。

③ 胡厚宣：《殷代的史为武官说》，《全国商史学术讨论会论文集》，《殷都学刊》1985年增刊。又见胡厚宣、胡振宇《殷商史》，上海人民出版社2003年版，第108页。

④ 陈梦家：《殷虚卜辞综述》，中华书局1988年版，第510、519、520页。

⑤ 王宇信、徐义华：《商代国家与社会》，中国社会科学出版社2011年版，第455—457页。

第三，不论早期的“史”字有多少种写法，诸家考证的着眼点即“中”字，然而仅仅一个“中”字所能反映出来的信息是非常有限的，所以各家的解读莫不带有猜测成分。将之释为笔、简册、盛算之器、弓钻、神圣中杆等，实际上都是从这个简单、抽象的字形来猜测史字的初义，但“中”字并非一个图形，它究竟是什么，不同的人尽可以想象出更多不同的事物，是无法得出一个哪怕是大致统一的意见的。

第四，许多研究者忽略了很重要的一个问题，即在造字之初，造字者完全可以依据“史”的某一方面的特征把它造出来，而不必考虑“史”字是否能全面地反映“史”这个事物。职此之故，“史”的初义当然可能与文字工作相关，但亦非不可能与出使、祭祀、捕兽等相关联。因此，若从这个角度考虑，则上述各种观点都是有可能的，但同时也都是不确定的。

二　史职与巫职

经过对前辈学者“释史”研究的“解构”，使我们知道了要找到“史”之初义几乎是不可能的。有“破”还须有“立”，撇开“史”之初义的探寻，转而研讨早期史官的职责以及史官在历史演进中的角色，便显得尤为重要了。

要了解史职，仍然离不开史的起源问题，这就需要从常常被引用的“绝地天通”说起。在著名的观射父论“绝地天通”的故事中，观射父回顾了上古传说中的巫史之源：

> 古者民神不杂。民之精爽不携贰者，而又能齐肃衷正，其智能上下比义，其圣能光远宣朗，其明能光照之，其聪能听彻之，如是则明神降之，在男曰觋，在女曰巫。是使制神之处位次主，而为之牲器时服，而后使先圣之后之有光烈，而能知山川之号、高祖之

主、宗庙之事、昭穆之世、齐敬之勤、礼节之宜、威仪之则、容貌之崇、忠信之质、禋洁之服，而敬恭明神者，以为之祝。使名姓之后，能知四时之生、牺牲之物、玉帛之类、采服之仪、彝器之量、次主之度、屏摄之位、坛场之所、上下之神祇、氏姓之所出，而心率旧典者为之宗。于是乎有天地神民类物之官，是谓五官，各司其序，不相乱也。……及少皞之衰也，九黎乱德，民神杂糅，不可方物。夫人作享，家为巫史，无有要质。民匮于祀，而不知其福。……颛顼受之，乃命南正重司天以属神，命火正黎司地以属民，使复旧常，无相侵渎，是谓“绝地天通”。其后，三苗复九黎之德，尧复育重、黎之后不忘旧者，使复典之。以至于夏、商，故重、黎氏世叙天地，而别其分主者也。其在周，程伯休父其后也，当宣王时，失其官守而为司马氏。①

司马迁在《太史公自序》中檃栝了从重、黎氏到程伯休父，再到司马氏的发展历程之后，又加了一句“司马氏世典周史”。司马氏是否世典周史虽难确知②，而其中或有历史的真影，则是较为可信的。值得注意的是，重、黎氏与巫、觋、祝、宗都属天地神民类物之官，即五官，而且观射父以巫、史并称，说明早期的史官在很大程度上与巫的职司相近。

“绝地天通”这段文字实际上为我们描述了史源于巫、并从巫分化出来的过程，这段资料也说明，后来意义上的史官可能在商周之前就已经开始蕴育。观射父对“绝地天通”故事的追述中，提到史官之祖为重、黎，他们与巫、祝、宗等皆为原始宗教中的神职人员。其中祝的职责有“知山川之号、高祖之主、宗庙之事、昭穆之世、齐敬之勤、礼节

① 徐元诰：《国语集解》，中华书局 2002 年版，第 512—516 页。

② （汉）司马迁撰，［日］泷川资言考证，杨海峥整理：《史记会注考证》，上海古籍出版社 2015 年版，第 4299—4301 页。

之宜、威仪之则”，这“高祖之主、宗庙之事、昭穆之世”与《周礼·春官·小史》的职掌“掌邦国之志，奠系世，辨昭穆”①十分接近；宗的职责有“能知四时之生、牺牲之物、玉帛之类、采服之仪、彝器之量、次主之度、屏摄之位、坛场之所、上下之神祇、氏姓之所出”，而与《周礼·大史》的职掌“祭之日，执书以次位常，辩事者考焉”②相近。

关于巫职，固然有多种总结论述③，但我们要寻找从巫到史的演变轨迹，似乎不得不借助一些人类学、民俗学等资料作为旁证。

由上述“绝地天通”的传说已可见出史与祝、宗等巫者分支的职事之重合，而事实上，最初的神职人员可能没有祝、宗、卜、史等清晰的分工，早期的史职更可能包含于笼统的“巫”的职责之中。由此看来，观射父和司马迁关于史出于巫的说法是可信的。不仅如此，史官的历史知识包括氏族谱系的知识，以及传说中的文字发明等，可能都是巫中的佼佼者所为。从另一个角度讲，史就是杰出的巫。

虽然史官最终从巫中分化出来，但是即便到了史官文化鼎盛的周代，史职中仍不能摆脱旧有的宗教性因素。比如，许兆昌总结周代太史的职掌，即包括如下十五种：

> 1. 释异禳灾；2. 卜筮；3. 占星；4. 祭祀；5. 观象制历，颁行朔正；6. 记事；7. 保管契约；8. 典藏文献档案；9. 宣读册命；10. 典礼；11. 管理氏族；12. 参战；13. 规箴、监察君王；14. 管理文字；15. 受命安抚地方。④

---

① （汉）郑玄注，（唐）贾公彦疏：《周礼注疏》，阮元校勘《十三经注疏》本，台北：艺文印书馆2007年版，第403页。

② 同上书，第402页。

③ 可参看张紫晨《中国巫术》，上海三联书店1990年版；赵容俊《殷商甲骨卜辞所见之巫术》第三、四章，文津出版社2003年版；张光直《商代的巫与巫术》，《中国青铜时代（二集）》，生活·读书·新知三联书店1990年版，第52—66页。

④ 许兆昌：《周代史官文化：前轴心时期核心文化形态研究》，吉林大学出版社2001年版，第39—45页。又见许兆昌《先秦史官的制度与文化》，黑龙江人民出版社2006年版，第55—64页。按，其书中还总结了其他史官的职责，大致不出太史职掌的范围，故不在此一一列举。

其中，至少前5项和第11项的职责是包括在巫旧有的职掌范围内的，如上文所言，诸如记事、保存档案、管理文字之类，在早期也是巫的职能。因此，史官从巫的分化，应该说更多的是某些职能的提升或者更加专门化。从另一方面来讲，史官固然是一定历史阶段最主要的从事文字工作的群体，但他们的职责绝不仅限于文字工作，因为史官一直是宗教祭祀中的重要参与者，直到汉武帝时代，司马谈犹以不能参与封禅大典而耿耿于怀、郁郁而终，这说明史与巫的分化是相对的。这也是传统的“释史”研究往往陷于困惑的一个重要原因。

三　史官的“职业化”及社会制度的官僚化进程

从商代巫咸、巫贤等巫师居于高位，到西周太史寮与卿事寮的分庭抗礼，史的地位与作用基本上代替了巫①，其间固然有天命观念的发展和理性精神的进步，而史官的职业化进程无疑也是一个很关键的因素。

尽管在上文中我们引用前人的研究成果，将商代描述为一个需要依仗宗教威权的、“霸权”式统治的部落联盟，但商代的甲骨金文还是可以证实，其时已经有了相当数量的职官②，并可大致将这些职官划分为四个等级③，这表明商代的官制已经具备了初步的官僚化结构。吉德炜也认为，商王在对其祖先的祭祀中已显示出一种“官僚的逻辑”（bureaucratic logic），即“将其死去的祖先组织成一个大的阶梯顺序，沿着这一阶梯，祖先们可以按照一定程序得到升迁”，在政府领域，“尽管

---

① 周代的巫见于文字记载者极少，若照《周礼·春官·大祝》的说法，以巫称者仅司巫、男巫、女巫三类，职掌也大大收缩，反居于大祝（在早期也是巫之一种，参前引“绝地天通”故事）之下。虽然《周礼》不尽属实，但也可由此见出巫的地位在周代已经极低，而巫师的知识层次也已无足轻重。

② 参见陈梦家《殷虚卜辞综述》第十五章“百官”，中华书局1988年版，第503—522页；张亚初《商代职官研究》，《古文字研究》第十三辑，1986年，第82—114页。前者将商代职官归纳为23种，有的种类下又包含若干小类；后者将商代职官总结为65种。但二者都有一个问题，即有些职官名实际可能只是描述的一种功能或身份，而并非正式的官职，比如尹、多尹、臣、辟（嬖）臣等。

③ 张亚初：《商代职官研究》，《古文字研究》第十三辑，第114页列表。

商代政府仍然是以宗教官员为中心，这些宗教职官的实际行为则已显示出所谓‘初始官僚’（incipient bureaucracy）的特征”①。的确，甲骨卜辞反映出来的晚商祭祀方面的日趋严整和程式化，似乎正是其政治官僚化的一种折射。早期中国政治的官僚化进程在商周之际至西周中期这段时间得到了极大的发展，则已为学者所证实②。

祭祀制度与政治制度的官僚化在思想史上的影响可由许倬云的下述论说得到启示：

> 殷商祭祀的形式，董作宾以为有新派旧派两大系统。武丁时代代表旧派，祭祀对象极为庞杂，卜问的问题也无所不包。祖甲时代代表新派，祭祀对象限于先王，连世系遥远的先公也排除在整齐划一的祭祀礼仪之外，更不论先臣及种种自然神了。……新派当令时，问卜的问题大都为例行公事。卜事的稀少表示鬼神的影响力减少了，相对的当然较重视人事。祀典只剩了井然有序的五种，轮流的奉祀先王先妣。礼仪性的增加毋宁反映咒术性的减低。若干先公先臣的隐退，则划分了人鬼与神灵的界限，在在可见重人事的态度取代了由于对鬼神的畏惧而起的崇拜，这是“新派”祭祀代表的一种人道精神。③

确实，祭祀礼仪的程式化表明商末对鬼神的依赖大为减轻，而此时出现的一些职官，如大史、作册、宰等，在官僚化进程中更是发挥了不小的作用。

从上文的论述中我们已经知道，早期的史官职责虽然在诸多方面还与宗教巫术保持着密切的关系，但在很多方面又超出了宗教的范围。刘

---

① 转引自李峰《西周的政体：中国早期的官僚制度和国家》，生活·读书·新知三联书店2010年版，第31、32页。

② 同上书，第一、二章。

③ 许倬云：《西周史》（增订本），生活·读书·新知三联书店1995年版，第108、109页。

桓将殷代史官分为三类：作册、大史（即太史）和四方之史（即御史）[①]。其所谓四方之史即胡厚宣所说的东史、西史、北史等武官，实与后世史职无关。商代史官真正见于甲骨金文等文献并与后世史官相关者，有大史、小史、史和作册等。太史及太史寮在商代卜辞中就已出现：

1. 乙丑卜，出，贞大史[illegible]酒，先酒其㞢报于丁三十牛。七月。（《合集》25937，23064 同）

2. 贞叀大史夹令。七月。（《合集》5634）

3. 制令，其唯大史寮令。（《卜辞通纂》758）

首例之大史“当是代王行祭，也有助祭的意思”，“殷代大史在祭祀中可能还参加祭典的制作。晚殷记载 5 种祭祀的卜辞中常见‘工典’一词……卜辞周祭对象较多，祭法多样，为了确保受祭祖先的先后次序不致紊乱和错漏，因而需要记载祖先世次以便致祭的典册”[②]，典册的内容当即上文“绝地天通”中观射父所说的“高祖之主、宗庙之事、昭穆之世”之类。这些是大史继承的巫职。后两例非常重要，可能是大史替商王起草命令的卜辞，而且出现了大史寮的机构名称，这是西周金文（番生簋《集成》4326、毛公鼎《集成》2841）中与卿事寮并列的重要机构。

与大史同样重要的，还有作册。五期卜辞有：“王其宁小臣告，叀乍册商□□，王弗每。”（前 4 · 27 · 3）这大约是卜问商王慰问小臣告，并让作册赏赐他，王不会后悔。可见作册的职责之一是主赏赐之事。寝农鼎铭文与此类似：“庚午，王令寝农省北田四品，在二月，乍（作）册友史赐𬅽贝，用乍（作）父乙尊，羊册。”（《集成》2710）赏赐与册

① 刘桓：《殷代史官及其相关问题》，《殷都学刊》1993 年第 3 期。

② 同上。

命往往相关联，所以有学者将册命、赏赐的金文作为一类进行研究[①]。甲骨文中有关于册命的卜辞（《合集》20332），但尚没有作册执行册命的证据，然而西周的册命文字多为作册起草并在册命仪式上宣读，所以可以推测，商代的册命应该也是大致相同的。作册之名在甲骨文中较少，但习见于商代金文（作册般甗《集成》944、作册般鼎《集成》2711、作册般鼋[②]和寝农鼎《集成》2710、六祀𠨘其卣《集成》5414）。此外，般觥（《集成》9299）可能也是关于作册般的一件铜器，其铭文为："王令般兄（贶）米于䣝（揓），丂𤔲，𤔲用宾父己，来。"李学勤认为祝（贶）米"应为关于农作的巫术仪式"[③]，那么这又涉及作册的另一职能——祭祀，应该也是继承的巫职。

孙诒让在《周礼正义·内史》中首倡作册即内史之说，王国维《〈书〉作册〈诗〉尹氏说》亦主之[④]，作册与内史是否为完全重合的职官还需要进一步考证，但二者关系密切则毋庸置疑。在西周金文中，内史又名作册内史或作命内史，其长官称作册尹、内史尹或尹氏、命尹等。从大量的西周金文来看，"作册"集中出现在西周早期，"内史"在早期则较少；西周中期以后，"作册"之称渐被"内史"取代[⑤]。

至西周早期，无论太史（包括大量的属官"史"）还是内史，他们的职业化伴随着整个政府体制的变革，完成了从神职向民职的蜕变，这正如有的学者所说：

虽然有些史可能参与了一些宗教程序，尤其是那些发生在王室

---

① 何树环：《西周锡命铭文新研》，文津出版社2007年版。

② 此器为国家博物馆于2003年征集，故不著录于《殷周金文集成》及《近出殷周金文集录》，释文及相关研究见《中国历史文物》2005年第1期所收李学勤《作册般铜鼋考释》、朱凤瀚《作册般鼋探析》等。

③ 李学勤：《殷代地理简论》，科学出版社1959年版，第60页。

④ 王国维：《观堂别集》卷一，《观堂集林》附，中华书局1959年版，第1122—1124页。

⑤ 按：李峰从西周铜器铭文的时代考察，认为作册、内史并非一个官职，而西周中期以后"可能作册的作用被吸收到内史当中了"。见氏著《西周的政体：中国早期的官僚制度和国家》，生活·读书·新知三联书店2010年版，第81页。

> 或由王室主导的祭天或祖先祭祀的宗教仪式，但是铭文表明其基本上是作为行政助理的性质，在民事行政的不同场景下行使着文吏的职能，而不是，至少首要不是宗教官员……史和作册的重要性及三有司突出的作用表明，周人可能对政府有一个非常不同的理解，一个对民事行政的专注——虽然西周国家根本的政治使命是完成天命，但为了这个目的，周人建立了一个主要执行民事行政管理的政府机器，而并不是像前面讨论的商代政府那样首要是一个处理与神之间的关系，仅仅附带地处理民政事务的宗教体制。①

也许上述观点难免有夸大西周官僚化进程、弱化史官宗教性职司之嫌，但史官最终还是与巫师分道扬镳了。

在第一章我们就已提及，周代在继承商代的基础上，官制更加完备，世族世官制度得以全面发展。周代史官群体极其庞大，自然需要有相应的机构加以统理。周代的史官似乎主要分为太史和内史两大系统，太史及其僚属属于外朝史官，内史则为常伴周王左右的内朝史官②。太史及其僚属的官署称太史寮，上文提到甲骨卜辞中有“太史寮”，其详则不得而知。太史寮在西周金文中凡两见（毛公鼎《集成》2841、番生簋《集成》4326），且都与卿事寮并提，二者被认为“是当时协助西周国王处理政务的两个主要的部门”③。太史之僚属又称太史友，《尚书·酒诰》有“太史友、内史友”之称，与金文史料相合，说明太史、内史当皆有不少属官。内史之长在文献中称为内史尹，内史尹氏或作册尹，有时省称尹氏，甚至省称内史④。这至少说明，虽然文献中内史没

---

① 李峰：《西周的政体：中国早期的官僚制度和国家》，生活·读书·新知三联书店2010年版，第66页。

② 张亚初、刘雨：《西周金文官制研究》，中华书局2004年版，第29页。

③ 同上书，第26页；许兆昌：《周代史官文化》，吉林大学出版社2001年版，第86—93页。

④ 内史及内史尹之诸种异称，可参看张亚初、刘雨《西周金文官制研究》，中华书局1986年版，第79、80页，第284—309条。

有像太史那样有专门的官署，但也有相当的僚友，且地位基本与太史机构相当。

商周之际蜕变于巫的史官对于早期历史的记录、保存和传承，乃至对于整个社会文化的延续和发扬，发挥了极其重要的作用；他们不仅是官守之学的代表，且对后来诸子私学也有着源头、示范和先导的作用。

第二节　史官时代的著述意识

如果说夏商以前从文字的诞生到渐成规模的长篇大论是在浓厚的巫觋宗教氛围中酝酿生成的，那么，周人的著述则可以说充满人文精神。这与史官文化和官守之学的兴盛是分不开的。

一　史官著述意识

先秦时期的著述意识从总体上讲有一个共同特点，即具有强烈的实用性，周代史官的著述意识也不例外。史官及其他职官的设置，基本上是出于施政之需，因此，所有职官的职能天然具有政治色彩。事实上，在巫史未分的时期，同时也是政教合一的，那时的巫史职能同样也可以说是出于统治的需要。降至周代，史官的记事等文字功能已较凸显于其他职能之上，而记事等职能的政治目的性也极为突出。

周代史职可以从多个方面分为数十类，而其文字职能则主要是记事、文书起草和文书、档案、典册的保管等。但不论哪一方面，史官的设立基本上是为统治者提供行政的借鉴和咨询。所谓“殷鉴不远，在夏后之世”（《大雅·荡》）①，周人以小邦周取代大邑商的天下共主地位，时时以殷人灭国为戒，这在许多文献中有记载。所以周初的太史辛

① （汉）毛亨传，（汉）郑玄笺，（唐）孔颖达疏：《毛诗注疏》，阮元校勘《十三经注疏》本，台北：艺文印书馆2007年版，第644页。

甲曾令百官向周王进献箴言，其中的《虞人之箴》在春秋时还被引用（见《左传·襄公四年》）①。《左传》《国语》中有“史献书”（《国语·周语上》）② 或“史为书”（《左传·襄公十四年》）③ 之说，史官所献之书，与公卿至于列士所献之诗、瞽人所献之曲等无非规正王的思想行为。

要使统治者（包括周王、公卿、诸侯和各级统治者）的思想行为归于端正，史官在记事时就务必做到刚正不阿、秉笔直书，做到“实录”。例如，《左传·襄公二十五年》载“齐崔杼弑其君光”，“（齐）大史书曰：‘崔杼弑其君。’崔子杀之。其弟嗣书，而死者二人。其弟又书，乃舍之。南史氏闻大史尽死，执简以往。闻既书矣，乃还”④。可见史官为了自己的直笔，有时甚至要牺牲性命以对抗强权。另一则大致相同的故事见《左传·宣公二年》：

> 乙丑，赵穿攻灵公于桃园。宣子未出山而复。大史书曰“赵盾弑其君”，以示于朝。宣子曰：“不然。”对曰：“子为正卿，亡不越竟，反不讨贼，非子而谁？”宣子曰：“乌呼！《诗》曰：‘我之怀矣，自诒伊戚。’其我之谓矣。”孔子曰：“董狐，古之良史也，书法不隐。赵宣子，古之良大夫也，为法受恶。惜也，越竟乃免。”⑤

这则故事也常被举为史官直笔的典型。但与前不同的是，弑君者实际上是赵盾的族人赵穿（杜注：穿，赵盾之从父昆弟子），并非赵盾本

---

① （周）左丘明传，（晋）杜预注，（唐）孔颖达疏：《春秋左传正义》，阮元校勘《十三经注疏》本，台北：艺文印书馆 2007 年版，第 507、508 页。

② 徐元诰撰，王树民、沈长云点校：《国语集解》，中华书局 2002 年版，第 11 页。

③ （周）左丘明传，（晋）杜预注，（唐）孔颖达疏：《春秋左传正义》，阮元校勘《十三经注疏》本，台北：艺文印书馆 2007 年版，第 562 页。

④ 同上书，第 619 页。

⑤ 同上书，第 365 页。

人。但是太史董狐对赵盾的指责可谓义正词严，因为赵盾虽然逃亡但还没有走出国境，古人认为逃亡未出境即君臣之义未绝，赵盾身为正卿，则返回后就有为君讨贼的义务；相反，赵盾返回后没有讨贼，当然有教唆弑君的嫌疑。晋灵公不君之事在先，赵盾"为法受恶"，当然很冤屈，若照孟子的说法："君之视臣如手足，则臣视君如腹心；君之视臣如犬马，则臣视君如国人；君之视臣如土芥，则臣视君如寇仇。"（《孟子·离娄下》）[①] 则晋灵公死有余辜。但从维护统治集团的利益来讲，首要的原则便是遵守名分，即君君、臣臣、父父、子子，晋灵公不君，赵盾也"可以"不臣，但必须按照当时的规矩，逃离晋国国境，然后君臣之义乃绝，而不能采取纵容族人弑君的做法。这里面的微言大义，就是通过这样简洁而隐微的记述载于史册的。

古有"君举必书"之说，史官正是通过对统治者言行的记录来达到监督其言行，并垂范后世的目的。《大戴礼记·保傅》言：

> 及太子既冠，成人，免于保傅之严，则有司过之史，有亏膳之宰。太子有过，史必书之，史之义不得不书过，不书过则死；过书而宰彻去膳，夫膳宰之义，不得不彻膳，不彻膳则死。于是有进善之旍，有诽谤之木，有敢谏之鼓，鼓夜诵诗，工诵正谏，士传民语。习与智长，故切而不攘；化与心成，故中道若性；是殷、周所以长有道也。
>
> ……（天子）食以礼，彻以乐。失度，则史书之，工诵之，三公进而读之，宰夫减其膳，是天子不得为非也。[②]

这虽是后世儒者的总结，但道出了早期史官记言记事的真实目的，即使"天子不得为非"。其实不仅天子，包括太子、诸侯，以及一切可

① （清）焦循撰，沈文倬点校：《孟子正义》，中华书局2015年版，第589页。
② （清）王聘珍撰，王文锦点校：《大戴礼记解诂》，中华书局1983年版，第52—54页。

以称“君”者（即有臣子者），都有史官负责记载其言行。《左传·庄公二十三年》记载鲁庄公要到齐国观看齐人祭社之后的军事演习，是不合礼法的，所以曹刿谏曰：

> 不可！夫礼，所以整民也。故会以训上下之则，制财用之节；朝以正班爵之义，帅长幼之序；征伐以讨其不然。诸侯有王，王有巡守，以大习之。非是，君不举矣。君举必书。书而不法，后嗣何观？①

此事亦载于《国语·鲁语上》，大致相同。《国语·鲁语上》还记载了庄公让同宗大夫与他们的妻子一起以执币之礼去见庄公的夫人哀姜，也是不合礼法之事：

> 哀姜至，公使大夫、宗妇觌用币。宗人夏父展曰：“非故也。”公曰：“君作故。”对曰：“君作而顺则故之，逆则亦书其逆也。臣从有司，惧逆之书于后也，故不敢不告。夫妇贽不过枣、栗，以告虔也。男则玉、帛、禽、鸟，以章物也。今妇执币，是男女无别也。男女之别，国之大节也，不可无也。”②

这些都是“君举必书”的典型例证。

凡记事记言的史书，所谓“左史记言，右史记事”（《汉书·艺文志》）③ 或曰“动则左史书之，言则右史书之”（《礼记·玉藻》）④，其反映的著述意识略如上述。

---

① （周）左丘明传，（晋）杜预注，（唐）孔颖达疏：《春秋左传正义》，阮元校勘《十三经注疏》本，台北：艺文印书馆2007年版，第171页。

② 徐元诰撰，王树民、沈长云点校：《国语集解》，中华书局2002年版，第147页。

③ （汉）班固撰，（清）王先谦补注：《汉书补注》，上海古籍出版社2008年版，第2935页。

④ （清）孙希旦撰，沈啸寰、王星贤点校：《礼记集解》，中华书局1989年版，第778页。

除记录言行大事的史书外，史官的另一项与著述相关的活动是文书的起草和保存。现存较多的文书档案，主要是保存于《尚书》《逸周书》和金文资料中的册命文字。《周礼·春官·内史》："凡命诸侯及孤卿大夫，则策命之。"① 是册命文字，主要出于内史之手，故内史又称作册。由于册命文书中常有"王若曰""王曰"之类的字眼，显系周王之言的记录，所以自古以来许多学者将内史、太史与记言记事的左史、右史强加比附，造成诸多混乱②。但已有学者指出，内史、太史与左史、右史是不能相对应的③。左、右史可能是常伴君王左右、随时记录君王言行的史官，或许是太史的助手，也可能属于内史系统，但仅据现有史料尚无法作出判断。

内史因属内廷官而受亲信，但他们的工作实与太史及太史属下的其他史官有别，他们主要是为周王起草册命文书并在册命仪式上进行宣读，实际上起了周王代言人的作用。册命之辞既是王之代言，当然可以视作周王本人之言，但这样的文字不是记言，而是事先替王起草的发言稿，且在仪式现场由史官代王宣读，可以说自始至终王本人并没有"说"其中的一个字，将此作为记言文字似乎并不十分确切。真正的记言文字，当如《国语》，以记录事关国家兴败的言论为主，而以记事为辅，正如上文所说，记言的目的也在于垂范后世或为后世提供鉴戒。《汉志》有"事为《春秋》，言为《尚书》"之说④，所以自古以来《尚书》便被认为是记言之史。但事实上《尚书》的内容是极庞杂的，刘知几说："盖《书》之所主，本于号令，所以宣王道之正义，发话言于臣下，故其所载，皆典、谟、训、诰、誓、命之文。至如《尧》《舜》

① （清）孙诒让：《周礼正义》，中华书局2000年版，第2130页。

② 对此，许兆昌有很好的总结，参见氏著《周代史官文化》，吉林大学出版社2001年版，第93页。大致说来，早期学者卢辩、熊安生、孔颖达等认为左史是太史、右史是内史；清代以来的学者如黄以周、桂馥等认为左史是内史、右史是太史。

③ 许兆昌：《周代史官文化》，吉林大学出版社2001年版，第95页。

④ （汉）班固撰，（清）王先谦补注：《汉书补注》，上海古籍出版社2008年版，第2935页。

二典直序人事，《禹贡》一篇唯言地理，《洪范》总述灾祥，《顾命》都陈丧礼，兹亦为例不纯者也。”① 刘知几讥讽《尚书》为例不纯其实并没有切中要害，所以章学诚评价说：

> 《记》曰：“左史记言，右史记动。”其职不见于《周官》，其书不传于后世，殆礼家之愆文欤？后儒不察，而以《尚书》分属记言，《春秋》分属记事，则失之甚也。夫《春秋》不能舍传而空存其事目，则左氏所记之言，不啻千万矣。《尚书》典、谟之篇，记事而言亦具焉；训、诰之篇，记言而事亦见焉。古人事见于言，言以为事，未尝分事言为二物也。刘知几以二典、贡、范诸篇之错出，转讥《尚书》义例之不纯，毋乃因后世之空言，而疑古人之实事乎！《记》曰：“疏通知远，《书》教也。”岂曰记言之谓哉？②

章氏的见解是深切的。《尚书》确有记言之体，如《商书》中的《汤誓》《盘庚》记汤的誓师之言、盘庚对商人的训诰之辞，都是实录的性质，而非代言体。《周书》中则多代言体，以“王若曰”（王如此说）、“周公若曰”的形式引起训诰之辞，实际上与册命金文性质是一致的③。

明白了代言（册命）与记言之别，还要知道册命的目的显然也与记言有别。册命是一种行政行为，即将王的命令以书面的形式，通过某种带有宗教性的仪式加以执行。册命通常被受命者视为周王（或公侯等显赫的上司）的恩赐和宗族的荣耀而铸在祭祀用的青铜礼器上，可

① （唐）刘知几撰，（清）浦起龙通释，吕思勉评：《史通通释·六家》，上海世纪出版集团、上海古籍出版社2008年版，第4页。

② （清）章学诚撰，吕思勉评：《文史通义·书教上》，上海世纪出版集团、上海古籍出版社2008年版，第10、11页。

③ 陈梦家指出，《尚书·周书》中的《康诰》《酒诰》《洛诰》《君奭》《立政》《梓材》《无逸》《大诰》《多士》《多方》《康王之诰》《召诰》《文侯之命》等十三篇属诰命，与西周册命金文相似。见氏著《王若曰考》，《尚书通论》，河北教育出版社2000年版，第184页。

见册命行为起到了稳固既有的政治秩序和加强周王统治权威的作用，也许这正是西周中期以后册命行为如此频繁的原因和目的所在[①]。值此之故，我们有必要将册命文书从传统认为的记言体散文中剥离出来，并重新认识其性质和价值（对册命文书的详细考察见“著述体例”部分）。

二　官守之学与著述

诸子之前的周代著述虽以史官为主，但在史官之外，各类职官亦自有其所守之学，在例行的文书类文字之外，也往往能够将自己官守之学的要义形诸文字，成为传世经典。章学诚说：

> 六艺非孔氏之书，乃《周官》之旧典也。《易》掌太卜，《书》藏外史，《礼》在宗伯，《乐》隶司乐，《诗》颂于太师，《春秋》存乎国史。夫子自谓述而不作，明乎官司失守，而师弟子之传业，于是判焉。秦人禁偶语《诗》《书》，而云“欲学法令者，以吏为师。”其弃《诗》《书》，非也。其曰“以吏为师”，则犹官守学业合一之谓也。由秦人以吏为师之言，想见三代盛时，《礼》以宗伯为师，《乐》以司乐为师，《诗》以太师为师，《书》以外史为师，三《易》《春秋》，亦若是则已矣。又安有私门之著述哉？[②]

因章氏深信《周礼》，故以《周礼》三百六十官为早期图书的自然分类，但《周礼》为战国之后一种理想化的官制构拟，并不完全可信，所以章氏之说容有可訾之处。但他指出前诸子时代有一个官师合一的阶段而无所谓私门著述，则颇具卓识。章氏还说“有官斯有法，故法具

① 关于册命文书的政治意义、内容形式和仪式过程，可参看陈梦家《王若曰考》，《尚书通论》，河北教育出版社 2000 年版，第 163—189 页；李峰《西周的整体：中国早期的官僚制度和国家》第三章“西周中央政府的行政程序”，生活·读书·新知三联书店 2010 年版，第 101—150 页。

② （清）章学诚著，王重民通解：《校雠通义通解·原道第一》，上海世纪出版集团、上海古籍出版社 2009 年版，第 2、3 页。

于官；有法斯有书，故官守其书”云云，征诸史实，是确然可信的。《左传·哀公三年》载：

> 司铎火，火逾公宫，桓、僖灾。救火者皆曰顾府。南宫敬叔至，命周人出御书，俟于宫，曰：“庀女，而不在，死。”子服景伯至，命宰人出礼书，以待命。命不共，有常刑。①

这段文献提到周人有御书、宰人有礼书，郑注：“周人，司周书典籍之官。御书，进于君者也。”周公初封鲁国时，曾被赏赐有“祝、宗、卜、史，备物、典策，官司、彝器”（《左传·定公四年》）② 等，周人及御书所指，或许与此有关。至于宰人之与礼书，杨伯峻先生以为：“宰人疑即《周礼》之宰夫。《周礼·天官·宰夫》，‘凡礼事，赞小宰比官府之具’，又云‘凡朝觐、会同、宾客以牢礼之法掌其牢礼’云云，即‘掌治朝之法’也。既掌其法与礼数，必有其书。”③ 这正是法具于官、官守其书，亦即官守之学存在的明证。

官守之学的存在，也可以从后世的记载得到证明。如《汉书·艺文志》载：“汉兴，制氏以雅乐声律，世在乐官，颇能纪其铿锵鼓舞，而不能言其义。六国之君，魏文侯最为好古，孝文时得其乐人窦公，献其书，乃《周官·大宗伯》之《大司乐》章也。”④ 制氏世守其官，所以能演奏雅乐，只是年代久远，雅乐的深义已经失传。窦公之事颇不可信，魏文侯至文帝200余年，其乐人不可能如此长寿，孝文帝一度迷信鬼神之事，意欲改正朔易服色，被丞相张苍劝阻；又积极郊祭上帝，准备封禅，并曾向贾谊请教鬼神之事，终因新垣平献玉杯欺君之事败露而

---

① 杨伯峻编著：《春秋左传注》（修订本），中华书局1990年版，第1620、1621页。

② 同上书，第1536、1537页。

③ 同上书，第1621页。

④ （汉）班固撰，（清）王先谦补注：《汉书补注》，上海古籍出版社2008年版，第2925、2926页。

醒悟[1]。窦公之事，恐怕也是想趁人主迷惑之时浑水摸鱼，自称是魏文侯乐人而求封赏罢了。但这也说明确实古有官守之学的存在，窦公方能以此行其诈事，否则便难取信于人。

官守之学实与先秦的世官制度密不可分。西周册命金文中常见周王对受命者“嗣乃祖考”的告诫，仅张亚初、刘雨二先生在《研究西周铭文职官问题的意义》中的总结，此类材料即达 43 种[2]，由此可见周代世官制度之盛，亦可想见在此制度下知识在家族内部世代相传的情形。在传世文献中也有一些材料可以看出世官制与官守之学的密切关系，前文已经提到，司马迁在追溯自己的祖先时说“司马氏世典周史”，不啻此，《左传·昭公十五年》载周景王批评籍谈“数典忘祖”之事，亦颇能说明周代世官制度下官守之学在某些家族世代相传的情形：

“且昔而高祖孙伯黡，司晋之典籍，以为大政，故曰籍氏。及辛有之二子董之晋，于是乎有董史。女，司典之后也，何故忘之?”籍谈不能对。宾出，王曰：“籍父其无后乎！数典而忘其祖。”[3]

据杜预注，孙伯黡是籍谈九世祖，既司晋之典籍，同时为晋正卿主政。其后人为籍氏则以世代司典籍之故，孔颖达疏言景王“因籍说董，言晋国唯有籍、董二族世掌典籍”。这里还透露了一个很重要的信息，即古人常以不忘祖为戒，亦以不忘祖为荣。例如，《左传·成公九年》载晋景公问楚囚钟仪之族，钟仪回答是伶人，景公与钟仪遂有如下对话：

公曰：“能乐乎?”对曰：“先父之职官也，敢有二事?”使与

① （汉）司马迁撰，［日］泷川资言考证，杨海峥整理：《史记会注考证》，上海古籍出版社 2015 年版，第 609—611 页。

② 张亚初、刘雨：《西周金文官制研究》，中华书局 1986 年版，第 145、146 页。

③ （周）左丘明传，（晋）杜预注，（唐）孔颖达疏：《春秋左传正义》，阮元校勘《十三经注疏》本，台北：艺文印书馆 2007 年版，第 824 页。

之琴，操南音。公曰："君王何如？"对曰："非小人之所得知也。"固问之，对曰："其为大子也，师保奉之，以朝于婴齐而夕于侧也。不知其他。"公语范文子，文子曰："楚囚，君子也。言称先职，不背本也。乐操土风，不忘旧也。称大子，抑无私也。名其二卿，尊君也。"①

景王批评籍谈数典忘祖，钟仪不背本、不忘旧获得范文子赞美，《国语·晋语七》载晋悼公时张老高度评价魏绛"其学不废其先人之职"②，当皆与长久以来世官制度下形成的"孝"的道德观念有关。孔子所谓"三年无改于父之道，可谓孝矣"（《论语·学而》）③，大概也是这种观念的反映。当然，要做到世守其职才算不忘祖、不背本，这在后世几乎是无法实现的，只有在世卿世禄的世官制度下才有可能。

但这种观念直到汉代仍有其余绪。比如司马谈在临终前曾痛哭流涕地对司马迁说："余先，周室之太史也。自上世尝显功名于虞、夏，典天官事。后世中衰，绝于予乎？汝复为太史，则续吾祖矣。今天子接千岁之统，封泰山，而余不得从行，是命也夫，命也夫！余死，汝必为太史；为太史，无忘吾所欲论著矣。……自获麟以来，四百有余岁，而诸侯相兼，史记放绝。今汉兴，海内一统，明主贤君忠臣死义之士，余为太史而弗论载，废天下之史文，余甚惧焉，汝其念哉！"（《史记·太史公自序》）④ 汉代在承平之时也几乎如先秦时之世官制，有些家族世世为某官，至以官为姓氏⑤。

---

① （周）左丘明传，（晋）杜预注，（唐）孔颖达疏：《春秋左传正义》，阮元校勘《十三经注疏》本，台北：艺文印书馆2007年版，第448页。

② 徐元诰撰，王树民、沈长云点校：《国语集解》，中华书局2002年版，第413页。

③ （清）刘宝楠撰，高流水点校：《论语正义》，中华书局1990年版，第27页。

④ （汉）司马迁撰，［日］泷川资言考证，杨海峥整理：《史记会注考证》，上海古籍出版社2015年版，第4314页。

⑤ 《史记·平准书》说，汉初至武帝初即位，经七十余年的发展，"为吏者长子孙，居官者以为姓号"。裴骃《史记集解》引如淳曰："时无事，吏不数转，至于子孙长大，而不转职任。"（居官者以为姓号）"仓氏、庾氏是也。"（《史记会注考证》，第1670页。）

需要指出的是，世官制度、官守之学的背景之下，家族和官署中可能各自有一些关于本部门的藏书，而这些书又会有些副本相对集中地在某些地方统一收藏。就现有文献资料来看，似乎周代的官员办公场所有两种情形，一种是与私人居住场所在一起，这种场所的名称常是在“宫”字前加某人的官名或私名，如庚嬴宫、麦宫、师司马宫、师量宫、师秦宫、司土淲宫等；另一种可能是与私人居所相分离的公共办公官署，如卿事寮、太史寮和献宫等，献宫出现在多友鼎（《集成》2835）铭文中，可能是军事将领呈献战俘的地方①。这就是早期藏书既有在私人手中，又有官方公共收藏的原因。也正因此，才会发生如前引《吕氏春秋·先识》所记载的夏太史令终古、殷内史向挚和晋太史屠黍载其图法而出奔的事情②，像春秋时王子朝等奉周之典籍以奔楚的事件，带走的则可能是官方的公共藏书③。

文献记载中的官方藏书之所，有公府、故府等。《左传·昭公四年》载叔孙豹卒，“杜泄将以路葬，且尽卿礼。……（季孙）使杜泄舍路。不可，曰：‘夫子受命于朝而聘于王，王思旧勋而赐之路，复命而致之君。君不敢逆王命而复赐之，使三官书之。吾子为司徒，实书名；夫子为司马，与工正书服；孟孙为司空以书勋。今死而弗以，是弃君命也。书在公府而弗以，是废三官也。……’”④ 这说明有时官方的文书档案需要不同的职官共同见证、书写，并归入公府等专门的机构进行保管。晋国的文书档案收藏场所称为“故府”，《左传·定公元年》载晋国率诸侯城成周，宋仲几不愿接受此劳役（不受功），想让薛、滕、郳等国代宋服役，因此与薛发生争执，晋士弥牟就劝仲几说：“晋之从政者新，子姑受功。归，吾视诸故府。”杨伯峻先生注：“故府，盖藏档

① 关于西周官署的详细考证，请参考李峰《西周的政体：中国早期的官僚制度和国家》，生活·读书·新知三联书店 2010 年版，第 118—122 页。

② 陈奇猷校释：《吕氏春秋新校释》，上海古籍出版社 2002 年版，第 955、956 页。

③ 杨伯峻编著：《春秋左传注》（修订本），中华书局 1990 年版，第 1475 页。

④ 同上书，第 1259 页。

案之所，归而查档案以决之。”①

除了某些官方公共藏书之所，史官应该是诸职官中藏书最多的，某些公共藏书往往也由专门的史官来管理。如《周礼·春官》记载，大史“凡邦国都鄙及万民之有约剂者藏焉，以贰六官”，郑注谓：“藏法与约剂之书，以为六官之副。”即法律、盟约等文书要在大史处藏有副本；又，内史“执国法及国令之贰，以考政事，以逆会计。掌叙事之法，受纳访以诏王听治。……内史掌书王命，遂贰之”，是内史掌管国家法令和册命文书的副本；又，外史“掌书外令，掌四方之志，掌三皇五帝之书，掌达书名于四方。若以书使于四方，则书其令”，是外史掌方国史书、外交文书和三皇五帝以来的典册等；又，御史“掌邦国都鄙及万民之治令，以赞冢宰，凡治者受法令焉。掌赞书数凡从政者”②，也掌有法令之书。汉初功臣张苍“秦时为御史，主柱下方书”（《史记·张丞相列传》），司马贞《索隐》谓：“周秦皆有柱下史，谓御史也。所掌及侍立恒在殿柱之下，故老子为周柱下史。今苍在秦代亦居斯职。方书者，如淳以为方板，谓小事书之于方也，或曰主四方文书也。姚氏以为下云‘明习天下图书计籍，主郡上计’，则方为四方文书是也。”③另一功臣萧何，在追随刘邦攻入咸阳时曾“收秦丞相御史律令图书藏之”（《史记·萧相国世家》）④，可见丞相、御史都是有不少藏书的，主要是律令和四方文书之类。

由上可知，周代世官制度下，官守其学，各有藏书，而史官之书尤

---

① 杨伯峻编著：《春秋左传注》（修订本），中华书局1990年版，第1524页。

② （清）孙诒让：《周礼正义》，中华书局2000年版，第2081、2129—2140页。按：御史“掌赞书数凡从政者”，颇费解。今本多作“掌赞书，凡数从政者”，是从郑玄的解释，将“数凡”位置互换，理解为御史掌赞书，并掌从政者之数，甚迂曲。于鬯认为原文不误，“数”应理解为责让之义，即“凡从政者有罪，王以书责让之，则御史赞为之辞”。其说于诸家解释中最为融通，今从之。于说见（清）于鬯《香草校书》，中华书局1984年版，第439页（此说得同窗陈殿指点，谨此致谢）。

③ （汉）司马迁撰，［日］泷川资言考证，杨海峥整理：《史记会注考证》，上海古籍出版社2015年版，第3474、3475页。

④ 同上书，第2572页。

多。从典籍记载来看，太史为众史之长，故为一国典籍荟萃之所。《左传·昭公二年》载韩宣子在鲁国“观书于大史氏，见《易》《象》与《鲁春秋》，曰：‘周礼尽在鲁矣，吾乃今知周公之德与周之所以王也。’”① 至司马迁为太史令，追溯汉代的文化复兴，说：“周道废，秦拨去古文，焚灭《诗》《书》，故明堂石室，金匮玉版，图籍散乱。于是汉兴，萧何次律令，韩信申军法，张苍为章程，叔孙通定礼仪，则文学彬彬稍进，《诗》《书》往往间出矣。自曹参荐盖公言黄、老，而贾生、晁错明申、商，公孙弘以儒显，百年之间，天下遗文古事，靡不毕集太史公。”（《史记·太史公自序》）② 从董狐直笔、崔杼之难和司马迁父子相继以著《史记》的史实来看，太史也是最具史书著述使命感的职官。

三　立言不朽与私人教育、私家著述的出现

前文曾述及，春秋时史官地位下降，屡屡出现失职的现象，叔向向远道而来的子产询问鬼神之事，卜、史反而不知，就是个很好的例证。史官失职说明他们的文化水平在下降，与此同时，许多贤士大夫（如子产）的文化修养得以积淀和提升。一个很有趣的现象是，在《汉书·古今人表》中，周初之史官，如史佚在第二等，辛甲、向挚、史扁皆在第三等，可谓一时之盛，其后虽也有像伯阳父（幽王时）、内史过（鲁庄公时）、内史叔兴（鲁僖公时）、内史叔服（鲁文公时）、史苏（鲁庄公时晋史）、董狐（鲁宣公时晋史）等著名史官，但在《古今人表》中既不如周初史官等级高，时代也很分散，地位、影响更难及周初诸史，昔日之光辉已不复睹。至春秋末年，贤士大夫则集中出现，如叔向、子产、晏婴、季札、蘧伯玉等，在《古今人表》中皆列第二等，

① 杨伯峻编著：《春秋左传注》（修订本），中华书局1990年版，第1226、1227页。

② （汉）司马迁撰，［日］泷川资言考证，杨海峥整理：《史记会注考证》，上海古籍出版社2015年版，第4349页。

他们都以博学多闻、德行高尚著称。在此前后出现老子、孔子、邓析、孙子等诸子，为一时学派的开山，就是顺理成章的了。

诸子兴而有私人教育。在官学传统下的贵族教育，已有很长的历史[①]；私人教育，则是晚至春秋时代才渐渐兴起的。私人教育具体起于何人何时无法考证的，但春秋时礼坏乐崩，阶级变动[②]，文化下移，诸侯、公卿等统治者出现养士并依靠士人出谋划策的现象[③]，凡此种种，正是私人教育出现的土壤。

历来研治教育史者，往往以为私人教育自孔子始，其实在孔子前后私人教育已经比较兴盛了，孔子只是其中规模最大、影响也最深远的一个。与子产并时而略早于孔子的邓析“与民之有狱者约，大狱一衣，小狱襦袴。民之献衣襦袴而学讼者，不可胜数”（《吕氏春秋·离谓》）[④]，其实与孔子的“自行束脩以上，吾未尝无诲焉”（《论语·述而》）[⑤] 十分相似，只是所教的内容有别而已。邓析是略早于孔子的，老子亦然。老子的弟子，见于《庄子》者有阳子居（杨朱）、崔瞿、叔山无趾、庚桑楚、南荣趎、柏矩等，见于《汉书·艺文志》者有文子、蜎渊、关尹、列御寇等，似乎说明老子也是有弟子的，包括孔子也曾向其问礼，可能慕名而往者不在少数。

春秋末年不仅出现了诸子和私人教育，私家著述也相伴而生。这与

---

① 关于官学教育的详情，可参看孙培青主编《中国教育史》（修订版）第二章第一、二节，华东师范大学出版社 2000 年版。

② 关于此，可参看本书第一章第四节的相关内容。

③ 养士制度固以战国时代最盛，但其兴起，已有学者指出至少可追溯至春秋时期的齐桓公时代（白奚：《齐桓公养士与稷下学宫》，《管子学刊》1990 年第 3 期），桓公之子商人（齐懿公）更是靠倾其所有、举贷养士夺得了君位，《左传·文公十四年》：“公子商人骤施于国，而多聚士，尽其家，贷于公、有司以继之。”齐景公时，陈恒也以养士蓄积力量，“夫田成氏甚得齐民，其于民也……杀一牛，取一豆肉，余以食士。终岁，布帛取二制焉，余以衣士。……君重敛，而田成氏厚施”（《韩非子·外储说右上》），凡侵夺君主权力的列国卿大夫，如鲁之季氏、晋之赵氏，莫不有养士之举。稍后于孔子者，越王勾践也卧薪尝胆，“富民养士”（《吴越春秋·勾践阴谋外传》）。

④ 陈奇猷校释：《吕氏春秋新校释》，上海古籍出版社 2002 年版，第 1188 页。

⑤ （清）刘宝楠撰，高流水点校：《论语正义》，中华书局 1990 年版，第 257 页。

此时的著述观念之发展密不可分。《左传·襄公二十四年》载：

> 穆叔如晋。范宣子逆之，问焉，曰："古人有言曰，'死而不朽'，何谓也？"穆叔未对。宣子曰："昔匄之祖，自虞以上为陶唐氏，在夏为御龙氏，在商为豕韦氏，在周为唐杜氏，晋主夏盟为范氏，其是之谓乎？"穆叔曰："以豹所闻，此之谓世禄，非不朽也。鲁有先大夫曰臧文仲，既没，其言立。其是之谓乎？豹闻之：'大上有立德，其次有立功，其次有立言。'虽久不废，此之谓不朽。若夫保姓受氏，以守宗祊，世不绝祀，无国无之。禄之大者，不可谓不朽。"①

叔孙豹对传统的世官世禄进行了委婉的否定，并进而提出了著名的立德、立功、立言"三不朽"之说。所谓立德，杜注认为如传说中的黄帝、尧、舜那样才行；立功，要像禹、稷那样泽惠天下后世；立言，则要像史佚、周任、臧文仲那样，死后其言语常被后人称道，成为立身行事的原则。立言不朽与世官世禄的对立，此种观念的出现本身就是一个特别值得重视的现象，因为它预示着私家著述的时代即将来临。

叔孙豹的立言不朽之说虽然不是专门针对著述而言，但联系到当时能够立于后世的名言多为被史官载于史册者，而且歌谣、经典之外，个人的言论要流传后世而不朽，也只有著于竹帛一途。传世典籍中有一些对古人言论的引用，像《尚书》中的"迟任有言"，《左传》《论语》中的"周任有言"，《左传》《国语》中的"史佚有言"，等等，都是立言不朽的例证。早期的言论要传之久远，只有在某些关系重大的事情上发表看法，特别是向最高统治者（周王、诸侯或执政的公卿）进谏时被史官记录下来才有可能。由于这些言行是在实际行政过程中发生的，人的全部精力也都用于现实政治，所谓"不在其位，不谋其政"

① 杨伯峻编著：《春秋左传注》（修订本），中华书局1990年版，第1087、1088页。

（《论语·泰伯》），文字著述仅仅是被作为政治的辅助工具在使用，将自己的言行流芳百世的愿望也只有通过史官之笔来实现。

对身后声誉的重视，也许是立言不朽观念产生的根本原因。人们对自己在史书中的形象是十分在意的，否则崔杼便不会杀死三位太史，赵盾也不会否认董狐的直笔了。《左传·襄公二十年》载："卫宁惠子疾，召悼子曰：'吾得罪于君，悔而无及也。名藏在诸侯之策，曰："孙林父、宁殖出其君。"君入，则掩之。若能掩之，则吾子也。若不能，犹有鬼神，吾有馁而已，不来食矣。'悼子许诺，惠子遂卒。"① 宁殖后悔逐出卫献公，恐怕主要的原因是各国史册都记载了"孙林父、宁殖出其君"之言，所以叮嘱儿子宁喜一定要迎回献公，并以不接受祭祀相威胁，足见他对身后之名是何等重视。

春秋晚期"立言不朽"意识的出现，加上此时贤士大夫在知识文化、德行修养诸方面都已超越了同期的史官阶层，他们中的某些人便有可能仿照官方书籍的形式亲自写作，或者被他们的追随者模仿史官记事的形式将他们的言行记录下来。孔子的言行被其弟子记录下来，即《论语》，而散见于儒家传记及各种史料典籍中者也非常多②。孔子言行之被弟子记录下来的情形，在《论语·卫灵公》中的一条材料中可以看得很清楚：

> 子张问行。子曰："言忠信，行笃敬，虽蛮貊之邦行矣。言不忠信，行不笃敬，虽州里行乎哉？立则见其参于前也，在舆则见其倚于衡也，夫然后行。"子张书诸绅。③

---

① 杨伯峻编著：《春秋左传注》（修订本），中华书局1990年版，第1055页。

② 清代孙星衍所辑《孔子集语》，收孔子言行813条，后王仁俊、李滋然又有补遗，今人郭沂有《孔子集语校补》（齐鲁书社1998年版），在上述三家基础上，又补入《论语》《孔子家语》《孔丛子》之外孙书未收的材料以及新出土的马王堆帛书《易传》和八角廊竹简《儒家者言》，最为完备。

③ （清）刘宝楠撰，高流水点校：《论语正义》，中华书局1990年版，第616页。

这里说子张向孔子请教“行”的问题，子张把孔子的回答写在了腰间的大带上。由此可见《论语》的编写并非将弟子记下的孔子言论简单地汇集起来，而是经过了一番加工，某种程度上恢复了孔子发表言论的场景，这和史官对某些史料（如册命文书）的整理加工相仿。当然，《论语》中也有大量仅有“子曰”引出的孔子言论，大概是由于重视言论而没有记下发言的场景，或因记录者无法回忆等原因不能恢复当时的情形之故。

这里不得不提及古人著述的“习惯”问题，亦即一个重要的著述体例问题。章学诚曾提出古人“言公”之说，谓：“古人之言，所以为公也，未尝矜于文辞而私据为己有也。”① 这个著名的“言公”说无疑极具卓识，对先秦时代来说是适用的，尤其符合春秋以前史官时代的情况。但自官学而诸子，降而至于秦汉魏晋，最终出现学界所认为的“文学的自觉”，这个过程不是突然的，而是其来有自的，是渐变的。即以春秋末期而言，所谓“天子失官，学在四夷”，出现私家乃至私人著述，亦非全无可能，况且，相传为春秋末期的私家著作有的本出史官（如老子）之手。所以，在承认“言公”大致符合先秦著述情形的条件下，还应该具体考察此时由“言公”向“言私”演变的历程，这就不得不具体分析此时的一些个案。

《论语》之外，还有几部子书是否为春秋时人所著，自“古史辨派”以来，怀疑的声音颇盛②。罗根泽先生在20世纪20年代末所著《管子探源》附录中提出“战国前无私家著作说”③，影响极为深远，成为“古史辨派”考证先秦古书时的一个立论基础。其实此说问题颇多。且不论《老子》《孙子》等书是否产生于春秋末年，即史籍所载就有不

① （清）章学诚撰，吕思勉评：《文史通义》，上海世纪出版集团、上海古籍出版社2008年版，第51页。

② “古史辨派”及相关论辩集中在《古史辨》第四、第六两册，顾颉刚等编，上海古籍出版社1982年重印。

③ 此书今有岳麓书社2010年新版，较为易得。

少私家著述的记录。比如，詹剑锋先生就曾指出，与子产同时的邓析所作《竹刑》，就是一部私人著作①。据杜预注，邓析大概是因不满子产所铸刑鼎上的《刑书》，“改郑所铸旧制……不受君命，而私造刑书，书之于竹，谓之‘竹刑’”（《左传·定公九年》）②。邓析大概是个特立独行之人，很多记载中说他表现出一种强烈的反抗权威的精神，如：

不法先王，不是礼义，而好治怪说，玩琦辞，甚察而不惠，辩而无用，多事而寡功，不可以为治纲纪；然而其持之有故，其言之成理，足以欺惑愚众，是惠施、邓析也。（《荀子·非十二子》）③

邓析操两可之说，设无穷之辞，当子产执政，作《竹刑》。郑国用之，数难子产之治。子产屈之。子产执而戮之，俄而诛之。（《列子·力命》）④

子产治郑，邓析务难之，与民之有狱者约，大狱一衣，小狱襦袴。民之献衣襦袴而学讼者，不可胜数。以非为是，以是为非，是非无度，而可与不可日变。所欲胜因胜，所欲罪因罪。郑国大乱，民口欢哗。（《吕氏春秋·离谓》）⑤

郑驷歂杀邓析，而用其《竹刑》。君子谓子然：“于是不忠。苟有可以加于国家者，弃其邪可也。……故用其道，不弃其人。《诗》云：‘蔽芾甘棠，勿翦勿伐，召伯所茇。’思其人，犹爱其树，况用

① 詹剑锋：《老子其人其书及其道论》，湖北人民出版社1982年版，第83页。按，詹氏书中还认为先秦诸子如《尸子·广泽》《荀子·非十二子》《吕氏春秋·不二》《庄子·天下》等所说的流派中有春秋时人即这些人都有著作，则是过甚之论；又认为与孔子有关的六经和以孔门弟子为名的《汉志》中儒家诸子都是春秋时著作，也值得商榷；并以《左传》《国语》引用的“史佚之志”等视为私人所作，从而将私人著述的时代提前至周初，则属不顾历史发展大势的恣意引申；至于他提到的法家的范宣子所作《刑书》和阴阳家《宋司星子韦》三篇，恐怕正是范宣子（曾为晋国正卿）和司星子韦职责所在，本属官守之学，不能视为私人著作。

② （周）左丘明传，（晋）杜预注，（唐）孔颖达疏：《春秋左传正义》，阮元校勘《十三经注疏》本，台北：艺文印书馆2007年版，第967页。

③ （清）王先谦撰，沈啸寰、王星贤点校：《荀子集解》，中华书局2013年版，第110页。

④ 杨伯峻：《列子集释》，中华书局1979年版，第201、202页。

⑤ 陈奇猷校释：《吕氏春秋新校释》，上海古籍出版社2002年版，第1188页。

其道而不恤其人乎！子然无以劝能矣。”（《左传·定公九年》）[①]

由上可见邓析之为人，聪明善辩，富有叛逆精神，不愿遵从古已有之的社会规则，这正是他能够私造刑法的原因，至于是子产还是驷歂诛杀了邓析并不重要。然而他的被杀却招来了“君子”的叹惋，原因是他的《竹刑》还是被采用了，说明邓析的被杀主要是因为他张狂的个性所致，他的主张还是正确的。

至于《孙子兵法》，怀疑其晚出的声音不少，但力证其早出并为孙武亲著者也大有人在。怀疑论者如齐思和《孙子著作时代考》将《孙子》的成书定在战国时期[②]；李零也认为《孙子兵法》当非孙武亲著，而是在战国中期写定的[③]；何炳棣则认为《孙子兵法》是“中国现存最古的私家著述”[④]；吴树平、郑良树、廖群等学者据银雀山汉简论证《孙子兵法》极可能为孙武亲著，是较可信据的。银雀山汉简《吴问》有这样一段话：“吴王问孙子曰：‘六将军分守晋国之地，孰先亡？孰固成？’孙子曰：‘范、中行是先亡。’‘孰为之次？’‘智是为次。’‘孰为之次？’‘韩、魏为次。赵毋失其故法，晋国归焉。’”吴树平据此认为：

> 《吴问》产生的时间应在范、中行、智氏灭亡之后，不然的话，作者绝不会那么准确预料到三卿的灭亡次序。对于赵、韩、魏三家的发展，作者认为韩、魏继亡于智氏之后，晋国全部归属赵氏。他的估计全然错了，说明作者既没有看到晋静公二年（前 376）

① 杨伯峻编著：《春秋左传注》（修订本），中华书局 1990 年版，第 1571、1572 页。

② 齐思和：《孙子著作时代考》，《燕京学报》1940 年第 26 期。

③ 李零：《关于银雀山简本〈孙子〉研究的商榷——〈孙子〉著作时代和作者的重议》，《文史》第七辑，1979 年。又载李零《〈孙子〉十三篇综合研究》，中华书局 2006 年版，第 345—358 页。

④ 何炳棣：《中国现存最古的私家著述：〈孙子兵法〉》，《有关〈孙子〉〈老子〉的三篇考证》，中研院近代史研究所 2002 年版。

三家最后瓜分晋公室，也没有看到晋烈公十七年（前403）三家正式建立封建诸侯国的重大历史事变。由此可见，《吴问》是在智氏亡到赵、韩、魏三家自立为侯的五十年内撰写的。孙武主要活动在吴王阖闾执政（前514—496）时期，与《吴问》撰写时间相去不远。①

郑良树在吴树平推论的基础上进一步推论十三篇之作应在《吴问》之前，《吴问》与《四变》、《黄帝伐赤帝》都是紧跟在十三篇后由孙武或其门人完成的②。

但李零对吴树平之说提出了质疑，认为："《吴问》说韩、魏灭后晋归于赵确与史实不合，但这只能说明作者没有看到秦灭韩、魏、赵，而不能说明作者没有看到三家受周天子策命为侯。因为即使在此以后，作者如果抱有韩、魏终将为赵所灭的观点，仍然可以说晋归于赵。而且智氏灭后……最初三家中魏国是最强的，只是经过……赵武灵王吞并中山等事件，赵才渐渐强于魏国，并成为战国后期除秦以外最强的国家。……把它定在战国中后期更为妥当。"③

吴、李二家之说都是在一个假设的基础上进行的，即作者是根据已经发生的史实来"替"孙武作出的"预测"。试问：1. 以孙武的智慧，作出上述预测是否完全不可能？2. 既为预测，难道不能和史实有出入吗？此外，孙武预测的理由是六卿对民众的田赋制度，并非仅仅根据力量强弱，李零先生的分析是没有道理的。即使根据力量强弱判断，在三家灭智氏之前也一直是智氏最强，同样无法得出晋归于赵的结论，况且综观《左传》《国语》中的诸多预言，也没有人依据力量强弱作判断的例子。退一步讲，假如真如两位先生潜在的假设那样，《吴问》是后人

① 吴树平：《从临沂汉墓竹简〈吴问〉看孙武的法家思想》，《文物》1975年第4期。
② 郑良树：《竹简帛书论文集》，中华书局1982年版，第70、71页。
③ 李零：《〈孙子〉十三篇综合研究》，中华书局2006年版，第350页。

替孙武作的“预测”，即吴王与孙武的这段问答出于杜撰，那么，其时间也应在三家封侯之前，因为在三家封侯之后，七国争雄的形势已成，三家成为三国，与他们作比较的对象就不再是“六卿”之“家”，而是列强之“国”，此时他们三“国”争的也不再是晋，而是天下。当时还以“晋国”自称的唯有魏国，终战国之世，并没有为赵所并的迹象，韩、赵之间有魏相隔，更不可能为赵所并，所以也不存在李零所说的“抱有韩、魏终将为赵所灭的观点”之可能。在此问题上，“作者”作出“预测”的根据并不是已经发生的六卿相兼并的“史实”，而是吴王与孙武问答的“史实”。

因此，在没有其他证据的情况下，我们毋宁相信孙武与吴王谈论六卿灭亡先后实有其事，《吴问》乃此事之实录。正如廖群所说：“同墓出土的作于魏惠王时代的《尉缭子》、作于齐威王时代的《孙膑兵法》都或明引或暗用了《孙子》13 篇中的思想和语句，也可以作为《孙子》早出的佐证。还有，《兵家遗简》中有《孙武传》（《银雀山汉简释文》题为《见吴王》），其中提到了‘十三扁（篇）’，提到了‘三告而五申之’……分明是《史记》所本。总之，《史记》所述春秋末年孙武以《兵法》13 篇见吴王之事是有根据的，而此 13 篇自是孙武亲撰，而非弟子所述。”①

至于《老子》，论争的激烈程度和规模更在《孙子》之上②。疑古思潮之下，《老子》晚出之说颇盛，因 20 世纪 90 年代郭店楚简《老子》的出土，现在持早出说者渐多，但迄今仍无定论。刘笑敢先生的一篇论文对“文献考据中的前提性假设”和举例论证的弊病提出了善意的批评，他以《老子》为例，全面对比了《老子》和《诗经》、《楚辞》的用韵情况，得出的结论是，《老子》的用韵与《诗经》更加接近，而不是

---

① 廖群：《先秦两汉文学考古研究》，学习出版社 2007 年版，第 308 页。

② 熊铁基等：《二十世纪中国老学》第三章“价值重估中的老子年代疑案”，福建人民出版社 2002 年版。

《楚辞》。今将刘文中用以比较三书用韵情况的表格援引如下①。

这样的比较应该说是非常有说服力的证据了。我认为，虽然《老子》在流传的过程中会发生因后人改动而加入某些春秋之后的因素，但这是古书流传过程中常见之事，我们的确应该注意避免刘笑敢先生所说的“举例论证”（sample argumentation）的弊端，而应该注意从全局把握。因此之故，《老子》早出说、晚出说虽各有其论据，但从《老子》全书来看，在没有更多证据的情况下，我们毋宁相信《老子》就是春秋末年老子本人亲著，而从时代来看，此时也的确具备了私家著述的条件（表3-1）。

表3-1

语言学特点		《诗经》	《老子》	《楚辞》
句式	四言为主	94%	50%	14%
修辞	回环往复	90%	94%	0
韵式	句句韵	27%	47%	0
	混合韵	48%	35%	0
	偶句韵	25%	18%	100%
合韵	之鱼	5	2	0
	幽侯	3	1	0
	宵幽	4	1	0
	屋觉	2	1	0
	月质	8	1	0
	真元	1	5	0

第三节　史官时代的著述方式及其对诸子著述的开启

“文体”一词在古代指涉的范围之广是惊人的，以至于常常给现代

① 刘笑敢：《出土简帛对文献考据方法的启示（之二）——文献析读、证据比较及文本演变》，《中国哲学史》2010年第2期。此外，刘氏此前还写有一篇《〈老子〉早期说之新证》，也是从《老子》与《诗经》韵文特点的相似来论证此一问题，载陈鼓应主编《道家文化研究》第四辑，上海古籍出版社1994年版，第419—437页。

的研究者带来困惑。它既可以指文章的体裁，也可以指文章的风格，还可以指语言体式，等等，不一而足[①]。本文所谓“文体”，是指包括文章的结构体制、语言体式等外在形式在内的文章体裁，此体裁不仅指从大的方面而言的散文、小说、诗歌等，更指较为细化的体裁，如语录体、对话体、问答体、论说体、经解体等。在早期，这些体裁从另一个角度讲其实是关乎文字的生成方式，亦即文章的写作方式问题。本节讨论先秦时期文体的继承，实际上也就是要探讨私家著述在写作方式上对官学著述的继承问题。

早期的文体实际上就是以不同的“言说”行为方式来规定篇章的类型[②]，例如，《尚书》的六体：典、谟、诰、命、训、誓，除“典”之外，其余五种都是指在不同场合发生的言说行为，此文体即因这种特定的言说方式而命名。但笔者所关注的，并非这些具体的文体有何特征，以及它们之间如何区分，而主要是这些文体的具体生成方式，以及后来的私家著述对这些文体写作方式的继承问题。

前已论及，早期的文字主要是史官对君主和贵族重臣言行的记录。这些文字有的是大事记的性质，如《春秋》和《竹书纪年》，以及出土文献中的清华简《系年》；也有对史实的前因后果详加叙说的，如《左传》；有的是代言性质，如大量的册命文书，包括《尚书》《逸周书》中许多带有“王若曰”字样的篇章；也有对君臣对话的实录，像《国语》。这些各各不同的载录方式自然会形成相互区别的文体形式，而在后来私家著述时皆有不同程度的继承或效仿。

一　史官时代官学著述的现场实录方式

大事记性质的史书著作，从其写作意图看，的确有寄托微言大义的

① 关于此，多位学者已有论述，可参看吴承学《中国古代文体学研究》，人民出版社 2011 年版，第 16—22 页；郭英德《中国古代文体学论稿》，北京大学出版社 2005 年版，第 1 页。

② 关于早期文体命名方式的特点，可参考郭英德《中国古代文体论稿》之《由行为方式向文本方式的变迁：中国古代文体分类生成方式片论之一》，北京大学出版社 2005 年版，第 29—43 页。

政治讽喻目的，如晋太史董狐“赵盾弑其君”及齐太史“崔杼弑其君”的记录，都是可以使“乱臣贼子惧”的，这样的例子在传世本《春秋》中更不胜枚举，在《竹书纪年》中也同样如此，如“齐桓公十一年弑其君母”、“十二年，寺区弟思弑其君莽安”等①。

《春秋》和《竹书纪年》以及《左传》中晋、齐太史的记录方式是典型的史书记事方式：先记年月（以本国国君纪年），然后以极简洁的叙述语记录史实，并寓有作者的褒贬（通常站在维护正常统治秩序的立场）。但清华简《系年》的记事方式与此显然有别，仅从简文难以判断这些记载是哪国史官所为，因为此篇并不以某国国君为纪年的标准，“而是对各诸侯国各以其君主纪年”②，虽然有学者认为：“这种史书体裁和已看到的一些文句，都很像《竹书纪年》。”③ 但《系年》的某些章节记事之详显然超过了《竹书纪年》和《春秋》，如第5、6、8、9、14、15诸章，但又略于《左传》《国语》等书。就《系年》的每章而言，则皆为自成起讫的完整故事，虽然往往仅具梗概，故每章所记之事往往跨越数年乃至数代，显然非编年之体，而类似于后世的纪事本末体，与学者介绍的“是一种编年体的史书，所记史事上起西周之初，下到战国前期”④ 的性质并不相符；就其谋篇布局来看，恰如有的学者所论：“其全篇可分作3个部分，第1章总揽全局，归纳兴衰的根本原因，高屋建瓴；第2至5章铺叙重要诸侯国简史，展现霸业发展的基本背景与形势，开局宏大；第6至23章以晋、楚迭为中心，叙述霸业全过程，内容完整。”⑤ 总之，《系年》虽有与《竹书纪年》、《春秋》等早期史书相似之处，但其成书时代要在战国中期，或许是某史官或者竟

---

① 方诗铭、王修龄撰：《古本竹书纪年辑证》，上海古籍出版社2005年版，第120页。

② 李学勤：《清华简〈系年〉及有关古史问题》，《文物》2011年第3期。

③ 李学勤：《初识清华简》，《光明日报》2008年12月1日；又收入《通向文明之路》，商务印书馆2010年版。

④ 同上。

⑤ 许兆昌、齐丹丹：《试论清华简〈系年〉的编纂特点》，《古代文明》2012年第2期。此外，该文还详细论述了《系年》的纪事本末性质，可参看。

是私人根据《春秋》及《左传》之类的史料精心编纂而成，其与《春秋》类大事记的早期史书区别之大，使二者判然两类，此不可不辨。

史书编年体的形成与其记录方式是直接相关的。从董狐和齐太史的记录看，太史对如何记事有极大的自主权和使命感，而且是随时记录的。特别是齐太史记录“崔杼弑其君”的事件，最后“南史氏闻大史尽死，执简以往，闻既书矣，乃还”（《左传·襄公二十五年》），南史氏要执简前往事发地点进行记录，反映出太史记事的特点是一种现场实录，而且所记的内容是书写在简上，而不是已经编联好的册上，说明他们的写作是先书写、后编联的，想必是要等每年（或他们认为合适的一段时间）结束时，再将写就的史料按时间顺序编联起来，是为一册或一卷，所以这些散写的竹简势必有一定的标示以便区分先后，故年、时、月、日等时间刻度自然是最好的选择。这种记录方式直到战国末年仍在各国史官中运用，如《史记·廉颇蔺相如列传》载秦赵渑池之会：

> 秦王饮酒酣，曰：“寡人窃闻赵王好音，请奏瑟。”赵王鼓瑟。秦御史前书曰“某年月日，秦王与赵王会饮，令赵王鼓瑟”。蔺相如前曰：“赵王窃闻秦王善为秦声，请奉盆缻秦王，以相娱乐。”秦王怒，不许。于是相如前进缻，因跪请秦王。秦王不肯击缻。相如曰：“五步之内，相如请得以颈血溅大王矣。”左右欲刃相如，相如张目叱之，左右皆靡。于是秦王不怿，为一击缻。相如顾召赵御史书曰“某年月日，秦王为赵王击缻”。①

这样的记录方式虽然可以在字里行间加入褒贬的微言大义，但正如王安石的讥讽，确如“断烂朝报”，后人若仅读《春秋》经文是不能详知事情原委的，故桓谭说：“《左氏传》与经，犹衣之表里，相持而成。

---

① （汉）司马迁撰，［日］泷川资言考证，杨海峥整理：《史记会注考证》，上海古籍出版社2015年版，第3174、3175页。

经而无传，使圣人闭门思之，十年不能知也。”[①] 从《左传》的情况看，与这些《春秋》类大事记同时被记录的，可能还有些更详细的资料，或者至少有很多口耳相传的历史故事，这些资料可能不仅包括《左传》那样以记事为主的文字，应该还包括以记言为主的像《国语》这样的“语”类史料。否则仅有《春秋》的骨架，没有《左传》《国语》等血肉，早期的历史就很难丰满起来。

而这种现场实录式的记言记事之作，往往非一时一人所能完成，而是经过了长期的、递相增润的过程。这些方式和特点在诸子私家著述的时代都被继承了下来。

诸子之书，尤其是早期诸子，许多是对其言行的记录，可以说其方式是直接继承自记言记事的史官著述。如《论语》，其绝大部分是直接记录孔子之言、孔子与弟子或时人的问答之语，还有一些是关于孔子遵行礼仪的记录（主要在《乡党》篇），基本上没有多少故事情节。这些言论被记录下来的情形应该有不少是像“子张书诸绅”一样。传统上认为子张记在绅上是备忘，这是不错的。但《史记·仲尼弟子列传》将此事放在孔子及弟子困于陈蔡之间的背景下，故子张之所以记在绅上而不是竹简上，可能是当时处境艰难，竹简反不易得的缘故。从另一个方面讲，假如在平时，孔子教导弟子的言论应该也是会被弟子记录下来的，只是会像齐、晋的史官记录本国大事那样记在竹简上，而不是非常时期的绅上。比如《论语·颜渊》：

> 颜渊问仁。子曰：“克己复礼为仁。一日克己复礼，天下归仁焉。为仁由己，而由人乎哉？”颜渊曰：“请问其目。”子曰：“非礼勿视，非礼勿听，非礼勿言，非礼勿动。”颜渊曰：“回虽不敏，请事斯语矣。”
>
> 仲弓问仁。子曰：“出门如见大宾，使民如承大祭。己所不

① （汉）桓谭撰，朱谦之校辑：《新辑本桓谭新论》，中华书局2009年版，第39页。

欲，勿施于人。在邦无怨，在家无怨。”仲弓曰：“雍虽不敏，请事斯语矣。”①

既然颜渊、仲弓都说“请事斯语”，想必他们是把孔子的话记了下来的。特别是颜回，不仅问仁的内涵，还详细询问其目（外延）。这些单独的问答之语，问者或许就是记录者，如子张即是；不过也有可能另有弟子在孔子身边专门担任记录的职责，例如著名的“子路、曾皙、冉有、公西华侍坐”章（《论语·先进》）②，就可能是其他弟子所记。虽然我们不能确指每一章的记录者是谁，但《论语》是孔门弟子记录下来，而非后来的追述，则是大致可以肯定的。

还有一个情况，即春秋时期大夫之家也往往有家臣担任史官之职。《国语·晋语九》载：“赵简子田于蝼，史黯闻之，以犬待于门。”韦昭注：“史黯，晋太史墨，时为简子史。”③ 韦昭之注应该是不错的，“史黯论良臣”章也可证当时史黯确实为赵简子史臣。无独有偶，《晋语九》士茁对智伯自称“臣以秉笔事君”④，秉笔者，当亦史官之谓也。可见像赵简子、智伯这样的大夫之家是有史臣的，然则像孔子等是否有史官专门为之记录，实不敢断。而如一些列国重臣，如管仲、晏婴、商鞅等，家有史官的可能性则更大些。即使没有史官，也定有第三者的旁记或追述，否则“子张书诸绅”五字便不会见于《论语》了。

特别是如《晏子春秋》和出土的《儒家者言》⑤ 以及西汉时刘向根据先秦文献编录的《新序》《说苑》等文献，明显是独立的历史故事的丛编，其或出于家史记录，或为后学据传说编纂而成，是可以推想的。

---

① （清）刘宝楠撰，高流水点校：《论语正义》，中华书局1990年版，第483—485页。

② 同上书，第466—482页。

③ 徐元诰撰，王树民、沈长云点校：《国语集解》，中华书局2002年版，第451页。

④ 同上书，第454页。

⑤ 《儒家者言》见于阜阳双古堆汉简和定县八角廊汉简两种，主要记载的是孔子及孔门弟子的言行，体裁类似《孔子家语》和《说苑》、《新序》。

其他如《墨子》中的许多篇章，特别是《尚贤》至《非命》等十篇，以及《孟子》的大部分篇章，多为弟子门人的“现场实录”，自不待言。

二　史官时代官学著述的“代言式”写作

早期的文字主要出自史官之手，但史官实际上有两种：一种是上述记言记事的史官，而其实际所记言、事并不能完全分开；另一种是自商代就已存在的“作册”①。虽然作册与内史在文献中经常混用，含义似乎无别，但“作册”之名显然来自其原初的职能，而“内史”可能是因服务于君王宫廷内部而得名，或许是因为二者职能多有重合，终至合而为一，也可能是作册之官因长期为君王个人服务而渐得“内史”之名。不论如何，作册是殷周时期大量册命文书的直接作者。

大量的册命文书，就其写作方式而言，无论宣读命令者是君王本人，抑或是史官代宣王命，册命文书本身似乎都应是作册所为。也许在此之前有过君王口头宣命、不需书面文字的时代，但自西周起，以书面形式宣读王命几乎成为定例。例如，清华简有《保训》一篇，记载的是文王对武王的遗训，大概是史官记录并读给武王听的，故其中有“女（汝）以箸（书）受之”之句②。

这种写作方式自然与前面所说的记言不同，这不是记言，而是代言。由此亦可见传统认为的记言之史为内史的看法是不对的。因是代言，所以册命文书中常见“王若曰”的字样，仿佛佛经中的“如是我闻”。

代言式的作品普遍存在于青铜器铭文和《尚书》《逸周书》之中，这些文字的“原本”基本上已不可见，我们今天所能见到的，多是其

---

① 许兆昌提出史官内部三系统说，即太史、内史和府史，府史指存在于所有官僚机构中的文书胥吏，见氏著《先秦史官的制度与文化》，黑龙江人民出版社2006年版，第112—114页。此说固然不错，但府史从事的主要是例行文书工作，与太史、内史的著述有明显不同，以出土文献为例，府史留下的主要是其中的文书档案之类，后二者留下的则主要是与历史相关的古书。

② 李学勤主编：《清华大学藏战国竹简（一）》下册，中西书局2010年版，第143页。

在流传过程中的转录。例如，西周金文中的此类文字，除了有命辞本身之外，大多会简要交代一下事情的前因后果或册命程序的基本过程，《尚书》《逸周书》中的诰命之辞亦复如是。而流传中的转录并非完全照搬原文，有时可能会有所节略，有时甚至命辞前的背景交代文字和命辞后的器主感谢主上恩赐并传遗后世子孙的内容都要超过命辞本身，例如师俞簋（《集成》4277）铭文：

> 唯三年三月初吉甲戌，在周师录宫。旦，王各大室，即位。司马共右师俞，入门，立中廷。王呼作册内史册命师俞："缵司𡚬人，赐赤芾、朱衡、旂。"俞拜稽首，天子其万年眉寿黄耇，畯在位，俞其篾历，日赐鲁休。俞敢对扬天子丕显休，用作宝，其万年永保，臣天子。①

册命之辞一般不会这么简短，其通常的格式，是先追溯器主本人或其祖上的功业，然后是任命、勉励之词，最后是赏赐的物品，这里显然是节取大要，只选录了任命和赏赐的文字，其他省略了。再如师晨鼎（《集成》2817）铭文、师酉簋（《集成》4288）铭文等都有明显的节略。

除了有所节略，更多的是会有所增润。其实，上述册命金文虽然在命辞部分有所节略，但交代背景本身又是一种增饰。当然，册命金文应该是较为忠实于"原本"的，更明显的增饰是传世的文献。如《尚书·金縢》，其中史官册祝的一段文字，明显是史官代周公的祝告之词：

> 史乃册祝曰："惟尔元孙某，遘厉虐疾；若尔三王，是有丕子

① 释文参中国社会科学院考古研究所编《殷周金文集成释文》，香港中文大学出版社2001年版，第392页；张亚初《殷周金文集成引得》，中华书局2001年版，第82页。有的文字有古今字、通假字、异体字等情况，为便读诵和理解，本文径用今字。

之责于天，以旦代某之身。予仁若考能，多材多艺，能事鬼神。乃元孙不若旦多材多艺，不能事鬼神。乃命于帝庭，敷佑四方，用能定尔子孙于下地，四方之民罔不祗畏。呜呼！无坠天之降宝命，我先王亦永有依归。今我即命于元龟，尔之许我，我其以璧与珪归，俟尔命；尔不许我，我乃屏璧与珪。”①

今清华简有一篇自题为《周武王有疾周公所自以代王之志》的文字，内容与《金縢》基本相同，但较今本要稍简略、质朴些，缺少今本中关于占卜的部分文字，而且异文较多，周公祝词部分也较今本简略：

史乃册祝告先王曰：“尔元孙发也，遘害虐疾，尔毋乃有备子之责在上，惟尔元孙发也，不若旦也，是佞若巧能，多才多艺，能事鬼神。命于帝廷，溥有四方，以定尔子孙于下地。尔之许我，我则晋璧与珪。尔不我许，我乃以璧与珪归。”②

与今本相比，竹简本主要省略了“以旦代某之身”“乃元孙不若旦多材多艺，不能事鬼神”“四方之民罔不祗畏。呜呼！无坠天之降宝命，我先王亦永有依归。今我即命于元龟”等句。考虑到册祝之外的文字也同样较为简朴，今本可能是后人再经增润的结果。

《尚书》向称记言之史，但“言”并不能完全脱离“事”，而且《尚书》所记往往是首尾完整的故事，其中显然有后世史官递相整理润色的痕迹。比如《金縢》中周公的祝词是史官写在简册上的，并得以封存在金縢之匮中。周公的祝辞作为档案是可以被保存的，但事情的前后经

① （汉）孔安国传，（唐）孔颖达等疏：《尚书注疏》，阮元校勘《十三经注疏》本，台北：艺文印书馆2007年版，第186页。

② 李学勤主编：《清华大学藏战国竹简（一）》下册，中西书局2010年版，第158页。为便诵读，此处径用今字。

过则需要后来的史官根据档案和传说加以整理加工，否则《金縢》就不会是现在这个样子。除《金縢》之外，清华简《保训》篇记载的是文王对武王的遗训，大概也是史官记录并读给武王听的，故其中有“女（汝）以箸（书）受之”之句。然而此故事与《金縢》一样，肯定也有后来史官或儒生的增润，否则事情的前因后果便不会记载得如此清楚①。

史官除了记录当朝的帝王言行事迹，恐怕整理历代史料、总结经验教训以为资政参考也是其职责之一，所以《周礼》中关于史官之职的记载，多与邦国之治有关。《左传》《国语》虽然在体例上与《尚书》有别，在资政的目的上则无二致。司马谈、司马迁父子之所以奕世修史，以继承孔子修《春秋》的事业，以为“自获麟以来四百有余岁，而诸侯相兼，史记放绝。今汉兴，海内一统，明主贤君忠臣死义之士，余为太史而弗论载，废天下之史文，余甚惧焉”（《史记·太史公自序》），只怕原因也在于此，这点已成为中国古代史官没有例外的传统。也正因为史官对史料有总结整理之责，原本属于档案文书的材料（如上引《金縢》中周公的祝词、《保训》中文王的遗训）才得以与史实联系在一起，成为首尾完具的篇章。

在诸子书中，依托著书的现象与代言颇有几分相似。依托著书在先秦诸子中颇为常见②，与史官代言相同的是，二者都不是以著述者本人，而是以他人的名义撰写的。但二者也有许多根本的不同：史官代言从根本上讲还是要体现君王的思想意图，如同现在的秘书为领导人起草发言稿，诸子依托则主要是为了表达自己的思想，有时可以不管被依托者是何种情况；史官代言的文体主要是册命文书，有时虽然不乏深刻的治国思想，但终究以发布训诰命令为直接目的，诸子依托则直接以表达

① 先秦典籍引用《尚书》文句多有与今本相出入者，这也说明《尚书》的形成的确经过了史官和儒生的不断增润。对此，可参看刘起釪《尚书学史》第二章“《尚书》在先秦时的流传情况”，中华书局1989年版。

② 据笔者统计，仅《汉志》著录，班固注为依托者就有十二种。

治国修身的思想为目的，所以在文体上主要是论说文。

事实上，史官代言在古人看来仍是记言性质，这方面反倒成为与诸子时代相通且影响较大的方面。在古人看来，著作权并不是一个十分重要的问题，所以即使代言，只要被代者同意，自然此言也可以看作他本人说过的话，这就是为什么《尚书》一直被视为记言体的原因，也是内史何以被看作记言史官的原因所在。这种观念直到诸子时代仍然如是，所以在许多诸子著作中，即便有些话明显不是某人所说，只要人们认为此言与其思想相符或者不相矛盾，即使是假托，也不会有人提出异议。

三　史官时代记言、代言文字的“说理”特征

早期的记言文字（包括传统认为是记言的代言文字）本身就已具备了后世私家著述“说理”的特征。史官的记事记言是有所选择的，关乎治国安民的大事重言是他们记录的首选。而关于治国安民的重要言论，如重臣向君主的某些劝谏之语、君上对臣下的训诫之言，往往会有些说理的成分，这些说理的文字就是诸子之学的前身。

早在周初，周王、周公等在许多诰命文字中就已对统治阶层谆谆告诫如何治国保民的道理。例如，在《尚书·康诰》中，周公告诫卫康叔：

> 王曰：“呜呼！封。汝念哉！今民将在祗遹乃文考，绍闻衣德言，往敷求于殷先哲王，用保乂民。汝丕远惟商耇成人，宅心知训。别求闻由古先哲王，用康保民，弘于天若。德裕乃身，不废在王命。”
>
> 王曰：“呜呼！小子封。恫瘝乃身，敬哉！天畏棐忱，民情大可见。小人难保；往尽乃心，无康好逸豫，乃其乂民。我闻曰：‘怨不在大，亦不在小；惠不惠，懋不懋。’已，汝惟小子，乃服

惟弘王，应保殷民；亦惟助王宅天命，作新民。”

王曰：“呜呼！封。敬明乃罚。人有小罪非眚，乃惟终，自作不典；式尔，有厥罪小，乃不可不杀。乃有大罪非终，乃惟眚灾适尔，既道极厥辜，时乃不可杀。”……①

讲的都是用贤保民、明德慎罚等治国的道理，从中可见周人以小邦周取代大邦殷之初战战兢兢、如履薄冰的统治心态，亦可见周人以“德”治国的特点。再如，《无逸》篇周公告诫说：“呜呼！继自今嗣王，则其无淫于观、于逸、于游、于田，以万民惟正之供。”②；《秦誓》中秦穆公自责道：“责人斯无难，惟受责俾如流，是惟艰哉！”③；《逸周书·程典》中文王对诸侯说：“助余体民，无小不敬，若毛在躬，拔之痛，无不省。……于安思危，于始思终，于迩思备，于远思近，于老思行，不备，无违严戒。”④ 云云。诸如此类的例子甚多，无须多举。

尤可注意的是《逸周书》。这部被认为是孔子编《尚书》百篇之余的著作，保存了许多早期的宝贵资料，其中有些与《尚书》的记言记事体裁相似，但还有一些反与后来的诸子几无二致。例如今传本前三篇：《度训》《命训》《常训》。黄怀信认为：“三篇动辄云‘明王’如何如何，显然是王者师的口气，故以‘训’名。”并举《国语》之《郑语》《楚语上》有“训语”“训典”之说，认为“三《训》有可能出自西周。不过以文字观之，似当为春秋早期的作品”⑤。书的后半还有《本典》《官人》以至《太子晋》《周祝》等十数篇，有的虽采用了早期册命训诰的形式（如《本典》《官人》），但其内容反与《度训》三

① （汉）孔安国传，（唐）孔颖达等疏：《尚书注疏》，阮元校勘《十三经注疏》本，台北：艺文印书馆 2007 年版，第 201—206 页。

② 同上书，第 242 页。

③ 同上书，第 314 页。

④ 黄怀信等：《逸周书汇校集注》（修订本），上海古籍出版社 2007 年版，第 168—182 页。

⑤ 黄怀信：《〈逸周书〉源流考辨》，西北大学出版社 1992 年版，第 92 页。

篇相近；有的则近似《国语》记言的形式，如《太子晋》。刘起釪评曰："在书的较前面的《度训》《命训》等三、四篇及后半段《本典》《官人》以至书末《周祝》《铨法》等共十一、二篇，已经没有《尚书》所载周王朝统治者的'诰誓号令'等文体，而同于战国时诸子百家驰骋论说的文章，有的甚至近于战国后期的文章，因此这些篇章与史臣的记言记事之文已完全不同。"还有：

(5)《武称》《允文》《大武》《大明武》《小明武》《柔武》《武顺》《武寤》《文政》《武纪》等十余篇，是战国兵家之作。

(6)《籴匡》《谥法》《明堂》《王会》《职方》《器服》等篇，与战国至汉代《礼》家书同。(其中《职方》篇即《周礼·夏官·职方氏》全文)

(7)还有显然成于汉代之文，如《周月》《时训》《殷祝》等篇就是。

因此后面这四种30余篇，只能算作战国以来私家作品，不能看作记载"诰誓号令"的官书。①

至于这些篇章写成时代等问题，固然可以讨论，因为它们看起来晚出的原因完全有可能是经过了后人的编纂润饰。而它们是否是私家作品并不重要，重要的是它们看起来与私家作品没有分别，却被收在官方著作之中。

如果我们再看一下另一类官方著作——《国语》类的史书，也许就会明白，从官守之学到诸子，其实仅一步之遥。如《周语下》"灵王二十二年谷、洛斗"章载：

灵王二十二年，谷、洛斗，将毁王宫。王欲壅之，太子晋谏

① 刘起釪：《尚书学史》，中华书局1989年版，第96、97页。

曰："不可。晋闻古之长民者，不堕山，不崇薮，不防川，不窦泽。夫山，土之聚也。薮，物之归也。川，气之导也。泽，水之钟也。夫天地成而聚于高，归物于下。疏为川谷，以导其气。陂塘污庳，以钟其美。是故聚不阤崩，而物有所归。气不沈滞，而亦不散越。是以民生有财用，而死有所葬。然则无夭昏札瘥之忧，而无饥寒乏匮之患，故上下能相固，以待不虞。古之圣王，唯此之慎。"

……

"天所崇之子孙，或在畎亩，由欲乱民也。畎亩之人，或在社稷，由欲靖民也。无有异焉！《诗》云：'殷鉴不远，在夏后之世。'将焉用饰宫？其以徼乱也！度之天神，则非祥也。比之地物，则非义也。类之民则，则非仁也。方之时动，则非顺也。咨之前训，则非正也。观之《诗》《书》，与民之宪言，则皆亡王之为也。上下议之，无所比度，王其图之！夫事，大不从象，小不从文，上非天刑，下非地德，中非民则，方非时动，而作之者必不节矣。作又不节，害之道也。"

王卒壅之。及景王，多宠人，乱于是乎始生。景王崩，王室大乱。及定王，王室遂卑。①

太子晋这一大段宏论，总计 1173 字，足以抵一篇诸子时代的长篇论文。诸如此类的长篇大论在《国语》中十分常见，如"虢文公谏宣王不籍千亩"，何尝不是一篇《礼》家之作？"单穆公谏景王铸大钟"，则无疑可与《乐记》并观。

这种论述的特点是，由于是就某一个问题向君王进谏，所以话题集中，反复论证，往往引证历史故事、前人言论及《诗》《书》等经典文献。这与较后起的《庄子》《荀子》《韩非子》《吕氏春秋》等专论体著作非常相近，应该说，诸子的专论体著作是对《逸周书》《国语》中

① 徐元诰撰，王树民、沈长云点校：《国语集解》，中华书局 2002 年版，第 92—102 页。

部分文字的继承和发展。

因此，综上三个方面可见，诸子私家著述的文体，不论是语录体、对话体，还是丛编故事体，以及专论体，等等，都是对官学著述的继承和发扬。若从这个意义上讲，说“诸子出于王官”应该是没有问题的。

出土文献中上述各种情况都可以见到，今以上海博物馆藏战国楚简为例，简述之如下。

上博简的《孔子诗论》《缁衣》《民之父母》《子羔》《鲁邦大旱》《中弓》《相邦之道》《季庚（康）子问于孔子》《君子为礼》《弟子问》《孔子见季桓子》《子道饿》《颜渊问于孔子》等篇为记录师长的言行；《从政》（甲乙篇）、《昔者君老》、《内豊（礼）》、《三德》、《天子建州》（甲乙本）等篇则可能是弟子听课的笔记，多讲礼仪制度方面的内容；《竞建内之》《鲍叔牙与隰朋之谏》《竞（景）公疟》等篇可能出自儒者之手；《曹沫之阵》则为兵家言；《鬼神之明》被认为是《墨子》佚文①；《慎子曰恭俭》有学者认为是《慎子》佚文②；术数之书也喜采用语录的方式，如医家的《彭祖》；《昭王毁室》、《昭王与龚之雕》、《柬大王泊旱》、《融师有成氏》、《庄王既成》和《申公臣灵王》、《平王问郑寿》、《平王与王子木》、《武王践阼》、《郑子家丧》（甲乙本）、《君人者何必安哉》（甲乙本）、《吴命》、《成王既邦》、《命》、《王居》、《志书乃言》等篇，是以历史故事说理的。

第四节　官学的著述与经典的生成

明了史官时代的著述意识及著述方式之后，接下来我们所要详细介绍的，是各类文献材料的生成过程、形式特点和演进历程。

---

① 马承源主编：《上海博物馆藏战国楚竹书（五）》，上海古籍出版社2005年版，第307页。

② 李锐：《上博简〈慎子曰恭俭〉管窥》，《中国哲学史》2008年第4期。

在史官时代，文字的书写远不是纯粹的创作，而是直接服务于行政的需要。易言之，实践性和应用性是史官时代及以前著述的首务，而这些文字几无例外是官学的产物，所以也可以说它们都是为统治者服务的。与当今政府公文或法律文书不同的是，由于当时社会还带有巫觋时代原始宗教的身影，故而当时的文字莫不有神道设教的味道。

一　龟卜筮占与“易”的生成

甲骨占卜是商人借以判断吉凶休咎的主要的但不是唯一的工具，另一个重要手段是筮占，在商代晚期开始流行。以前认为筮占的出现可能要晚于骨卜，但21世纪初在跨湖桥文化遗址发现的一件鹿角器和一件木锥上有8组刻划符号，被认为应该与青墩遗址①、平粮台遗址②的符号一样，都是早期卦画符号。更令人吃惊的是，跨湖桥所出卦画符号距今约8000年，大多为重卦，仅一例为单卦，这就把所谓文王重卦的时间提前了5000年③！汪宁生曾认为：“若就筮法的开始来说绝不会晚于卜法。只是卜法所用龟骨易于保存，筮法所用蓍草之类不能保存而已。”④看来他的观点可能是对的。

王宇信、杨升南认为，这种筮占法与骨卜视兆象以断吉凶不同，是数占，是用蓍草按照一定规则进行验算，以验算所得数字为据来判断吉凶祸福。据考古发现，早期的数字卦符号多见于日用陶器、陶范、磨

---

① 江苏省海安县青墩遗址属新石器时代晚期的良渚文化，1979年出土的骨角柶和鹿角枝上有易卦刻文，见张政烺《试释周初青铜器铭文中的易卦》，《考古学报》1980年第4期。

② 河南省淮阳县平粮台遗址是河南龙山文化的古城，2006年发现一件残破的陶纺轮，上有一阴刻符号，“经清华大学李学勤教授辨识，认为框线中的‘㕝’形符号可以理解为八卦中的䍃（离）卦，并认为在平粮台发现与八卦有关的文字，确是一个重大发现，因为当地是传说中画卦的伏羲的都城‘太昊之墟’”。见张志华、梁长海、张体鸽《河南平粮台龙山文化城址发现刻符陶纺轮》，《文物》2007年第3期。

③ 王长丰、张居中、蒋乐平：《浙江跨湖桥遗址所出刻划符号试析》，《东南文化》2008年第1期；柴焕波：《跨湖桥契刻考释》，《湖南考古辑刊》第8集，岳麓书社2009年版，第156—159页。

④ 汪宁生：《八卦起源》，《考古》1976年第4期。

石、青铜礼器及占卜甲骨等，可能最早主要流行于社会中下层，至商代晚期开始被上层采用，因此出现卜筮并用的现象。武丁时期主要是三爻的单卦和四爻的互体卦，后来发展为五爻的互体卦和六爻的重卦，至商末便主要为六爻了。又，据有的龟甲上刻有“阜九、阜六”的爻数，与《周易》老阳为九、老阴为六相合，说明商人筮占实与《周易》一脉相承。而这些商代刻有筮数的甲骨，有的兼记卜辞，与《尚书·洪范》所载“立时人作卜筮，三人占，则从二人之言”的卜筮并用之法相吻合，应该是卜、筮相参照的关系。有的卜骨上记有“吉”的兆辞，与筮占相对照，可知晚商已产生“卜吉则筮”或“筮吉则卜”的占卜礼制[①]。周原甲骨及西周青铜器上的数字卦符号更为常见，由此可见筮占的渐渐兴盛，亦可推想《周易》的逐渐形成。

《周易》是今知最重要的但不是唯一的筮占文献，《周易》之外，还有《连山》《归藏》。据《周礼·春官》：“（大卜）掌三易之法，一曰《连山》，二曰《归藏》，三曰《周易》。其经卦皆八，其别皆六十有四。”[②]《初学记》卷二十一引《帝王世纪》曰：“庖牺氏作八卦，神农重之为六十四卦，黄帝、尧、舜引而伸之，分为二易。至夏人因炎帝曰《连山》，殷人因黄帝曰《归藏》，文王广六十四卦，著九、六之爻，谓之《周易》。”[③] 然而《连山》《归藏》亡佚已久，《汉志》不载，但桓谭《新论·正经篇》曰：“《易》一曰《连山》，二曰《归藏》，三曰《周易》。《连山》八万言，《归藏》四千三百言。夏《易》繁而殷《易》简，《连山》藏于兰台，《归藏》藏于太卜。”[④]《隋志》已不载《连山》，《隋志》《唐志》载《归藏》十三卷，《宋志》犹存三卷，然《隋志》说：“《归藏》，汉初已亡，案晋《中经》有之，唯载卜筮，不

① 王宇信、杨升南：《甲骨学一百年》，社会科学文献出版社 1999 年版，第 217—219 页。
② （清）孙诒让：《周礼正义》，中华书局 2000 年版，第 1928—1932 页。
③ （唐）徐坚等编：《初学记》，中华书局 1962 年版，第 497 页。又见《太平御览》卷六〇九。
④ （汉）桓谭撰，朱谦之校辑：《新辑本桓谭新论》，中华书局 2009 年版，第 38 页。

似圣人之旨。”[①] 则隋唐以后流传之《归藏》似乎与《北史·刘炫传》所载刘炫伪造之《连山》类似，皆非两汉之旧。然而皇甫谧《帝王世纪》、郦道元《水经注》各引有《连山》一条，柯劭忞认为当是古之佚文；柯氏又据王国维以《太平御览》卷八十二引《归藏》“桀筮伐唐”之语，商汤之名作“唐”同于甲骨卜辞，遂以为可证《太平御览》所引者确为殷代古经[②]。

然而，如果细读典籍所引《连山》《归藏》佚文，我们会发现，其实二者很难说就是夏商古经。如上举《帝王世纪》《水经注》引《连山易》文：

> 1. 《连山易》曰：有崇伯鲧，伏于羽山之野。[③]
>
> 2. 《连山易》曰：禹娶涂山之子，名曰攸女，生启。[④]

根据上一章的研究，且不论夏代是否有成熟的文字体系，即如此流畅的文句亦断非夏代所有。而关于《归藏》的佚文，较《连山》为多，但仅据一“唐”字便认为此条为殷代古经，则未免太过草率。此条在《太平御览》卷八十二及卷九百一十二两引之：

> 昔桀伐唐而枚占于营营或曰：“不吉。不利出征，唯利安处，彼狸为鼠。”（《太平御览》卷八十二）[⑤]

---

① （唐）魏征、令狐德棻撰：《隋书》，中华书局1973年版，第913页。

② 中国科学院图书馆整理：《续修四库全书总目提要·经部·易类》，中华书局1993年版，第2页。

③ （北魏）郦道元著，陈桥驿校证：《水经注校证》，中华书局2007年版，第715页。

④ （宋）李昉等：《太平御览》卷一百三十五引《帝王世纪》，中华书局1960年版，第656页。

⑤ 本文用中华书局1960年缩印商务印书馆影宋本《太平御览》，引文见第一册第385页，原文多一“营”字，马国翰以为末句脱“为我”二字，当同卷九百一十二作“彼为狸，我为鼠”，见（清）马国翰《玉函山房辑佚书》，广陵书社2005年版，第37页。以下所引马氏辑本不再一一出注。

昔者桀筮伐唐，而枚占荧惑曰："不吉。彼为狸，我为鼠，勿用作事，恐伤其父者也。"（《太平御览》卷九百一十二）①

两条略异，虽所述为夏末之事，但所用爻辞为整齐的韵语，且较《周易》更显通俗，似非殷商古经。实则王国维本人也并未判定此《归藏》爻辞为殷人所作，只是借以释卜辞之"唐"为商汤之"汤"而已。并且，王国维在文中还举出一例：

《博古图》所载齐侯镈钟铭曰："虩虩成唐，有严在帝所，尃受天命。"又曰："奄有九州，处禹之都。"②

这个齐侯镈钟即《殷周金文集成》272—285 著录的《叔尸钟》，宋徽宗宣和五年（1123）出土于临淄齐国故城，时代为春秋晚期齐灵公（前581—前554 年在位）时，可见春秋晚期也有以"唐"为"汤"者。无独有偶，1978—1979 年于河南固始县侯古堆一号墓出土的《宋公栾簠》（《集成》4589、4590）铭文曰："有殷天乙唐孙宋公栾作其妹句敔夫人季子媵"，宋公栾即宋景公（前 516—前 469 年在位），宋国为殷遗，他们自己也是用"唐"字，足见这在先秦是较为普遍的用法。

1993 年 3 月，江陵王家台秦墓发现一批竹简，其中包括一种《易占》文献，与传世的《归藏》佚文相同或相似，引起学界研究热潮，普遍认为这就是失传已久的《归藏》。鉴于秦简《归藏》对于我们理解易类文献生成、流变的特点具有特殊意义，有必要在此较为详细地梳理一下其有关问题。

---

① （宋）李昉等：《太平御览》，中华书局 1960 年版，第 4040 页。

② 王国维：《观堂集林》卷九《殷卜辞中所见先公先王考》，谢维扬、房鑫亮主编《王国维全集》第八卷，浙江教育出版社 2010 年版，第 277 页。

涉及易理的辨析未免见仁见智，而考虑到古书生成与流传的特殊性，正如廖群所言：“先秦时代尚无著作意识，各种典籍的成书都有一个不断增辑的过程……简文中有涉及周代事件的文字，并不奇怪。”[①]亦如李零所说：“古代数术之书有不断改写的习惯，准确定点无异刻舟求剑，我们只能求其大致的时间范围。”[②] 因此，本文无意为《归藏》“定点”——确定其生成年代或与《周易》孰先孰后，而是希望通过《归藏》的研讨，能略知“易”类文献生成、流传的概况。

虽然《周礼·春官·大卜》及《筮人》都记载有所谓三易：《连山》《归藏》《周易》，但《汉志》并未著录《连山》《归藏》二易，而据《隋志》，《归藏》则有十三卷，新、旧《唐志》同，至宋则仅余三篇，《崇文总目》《中兴书目》皆载有《初经》《齐母经》《本蓍》三篇，且“文多缺乱，不可训释”（《中兴书目》）[③]。宋以后这缺乱的三篇也亡佚了。清代严可均、马国翰等从《北堂书钞》《初学记》《太平御览》等类书以及《文选》注、《山海经》注等注文中对《归藏》进行了辑佚，辑佚的条目大致分属于《初经》《齐母经》《郑母经》《本蓍》《启筮》等五篇，还有一些无篇名可考的逸文。

通过对《归藏》简的分类比较，并与辑本《归藏》相对照，《归藏》简在内容上可以归为三类：第一类乃是一种占卜记述，其格式为“卦画＋卦名＋曰＋昔者某人卜某事而支占某筮人＋筮人占之曰吉或不吉＋繇辞”；第二类则仅具其中的一部分，即“卦画＋卦名＋曰＋繇辞”；还有一类与前二者不同，似乎专记神怪之事。

其中，第二类所记各卦卦辞，多四言韵语，格调奇古，可能时代最早。此类与马氏辑本《齐母经》相似，但马氏仅辑有一条：

---

① 廖群：《先秦两汉文学考古研究》，学习出版社 2007 年版，第 66 页。

② 李零：《跳出〈周易〉看〈周易〉——“数字卦”的再认识》，《传统文化与现代化》1997 年第 6 期。

③ 赵士炜：《中兴馆阁书目辑考》，国立北平图书馆《古逸书录丛辑》1933 年铅印本，第 1 页。

瞿：有瞿有觚，宵梁为酒，尊于两壶，两羭饮之，三日然后苏。士有泽，我取其鱼。

这条辑自邢昺的《尔雅疏》，是邢昺以所见《归藏》原文补充郭璞注之不足，所以这条属《齐母经》应是可信的。联想到李过将六十卦置于《齐母经》之下的做法，所以我们推想《齐母经》中至少有六十卦是如瞿卦（今本《周易》之睽卦）一样，卦名之下是一段韵文卦辞。而这种情况恰在简本《归藏》中有9条简文明确或可能采用了上述形式。因此，笔者推测此9条简文可能是《归藏·齐母经》之文。今将此9条简文列之于下：

471 ䷢毋亡　出入汤汤，室安处而壄（野）安藏，毋亡☒

563 ☒比　曰：比之筞筞，比之苍苍，生子二人，或司阴司阳☒

216 ䷇比　曰：比之茉=，比之苍=，生子二人，或司阴司阳，不□姓□☒

181 ䷀天　曰：朝=不利，为草木赞=，偁下□☒

334 ☒兑　曰：兑=黄衣以生金，日月并出，兽□☒

207 ䷏介　曰：北=黄鸟，杂彼秀虚，有藙者□□有□□人民☒

463 ䷴遂　曰：遂亘以入为羽，不高不下，即利初事，有利□☒

537 ䷨筮　曰：筮□之□，筮盍之□□☒

317 ䷼中絕　曰：啻□卜☒[①]

这些繇辞与《周易》的某些卦爻辞很相近，如“鸣鹤在阴，其子

① 前两条见王明钦《试论〈归藏〉的几个问题》，古方等编《一剑集》，中国妇女出版社1996年版，第110、111页。后七条见王明钦《王家台秦墓竹简概述》，艾兰、邢文编《新出简帛研究》，文物出版社2004年版，第30—32页。标点为笔者所加。本书以下所引秦简《归藏》皆据上述王氏二文，不具注。另，简181“曰”原作“目”，此据廖名春说改，廖名春《王家台秦简〈归藏〉管窥》，《周易研究》2001年第2期。

和之。我有好爵，吾与尔靡之”（《中孚》九二爻辞）、“夬，扬于王庭，孚号有厉，告自邑，不利即戎，利有攸往”（《夬》卦辞）等①。但并非所有《周易》卦爻辞都具有这样的歌谣式特征，应该说《周易》卦爻辞的大部分已不具有歌谣的特征。王传龙基于二者对比的事实，引用梁启超、闻一多的观点，提出歌谣是未有文字之前就已存在、为便于传诵而形成的，其成书反倒有可能较晚，因此认为：“从历史的进程来言，早期的占卜是由巫师通过某种仪式唱诵出占卜的结果，经过一段相当长的时间，这种唱诵的歌谣才被文字记录下来，并最终整理成书。这也意味着，《归藏》的产生时间非常早，可断言应早于《周易》。”② 但我们见到的甲骨卜辞却并未有太多唱诵的歌谣，因此仅凭歌谣早于散文这样的泛泛之谈就断言《归藏》一定早于《周易》似乎证据过于薄弱。

第一类是占卜事件的记述，但其中占卜者及筮人多为传说人物，包括历代帝王、大臣、著名巫师乃至神话人物等，如上帝、女娲、夸父、黄帝、蚩尤、丰隆、禹、夏启、后羿、嫦娥、桀、殷王、赭王、武王、穆天子、宋君、平公等，筮人如荧惑、大明、困京、仲虺、巫咸、夷乌、尚父、耆老、巫苍、神老等。占卜者大多为传说中的帝王，这符合上古时期占卜记述主要为帝王服务的情况，且虽然其中有些帝王在传说中被神化了（如女娲、夸父、黄帝、蚩尤、丰隆、夏禹、后羿等），但并非都是无中生有的，更可能的是有历史存在的原型。大部分筮人我们今天都已不甚了解，可能大都如巫咸一样是上古通神的著名巫师，同时兼具国之重臣的地位（如尚父）。

此类在马氏、严氏辑本中符合《郑母经》的格式，故可能为《郑母经》之文。其中许多所谓占卜记述或许并非历史的真实记录，这一

---

① （魏）王弼、韩康伯注，（唐）孔颖达等正义：《周易正义》，阮元校勘《十三经注疏》本，台北：艺文印书馆 2007 年版，第 133、103 页。

② 王传龙：《“〈归藏〉”用韵、筮人及成书年代考》，《儒家典籍与思想研究》第六辑，北京大学出版社 2014 年版，第 17 页。

点与甲骨卜辞是明显不同的。但也不能排除有些条目与史实相符。如：

> 昔穆天子出师西征，而筮于禺强，禺强占之曰：不吉。龙降于天，而道里修远，飞而冲天，苍苍其羽。①

这与历史上周穆王西征的史实是相符的。《穆天子传》卷五也有非常类似的记载："天子筮猎苹泽，其卦遇《讼》。逢公占之曰：'《讼》之繇：薮泽苍苍，其中□。宜其正公，戎事则从。祭祀则憙，畋猎则获。'"②

还有两条记载宋君和平公的占卜记述，一般认为此二人应是一人，即春秋晚期的宋平公（前 575—前 532 年在位），这两条记述也许是纪实的。

不论是据神话、传说以自神其教的假托编造还是真实的历史记录，《郑母经》似乎不会成于一时一人之手，很可能是经过了较长时间的流传积累，逐渐成书的，这符合先秦古书一般的成书规律。

也许与卜筮本身仍具有强烈的宗教性有关，自神其教可能是其必然的追求。《郑母经》利用神话、传说的痕迹十分明显，第三类筮文则可谓怪力乱神的汇编。此类与辑本中的《启筮》相似，故可能原为《启筮》之文。但传世《启筮》佚文没有卦画、卦名，而且都是只言片语，没有一条完整的，如：

> 1. 瞻彼上天，一明一晦，有夫羲和之子，出于阳谷。
>
> 2. 空桑之苍苍，八极之既张，乃有夫羲和，是主日月出入，以为晦明。
>
> 3. 共工人而蛇身朱发。
>
> 4. 丽山之子，青羽人面马身。

① 此条马国翰辑本为两条，今据李家浩、王明钦说合为一条而略有修改。

② 王贻樑、陈建敏：《穆天子传汇校集释》，华东师范大学出版社 1994 年版，第 291 页。

5. 昔彼《九冥》，是与帝《辩》同宫之序，是为《九歌》。[①]

简本《归藏》中有4条可能属于此类，未知是否，今列之于下：

501 [illegible][illegible] 曰：不仁。昔者夏后启是以登天，啻（帝）弗良而投之渊，[illegible]共工以□江□☒

461 [illegible]履 曰：昔者羿射陼比庄石上，羿果射之，曰履。□☒

212 [illegible]麗 曰：昔者赤乌止木之遽，初鸣曰“鹊”，后鸣曰“乌”，有夫取妻，存归亓家。☒[②]

503 [illegible]陵 曰：昔者赤乌卜浴水通而见神，为木出焉，是啻（帝）☒

以上4条与简文的其他各条不类，而所述多神怪，多与《山海经》中的神话相关，似与辑本《启筮》相类，因此笔者推测可能属《启筮》篇。考虑到《归藏》原有十三篇，还有不少篇名及其内容我们是不知道的，而且，上述4条简文皆有残缺，也许这里的推测是错误的。但此4条简文仍有其特点值得注意，即各条皆以卦画、卦名开头，然后是“曰+昔者”，只是不同于《郑母经》的格式，后面不是占卜记述。从简461看，似乎是讲《履》卦的缘起，“昔者羿……羿果……”，似谓本欲做某事，后来果然做成，故曰“履”，践履之义。但各卦是否皆可如此解释尚难论证，姑此存疑。但如果是讲各卦缘起，则具有更强烈的自神其教意味了。

辑本《归藏》还有《初经》《本蓍》两篇。《本蓍》讲蓍草的特

① 马氏辑本此条及下条“辩”皆误为“辨”。

② 连劭名释“乌”为“舄”，引《说文》曰：“舄，鹊也，象形。”“赤舄”指日中之乌，木指扶桑之木，又名“扶木”，遽指传车，《尔雅·释训》云：“遽，传也。”意谓十日运行，如赤舄乘传，其事多见《山海经》。见连劭名《江陵王家台秦简〈归藏〉筮书考》，《中国哲学史》2001年第3期。

性，是否有其他内容不详。《初经》即八经卦，据李过《西溪易说》，其内容为：

初乾：其争言云云	初坤：荣荣之革云云
初艮：徼徼鸣狐云云	初兑：其言语敦云云
初荦：为庆身不动云云	初离：离监监云云
初釐：燂若雷之声云云	初巽：有鸟将至而垂翼云云①

由小注“云云”可知，李过在引用时省略了不少内容，仅据所引，似乎与《齐母经》很相似。

《归藏·郑母》《齐母》二篇篇名之义，前人莫能解。郑、齐为春秋时先后雄起的强国，初看“郑母”“齐母”，很容易想到郑、齐两国。但由内容看，《郑母经》《齐母经》与郑、齐又没有任何关系。古说《归藏》以坤为首，坤为母，廖名春认为，“郑”在古文中常写作“奠”，“奠”又通“尊”“帝”，故“‘郑母’即‘奠母’，‘奠母’即‘尊母’‘帝母’，即以母为尊，以母为主”之意②。此说虽未必正确，但较合理。“齐”字之义，《说文解字》曰：“禾麦吐穗上平也，象形，凡齐之属皆从齐。”徐错曰：“生而齐者莫若禾麦，二，地也，两傍在低处也。”③ 戴家祥说：“疑上平非齐之初义。《礼·祭统》‘齐之为言齐也。齐不齐以致其齐也’。《易·系辞》‘齐大小者存乎卦’，王肃注：‘齐犹正也。’是齐之初义为动词，致不齐者为齐也。”④ 是“齐”为使齐之义，引申为“达到、等同”，此“齐母”，或即向《初经》看齐之义。

① （宋）李过：《西溪易说·序》，文渊阁《四库全书》本。

② 廖名春：《王家台秦简〈归藏〉管窥》，《周易研究》2001年第2期。

③ （汉）许慎撰，（宋）徐铉校定，愚若注音：《注音版说文解字》，中华书局2015年版，第139页。

④ 戴家祥：《金文大字典（下）》，转引自李圃、郑明主编《古文字释要》，上海教育出版社2010年版，第677页。

"母"非仅可指坤卦，还可指原初、根本，亦可指本经。故"齐母"或即等齐于"初经"，而"郑母"则为"尊经"。也许这就是为什么《齐母经》特征类似《初经》，而《郑母经》是运用《初经》《齐母经》之卦辞进行卜筮的记录了。

以上推测若正确，我们不难设想，《归藏》可能是一种很古老的筮占方式，在发展演变的过程中逐渐形成了歌谣式的卦辞，是为《初经》《齐母经》；其后一些著名的占例也在流传并积累，最终形成《郑母经》；在自神其教理念的支配下，《郑母经》出现了一些借重神话传说中帝王、重臣、名巫的内容，《启筮》中则完全是类似《山海经》的神、怪、人、物。

我们知道，《周易》上下经的时代，多数学者认定为在西周初叶①，在证据不足的情况下，应慎言《连山》、《归藏》与《周易》时代的早晚，但三易在相当长时间里是并用的，而且显然互有影响。在《左传》《国语》中有些筮占之法、筮占之辞不见于今本《周易》，故常被认为可能是《连山》《归藏》易②。而在《易传》之《说卦》中，很早就被注意到保存有《连山》《归藏》的遗说③，金景芳也认为《说卦传》是"《连山》《归藏》二易遗说"④。早在20世纪80年代，于豪亮就注意到马王堆帛书《周易》有两个卦名与《归藏》有关⑤，新发现的清华简之《筮法》《别卦》，更与《说卦》和《连山》、《归藏》密切相关。据李学勤考证，《筮法》《别卦》两篇的卦名与《归藏》多同，其卦序也与《归藏》相同，并体现了《说卦》"乾坤六子"说⑥。贾连翔则指出："中国

① 顾颉刚：《〈周易卦爻辞〉中的故事》；余永梁：《〈易卦爻辞〉的时代及其作者》；李镜池：《〈周易〉筮辞考》，皆见《古史辨》第3册，上海古籍出版社1982年版。

② 对此，历代学者多有研究，可参看邢文《〈左传〉、〈国语〉筮例的再认识》，《国际儒学研究》第四辑，1998年。

③ 廖名春：《〈周易〉经传与易学史续论：出土文献与传世文献的互证》，中国财富出版社2012年版，第232、233页。

④ 金景芳、吕绍刚：《周易全解》（修订本），上海古籍出版社2005年版，第611页。

⑤ 于豪亮：《帛书〈周易〉》，《文物》1984年第3期。

⑥ 李学勤：《〈归藏〉与清华简〈筮法〉、〈别卦〉》，《吉林大学社会科学学报》2014年第1期。

古代筮占从根本上说就是一种数占。三易之中若确以《连山》为最古，上古之时以‘数’称‘筮’是很有可能的，艮、兑倘若又是《连山》的标志，称其为‘数’也许是保留了很古老的称法。”①

虽然我们尚难以详考《周易》及《连山》、《归藏》等易类文献的编成、流传情况，但史料记载及出土文献的研究告诉我们，易类文献应该是从非常古老的时代就已萌生，经过了夏商周三代，至西周初年开始形成文字，并在流传过程中不断丰富，层累增加了丰富的内容和思想，形成了复杂多样的筮占流派，它们之间相互影响，但由于复杂的历史原因，特别是儒家学者的选择，最后几乎只剩《周易》流传于世了。

二　赐命铭文与“书”“语”类经典的生成

《尚书》是另一部重要经典。《荀子》曰：“故《书》者，政事之纪也。”②《史记》言：“《书》记先王之事，故长于政。”③《汉书·艺文志》也说：“《书》者，古之号令。”④ 都表明了《书》作为古代行政文档的性质，作为政治智慧的汇总，可以想见《书》在周人心中地位之高。《书》的重要性还在于其法令的效力和权威性。《周礼·大史》言：“凡邦国都鄙及万民之有约剂者藏焉。”郑注：“约剂，要盟之载辞及券书也。”⑤ 过常宝认为“广泛意义上的各类约剂”，“举凡政令、赏赐、结盟，甚至民间的约定、书判等，皆可看作是某种盟约”⑥。《周官·大史》还说：“凡辨法者考焉，不信者刑之。”又：“若约剂乱，则辟法，不信者刑之。”⑦ 可见《书》具有法令效力。《书》作为约剂中最重要

---

① 贾连翔：《从清华简〈筮法〉看〈说卦〉中〈连山〉〈归藏〉》，《出土文献》第五辑，中西书局2014年版。

② （清）王先谦撰，沈啸寰、王星贤点校：《荀子集解》，中华书局2013年版，第13页。

③ （汉）司马迁撰，［日］泷川资言考证，杨海峥整理：《史记会注考证》，上海古籍出版社2015年版，第4317页。

④ （汉）班固撰，（清）王先谦补注：《汉书补注》，上海古籍出版社2008年版，第2912页。

⑤ （清）孙诒让：《周礼正义》，中华书局2000年版，第2081页。

⑥ 过常宝：《制礼作乐与西周文献的生成》，中国社会科学出版社2015年版，第90、133页。

⑦ （清）孙诒让：《周礼正义》，中华书局2000年版，第2080、2082页。

的一类，往往是重大事件、盛大仪式的产物，显得尤为重要。

《书》的生成机制既与当时的史官职能有关，更与周代特殊的社会文化、礼仪制度有关。

《周礼·天官·宰夫》称史的职责是“掌官书以赞治”，郑玄注曰：“赞治，若今起文书草也。”又，《周官·春官·御史》“掌赞书”，郑注：“王有命当以书致之，则赞为辞，若今尚书作诏文。”① 可见史官与《书》关系最为密切；而所谓《书》，应是法规、诏令等官方文书一类。

从《尚书》“六体”（典、谟、训、诰、誓、命）② 可以看得出来，这些无非是帝王在不同场合发表的重要讲话。然则这些讲话是怎样被书写的呢？《汉志》言：“左史记言，右史记事，事为《春秋》，言为《尚书》，帝王靡不同之。”③ 所以《尚书》向被视为记言之书，但事情并非如此简单。因为《尚书》虽以记言为主，但每篇皆非简单记言，而是会交代事情的前因后果。所以葛志毅指出：“《尚书》虽以记言为主，绝非无记事的成分。如《尚书》在记言之前，多有一小节记事以为引子。其著者如《召诰》首先详细记述了营建洛邑的过程等情况，并按日月先后记述了事件的进展，最后才记召公告王与周公之言。此外，《尧典》《禹贡》《金縢》《顾命》等篇，显可视为以记事为主。至后代如朱熹，则以《尚书》为纪事本末体之滥觞。”但这些记事成分是如何加进记言内容之中的呢？葛志毅认为：“《尚书》作为一种史籍形式，乃是史官记言成果的汇编，但是为使所记言论的意义内容被人理解，必须添加一些社会历史背景及导致的社会效果等记事成分，以为助益理解的解释说明文字。又如，《国语》以记列国王公卿士之言为主，但亦附有少量的记事成分。这种记事成分多为说明所记言论的社会历史背景及所言是否应验的后果参证等。这样，记事成分虽是记言内容的附庸，但

① （清）孙诒让：《周礼正义》，中华书局 2000 年版，第 193、2140 页。

② 这是《尚书序》的说法。关于《尚书》的文体或体例，陈梦家《论尚书体例》有非常详细的论述，见陈梦家《尚书通论》（外二种），河北教育出版社 2000 年版，第 348—364 页。

③ （汉）班固撰，（清）王先谦补注：《汉书补注》，上海古籍出版社 2008 年版，第 2935 页。

却是使史籍内容完具起来的活化剂，必不可少。……《尚书》《国语》中的记事成分，很可能是史官在整理编录档案时补记的。进一步的可能，就是史官据原有档案进行过剪裁组织加工。经史官这样做之后，原来的文件档案便被赋予史籍的性质。”因为相信史书的记事行为是从甲骨、金文的记事性文字发展来的，而甲骨、金文的记事具有神圣的法权性质，所以葛氏认为：“随着社会的发展，法权关系日益扩大的需要，于是在甲骨、金文中表现出的记事内容，也适应史官的需要并向着规范化的形式完善起来。一旦这种规范的形式固定为史官的记事方式时，史官的记事之职乃最后形成，这就是编年记事的方式。这样由甲骨、金文等实用性法权文件中表现出的记事内容，发展为编年纪事的方式，再到《春秋》《尚书》等史籍的编纂。”[①] 由甲骨、金文的记事，发展到《尚书》《春秋》的记事，是否历史真的有这样一个过程？还是另有一番历史的真实？这是需要具体考查相关的史籍和甲骨、金文的情况的。

笔者在第二章第三节提到，巫觋时代的著述与文字崇拜关系密切，周代虽然在思想文化上发生了极大的变化，但文字崇拜与宗教崇拜的氛围依然浓厚。事实上，自商代开始，贵族统治者的许多行为，包括祭、祷、祝、命、训、盟、誓、诔等，都以书面的形式，在坛埠宗庙通过神圣庄严的仪式以行之。如《国语·楚语上》记载载商王武丁默以思道，三年不言，卿士患之，武丁于是作书以告臣下曰：“以余正四方，余恐德之不类，兹故不言。”[②] 此段文字据下文看，应出自《尚书·说命》。可能我们会怀疑当时君臣之间这样简单的交流也要以书面的形式，但甲骨文中以书面行事的信息并不少见。如甲骨文有“工典”一词，对此，于省吾的解释是：“工字应读为贡。典即古典字，指简册言之。其言贡典，是就祭祀时献其简册，以致其祝告之词也。商

① 葛志毅：《中国古代的记事史官与早期史籍》，《史学理论与史学史学刊》，社会科学文献出版社 2007 年版，第 109、110 页。

② 徐元诰撰，王树民、沈长云点校：《国语集解》，中华书局 2002 年版，第 503 页。

器天工册父乙毁工册二字合文作䇲册，工册即贡册，古文偏旁往往单复无别。此器乃祭父乙而贡献其册告。又商器父丁盘豆册二字合文作䇲册，豆乃登之省文。登册与贡典同义，此器乃祭父丁而进献其册告。"① 甲骨文还有"册祝"一词，陈梦家认为与《尚书·金縢》之"册祝"、《洛诰》之"祝册"及《逸周书·克殷》《史记·周本纪》中的"策祝"同义，乃以册书祭告之礼，并引《国语》为证："《国语·晋语五》曰'故川涸山崩……策于上帝'，韦昭注云'以简策之文告于上帝'；《国语·郑语》引《训语》述夏衰二龙出，'乃布币焉而策告之'，韦昭注云'陈其玉帛，以简策之书告龙而请其漦'。"② 再如《尚书·召诰》记周公以书面形式命殷人营建洛邑："越七日甲子，周公乃朝用书命庶殷侯甸男邦伯。厥既命殷庶，庶殷丕作。"③

更为常见的是赐命之事，往往采取于宗庙中以宣读册书的形式举行。李峰根据金文资料对册命仪式的一般流程进行了复原，主要包括以下步骤：

1. 周王到达某"宫"（多为王室宗庙）。

2. 受命者进入，由右者陪同，立于中庭。

3. 宣读命令。周王通常把事先准备好的命书交给一位史官（通常是内史尹），由他手持文件，由另一位史官（通常是内史）来宣读。命书的内容主要包括所授官职及职责，赏赐品清单等。

4. 表达谢意。受命者通常会向周王拜手稽首，并颂扬天子的仁德。

---

① 于省吾：《甲骨文字释林》，中华书局1979年版，第71、72页。

② 陈梦家：《尚书通论》（外二种），河北教育出版社2000年版，第352页。

③ 葛志毅指出："当时发布政令的主要形式是书，如《国语·鲁语》：莒太子仆弑纪公，以其宝来奔。宣公使仆人以书命季文子曰：'夫莒太子不惮以吾故，杀其君而以其宝来，其爱我甚矣。为我予之邑，今日必授，无逆命矣。'里革遇之，而更其书曰：'夫莒太子杀其君而窃其宝来，不识穷固，又求自迩。为我流之于夷，今日必通，无逆命矣。'由此例可见当时发命以书的一般情况。"《试论〈尚书〉的编撰资料来源》，《北方论丛》1998年第1期。

5. 文件交接。内史或内史尹将册命文件交给受命者，受命者携带此文件走出庭院。

6. 回到王廷。受命者将命书交给在门外等候的侍从，携带玉璋返回并将之献给周王。

7. 仪式结束，铸器纪念。很多册命金文的内容直接复制了命书的内容，除了对册命仪式的描述，册命金文一般会包括：1）在铭文开始部分介绍册命仪式的日期和地点；2）在描述册命仪式后是献词部分，介绍该器物为谁而做；3）最后一行要求受命者的后代永远使用该铜器。①

当然，诚如李峰所言，这是西周中期以后，特别是西周后期最成熟的册命仪式过程，其所依据的典型材料是颂鼎铭文。

陈梦家则结合金文与传世文献，对册命仪式进行了总结：

（1）王（或诸侯）策命之书谓之册（策）、书、册命、简书、命、命书，亦即西周金文的书、令书（命书）、令册（命册）。

（2）动词“策命”称为命、策命，同于金文的命、令、册命。史官宣读册命，谓之“读书”“繇书”“述命”。繇即读……盛册之具谓之“中”，见王国维《释史》。

（3）史或内史读书而由大史（或司马）秉书、执策，同于金文的史或乍册尹策命而尹氏（或其他史官）之秉令书而授于王。

（4）策命之时，授策于受命者，受命者拜稽首、扬天子休，受策（或受书）以出，出入三觐。

（5）策命之时，王（君）南向，受命者北面，史由王右以策命之。王南向而史在其右，则宣命之史在东而执策之史在西；据金

① 李峰：《西周的政体：中国早期的官僚制度和国家》，生活·读书·新知三联书店 2010 年版，第 108—115 页。

文受命者在中廷北向而在傧者之右，则受命者在中廷之西边的西阶前，面对宣命之史。王立于室南（即前）的阶南，楹在阶北室内，史立于王的右后（即北），故曰读书于两楹之间。受命者之“登”（升）“降”指其上下阼阶。[①]

（6）策命之时，傧者延受命者，赞其升降。傧或相即金文所谓“右”。

（7）内史掌书王命而贰之者，录册命的副本而藏之王室。其授于所命者的简册，则往往刻于彝器，如《祭统》所述《孔悝鼎》曰“悝拜稽首曰对扬以（厥之误）辟之勤大命施于烝彝鼎”，注云“施犹著也……刻著于烝祭之彝鼎彝尊也”。[②]

册命仪式中，仪式的地点、参加者的角色分工、命书的作用最值得注意。仪式往往在王室宗庙举行，如康宫、穆宫、夷宫等，即康王、穆王、夷王之庙，也可能在某位大臣的宗庙，如师戏大室（豆闭毁，《集成》4276）、周师录宫（师艅毁，《集成》4277）等。赐命仪式之所以在宗庙举行，显然与宗法制紧密相关，所谓“宗子维城”，宗子在政治上天然地掌握着一定的特权。之所以在宗庙举行册命仪式，据《礼记·祭义》的说法是：“爵禄庆赏，成诸宗庙，所以示顺也。”[③]《祭统》也有相近的说法：“古者明君爵有德而禄有功，必赐爵禄于大庙，示不敢专也。”[④] 也即在祖先神灵的见证下进行，表现王（或诸侯）对祖先的孝敬、不敢自专，显示出这一权力和过程的神圣性、权威性。

参加者分为授命者和受命者两方。授命者一方显然以王（或诸侯）为中心，秉策之史（通常为内史尹）、宣命之史（通常为内史）起辅助

① 按：此段方位有误。“宣命之史在东而执策之史在西”当作“宣命之史在西而执策之史在东”，“在傧者之右”当作“在傧者之左”。

② 陈梦家：《尚书通论》（外二种），河北教育出版社2000年版，第181—183页。

③ （清）孙希旦撰，沈啸寰、王星贤点校：《礼记集解》，中华书局1989年版，第1233页。

④ 同上书，第1246页。

作用；但恰恰是起辅助作用的史官起草并宣读王命，在事实上发挥着关键作用。受命者一方有受命者本人及傧者（右者）两人，傧者（右者）往往是受命者的上司官长，受命者是整个册命仪式的主角，他接受册命，并把册命的过程及命书内容铸刻于作为纪念品的祭器之上，让自己的子孙世代保留。命书的宣读和授予受命者的过程，表示权力和责任在法权意义上的神圣交接。在此过程中，王作为世俗的统治者，仍要假托祖先的名义行使权力；而受命者在接受赐命之后，也要“受书以归，而舍奠于其庙”[①]，亦即接受命书回来之后，受命者要在家庙中祭告祖先以受命之事。王命的授、受两端都有先王、先祖的神灵在注视着。

在册命仪式中，不仅祖先的神灵一直是无形的参与者，而且命书也发挥着有形的和无形的作用。命书由史官起草并宣读，但它承载的是王命，它的授受是王命的有形转移。《周礼·春官·内史》说：“内史掌书王命，遂贰之。”也就是陈梦家所说的“录册命的副本而藏之王室”。另一方面，命书还会被受命者庄严地收藏于自己的祖庙之中，并将整个过程和命书本身铸刻于彝器上，“传遗后世子孙”。在此，命书不仅是受命者的荣耀，更是法权的象征物，相当于前文所讲的“约剂”。

诚然，我们这里看到的是西周中后期已经发展非常成熟的册命仪式。这个仪式的过程已经十分程式化，每个人所处的位置、所讲的话、做的事以及手中的道具基本是固定的，如非特殊的或特别重要的事件，命书的内容也大体相似。虽然西周早期的铭文远没有如此程式化，但并非没有类似的记载，从这些铭文中我们可以看出册命仪式的成熟过程。周初的铭文往往记载某人因某事受到王（或上级长官）的赏赐嘉奖，因而铸器纪念，如：

> 王伐录子圣，𠭰厥反。王降征令于大保，大保克敬亡遣，王永大保，赐休余土，用兹彝对令。（大保簋，《集成》4140）

① （清）孙希旦撰，沈啸寰、王星贤点校：《礼记集解》，中华书局1989年版，第1246页。

也有载录诰命之文的，如何尊（《集成》6014）：

> 唯王初迁宅于成周。复禹武王礼，祼自天，在四月丙戌，王诰宗小子于京室，曰："昔在尔考公氏，克逨文王，肆文王受兹命。唯武王既克大邑商，则廷告于天，曰：'余其宅兹中国，自兹乂民。'呜呼！尔有虽小子无识，视于公氏，有勋于天，彻命，敬享哉！"唯王恭德裕天，训我不敏。王咸诰，何赐贝卅朋，用作庾公宝尊彝。唯王五祀。

这里主要记载了成王对宗室贵族的训诰。再如大盂鼎（《集成》2837）铭文："唯九月，王在宗周，命盂。王若曰：'……'王曰：'……'王曰：'……'王曰：'……'盂用对王休，用作祖南公宝鼎，唯王廿又三祀。"中间的"王若曰""王曰"部分讲的是周康王对盂的训诰和命赐，康王回顾了商人酗酒亡国的教训和文王、武王的圣德，表示自己要学习文王之德，告诫盂也要以其祖南公为榜样，然后是对盂的任命和赏赐，最后勉励他要恭敬其事，莫违王命。大盂鼎铭完全是一篇类似《尚书·酒诰》《洛诰》之类的训诰之辞，对礼仪的程序记载甚少。

但比大盂鼎稍晚（康王廿又五祀）的小盂鼎（《集成》2839），则较为详细地记录了盂的战功及献俘、饮至、祭祖、大赏等礼仪，陈梦家总结说："全铭记甲申、乙酉两日之事，其地点有所不同。甲申之明、大采和乙酉日王三次各于庙。甲申在明与大采间的某时，盂入三门立中廷。在不同的地点与时辰中，进行不同的仪式。（1）是盂告禽献俘获于周庙，（2）是盂与其他侯伯告周王于中廷，（3）是周王禘先王于庙，（4）是王赏盂于庙。此所记述，相当于《左传》僖廿八城濮之役后，晋军'振旅恺以入于晋，献俘，授馘，饮至，大赏'。"① 这与虢季子白盘铭文所记也很接近。此命约400字，只是锈蚀严重，有些字无法

① 陈梦家：《西周铜器断代》，中华书局2004年版，第109页。

释出。

综合大盂鼎、小盂鼎两篇铭文可见，西周早期的铭文已经完全可与《尚书》《逸周书》中可认定为此时期的篇章相对读，此种记事记言的能力已然具备，不待西周中后期礼仪程式的成熟而后然。引人注意的恰恰是，《尚书》《逸周书》中周初的篇章较多，而礼仪制度更为成熟后的西周中后期反而少了。个中原因并不难理解，因为“书”类虽可泛指各种文书，但作为垂范后世的圣典，《尚书》《逸周书》只选取那些具有重大政治意义的事件和训誓诰命，对于内容无关乎治平的册命，即使非常重要，可能也不会选入。如大保盉（《新收》[①] 1367）铭文：

王曰：“太保，唯乃明乃心，享于乃辟。余大对乃享，令（命）克侯于匽（燕）（使）羌、马、觑、雩、驭、微。”克窨匽（燕），入（纳）土罘厥司。用作宝尊彝。

这是成王封召公之子克为燕侯的命书，虽极重要，但内容上无甚高论，与《说命》《文侯之命》等远不能比，故不会选入《尚书》。

由以上介绍，我们可以得出以下结论。

第一，所谓“记言”，很多时候更可能是代言。从文件的起草到宣读，往往是史官代王行事，不仅铭文中的命书如此，《尚书》中的许多篇章，如《金縢》《大诰》《康诰》《酒诰》《梓材》《召诰》《洛诰》《多方》《多士》《无逸》《君奭》《顾命》《康王之诰》等，多为史官代宣王命[②]。过去习惯上把《尚书》视为记言之史，但实际上其中之言更多是

① 本书遵用学界引用甲骨、金文之惯例，仅随文标注所收书籍简称及器铭编号，不注页码。《新收》指钟柏生、陈昭容、黄铭崇、袁国华《新收殷周青铜器铭文暨器影汇编》，台北：艺文印书馆印行2006年版。

② 陈梦家：《王若曰考》，《说文月刊》，1944年；又见《尚书通论》，河北教育出版社2000年版，第163—189页。关于“王若曰”的含义，学界讨论甚多，董作宾、于省吾、谭戒甫、张怀通、彭裕商等人，各种说法不一，参彭裕商《“王若曰”新考》，《四川大学学报》（哲学社会科学版）2014年第6期。

史官代言，而非实录口语。在上一章我们就已论及，文字的产生与巫觋紧密相关，而巫觋对文字的使用起初并非为了记录语言，而是沟通神灵，因此有学者认为，汉字最先发展起来的是文言，这在甲骨文就已十分显著[①]，它不是口语的记录。史官记言究竟从何时开始？笔者认为可能是西周中期渐渐兴起的，这从《国语》可见一斑，下文将有论述。

第二，传世的、具有政治教科书性质的《书》选取的是具有重大政治意义的作品，一般的、广义的“书”往往只作为法权意义的“约剂”被史官存档，并被获得封赏的一方保存于宗庙、铸刻于彝器。

第三，书类文献的写作能力在周初甚至更早就已完全具备，《春秋》那样的编年纪事可能要晚一些，但《尚书》中周初的多数诰、誓等，可能是史家的原笔。由金文与《尚书》的相似，我们固可推测，当时的人们已经具备撰写《尚书》类文献的能力；而《尚书》类文献的撰成，应该也如金文一样，并非只是纯粹的文档移录，而是会有前因后果的交代或补充。这个工作应该是由史官完成的，但是目前我们没有相关的材料，无法说明史官是在什么样的动机下完成这一工作的。金文对于册命文书的移录，应该是有补充说明事情原委的需要的，否则经过若干年后就会难以明白其中的内容。而史官（可能是内史）不仅负有保存文档的职责，还有监督、规谏君王的职责。《史记·晋世家》记载：“成王与叔虞戏，削桐叶为珪，以与叔虞，曰：‘以此封若。’史佚因请择日立叔虞。成王曰：‘吾与之戏耳。’史佚曰：‘天子无戏言。言则史书之，礼成之，乐歌之。’于是遂封叔虞于唐。”[②] 史佚又称史逸、作册逸或尹佚、尹逸，是周初的重臣，也是作册（后来称为内史）的长官。王国维说：“内史之官虽在卿下，然其职之机要，除冢宰外，实为他卿所不及。自《诗》《书》彝器观之，内史实执政之一

---

① ［法］汪德迈：《中国思想的两种理性：占卜与表意》，金丝燕译，北京大学出版社 2017 年版。

② （汉）司马迁撰，［日］泷川资言考证，杨海峥整理：《史记会注考证》，上海古籍出版社 2015 年版，第 1996、1997 页。

人。其职与后汉之尚书令，唐宋之中书舍人、翰林学士，明之大学士相当，盖枢要之任也。”① 这在史佚身上体现得尤为突出，其事迹略见《尚书·洛诰》《逸周书·克殷》《世俘》及《左传》《国语》《史记》《礼记》《大戴礼记》《新书》《淮南子》《说苑》《汉书》《后汉书》等。上引《晋世家》“桐叶封弟”的故事说明史佚有监督天子的职责，据《大戴礼记·保傅》和《新书·保傅》所说，史佚乃“博闻强记，捷给而善对”的四辅之承，是与周公、召公、太公并称的“四圣”之一，他在武王灭商的过程中发挥了极大的作用②。

葛志毅引《左传》《国语》中夏商时代的训典之后，说：“至周代，由于贵族重视规谏劝诫，训典之书更多。如《国语·周语》谓不修后稷以来之‘训典’，《书·酒诰》：‘聪听祖考之遗训’，《顾命》：‘嗣守文武大训’。《顾命》又载成王崩，陈宝有《大训》，孔传解为‘虞书典谟’。按此《大训》殆是与成王有关的训典。如《逸周书·武儆》载：‘惟十有二祀四月，王告梦，丙辰，出金枝（板）《郊宝》，《开和》细书，命诏周公旦立后嗣，属小子诵，文及《宝典》。’按此乃武王命周公立成王事。《郊宝》《开和》已不详，殆是与立后有关的训典。《宝典》则见于今传《逸周书》，乃周公与武王对话，其中多修身治政可奉为典则之言，故武王命周公立成王时用作训典。《逸周书》所载多训典之文……所谓‘史献书’、‘史为书’及‘史不失书’等，乃史官因其‘掌官书’的职务特征，因而得专以所掌之书作为尽规诲之职的特殊形式。这类书与训典类文书同掌于史官，亦属于同类性质。与规谏制度在周代政治活动中的重要地位相应，它们在史官职务中亦占有相当比重，因而亦成为史职的重要职责内容。”③ 葛氏所言是极有道理的，虽然我们难以弄清史官是何时、如何把那些训诰誓命等文书编纂成有头有尾的

① 王国维：《观堂集林·释史》，《王国维全集》卷八，浙江教育出版社 2010 年版，第 177 页。

② （清）王聘珍撰，王文锦点校：《大戴礼记解诂》，中华书局 1983 年版，第 54 页。

③ 葛志毅：《史献书与史鉴思想考源》，《史学集刊》2001 年第 2 期。

形式，但既然他们负有监督、规谏君王之职，难免会于适当的时机将之编写好，并以之为谏诫君主的工具。

另外，史官作为执掌图书的官员，博闻强记、博览史书也是分内之事，出于其自身阅读的方便，他们也不会仅仅守着这些文书档案，而可能将之编辑成首尾完具的故事。《左传·昭公十五年》载周景王批评籍谈数典忘祖说："……且昔而高祖孙伯黡司晋之典籍，以为大政，故曰籍氏。及辛有之二子董之晋，于是乎有董史。"① 考虑到列国分封都会有"祝宗卜史"等职官，而晋也有"怀姓九宗，职官五正"（《左传·定公四年》）②，籍氏之祖孙伯黡应该就是"职官五正"之一，他们世代"司晋之典籍"。既然"司晋之典籍"应该知道册命晋国的命书中所记之赏赐，则此命书已为"典籍"，不再是简单的文书档案，即如葛志毅所提的各种训典，然则籍氏所司的晋国命书应该是经过编辑加工了的，此事可能发生在叔虞被册命为唐侯不久，主持编辑加工者有可能就是孙伯黡。

既然史官有监督、规谏君王的责任，那么真正的记言也就容易理解了。虽然《史记·晋世家》引史佚之言说"天子无戏言，言则史书之"，但究竟当时是不是已经有史官负责记录天子的言行，现在还不敢肯定。西周中期是一个重大转折时期，昭王、穆王时西周国力达到顶峰，但与此同时也露出衰败之象。昭王四处征讨，最后淹死在汉水；穆王欲使车辙马迹遍天下，但东有淮夷叛乱，西有荒服不至。强大的国力往往令统治者妄自尊大，再没有筚路蓝缕的创业者们临深履薄、握发吐哺的勤勉无逸。此时，倒是那些贤明的大臣还能做到头脑清醒，站出来指正周王的言行。因此，我们从《国语》中看到的，这些"语"的最早记录在穆王时期，恐怕与当时的历史变故不无关系。而《尚书·周书》记录西周王事亦以穆王时之《吕刑》为断，其后的部分

① 杨伯峻编著：《春秋左传注》（修订本），中华书局 1990 年版，第 1373 页。
② 同上书，第 1536—1539 页。

都是东周的内容了。这个时间节点，确是引人深思的。

《国语》编纂的目的，其实也是其记言的目的，无非是“求多闻善败以鉴戒”（《楚语下》）[①]，亦即韦昭所说：“采录前世穆王以来，下迄鲁悼、知伯之诛，邦国成败，嘉言善语，阴阳律吕，天时人事逆顺之数，以为《国语》。”（《国语解叙》）[②]《国语》的作者和时代，据学者研究，“如《周语》《楚语》《晋语》《郑语》等文多古朴，《鲁语》多记琐事而亦不同于后世之文。至《齐语》则全同于《管子·小匡》篇，殆出于战国时期稷下先生之流。《吴语》《越语》皆记夫差与勾践之事，而《越语下》则为黄老家之言，此三语写成之时代不能早于战国时期。由此可知《周语》等五部分原为各国的故有之书，流传中或遭删节，所存者基本上犹为原文；而《齐语》等三部分则出于后人补作，当日或亦有‘语’之称，编书者遂并取之。因此更可知《国语》之编定，不能早于战国时期”[③]。所谓“《周语》等五部分原为各国的故有之书”，是王氏据文气推断《周语》等仍保持了当时史官所记的样子。

周代奉行层层分封的宗法封建制，列国是模仿中央的，若果如《史记》所言史佚在成王幼时已说过“天子无戏言，言则史书之”，那么周王朝是从一开始就有记言的。列国分封时皆有“祝宗卜史”或“五官之正”，从文献看也确有史官，列国既然有《春秋》、《梼杌》或《乘》等春秋类史书，自然应该有记言类的“语”，《国语》也证实了此点。此外，卿大夫甚至还有家史，对此，白寿彝有如下总结：

> 春秋时期，国史之外，还有世卿的家史。这在当时也是官史，而不同于后来私家之史。
>
> 《左传》记有晋国蔡墨，或称史墨，又作史黯。《国语·晋语

① 徐元诰撰，王树民、沈长云点校：《国语集解》，中华书局2002年版，第531页。

② 同上书，第594页。

③ 王树民：《国语的作者和编者》，徐元诰撰，王树民、沈长云点校《国语集解》，中华书局2002年版，“附录”第602、603页。

九》韦昭注："史黯，晋大夫史墨，时为［赵］简子史。"这是春秋晚期的事情。《史记·赵世家》记赵盾时有赵史援。这是春秋中期的事情。《韩诗外传》卷七：

赵简子有臣曰周舍，立于门下三日三夜。简子使问之，曰："子欲见寡人何事？"周舍对曰："愿为谔谔之臣，墨笔操牍，从君之过，而日有记也，月有成也，岁有效也。"

这实际上就是把国史的"君举必书"用之于世卿的家史，记事的方法也是按年月日为次的编年体。家史之出现，也许跟世卿的得势有关，但还没有材料可以证明这一点。

春秋时期的家史也是没有一部流传下来。《左传》昭公三十一、三十二年记史墨跟赵简子的问答两条，《国语·晋语九》记史黯跟赵简子的问答两条纯系私人间的谈论，这或者就是史墨（史黯）所记赵氏家史中语。《左传》多记郑国名卿子产、齐国名卿晏婴、晋国名卿叔向的论议和行事，而记子产者尤多，可能就有取自他们家史的。①

蒙文通也说："家史之兴，应当是和'礼乐征伐自大夫出'的政治形势的发展分不开的。国家活动中心既由国君转移到大夫手中，记载国家活动的国史也就很自然地演变为记载大夫活动的家史了。自大夫家史兴起，诸侯国史也就逐渐衰替。前面曾经谈到，左丘明汇集的《国语》所记春秋后期的历史情况，齐是以晏婴作为中心，郑是以子产作为中心，而晋是以叔向作为中心，都是详于大夫活动而疏于国家活动了。这一情况正是家史兴而国史衰的客观反映。当是左丘明在纂集《国语》的时候，由于后期国史的缺略，于是采集了晏婴、子产、叔向等大夫家史来作补充。世传《晏子春秋》，应当就是晏婴家史的遗存者。但世人

① 白寿彝主编：《中国史学史》第一卷《先秦时期：中国古代史学的产生》，上海人民出版社2006年版，第138、139页。

常以此书是后人所伪，不是晏婴所作；这都是由于不知其为晏婴家史之故。既是家史，当然也就不会也不能由晏婴亲自撰写了。”① 这里固然有猜测的成分，但并非全然无据，《史记·孟尝君列传》记载：“孟尝君待客坐语，而屏风后常有侍史，主记君所与客语。”战国时期孟尝君侍史记言的行为，应该是继承了西周、春秋史官记言的传统。马王堆帛书及阜阳汉简皆有《春秋事语》，都是与《国语》《左传》类似的史料，可能也是列国之“语”或某些家史的汇编。

总之，书类和语类文献的生成都与史官直接相关。书类文献虽历来被视为史官记言之作，但实际上大多为代言之作，是史官代宣王命的记录；语类文献与书类有一个共同点，即都具有治国理政的重大政治意义，而语类文献更多是史官记录大臣劝谏君王或大臣之间谈政论治的嘉言善语，春秋中后期在“礼乐征伐自大夫出”的政治形势之下甚至出现了家史，即关于某些贤士大夫嘉言懿行的记录，这些成为《左传》《国语》的重要史料来源。

三 秉笔直书与春秋大义

无论太史还是内史，他们都负有监督、规谏君王的职责，这应该是自周初已然的。但究竟是否从周初就有史官记言记事，就目前所能见到的资料而言，则未敢必确。葛志毅认为：“周王贯彻统治、发布政令的主要形式，是召集诸侯举行的朝聘盟会制度，因而朝会制度在周代政治上极为重要。正是朝会上的记事需要，产生史官的记事之职。……当厉王失位之后，周室出现王朝卿士乃至诸侯摄位共政的局面。……推断其时每当朝会议政之际，原负责记录王言、撰拟诏命的史官，此时则列位于朝会，负责专门记录朝政大事，并负责宣示中外。史官此职，是作为诸侯卿士摄位共政体制的监督与见证。……共和时期的史官制度，最后形成共和十四年逐年记录而成的编年大事记。宣王即位之后，周、召二

① 蒙文通：《先秦诸子与理学》，广西师范大学出版社2006年版，第226页。

相辅政，共和时期编年纪事之法仍旧不废，并作为史官记事制度一直沿用至后世。”① 此说虽有一定道理，但证据不够坚实。而且他认为《春秋》类史书的编写在前，《尚书》在后，也未必符合史实。

今本《春秋》相传是孔子据鲁国史编纂而成的，起鲁隐公元年，也就是周平王四十九年，公元前722年，终于哀公十四年，即周敬王三十九年，公元前481年，凡242年。但这应该不是鲁国历史的全部。通常我们说的“春秋”时期，是从周平王元年（前770）东迁开始的，其时鲁国的国君是惠公。而《史记·秦本纪》载：“（秦文公）十三年，初有史以纪事，民多化者。”秦文公于公元前765年至公元前716年在位，其十三年当公元前753年，正是平王东迁之后，《春秋》纪年之前，时为周平王十八年，鲁惠公十六年。我们知道，秦在列国中受封较晚，且杂处于戎狄之间，文化水平是较为落后的，中原列国甚至长时间夷狄视之。既然秦在文公十三年才“有史以纪事”，其他各国当远在此前就应有纪事之史了，特别是鲁国，作为周公之后，文化水平最高的代表，肯定要早得多。

前面我们讲到，语类文献可能是从西周中期开始的，至少《国语·周语》始自穆王（前976—前922年在位）。照理讲，记言、记事既然是左史、右史分掌，则记事也应同时开始。因此，我们推断编年纪事可能开始于西周中期的穆王时期，或者更早。

“春秋”类史书的著述主要有以下特点值得注意。

（一）史官多派遣自周王朝，记言记事具有极强的独立性

周初分封时会把史官一起分赐给诸侯，实际上即使后来任职于诸侯的史官，也多由周王室赐予，或由中央流散于列国。故钱穆有“古者诸侯无私史”之说：

① 葛志毅：《中国古代的记事史官与早期史籍》，《史学理论与史学史学刊》，社会科学文献出版社2007年版，第110—112页。

祝佗言成王赐鲁“祝、宗、卜、史”，定公四年。此鲁之史也。卫太史柳庄死，献公告尸曰：“柳庄非寡人之臣，社稷之臣也。”《檀弓》。狄入卫，囚史华龙滑与礼孔。二人曰：“我太史也，实掌其祭。”闵公二年。此卫之史也。齐、晋各亦有史官，书曰“赵盾弑其君”、“崔杼弑其君”，明非史官之君。故曰：“《春秋》，天子之事。”

又举司马氏、董史、柏常骞、太史儋、太史屠黍等例，以明史官多由中央流布于列国。如此，则周代史官多出中央，且不甚受诸侯约束，而以其贤明多智受王侯尊重，具有相当的独立性。故卫献公谓柳庄为社稷之臣，而《春秋》被目为“天子之事”，或许是因其褒贬能维护封建礼法大义之故。钱穆所谓“大抵古代学术，只有一个‘礼’。古代学者，只有一个‘史’”[①]。以此言之，确有其道理。

（二）大都能做到秉笔直书，讲究书法不隐，具有强烈的使命感

《左传·庄公二十三年》载曹刿之言曰：“君举必书，书而不法，后嗣何观?”[②] 什么是“书法”？“书法”实际上就是史官书写历史应遵循的原则。记什么、不记什么、如何记等，都应有一套法则。这种书法应该是自创始之初，至孔子修《春秋》，一直在遵守并不断完善的，其本质是要维护周代的礼法制度，所以孟子说“孔子成《春秋》而乱臣贼子惧”（《孟子·滕文公下》）[③]。

这种书法的一条根本原则，就是秉笔直书，不虚美，不隐恶。这也为司马迁《史记》以后的史家所遵循的。如《左传·宣公二年》晋董狐记“赵盾弑其君”、《襄公二十五年》齐太史书“崔杼弑其君”，尤其齐太史兄弟奋不顾身、英勇赴死的精神，确能使乱臣贼子惧。又，《国

① 钱穆：《国史大纲》，商务印书馆 1996 年版，第 94 页。
② 杨伯峻编著：《春秋左传注》（修订本），中华书局 1990 年版，第 226 页。
③ （清）焦循撰，沈文倬点校：《孟子正义》，中华书局 2015 年版，第 495 页。

语·鲁语上》载鲁庄公自齐国迎娶夫人哀姜，“哀姜至，公使大夫宗妇觌，用币。宗人夏父展曰：‘非故也。’公曰：‘君作故。’对曰：‘君作而顺则故之，逆则亦书其逆也。臣从有司，惧逆之书于后也，故不敢不告！’”① 可见国君也无法干涉史官独立记事的权力，其所为无论善恶，都会被载于史册。《左传·僖公七年》载齐桓公率诸侯伐郑，于宁母会盟，郑派太子子华参加而求桓公杀之，管仲反对说：“且夫合诸侯，以崇德也。会而列奸，何以示后嗣？夫诸侯之会，其德、刑、礼、义，无国不记。记奸之位，君盟替矣；作而不记，非盛德也。”② 于是齐桓公没有听从郑国的阴谋，这一做法，同样是出于对史官记事不隐的畏惧。

上述事例中，一则曰“后嗣何观”，再则曰“惧逆之书于后也”，三则曰“何以示后嗣”，俱有垂鉴后世的意义，其实都是史官书法不隐在发挥着类似后世舆论监督的作用。所以《说文解字》说：“史，记事者也，从又持中。中，正也。”③ 把中解释为正虽未必符合造字之初“史”的本义，然而以史正世，确是史家世代传承的惩恶劝善功能。

（三）讲究微言大义，一字褒贬，记事皆简短扼要

司马迁说：“（《春秋》）约其文辞而指博。故吴楚之君自称王，而《春秋》贬之曰‘子’；践土之会实召周天子，而《春秋》讳之曰‘天王狩于河阳’。推此类以绳当世。”（《史记·孔子世家》）④ 这就是所谓“春秋大义”“一字褒贬”。

这也不是仅限于孔子所修的《春秋》，类似的史官之作都要遵循微言大义、一字褒贬的原则。“赵盾弑其君”事在宣公二年，《左传》是这样记载的：“大史书曰：‘赵盾弑其君。’以视于朝。宣子曰：‘不然。’对曰：‘子为正卿，亡不越竟，反不讨贼，非子而谁？’”孔子对

① 徐元诰撰，王树民、沈长云点校：《国语集解》，中华书局 2002 年版，第 147 页。

② 杨伯峻编著：《春秋左传注》（修订本），中华书局 1990 年版，第 318、319 页。

③ （汉）许慎撰，（清）段玉裁注：《说文解字注》，浙江古籍出版社 2006 年版，第 116 页。

④ （汉）司马迁撰，［日］泷川资言考证，杨海峥整理：《史记会注考证》，上海古籍出版社 2015 年版，第 2476 页。

此评价道："董狐，古之良史也，书法不隐；赵宣子，古之良大夫也，为法受恶。惜也，越竟乃免。"① 杀晋灵公的不是赵盾，而是赵盾的堂侄赵穿，但董狐却偏偏要把此事记为"赵盾弑其君"，并且到朝廷上大肆宣扬。赵盾本是忠直之臣，自然不愿背此罪名。但是董狐有其理由：作为一国执政的正卿，你为此逃走但没有逃出国境，不出国境便仍负有执政的职责；但是你返回后并没有讨伐弑君之贼，说明你是默认他去弑君了，那么贼人不正是秉承了你的意思去弑君吗？这不就等于是你杀死了国君吗？赵盾对此是无法推卸责任的。这就是一个微言褒贬的典型事例。

（四）记事时应是先写在竹简上，经过一段时间以后再汇编成册

《春秋》经文大都简短，往往仅一两句话就是一则，这个特点一望而知，且与前举"赵盾弑其君""崔杼弑其君"的记事特点相同。据"崔杼弑其君"的故事看，这样的记事是先写在一支竹简上的。《左传·襄公二十五年》载："大史书曰：'崔杼弑其君。'崔子杀之。其弟嗣书而死者，二人。其弟又书，乃舍之。南史氏闻大史尽死，执简以往。闻既书矣，乃还。"② 南史氏"执简以往"而非执册，可见此类记事应是先书于单简，在一段时间之后再汇编成册。

（五）在"大事记"之外，或有较详细的记事与之相配合

"春秋"类史书都是这样简短到极致的"大事记"，无怪乎王安石要嘲讽它是"断烂朝报"了。所以我们推测，在"大事记"之外，可能还有配套的史料记载，否则后人是很难读懂这类史书的。桓谭在《新论·正经》篇里曾说："《左氏》经之与传，犹衣之表里，相持而成。经而无传，使圣人闭门思之，十年不能知也。"③ 讲的正是这个道理。但可惜的是，由于时隔久远，文献残缺，在今本《春秋》和《左

① （周）左丘明传，（晋）杜预注，（唐）孔颖达疏：《春秋左传正义》，阮元校勘《十三经注疏》本，台北：艺文印书馆2007年版，第365页。

② 同上书，第619页。

③ （汉）桓谭撰，朱谦之校辑：《新辑本桓谭新论》，中华书局2009年版，第39页。

传》之外，我们尚找不到类似的例子。

四　制礼作乐、讽谏美刺与“诗”的生成

在周代礼乐文明中，诗歌与乐、舞相配合，是礼制的重要组成部分。周初周公制礼作乐，为新的典章制度打下了基础，同时也制作了大量的雅、颂诗歌；至西周中期，礼乐制度基本完善，制礼作乐的活动基本结束，而西周社会也盛极而衰，开始走下坡路，此时直至春秋，贤明的贵族士大夫利用献诗的制度，提出对周王、对政治的不满，于是变风变雅作焉。

孔子说：“兴于诗，立于礼，成于乐。”（《论语·泰伯》）[①]《尚书·舜典》中记载，舜曰：“夔！命汝典乐，教胄子，直而温，宽而栗，刚而无虐，简而无傲。诗言志，歌永言，声依永，律和声。八音克谐，无相夺伦，神人以和。”[②] 说明我们的先人很早就重视诗乐教育。诗乐教育的目的是培养优雅的贵族精神，维护既有的礼乐制度。

从诗的使用角度来看，周人除了在礼仪乐舞中用诗之外，再就是春秋时期逐渐流行的在外交场合赋诗言志。这些对诗歌的兴盛和流传都极为重要。春秋以后的战国时代，引诗、论诗是常见的，却完全没有了赋诗，赋诗之风戛然而止[③]。

周初制礼作乐是诗的第一个创作期。周初的乐舞制作是经历了一个过程的，例如《大武》乐，自王国维作《周大武乐章考》以来，学界付出了艰辛的考证，但各家对《大武》所应包含的诗篇、篇次依然争

---

① （清）刘宝楠撰，高流水点校：《论语正义》，中华书局 1990 年版，第 298 页。

② （汉）孔安国传，（唐）孔颖达等疏：《尚书注疏》，阮元校勘《十三经注疏》本，台北：艺文印书馆 2007 年版，第 46 页。

③ 董治安引顾颉刚的话说：“他强调说：‘我们读完一部《战国策》，看不到一次赋诗，可见此种老法子已经完全废止。’（《诗经在春秋战国间的地位》，《古史辨》第三册下编）顾先生的意见是很有道理的。其实，不仅《战国策》，在所有可以见到的有关战国一代的历史文献中，能够见到大量引诗、论诗的资料，却独不见‘赋诗’的记载。春秋期间相沿成习的‘赋诗’，至战国之时，的确已经‘完全废止’了。”见董治安《先秦文献与先秦文学》，齐鲁书社 1994 年版，第 46、47 页。

论未已①，一时尚难得出令人信服的结论。虽然如此，有一点却是可以肯定的，即《大武》乐是乐舞组诗，可能包括《周颂》中的《昊天有成命》（或《我将》，或《时迈》）、《武》、《酌》、《桓》、《赉》和《般》等。其所用场合，据《周礼·大司乐》："舞《大武》，以享先祖。"② 应是祭祖的。此外，《礼记·仲尼燕居》说："大飨有四焉。……两君相见，揖让而入门，入门而县兴，揖让而升堂，升堂而乐阕，下管《象》，《武》《夏》籥序兴。"③ 这是诸侯相飨之礼，亦用《大武》④。《礼记·文王世子》言："天子视学……登歌《清庙》，既歌而语，以成之也。言父子、君臣、长幼之道，合德音之致，礼之大者也。下管《象》，舞《大武》，大合众以事，达有神，兴有德也。"⑤ 是则天子视学，即视察学宫、行养老之礼，也会用《大武》。

与《大武》相关的这些诗歌，可能是自武王伐纣，至成王时周公平定天下、制礼作乐，逐渐完成的，所以《礼记·乐记》载孔子之言曰：

> 夫乐者，象成者也。总干而山立，武王之事也。发扬蹈厉，大公之志也。《武》乱皆坐，周、召之治也。且夫《武》，始而北出，再成而灭商，三成而南，四成而南国是疆，五成而分周公左，召公右，六成复缀，以崇天子。夹振之而驷伐，盛威于中国也。分夹而进，事蚤济也。久立于缀，以待诸侯之至也。且女独未闻牧野之语乎？武王克殷反商，未及下车而封黄帝之后于蓟，封帝尧之后于祝，封帝舜之后于陈；下车而封夏后氏之后于杞，投殷之后于宋，

---

① 相关争论可参看邓佩玲《〈诗经·周颂〉与〈大武〉重探——以清华简〈周公之琴舞〉参证》，《岭南学报》复刊第4辑，上海古籍出版社2015年版，第219—247页。

② （清）孙诒让：《周礼正义》，中华书局2000年版，第1751页。

③ （清）孙希旦撰，沈啸寰、王星贤点校：《礼记集解》，中华书局1989年版，第1269页。

④ 此与下天子视学之礼，高亨《周代"大武"乐的考释》（《山东大学学报》1955年第2期）皆有论及，但他认为大飨为天子礼乐，而传统上认为孔子讲的是诸侯相飨之礼。

⑤ （清）孙希旦撰，沈啸寰、王星贤点校：《礼记集解》，中华书局1989年版，第576—578页。

封王子比干之墓，释箕子之囚，使之行商容而复其位。庶民弛政，庶士倍禄。济河而西，马散之华山之阳而弗复乘，牛散之桃林之野而弗复服，车甲衅而藏之府库而弗复用，倒载干戈，包之以虎皮，将帅之士，使为诸侯，名之曰“建櫜”。然后天下知武王之不复用兵也。散军而郊射，左射《貍首》，右射《驺虞》，而贯革之射息也。裨冕搢笏，而虎贲之士说剑也。祀乎明堂，而民知孝。朝觐，然后诸侯知所以臣。耕藉，然后诸侯知所以敬。五者，天下之大教也。食三老、五更于大学，天子袒而割牲，执酱而馈，执爵而酳，冕而总干，所以教诸侯之弟也。若此，则周道四达，礼乐交通，则夫《武》之迟久，不亦宜乎！①

这里详细解释了《大武》乐舞的内容，实际上是表演了自牧野之战，到偃武修文，制礼作乐的全过程。这是周代创业之君的艰辛和立国之本的演示，盛大隆重，是周公制礼作乐的代表。

周初的诗作还有一些，也是歌颂、祭祀先祖的，如《周颂》之《清庙》《维天之命》《维清》《烈文》《天作》《思文》等。这些诗，有的是祭祀某一位祖先的，如《清庙》，《鲁诗》说：“《清庙》，一章八句，洛邑既成，诸侯朝见，宗祀文王之所歌也。”《毛诗序》也认为：“祀文王也。周公既成洛邑，朝诸侯，率以祀文王焉。”有的是合祀先王、先公的，如《天作》，《鲁诗》说：“祀先王先公之所歌也。”《毛序》：“祀先王先公也。”《郑笺》：“‘先王’，谓大王以下。‘先公’，诸盩至不窋。”有的则是以先王配祀天地的，如《思文》，三家诗皆以为是郊祀后稷以配天②。

《执竞》在《清庙之什》中不同于同组的其他几首，标准的四言韵

① （清）孙希旦撰，沈啸寰、王星贤点校：《礼记集解》，中华书局 1989 年版，第 1023—1029 页。

② 以上皆见（清）王先谦《诗三家义集疏》，中华书局 1987 年版，第 999—1017 页。

语及对乐音的描述，使它被认为可能与《雍》《载见》《有瞽》同样是西周中期以后的诗歌①。西周中期礼制完善，礼器中的乐器大量增加，乐器的纹饰变得朴素，最有代表性的是窃曲纹，呈卧倒的“S”形，以回环重复的条带状环绕器物一周。这样的纹饰给人以秩序感，仿佛《诗经》中的重章叠句，一唱三叹。《周颂》虽较简短，不分章，但有些诗歌已有分章的痕迹，如《有客》：

有客有客，亦白其马。有萋有且，敦琢其旅。
有客宿宿，有客信信。言授之絷，以絷其马。
薄言追之，左右绥之。既有淫威，降福孔夷。②

此诗一章十二句，可分为三节，四句一节。第一节迎客，第二节留客，第三节送客，层次分明，整饬严谨。此种情形在《大雅》《小雅》中已大行其道，如《大雅·文王》，天命和盛德是全诗的主旨，读来给人宏大神圣之感。全诗七章八句，每章换韵，且章与章之间采用顶真连珠的修辞方式，蝉联而下，环环相扣，紧凑绵密。虽然前人多以为是文王或周公所作，但今人多以为这样的诗歌与西周前期诗风迥异，更可能是西周晚期之作③。

西周晚期，在续颂诗之作的同时，开始出现一些讽刺之作，是为变风变雅。西周晚期主要包括厉王、宣王、幽王三代，宣王号称中兴，其统治时间较长（公元前 827—前 782 年在位，共 46 年），国力一度强盛，如《大雅》之《云汉》至《常武》等六首，据《毛序》，就是尹吉甫、召穆公等颂美宣王之作。但更多的是讽刺之作，如《大雅》之

---

① ［美］夏含夷：《从西周礼制改革看〈诗经·周颂〉的演变》，《河北师院学报》（社会科学版）1996 年第 3 期。

② （汉）毛亨传，（汉）郑玄笺，（唐）孔颖达疏：《毛诗注疏》，阮元校勘《十三经注疏》本，台北：艺文印书馆 2007 年版，第 736、737 页。

③ 程俊英、蒋见元：《诗经注析》，中华书局 1991 年版，第 745 页。

《民劳》（王欲玉女，是用大谏）、《板》（犹之未远，是用大谏）、《荡》（殷鉴不远，在夏后之世）、《抑》（听用我谋，庶无大悔），《小雅》之《节南山》（家父作诵，以究王讻。式讹尔心，以畜万邦）、《巷伯》（寺人孟子，作为此诗。凡百君子，敬而听之）等，都是面对时艰，情绪异常激烈的。

但也有许多学者认为，所谓“变诗”，并非指内容的讽刺，而是从音乐上讲的。“正诗”是与正歌、正乐相对应的，“变诗”是与散歌、散乐或无算乐、变乐相对应的。《仪礼·乡饮酒礼》说：“工歌《鹿鸣》《四牡》《皇皇者华》。卒歌，主人献工。……笙入堂下，磬南，北面立，乐《南陔》《白华》《华黍》。……乃间歌《鱼丽》，笙《由庚》；歌《南有嘉鱼》，笙《崇丘》；歌《南山有台》，笙《由仪》。乃合乐：《周南·关雎》《葛覃》《卷耳》，《召南·鹊巢》《采蘩》《采苹》。工告于乐正曰：‘正歌备。’乐正告于宾，乃降。”可见这一系列的乐歌演奏是必备节目，完成以后乐工会告诉乐正“正歌备”，意即正歌演奏完毕。接着宾主之间还有一系列仪礼，相互酬酢，然后：“说屦，揖让如初，升，坐。乃羞，无算爵，无算乐。”最后是：“宾出，奏《陔》。”①相对于前面的“正歌”，后来的“无算乐”可能就是“变乐”，孔颖达在《毛诗谱》的疏中说：“变者虽亦播于乐，或无算之节所用，或随事类而歌，又在制礼之后，乐不常用，故郑于变雅下不言所用焉。”②

又，《周礼·春官·旄人》：“旄人掌教舞散乐，舞夷乐。”孙诒让说：“今考此为杂乐，亦取亚次雅乐之义。”③ 所以王小盾（笔名昆吾）认为：“所谓‘正变’，大抵代表了诗文本中用于正乐和用于散乐这两

---

① （汉）郑玄注，（唐）贾公彦疏：《仪礼注疏》，台北：艺文印书馆2007年影印阮刻本，第92—95页。

② （汉）毛亨传，（汉）郑玄笺，（唐）孔颖达疏：《毛诗注疏》，阮元校勘《十三经注疏》本，台北：艺文印书馆2007年版，第309页。

③ （清）孙诒让：《周礼正义》，中华书局2000年版，第1902页。

部分诗歌的区别。”① 然而散乐与夷乐相对，既无“变”之义，也不能与“正”相对，这样的理解实在牵强，较前无算乐之说理据要弱。郑玄注曰：“散乐，野人为乐之善者。”孙诒让的解释说：“《舞师》‘凡野舞皆教之’，注云：‘野舞，谓野人欲学舞者。’然则此教散乐，即就舞师所教野人之中，择其善者，使旄人更教之也。”这与王氏的理解截然不同。所以我们认为，“正变”可能与音乐有关，正指正歌，变指与无算乐相对应的变诗。

由以上所述可知，《雅》《颂》部分大致为周代上层贵族所作，或为公卿至于列士的献诗。关于《诗经》的编辑成书，自来有“献诗说”“采诗说”“删诗说”三种。其中“献诗说”与“采诗说”是关于诗歌搜集之来源的，“删诗说”是关于孔子编定《诗经》的，二者性质不同。我们先看“献诗说”和“采诗说”，其中“献诗说”的相关资料如下：

《国语·周语上》：故天子听政，使公卿至于列士献诗，瞽献曲，史献书，师箴，瞍赋，矇诵，百工谏，庶人传语，近臣尽规，亲戚补察，瞽史教诲，耆艾修之，而后王斟酌焉，是以事行而不悖。②

《晋语六》：于是乎使工诵谏于朝，在列者献诗。③

《左传·襄公十四年》：史为书，瞽为诗，工诵箴谏，大夫规诲，士传言，庶人谤，商旅于市，百工献艺。故《夏书》曰：“遒人以木铎徇于路，官师相规，工执艺事以谏。”正月孟春，于是乎有之，谏失常也。④

这与前述西周晚期所谓“变风变雅”的讽谏美刺诗密切相关，可见周代礼乐制度中还有一套下情上达的规谏制度，献诗只是规谏制度中的

① 王昆吾：《中国早期艺术与宗教》，东方出版中心 1998 年版，第 281 页。
② 徐元诰撰，王树民、沈长云点校：《国语集解》，中华书局 2002 年版，第 11、12 页。
③ 同上书，第 387 页。
④ 杨伯峻编著：《春秋左传注》（修订本），中华书局 1990 年版，第 1017、1018 页。

一种。《礼记·王制》也说："（天子）命大师陈诗，以观民风。"①；而《小雅·节南山》曰："家父作诵，以究王讻。"；《大雅·民劳》言："王欲玉女，是用大谏。"；其他像"寺人孟子，作为此诗""吉甫作诵"；等等②，这些诗歌本身也能有力地说明此点。这些都是先秦的史料，可见"献诗说"确是历史的真实存在，是可信的。

关于"采诗说"的资料如下：

> 刘歆《与扬雄书》："诏问三代、周、秦轩车使者、逌人使者，以八月巡路，求代语、僮谣、歌戏。"③
>
> 《汉书·艺文志》："故古有采诗之官，王者所以观风俗，知得失，自考正也。"④
>
> 《汉书·食货志》："孟春之月，群居者将散，行人振木铎徇于路，以采诗，献之大师，比其音律，以闻于天子。故曰：王者不窥牖户而知天下。"⑤
>
> 《公羊传·宣公十五年》何休注："男女有所怨恨，相从而歌，饥者歌其食，劳者歌其事。男年六十，女年五十无子者，官衣食之，使之民间求诗。乡移于邑，邑移于国，国以闻于天子。故王者不出牖户，尽知天下所苦；不下堂，而知四方。"⑥

以上诸说皆在西汉晚期以后，且有愈演愈详的趋势，相互之间又不乏抵牾之处。刘歆只说周秦有轩车使者、逌人使者以八月巡路采诗，而

---

① （清）孙希旦撰，沈啸寰、王星贤点校：《礼记集解》，中华书局1989年版，第328页。

② （汉）毛亨传，（汉）郑玄笺，（唐）孔颖达疏：《毛诗注疏》，阮元校勘《十三经注疏》本，台北：艺文印书馆2007年版，分见第396、632、429、677页。

③ （汉）扬雄著，张震泽笺注：《扬雄集校注》，上海古籍出版社1993年版，第273页。按：为便理解，标点为笔者所加。

④ （汉）班固撰，（清）王先谦补注：《汉书补注》，上海古籍出版社2008年版，第2916页。

⑤ 同上书，第1572、1573页。

⑥ （汉）公羊寿传，何休解诂，（唐）徐彦疏：《春秋公羊传注疏》，阮元校勘《十三经注疏》本，台北：艺文印书馆2007年版，第208页。

班固则改为孟春之月，至何休则指实此使者（行人）为鳏寡之人，所采之诗为男女怨恨、饥劳之歌。班固说采诗献于太师，而何休则认为是层层上献，“乡移于邑，邑移于国，国以闻于天子”。此外，刘歆、班固之说显然是对上揭《左传·襄公十四年》所引《夏书》之言的发挥，或者还可能受到了孟子的影响。《孟子·离娄下》言：“王者之迹息而诗亡，诗亡然后春秋作。”①《说文》有“迈”字，曰：“古之遒人，以木铎记诗言。”段玉裁即引《夏书》之言及上述刘歆、班固、何休之语解释许慎的说法②。然而，无论是从这些说法产生的时间上言还是就其相互抵牾而论，“采诗说”的可信度仍然要低于“献诗说”。

虽然“采诗说”的可信度明显较“献诗说”低，但《诗经》除了《雅》《颂》部分，还有十五《国风》，所涉及的地理范围相当广大，所以学界仍然相信，若没有像“采诗说”那样有意识的采集，恐怕这些诗是无法汇集编定的。而由何休之说，加之中华人民共和国成立前后对文学人民性、民间性的强调，学界也一直有把《国风》视为民歌的观念。对此，笔者认为在缺乏确凿证据之前，还是应该慎重地持保留意见，理由如下。

第一，《毛诗序》及三家诗《序》对《国风》各诗的解释，无一首为民歌者。虽然我们可能怀疑这些汉人说法的真实性，但毕竟这是汉人一致的看法。

第二，《国风》诗中许多名物，皆非普通民间所有，而应是贵族之物。如《关雎》之琴瑟、钟鼓，《卷耳》之金罍、兕觥，《鹊巢》之百两，《采蘩》之公侯，《简兮》之万舞，《君子偕老》之玉瑱、象揥，《君子阳阳》之簧、翿，《有女同车》之佩玉琼琚，《羔裘》之狐裘以朝，等等，皆可为证。

第三，就《左传》中明确言及作诗的条目看，亦皆非民歌。据董

① （清）焦循撰，沈文倬点校：《孟子正义》，中华书局2015年版，第617页。
② （汉）许慎撰，（清）段玉裁注：《说文解字注》，浙江古籍出版社2006年版，第199页。

治安统计，《左传》关于作诗的记载共五条（《国语》无此类），分别为隐公三年“卫人所为赋《硕人》”，闵公二年“许穆夫人赋《载驰》”“郑人为之赋《清人》”，文公六年“国人哀之，为之赋《黄鸟》”，定公四年“秦哀公为之赋《无衣》”①。以上几首诗皆在《国风》，而其作者都不是普通百姓，而是贵族，最下层的也是“卫人”“郑人”，这些人可能是平民，但也是“国人”，即城里人，与野人不同，他们至少是国中贵族的族人，还是有相当地位的，观厉王时的“国人暴动”即可见一斑。而他们所作之诗，也仍是有关贵族的。

第四，所谓“民歌”，常常是人们仅从字面意思理解的，未必符合当时的史实。如《清人》一诗：

> 清人在彭，驷介旁旁。二矛重英，河上乎翱翔。
> 清人在消，驷介麃麃。二矛重乔，河上乎逍遥。
> 清人在轴，驷介陶陶。左旋右抽，中军作好。②

若单就字面来看，我们感受到的是军队将士雄武欢快的气氛，根本想不到当时的背景，竟是：“郑人恶高克，使帅师次于河上，久而弗召，师溃而归，高克奔陈。郑人为之赋《清人》。”③ 所以仅凭想象去解诗，是很危险的。

当然，我们也不认为“采诗”绝无可能，只是“献诗”更可能，而且完全可以代替“采诗”的功能。既然周王朝施行献诗讽谏的机制，列国自然会仿效，就如列国发生大事要相互通报一样，诗歌为何不可互通有无？而且，八国之“语”可以汇编为《国语》，各国之诗就不能汇编为《国风》吗？这些问题可能一时难有确切答案，但我们可以根据

① 董治安：《先秦文献与先秦文学》，齐鲁书社 1994 年版，第 44 页。

② （汉）毛亨传，（汉）郑玄笺，（唐）孔颖达疏：《毛诗注疏》，阮元校勘《十三经注疏》本，台北：艺文印书馆 2007 年版，第 165 页。

③ 杨伯峻编著：《春秋左传注》（修订本），中华书局 1990 年版，第 268 页。

已知的材料推测其最大的可能性。

诗在先秦特别是西周春秋时期主要有两大用途，一是用于各种礼仪场合的表演，二是用于外交辞令，这些在《仪礼》《礼记》《左传》《国语》等典籍中记载很多。为了能够演唱并熟练地把诗用之于外交专对，贵族子弟从小就要在学校接受诗的教育。可以设想，诗在当时的贵族社会是普及甚广的，故孔子有“不学诗，无以言”（《论语·季氏》）[①] 的说法。可能正由于诗的广为传播，其流传的抄本必多歧异，也许这就是孔子晚年“删诗”的原因。关于“删诗说”，出自《史记·孔子世家》：“古者诗三千余篇，及至孔子，去其重，取可施于礼义，上采契、后稷，中述殷、周之盛，至幽、厉之缺，始于衽席，故曰：‘《关雎》之乱以为《风》始，《鹿鸣》为《小雅》始，《文王》为《大雅》始，《清庙》为《颂》始。’三百五篇，孔子皆弦歌之，以求合《韶》《武》《雅》《颂》之音。”[②] 对这段话的理解及关于“删诗”的争论，历来异说纷纭[③]。最近由于《周公之琴舞》的发表，学界又开始讨论孔子“删诗”的可能性。其实，孔子自己多次讲过“诗三百”，前人对“删诗”说的否定理由是充足的，对此不必陷于无谓的争论。孔子晚年可能整理过《诗经》，所谓“去其重”，并非如《十二诸侯年表》所说的修订《春秋》那样“约其辞文，去其烦重”[④]，可能只是像刘向校书那样“除复重”。

五　书籍的编定与收藏

由于史官时代尚无明确的著述意识，书籍的编定、整理、收藏和流传往往是在实用意识的支配下进行的，其时亦无专人负责上述事务，由

---

① （清）刘宝楠撰，高流水点校：《论语正义》，中华书局 1990 年版，第 668 页。

② （汉）司马迁撰，［日］泷川资言考证，杨海峥整理：《史记会注考证》，上海古籍出版社 2015 年版，第 2463 页。

③ 张西堂：《诗经六论·诗经的编订》，商务印书馆 1957 年版，第 78—97 页。

④ 齐治平：《孔子删诗说辨》，《古籍整理与研究》第四期，中华书局 1989 年版，第 15—24 页。

于当时的学术尚处于“官守之学”的阶段，不同的职官负责各自职责范围内的事务，相关书籍也是其职掌的一部分。笔者在本章第二节讲过，章学诚曾提出“六艺非孔氏之书，乃《周官》之旧典”的说法，他说：“有官斯有法，故法具于官；有法斯有书，故官守其书。”① 这是很有道理的。如《周礼·天官·女史》载：“女史掌王后之礼职，掌内治之贰，以诏后治内政。”郑注：“内治之法本在内宰，书而贰之。”贾疏：“案《内宰职》云：‘掌书版图之法，以治王内之政令。’今此云掌内治之贰，故知内治之法本在内宰掌，此女史书而贰之也。”② 可见周王的宫内之政令，以内宰为主、女史为副，其内治之法不仅书于版图，而且一在内宰，副本在女史，而内宰和女史可能也参与了制定内治之法的。诸如此类者在《周礼》中十分常见，如《春官·内史》：“内史掌书王命，遂贰之。”郑注：“副写藏之。”《秋官·司盟》：“司盟掌盟载之法。凡邦国有疑会同，则掌其盟约之载及其礼仪，北面诏明神。既盟，则贰之。”郑注：“贰之者，写副当以授六官。”又，《司盟》还记载：“凡民之有约剂者，其贰在司盟。”③ 可见司盟还负责保存民间私下的盟约。

由上足见当时各类书籍分掌于不同职官之手，其分类当然也如章学诚所认为的那样，是以职官形成的自然分类。这些不同职官所编写的文书，率多政令档案之类，积久很可能会汇编为书册的形式，就如今天出土的某些战国、秦、汉时期的律令文书一样。这些书籍的实用价值很高，对于当时的统治至关重要，《史记·萧相国世家》载刘邦率兵攻破咸阳时，“诸将皆争走金帛财物之府分之，何独先入收秦丞相御史律令图书藏之”④，萧何所取，正是此类图书，由此可见萧何的高明之处。

---

① （清）章学诚著，王重民通解：《校雠通义通解·原道第一》，上海世纪出版集团、上海古籍出版社 2009 年版，第 2 页。

② （汉）郑玄注，（唐）贾公彦疏：《周礼注疏》，阮元校勘《十三经注疏》本，台北：艺文印书馆 2007 年版，第 123 页。

③ 同上书，第 402、541、542 页。

④ （汉）司马迁撰，［日］泷川资言考证，杨海峥整理：《史记会注考证》，上海古籍出版社 2015 年版，第 2572 页。

然而，随着社会文化的变迁，此类档案文书会变得不能适应新的社会统治要求，从而逐渐丧失其价值。因此，更有长远价值的图书不是这些档案文书，而是那些更具思想价值的书籍，以现代的学科分类来讲，主要是那些人文学科的古书。而这些古书，大多为史官和直接负责教育的职官（如乐师）所职掌，后来成为六经的古书（包括同类之书）就主要是由史官和乐师所掌握的。《左传·昭公二年》载："晋侯使韩宣子来聘……观书于大史氏，见《易》《象》与《鲁春秋》，曰：'周礼尽在鲁矣。吾乃今知周公之德与周之所以王也。'"① 这与襄公二十九年季札观乐，都是最能体现文化水平的。

至于书籍的收藏，除了上述各职官可能各自在本职官署收藏外，据典籍所载，主要还有以下机构。

（一）盟府

《左传·僖公五年》载："虢仲、虢叔，王季之穆也，为文王卿士，勋在王室，藏于盟府。"又，《僖公二十六年》："昔周公、大公股肱周室，夹辅成王。成王劳之，而赐之盟，曰：'世世子孙无相害也！'载在盟府，大师职之。"《襄公十一年》："夫赏，国之典也，藏在盟府，不可废也。"② 由上可知，盟府所藏是周王或国君对下属的重大赏赐，可能册封的命书也包括在内，而主管的长官是大师。

（二）天府

《周礼·地官·乡大夫》载："厥明，乡老及乡大夫、群吏献贤能之书于王，王再拜受之，登于天府，内史贰之。"郑注："天府，掌祖庙之宝藏者。"③《周礼·春官》有《天府》：

> 天府掌祖庙之守藏与其禁令，凡国之玉镇、大宝器藏焉。若有

---

① 杨伯峻编著：《春秋左传注》（修订本），中华书局 1990 年版，第 1226、1227 页。

② 同上书，第 308、440、994 页。

③（汉）郑玄注，（唐）贾公彦疏：《周礼注疏》，阮元校勘《十三经注疏》本，台北：艺文印书馆 2007 年版，第 181 页。

大祭、大丧，则出而陈之；既事，藏之。凡官府乡州及都鄙之治中，受而藏之，以诏王察群吏之治。上春，衅宝镇及宝器。凡吉凶之事，祖庙之中沃盥，执烛。季冬，陈玉以贞来岁之媺恶。若迁宝，则奉之。若祭天之司民、司禄，而献民数、谷数，则受而藏之。①

按，天府之官不见其他记载，其是与否难以判断。据《周礼》，则天府所藏多祭祀所用之宝藏如玉器等，其中与书籍相关者可能是“官府乡州及都鄙之治中”，其中就应包括乡大夫等所献贤能之书。

（三）周府

《左传·定公四年》：“晋文公为践土之盟，卫成公不在，夷叔，其母弟也，犹先蔡。其载书云：‘王若曰，晋重、鲁申、卫武、蔡甲午、郑捷、齐潘、宋王臣、莒期。’藏在周府，可覆视也。”孔颖达《正义》曰：“言周家府藏之，内有此载书在也。本或为盟府，由《僖五年传》‘藏于盟府’，涉彼而误耳。”② 按孔颖达所说，周府是对的，有的本子是盟府不对。

（四）公府

《左传·昭公四年》：“夫子受命于朝而聘于王，王思旧勋而赐之路，覆命而致之君。君不敢逆王命而复赐之，使三官书之。吾子为司徒，实书名；夫子为司马，与工正书服；孟孙为司空以书勋。今死而弗以，是弃君命也。书在公府而弗以，是废三官也。”③ 这里讲了叔孙豹一次外交受到了周王的赏赐，归国后鲁侯让三有司各自把赏赐之事物记录下来，并藏于公府。而《左传·哀公三年》载：“司铎火，火逾公宫，桓、僖灾。救火者皆曰顾府。南宫敬叔至，命周人出御书，俟于

① （汉）郑玄注，（唐）贾公彦疏：《周礼注疏》，阮元校勘《十三经注疏》本，台北：艺文印书馆2007年版，第311、312页。

② （周）左丘明传，（晋）杜预注，（唐）孔颖达疏：《春秋左传正义》，阮元校勘《十三经注疏》本，台北：艺文印书馆2007年版，第950页。

③ 杨伯峻编著：《春秋左传注》（修订本），中华书局1990年版，第1259页。

宫，曰：'庀女，而不在，死。'子服景伯至，命宰人出礼书，以待命。命不共，有常刑。"此处讲到"周人出御书""宰人出礼书"，郑注："周人，司周书典籍之官。御书，进于君者也。"既然是"进于君者"，可能御书所藏也在公府。至于宰人之与礼书，杨伯峻以为："宰人疑即《周礼》之宰夫。《周礼·天官·宰夫》，'凡礼事，赞小宰比官府之具'，又云'凡朝觐、会同、宾客以牢礼之法掌其牢礼'云云，即'掌治朝之法'也。既掌其法与礼数，必有其书。"① 但不知是否也藏于公府，即便不是，至少也应与之相近。

（五）故府

《左传·定公元年》："士弥牟曰：'晋之从政者新，子姑受功。归，吾视诸故府。'"杨伯峻注："故府盖藏档案之所，归而查档案以决之。"②

以上是职官之外可能专门藏书的机构。各史料所载之机构名称有别，但似皆公共藏书或保存档案文书之所，亦可能名异而实同，唯收藏珍宝彝器之天府似与其他机构存在明显不同。

① 杨伯峻编著：《春秋左传注》（修订本），中华书局1990年版，第1621页。
② 同上书，第1524页。

第四章　诸子时代的著述

诸子时代向来被视为中国古代的“轴心时代”，这也是著述史上一个非常重要的时代。首先，就著述意识而言，此前尚无独立的、明显的著述意识，但诸子为了记录、传播自己的学说，著书立说的意愿日益强烈，至战国末，“著书布天下”已成为很多人的自觉追求。其次，本章还将结合出土文献实物，对余嘉锡等前辈学者总结的“古书通例”进行补充，以期能够更全面、准确地了解诸子时代著述的实况。再次，我们还将从文体、流传的角度入手，更进一步论述诸子著述的特殊性，因为许多新文体的衍生本身就代表了一些新的著述方式，而诸子时代的许多著作就是在流传中完成的，易言之，流传成了此时著述的一种参与方式。

第一节　诸子时代的著述意识

诸子时代著述意识的提升可以说是一次质的飞跃。诸子百家的争鸣局面是伴随着士人阶层的崛起而出现的，或者说，士人就是诞生诸子的土壤。这类士人凭借治国强军的谋略四处游说，宣扬自己的学说。诸子的著述在很大程度上继承了史官时代垂鉴后世的目的，起初往往也是弟子（作用相当于史官）记录下师长的言行，从而汇编为能够反映师长思想的书籍；后来许多师长在不得意的情况下（如孟子），便亲自参与到著述中来；到最后，著述成为普遍的追求，“著书布天下”成为令人艳羡的千古事业。

一　诸子著述意识对史官时代的继承和发扬

早期私家著述像邓析的《竹刑》和《老子》、《孙子兵法》，已经是有意宣扬各自的主张。邓析著《竹刑》并向民众传授诉讼之法，实先于孔子开授徒讲学之风。其实这样的风气自然需要一个相对宽松的环境，史载子产不毁乡校（《左传·襄公三十一年》），人们在乡校议论政治得失，子产说：“其所善者，吾则行之；其所恶者，吾则改之，是吾师也。”① 邓析的自由讲学和著书立说正是在这样宽松的政治环境下才能产生的，这与后来稷下学宫的列大夫“不治而议论”亦相仿佛。

孙武以十三篇干谒吴王，今十三篇中有句云：“将听吾计，用之必胜，留之；将不听吾计，用之必败，去之。”对这句话，历来有两种理解，主要是对“将”的解释不同，一种理解是“将”为语词，平声；一种理解是“将”为名词，去声，即将领之意。前一种理解，传统认为谈话的对象是吴王，即吴王如果听我计，用战必胜，我就留下来；如果不听我计，用战必败，我就离去，目的是激吴王而求用②。李零则认为这样是语带要挟，不合理，所以谈话对象应该是“执行‘计’的人”③。此说在实质上与把“将”理解为将领并没有本质区别，只是没有说执行“计”的人的身份地位究竟如何而已。但按照常识，除非作战时主帅的权威不够，否则便不存在是否听计的情况；而且，军队的首要是听令，不是听计。所以，笔者以为这句话还是针对吴王而说

---

① 杨伯峻编著：《春秋左传注》（修订本），中华书局 1990 年版，第 1192 页。

② 杨丙安：《十一家注孙子校理》，中华书局 1999 年版，第 11 页。

③ 李零：《〈孙子〉十三篇综合研究》，中华书局 2006 年版，第 10 页。

的。也就是说，《孙子兵法》已可见著书干谒的明确意图，实开战国游说之风。

战国时期的著述意识对此前以史官为主的官守之学的政治鉴戒、垂范后世的传统，以及春秋晚期兴起的私家著述的风气，皆有所继承、发扬和开拓。

战国时代的著述，早期多是师徒授受的记录。像《论语》，即“孔子应答弟子时人及弟子相与言而接闻于夫子之语也”（《汉书·艺文志》）①，其著述方式颇似史官记言记行之作。再如《墨子》《孟子》，许多篇章是墨翟、孟轲言行的记录，只是此时人们更喜欢发表长篇大论，与孔子那种温雅凝练的格言式语录很不相同。由“子张书诸绅”看来，儒墨大师的弟子可能有做笔记以随时记录老师言行的习惯，所以才会有后来《论语》《墨子》《孟子》等书的结集。梁启超认为，像《墨子》中《尚贤》以下十篇，皆分上、中、下，“文义大同小异，盖墨家分为三派，各记所闻”②，《韩非子·显学》曾说：“孔、墨之后，儒分为八，墨离为三，取舍相反不同，而皆谓真孔、墨。孔、墨不可复生，将谁使定世之学乎?”③《尚贤》等十篇恰符合《韩非子》“墨离为三，取舍相反不同”之说，说明梁氏的观点可能是对的。孟子“后车数十乘，从者数百人，以传食于诸侯”（《孟子·滕文公下》）④，弟子众多，他之所以能在晚年“退而与万章之徒，序《诗》《书》，述仲尼之意，作《孟子》七篇”（《史记·孟子荀卿列传》）⑤，应该和随从弟子对其言行的记录不无关系。

师徒授受产生的记录文字本身就与传统的史官记事非常相似，但目

---

① （汉）班固撰，（清）王先谦补注：《汉书补注》，上海古籍出版社 2008 年版，第 2939 页。

② 梁启超：《墨子学案》，《饮冰室专集之三十九》第三册，中华书局 1989 年版，第 6 页。

③ （清）王先慎撰，钟哲点校：《韩非子集解》，中华书局 1998 年版，第 457 页。

④ （清）焦循撰，沈文倬点校：《孟子正义》，中华书局 2015 年版，第 459 页。

⑤ （汉）司马迁撰，［日］泷川资言考证，杨海峥整理：《史记会注考证》，上海古籍出版社 2015 年版，第 3036 页。

的不大一样。史官记事是为了以史实提供政治鉴戒、垂范后世，师徒授受则首先是思想、知识的传承、传播，当然也是为了将修身治国的学说发扬开来，在方式上常常“离事言理”。

事实上，儒家不仅号为显学，且特重学术文化的传授，所以孔门尤多类似《论语》《孟子》的语录笔记类古书。七十子及后学所论著，载于《汉志》儒家类者，就有《子思》二十三篇、《曾子》十八篇、《漆雕子》十三篇、《宓子》十六篇、《景子》三篇、《世子》二十一篇、《魏文侯》六篇、《李克》七篇、《公孙尼子》二十八篇、《孟子》十一篇、《孙卿子》三十三篇、《芈子》十八篇，共计197篇。其实隶于“六艺类”者，也多是儒门弟子所记师长的言行或授课的笔记。从郭店楚简和上博简等情况看，儒家的此类著作的确为数不少，如郭店简、上博简有许多篇章便为记录师长的言行，或是弟子听课的笔记，这在本书第三章第三节已有论述。

诸子书中除了“离事言理”的高谈阔论，也有以历史故事说理的，如《韩非子》《庄子》多此类寓言。而像《国语》《战国策》也未尝不可作如是观，它们与《晏子春秋》之类并无本质区别，只是《晏子春秋》中的故事是专人专书，而《国语》《国策》是将不同人的故事集中于一本书罢了。这类历史故事兼有治国安邦之理，很难说它们是子书还是史书，比如《管子》中就有与《国语·齐语》相似的部分。出土文献中的此类篇章，若无相似的传世文献，就很难说原为子书还是史书，如上博简《昭王毁室》、《昭王与龚之雕》和《柬大王泊旱》、《融师有成氏》、《庄王既成》、《申公臣灵王》、《平王问郑寿》、《平王与王子木》、《武王践阼》、《郑子家丧》（甲乙本）、《君人者何必安哉》（甲乙本）、《吴命》、《成王既邦》、《命》、《王居》、《志书乃言》等篇，其中《武王践阼》与今《大戴礼记》同名篇章内容相合，可知为七十子后学所传，但更多篇章是无法确定其类别的。这也说明，不论经、史、子、集四部分类还是六家、九流十家等诸子派别的划分，固然有其理据，但都是出于后人论说或图书整理的方便，实际上有时是无法作出清晰而判然的区分的。这些历史故事可能是本于史官的记载，或者出于与史官同样的目的，即为政治提供鉴戒、垂范后世子孙。

《墨子》提到：“书之竹帛，镂于金石，琢之槃盂，传遗后世子孙。”①墨子显然是把自己的主张托之古代圣王，并认为古圣王将这些主张书写镂刻于竹帛、金石、盘盂等物质形式上，以为后世子孙的镜鉴。墨子之说，显然符合史官的著述意识，而同时应该也是他自己著书立说的目的。由此看来，诸子对历史故事的记录和使用，乃至他们“离事言理”的议论，都包含着对史官著述意识的继承因素。

二　游辩之风与著书布天下：著述意识的逐渐自觉

春秋战国士人兴起之后，游说诸侯、相互辩论的风气极一时之盛，而此时著述，许多是为了“干世主”，有些则总结了各种论辩、游说之术。《史记·孟子荀卿列传》载稷下诸子“自驺衍与齐之稷下先生如淳于髡、慎到、环渊、接子、田骈、驺奭之徒，各著书，言治乱之事，以干世主，岂可胜道哉”②，于此可窥一时之风气。著书干世主最成功的例子是韩非，《史记》称韩非“为人口吃不能道说，而善著书”，“人或传其书至秦。秦王见《孤愤》《五蠹》之书，曰：‘嗟乎，寡人得见此人与之游，死不恨矣！’李斯曰：‘此韩非之所著书也。’秦因急攻韩”（《老子韩非列传》）③。韩非子还著有《说难》一篇为太史公称道，专论游说之难，条分缕析，十分周备；《难言》一篇是向韩王上书论进言之难，可以说是《说难》的姊妹篇；《难一》至《难四》四篇是对前人言论的辩难；《难势》是围绕慎到“势”理论的辩难。《韩非子》书中

---

① 《墨子·非命》：“先圣王之患也，固在前矣，是以书之竹帛，镂之金石，琢之槃盂，传遗后世子孙。”类似的话在《尚贤》《兼爱》《天志》《贵义》《鲁问》等篇也曾多次提及。

② （汉）司马迁撰，［日］泷川资言考证，杨海峥整理：《史记会注考证》，上海古籍出版社2015年版，第3042页。

③ 同上书，第2758、2771页。

针对儒、墨等各家观点进行的辩论更是所在多有，足见韩非对论辩、游说之术的精心钻研。先秦名辩之学十分发达，仅《汉志》著录就有七家三十六篇，包括《邓析》二篇、《尹文子》一篇、《公孙龙子》十四篇、《成公生》五篇、《惠子》一篇、《黄公》四篇、《毛公》九篇。《汉志》引孔子曰："必也正名乎！名不正则言不顺，言不顺则事不成。"并且说："此其所长也。及警者为之，则苟钩鈲析乱而已。"① 其实观名家诸子，意在名辩，绝非儒家正名思想如君君臣臣者可囊括，刘、班以儒家观念匡范诸子，名家只能全部归入其所谓"警者"之列；倒是司马谈言："名家，苛察缴绕，使人不得反其意，专决于名，而失人情，故曰'使人俭而善失真'。若夫控名责实，参伍不失，此不可不察也。"（《史记·太史公自序》）② 所说较合实际。据王叔岷研究，名家有三派：名实派、诡辩派和玄虚派。王氏谓诡辩派倡无厚、坚白之说，邓析、公孙龙是也；玄虚派则近庄子；名实派重在循名责实，为名家正统派，《尹文子》可为代表③。依笔者的看法，先秦名学，还应加上儒家的正名派。名实派以循名责实为根本要义，其说为法家、黄老所用④，实为诸子中革新理论的代表；正名思想为儒家主张，强调君臣父子的名分、地位，其中不乏守旧的成分。当然，四派之中，正名派与名实派最相接近，玄虚派与诡辩派亦相邻。上古礼、法并无严格界线，邓析之名辩与"法"相关，孔子之正名由"礼"而来，《汉志》所谓"名家者流，盖出于礼官"，实不为无见。

此外，像《墨辩》六篇所记，既有不少科学知识，又有一些诡辩的内容；《庄子·天下篇》记载了惠施、公孙龙等人的辩题，则多属诡

---

① （汉）班固撰，（清）王先谦补注：《汉书补注》，上海古籍出版社 2008 年版，第 2987 页。

② （汉）司马迁撰，［日］泷川资言考证，杨海峥整理：《史记会注考证》，上海古籍出版社 2015 年版，第 4309 页。

③ 王叔岷：《先秦道法思想讲稿》，中华书局 2007 年版，第 184 页。

④ 关于刑名之学与法家、黄老的理论关系，可参看笔者博士学位论文《战国至汉初的黄老思想研究》第二章第二节"黄老与名、法的关系"。

辩，《庄子》自己也有一些属于名辩的理论见于《齐物论》等篇；《荀子·正名》应该是儒家名学思想的总结①。至于相互论辩的现实情况，如《庄子》中记载的庄子与惠施的论辩，《孟子》中记载的孟子与告子等关于人性善恶的争论，《荀子》中记载的荀子与临武君的议兵，更多的则是如《战国策》中策士的游说论辩之辞。

游说、论辩风气乃时势使然，一方面促进了此类理论的著述，另一方面也在一些著作中记载下了此类事件，此类著述与现实之间相互促进、相得益彰，各思想流派，无论儒、墨、名、法还是纵横、阴阳、道德等，皆卷入了这一时代潮流。如果说前述师徒授受的记录以及对历史传说故事的记录和使用主要是对史官著述意识、著述方式的继承，那么，游说、论辩风气以及由此产生的相关著述则主要是春秋末、战国以来兴起的新事物，并且后者带有更强的主观能动性和现实目的性。

就著述的主体而言，虽然春秋末期可能已经出现了私家著述的情况，但早期师徒授受类的著述终究是以一家一派的集体撰著为主，如《论语》《墨子》可能是孔子、墨子的门弟子或再传弟子集体写成，非成于一时一人；后来的著述，即使以师徒授受的记录而言，直接参与撰写的师长也越来越多，如《孟子》即孟子和万章之徒共同写就的；至战国后期，则诸子的写作很多已是本人所为，应该说，此时的著述差不多是一种自觉的行为，著述意识已经近乎觉醒。

像荀子，其书大部分是自己写的，仅《大略》以下六篇不似荀子亲笔，杨倞以为《大略》篇“盖弟子杂录荀卿之语”，《宥坐》等五篇则“皆荀卿及弟子所引记传杂事”②，杨倞的判断应该是符合实际的。荀子的弟子韩非，更以善著书闻名，他本人虽然因口吃不善言谈，却对

① 关于先秦名学，可参看胡适《先秦名学史》，学林出版社 1983 年版；张吉良《中国古典道学与名学》下编，齐鲁书社 2004 年版；翟锦程《先秦名学研究》，天津古籍出版社 2005 年版。

② （清）王先谦撰，沈啸寰、王星贤点校：《荀子集解》，中华书局 2013 年版，第 573、614 页。

游说、论辩有着精到的研究，他的书中除了大量的专题论文，还有不少显然是为写作或论辩准备的资料，如《内外储说》《难一》至《难四》等篇。荀、韩的著述行为表明，他们的著述已经是自觉的行为。而事实上，这在当时应该不是个别现象，如前引《史记》所言稷下诸子“各著书言治乱之事，以干世主”之举，司马迁在后文又云：“慎到，赵人。田骈、接子，齐人。环渊，楚人。皆学黄老道德之术，因发明序其指意。故慎到著十二论，环渊著上下篇，而田骈、接子皆有所论焉。”至于荀卿，司马迁也谓：“于是推儒、墨、道德之行事兴坏，序列著数万言而卒。”可见战国末年诸子著书立说甚为风行，诸子之书也流传甚广，所以司马迁说“世多有其书”（《史记·孟子荀卿列传》）①。

堪称先秦最后一部巨著者，莫过《吕氏春秋》。《史记·吕不韦列传》记吕不韦组织门客撰写《吕氏春秋》的始末云：“是时诸侯多辩士，如荀卿之徒，著书布天下。吕不韦乃使其客人人著所闻，集论以为八览、六论、十二纪，二十余万言。以为备天地万物古今之事，号曰《吕氏春秋》。”② 其书虽为集体合撰，非个人独著，然就其规模之恢宏，体系架构之完备，洵为晚周最具自觉性的著作，也是著述意识走向觉醒的重要体现。

笔者以为，著述意识的彻底觉醒，应该是司马迁的时代。司马迁当然继承了古来史官的著述意识，但他较以往的史官在著述上更加“自觉”。他把《史记》的写作作为毕生的事业，并至少在两处（《太史公自序》《报任少卿书》）回顾了自古以来圣贤困而著书的史事，将屈原的“发愤抒情”发展为“发愤著书”之说。至此，中国的著述历史走过了荒远蒙昧的史前时代，敬鬼事神的巫觋时代，理性曙光的史官时代，方始进入自觉发愤的觉醒时期。

---

① （汉）司马迁撰，［日］泷川资言考证，杨海峥整理：《史记会注考证》，上海古籍出版社 2015 年版，第 3043—3047 页。

② 同上书，第 3263、3264 页。

第二节　古书著述体例的总结

——以先秦诸子为主

著述体例，从字面意思讲，凡与著述相关的规则、格式及各种带有规律性的方面，皆应包含在内。就其内容言，包括撰写者、撰写方式、撰写格式、文体流变、作品的物质形态、收藏流传、著录分类等多个方面。

前人在这方面已有很多论述，值得我们借鉴，故本章首先在前人所述的著述体例基础上，以先秦诸子为主，结合出土文献的相关情况，总结古书的著述体例。

笔者以为，前人对著述体例论述较少的一个方面是古书的文体。这不仅包括文体的类型，还包括私家著述出现前后文体的继承问题和新的文体演变生成的问题，这两个方面将是本章第二、三节重点论述的内容。

前人对古书著述体例的总结，首推余嘉锡《古书通例》，其实在余先生之前，刘咸炘先生已多所论及①，更早则章学诚已有所涉及，稍后则有张舜徽《广校雠略》，近年学者论及此问题的亦复不少，如李学勤《对古书的反思》、李零《出土发现与古书年代的再认识》、美国汉学家顾史考《以战国竹书重读〈古书通例〉》等文章，以及众多关于出土文献的研究专著和论文，都能结合出土的简帛古书，对此问题进行或深或

① 余嘉锡之书“为作者30年代在北京各大学讲授校读古籍时所写的讲义，一名《古籍校读法》”（周祖谟《前言》）；刘氏之说散见于《续校雠通义》、《校雠述林》和《目录学》三书，据其自记，《续校雠通义》早在1919年作者23岁生日时就写成初稿，迟至1928年修改定稿，并于是年讲授《目录学》，亦名曰《古书校读法》，《校雠述林》则为作者在不同时期写成的校雠学论文合集，时间大约自1925年至1932年作者去世。不知余先生之书是否参考过刘咸炘先生的著作？刘先生僻处西南，英年早逝，足迹限于巴蜀，身后声名不彰，著述鲜为人知，良可慨也！然其论著宏富深湛，实有待发掘宣扬，而非我辈浅陋可道也。以上三书见刘咸炘著，黄曙辉编校《刘咸炘学术论集·校雠学编》，广西师范大学出版社2010年版。

浅的研讨。这些都是从校雠学、目录学等文献学的角度对古书著述体例进行的研究。

自清末以来，出土文献的不断涌现为研究古书形制提供了直观的例证，这方面的探讨不仅可以印证著述体例的研究成果，而且本身也是著述体例研究的重要内容。在这方面，清代虽有一些研究，但因缺乏出土文献的支撑，终不能突破汉唐人的窠臼，较早的重要贡献是王国维的《简牍检署考》，20 世纪 50 年代末陈梦家据武威汉简的情况写成《由实物所见汉代简册制度》一文，是简牍格式研究的标志性成果。近年来这方面的文章、专著已经不少，如冯胜君《从出土文献谈先秦两汉古书的体例（文本书写篇）》、胡平生《简牍制度新考》等文章，林清源的专著《简牍帛书标题格式研究》，冯胜君著《二十世纪古文献新证研究》，以及程鹏万的《简牍帛书格式研究》，等等，都是较有分量的研究成果。

本文以《古书通例》等直接研究古书著述体例的内容为根本，对前人的研究成果进行总结，并参以简帛古书格式的研究成果，逐条论之于下。

一　古书作者问题

（一）"古书不题撰人"

余嘉锡认为"古书不题撰人"，历考《易》《书》《诗》《礼》，然后总结说："周秦古书，皆不题撰人。俗本有题者，盖后人所妄增。"并引《史记》秦始皇、汉武帝见韩非、司马相如的文章而不知为何人所作，即古人著书不自署名之证；又历考《汉志》所著录，曰："盖古人著书，不自署姓名，惟师师相传，知其学出于某氏，遂书以题之，其或时代过久，或学未名家，则传者失其姓名矣。即其称为某氏者，或出自其人手著，或门弟子始著竹帛，或后师有所附益，但能不失家法，即为某氏之学。古人以学术为公，初非以此争名，故于撰著之人不加别白也。……古书之题某氏某子，皆推本其学所自出言之。"①

① 余嘉锡：《目录学发微　古书通例》，中华书局 2007 年版，第 200—210 页。

余氏之说，实为章学诚“言公”之义的发挥。章氏言：“古人之言，所以为公也，未尝矜其文辞，而私据为己有也。”《言公》三篇，历论经史子集以及辑佚、假托等各类著述文辞为公之义，其于诸子，则曰：“诸子之奋起，由于道术既裂，而各以聪明才力之所偏，每有得于大道之一端，而遂欲以之易天下。其持之有故，而言之成理者，故将推衍其学术，而传之其徒焉。苟足显其术而立其宗，而援述于前，与附衍于后者，未尝分居立言之功也。”①

按：章氏于他处屡申“古人不著书”（《易教上》）、“古未尝有著述之事”（《诗教上》）之义，其“言公”说的立意虽略有不同，但实已包含“古书不题撰人”之义在内。所谓“援述于前，与附衍于后”，即余氏所说“或出自其人手著，或门弟子始著竹帛，或后师有所附益，但能不失家法，即为某氏之学”也；“言公”者，即余氏所说“古人以学术为公，初非以此争名”也。

刘咸炘对章氏之说多有阐发，集中于《校雠述林》之《子书原论》《续言公》二篇，《目录学·真伪篇》也曾论及②。刘氏还引孙星衍、严可均之说③，可明此义已久为学者所倡言。在《子书原论》中，刘氏引章学诚《言公上》论汉初经师口耳相授然后著之竹帛，“推衍变化，著于文辞，不复辨为师之所诏与夫徒之所衍也”，然后说：“按此节论经家授受之状甚详，诸子固亦如是。经生传记与诸子之书，其体本相出入……虽曾、思、孟、荀之伦皆有子书，而传述经义者之为传记自若也。然自训诂以外，旁衍义理，则亦与诸子无殊矣。……诸子之书，其成也不以一时，其作者不必一手。”④

---

① （清）章学诚撰，吕思勉评：《文史通义》，上海世纪出版集团、上海古籍出版社 2008 年版，第 53 页。

② 并见刘咸炘著，黄曙辉编校《刘咸炘学术论集·校雠学编》，广西师范大学出版社 2010 年版。

③ 同上书，第 112、289 页。

④ 刘咸炘著，黄曙辉编校：《刘咸炘学术论集·校雠学编》，广西师范大学出版社 2010 年版，第 119 页。

按：此处将诸子与儒家经传的传授相比拟，以为传记、诸子之体本相出入，甚有意致，儒家本诸子百家中的一家，诸家讲学授受本极相似，其成书情状、体例自亦相近。而此说对如何界定"诸子"也颇具启发意义。

刘咸炘又谓："夫说理之书之为徒裔集录，岂独华夏为然哉，释迦之经集于阿难，耶稣之约书于使徒，递相传衍，犹之七十子以降也。其言行兼载，亦如《论语》也。希腊哲人多传格言，其体犹之《老子》也。苏格拉底之语在柏拉图书中，犹《鬼谷子》之为苏秦书也。异地皆然，足以证其为理文初兴之常例。"①

按：从世界思想史的视角看先秦诸子著述体例，对于理解早期著述初兴时期的特点无疑具有很好的启发意义。

关于"古书不题撰人"之义，后之学者每有论说，而大致不出章、刘、余等人的观点，如张舜徽《广校雠略》论"古初著述不自署名之故"，也只是发挥学术为天下之公器的道理②；李零《出土发现与古书年代的再认识》、顾史考《以战国竹书重读〈古书通例〉》③ 等文章也论及此点，皆余氏论点的发挥。

（二）作者署名之始

古书不题撰人，论者已多，然后世著书莫不自署姓名，其事必由来有渐。余嘉锡引无名氏《中论序》曰：

> 予以荀卿子、孟轲怀亚圣之才，著一家之法，继明圣人之业，皆以姓名自书（余氏按：荀子名况不名卿，孟子名亦只见于书中，

① 刘咸炘著，黄曙辉编校：《刘咸炘学术论集·校雠学编》，广西师范大学出版社 2010 年版，第 123 页。

② 张舜徽：《广校雠略·汉书艺文志通释》，华中师范大学出版社 2004 年版，第 27 页。

③ 李零：《出土发现与古书年代的再认识》，《李零自选集》，广西师范大学出版社 1998 年版，第 27 页；［美］顾史考：《以战国竹书重读〈古书通例〉》，《简帛》第 4 辑，上海古籍出版社 2009 年版，第 427、428 页。

此语不可据)，犹至于今，厥字不传。原思其故，皆由战国之世，乐贤者寡，同时之人，不早记录。岂况徐子《中论》之书，不以姓名为目乎？故不量其才，喟然感叹。先目其德，以发其姓名，述其雅好不刊之行，属之篇首，以为之序。

此确可为汉代作者著书尚无自题姓名之证。余嘉锡先生还举司马迁、扬雄著书自为序，与徐干《中论》同时代人为之作序，皆因“恐历久远，名或不传”，并由此判断，“至于每卷自署某人撰，虽不详其所自始，要其盛行，当在魏、晋以后矣”①。

张舜徽又举汉末陈纪《陈子》之例，由《后汉书·陈寔传》《古文苑·鸿胪陈君碑》《魏志·陈群传》注引《魏书》，证《陈子》之称非纪自题，乃世人尊奉的称号，其说可为余氏观点的旁证。张先生又推断“魏以后学者始自名其书为子”，谓：“迨晋葛洪自名其书为《抱朴子》，梁萧绎自题所作曰《金楼子》，学者沿波，述造日广，名虽类乎古者，义实乖于前例矣。”②

李零谓“古书普遍题写撰人是从《隋志》才开始”③，从现存目录学著作的角度讲，此说是可以成立的。但须知《隋志》修成于唐高宗显庆年间，其所本为《隋大业正御书目》和梁阮孝绪的《七录》，可能在这两种目录书中题写撰人已很普遍。但据张舜徽的考证，著述而自署姓名之事当起于晋以后，他说：

大氐古书记注撰人姓字，或出乎时人之口，或题于后师之手，若夫有意自显名氏，惟赖有自叙之文，或进书之表耳。至于开卷上标书名，而下题某撰，非特两汉人著述无此例，即魏、晋人之书如

① 余嘉锡：《目录学发微　古书通例》，中华书局2007年版，第209页。

② 张舜徽：《广校雠略·汉书艺文志通释》，华中师范大学出版社2004年版，第28页。

③ 李零：《出土发现与古书年代的再认识》，《李零自选集》，广西师范大学出版社1998年版，第27页。

《周易》王弼注、《尔雅》郭璞注之类，悉非作者所自题。《经典释文》“周易王弼注”标题，《音义》云：“本亦作‘王辅嗣注’，今本或无注字，师说，无者非。”据此，可知“王弼注”三字固唐以前学者所补署，或称其名，或举其字，故不一也。推之《尔雅》题郭璞注，亦同出后师手。邢昺谓由其人自题，非也。臣瓒集解《汉书》，既无叙篇，而时人又不为补署姓氏，卒致名存氏佚，亦事之常，无足怪者。可知著述而自署姓名于书端，必起于晋以后矣。①

综上所论，作者署名盖始于晋之后、隋之前，即南北朝时期。而自题书名曰“某子”，则至少可追溯至西晋葛洪的《抱朴子》。②

二　古书的标题

此项研究是较为特殊的，传统的文献目录学家如余嘉锡、张舜徽等从传世文献总结古书标题问题，固然与史实大致吻合；现代学人则直接对简帛文献的实物观测总结出了古书标题的一些规律。

（一）文献目录学家的研究

余嘉锡认为：“古书之命名，多后人所追题，不皆出于作者之手，故惟官书及不知其学之所自出者，乃别为之名，其他多以人名书。”并将古人名书之例归为五类：一为官书命名之例，“其书不作于一时，不成于一手，非一家一人所得而私，不可题之以姓氏，故举著书之意以为之名”，如《易》《春秋》《诗》《书》《尔雅》以及《汉志·六艺略》中所录的书多为此类。二是“古书多摘首句二字以题篇，书只一篇者，

① 张舜徽：《广校雠略·汉书艺文志通释》，华中师范大学出版社 2004 年版，第 30、31 页。

② 古书作者有不少是依托所为，但即使依托之作，其所依托之人也是历史上或传说中有相当影响的人物，有时还有相当的理据。笔者曾考证《文子》一书的依托对象即文子其人的问题，认为文子即文种，且与传说中的范蠡之师计然为同一人，参见高新华《文子其人考》，《文史哲》2012 年第 4 期。

即以篇名为书名”，这在很大程度上涉及篇名的问题，如《诗》即多摘篇中文字以题篇，“书只一篇者，即以篇名为书名”的例子是《孝经》。至于诸子，如《论语》《孟子》的篇名也是摘字名篇，乃因其为“门弟子纂辑问答之书，虽或以类相从，而先后初无次第。故编次之时，但约略字句，断而为篇，而摘首句二三字以为之目”。而像《荀子》《韩非子》等书的篇名，“成于手著者，往往一意相承，自具首尾，文成之后，或取篇中旨意，标为题目”。三是“古书多无大题，后世乃以人名其书”，谓古人著书往往单篇别行，有篇名而已，及后世门弟子或他人为之编次成书，乃题曰某子或书其姓名。这是讲篇名之上的书名，多为后人追题。四是“《汉志》于不知作者之书，乃别为之名”，如儒家之“《内业》《谰言》之属盖皆后人之所题，或即用其首篇之名以名书。《儒家言》《杂阴阳》《法家言》《杂家言》，则刘向校雠之时，因其既无书名，姓氏又无可考，姑以其所学者题之耳”。五为“自撰书名之所自始”，最早而可据者为《论语》，盖“门人论纂之时，已勒为成书。既裒然巨帙，不可无大名以总汇之也”，而《吕氏春秋》始为“自著书而自命之名”，西汉《淮南鸿烈》《太史公》亦如此，盖自撰书名，萌芽于《吕氏春秋》，而成于武帝之世。①

张舜徽总结古书标题通例，其出于余嘉锡之外者有数端，如谓“自为篇题起于记事之书”，其途有三，“有举事以为题者，《尚书》是也。……有缘人而立号者，《春秋》是也。……有据物以标目者，《尔雅》是也”②。又谓“诸子名篇新异为著述之始衰”，“若夫诸子自著之

① 余嘉锡：《目录学发微　古书通例》，中华书局2007年版，第210—217页。张舜徽不同意司马迁自题书名为《太史公》之说，以为《太史公自序》“为太史公书序略”之语乃汉以后人所妄增，非史公原文，“所谓序略，犹云自序之节略耳”；又谓《论语》之名不出先秦，至西汉孔安国始有《论语》之称，《坊记》不可据，详氏著《广校雠略》，华中师范大学出版社2004年版，第19、20页。

② 按：张氏此说似为余氏观点的发挥，余氏在《目录学发微》中曾言：“其有古人手著之书，为记一事或明一义自为起讫者，则以事与义题篇，如《书》之《尧典》、《舜典》，《春秋》之十二公，《尔雅》之《释诂》、《释言》等是也。”见氏著《目录学发微　古书通例》，中华书局2007年版，第34页。

文，竞立美题以相炫耀者，乃著述始衰之征”，其所谓标新立异的诸子篇题，仅举《庄子》内七篇为例，以为“其意盖欲立异标新，以震赫天下耳目，行文既华夸如彼，名篇宜奇诡如此矣”。又揭出古书有“篇中标题”之例，“有总群篇以成一文，而惟分析其名以著于末者，《荀子·赋篇》下列礼、知、云、蚕、箴诸目是也。一篇之中物以类聚，有分标其目于每类之末，使相统摄者，《尔雅·释亲》以下诸篇是也。一篇之中叙述错杂，有分题其事于每章之末，使不相淆者，《礼记》‘文王世子’、‘子贡问乐’之类是也。……若夫发其义于一章之首，以举下事者，以《荀子》书中为最多，《不苟篇》云‘欲恶取舍之权’，杨倞注曰‘举下事也’。杨氏第于此篇发其例，而案之全书三十二篇中，此类正复不少。揆诸古书标题之体，必出于后世编书者所题，盖变例也”①。

按：余、张二人所论，在仅以传世文献为据的条件下，可说已极详赡。张氏在自题书名的起始问题上，对余氏《论语》《太史公》二例提出了反驳，但并未对余氏“始于《吕览》、成于汉武”的观点提出质疑，也没有提供新的建设性论点，似乎对余氏的观点仍是认可的。此外，张氏提出的自题篇名始于记事之书和篇中标题的问题，都是值得进一步探讨的。

书名之起至少在秦汉之前是没有疑问的，自题书名是否成于武帝时还可以讨论。《汉志·小说家》有待诏臣饶《心术》二十五篇，班固自注：“武帝时。”颜师古曰：“刘向《别录》云：‘饶，齐人也，不知其姓，武帝时待诏，作书名曰《心术》也。’”观刘向之意，似乎此书名是臣饶自题，而不是像陆贾之书被他人称为《新语》。若果如此，至少从武帝时期，自题书名的现象开始流行起来的看法，应该是大致符合史实的。

（二）今人基于出土文献的研究

今人在大量出土文献可资参证的基础上，对古书标题的研讨更趋细

① 张舜徽：《广校雠略·汉书艺文志通释》，华中师范大学出版社2004年版，第22—26页。

致。陈梦家、马先醒、池田知久、张显成、骈宇骞、林清源、冯胜君、程鹏万等诸多学者都有论及①。其中，犹以林清源的《简牍帛书标题格式研究》搜集资料最为完备，研究亦较深入。

这些研究多集中在标题的“格式”方面，即据简帛实物总结标题的书写位置、字体大小、结构层级等，而其中一个潜在的争议点即书题的有无。前已言及，余嘉锡认为“古书多无大题”，李零更进一步主张普遍题写书题是隋唐以后之事②，但他们都认为“书只一篇者，即以篇名为书名”。其他学者的研究则有不同的意见，如骈宇骞认为，张家山汉简的《二年律令》《奏谳书》《脉书》《算数书》《盖庐》《引书》，以及睡虎地秦简的《效律》《语书》《封诊式》《日书》，马王堆帛书的《经法》《十大经》《称》《道原》等皆为书题，此外，他在介绍《算数书》时还认为包山楚简的《疋狱》《受期》也都是书题。

总之，李零先生的意见，似乎与他主张的《隋志》始普遍题写撰人的观点相一致，而骈宇骞先生的观点则与余、张二先生“始于《吕览》、成于汉武”的看法相吻合，这是目前两个分歧较大的观点。③

三　古书成书方式

这个问题前面已多有涉及。如早期古书多非手著，而出自本门弟子后学之手，这是早期子书多语录对话体的一个重要原因，也是其成书模

---

① 陈梦家：《由实物所见汉代简册制度》，《汉简缀述》，中华书局 1980 年版，第 301—303 页；马先醒：《睡虎地秦简中的篇题及其位置》，《简牍学报》1981 年第 10 期；［日］池田知久：《郭店楚简〈五行〉研究》，《中国哲学》第 21 辑，辽宁教育出版社 2000 年版，第 94 页；张显成：《简帛标题初探》，谢维扬、朱渊清主编《新出土文献与古代文明研究》，上海大学出版社 2004 年版，第 299—307 页；骈宇骞：《出土简帛书籍题记述略》，《文史》2003 年第 4 辑，第 26—56 页；林清源：《简牍帛书标题格式研究》，台北：艺文印书馆 2004 年版；冯胜君：《从出土文献谈先秦两汉古书的体例（文本书写篇）》，《文史》2004 年第 4 期；程鹏万：《简牍帛书格式研究》第六节“题记 · 一 标题”部分，上海古籍出版社 2017 年版。其他涉及此问题的论述尚多，兹不一一列举。

② 李零：《出土发现与古书年代的再认识》，《李零自选集》，广西师范大学出版社 1998 年版，第 27 页。

③ 关于书名的出现及题写方式的演变问题，本章第三节有详细考证，可参看。

仿史官著述的一个方面，此不赘述。

关于成书方式，还有与不皆手著相关的另外一个方面，即古书成书尤多附益。古人著述，既不自署姓名，又不自编次，且往往别本单行、单篇流传，所以后人编定其书时，往往将记载其生平行事之文，或相关的论辩对答之语，汇编成一书；也有的将后师所作，附先师以行。这就是所谓的“一家之学”，也是李零所说的古书具有丛编性质。这些后人附加的文字与后世的“附录”还不一样，与先师之作并没有明显的区分，因此余嘉锡先生称之为古书的“附益”。这一点，余先生列了五个方面[①]。

（一）附记平生行事，如后世文集附列传、行状、碑志之类

如《管子》的《大匡》《中匡》《小匡》《戒》篇等，不啻管仲的传记。正如俞樾《古书疑义举例》卷三《古书传述亦有异同例》所说：“《国语·齐语》是齐国史记，《小匡》一篇多与《齐语》同，盖管氏之徒刺取国史以为家乘。”如此之类甚多。

（二）附记相关议论及时人辩驳

如《韩非子·存韩篇》是韩非使秦时所上之书，末附李斯《驳议》，是李斯谗害韩非“终为韩不为秦”（《史记·老子韩非列传》）的诬陷之词，后人编韩非之书，伤悼他不得其死，故书其事于首篇，犹全书之序也，再如《商君书》以《更法》为首篇，也是编书者著其变法之事于首，录商鞅与甘龙、杜挚等人辩难，以明其说得行的情况；又如《公孙龙子·迹府第一》叙述公孙龙与孔穿在平原君家相辩难之语，盖亦后人著录为首篇，作为全书纲领。

（三）附记文词对答之始末

余先生举扬雄、蔡邕之例，固然不错，但周秦诸子中凡语录、对话之体，莫非此类。

---

① 参见余嘉锡《目录学发微　古书通例》，中华书局 2007 年版，第 288—296 页。兹约其言而引之，词句与原书不尽同。

（四）附记行事言说

如《荀子·大略》篇，文多细碎，以数句说一事，杨倞注曰："此篇盖弟子杂录荀卿之语，并略举其要，不可以一事名篇，故总谓之《大略》也。"《宥坐》《子道》《法行》《哀公》《尧问》五篇也是杂叙古事，文体与《荀子》他篇专题论文的写法明显不同，无疑也是古书附益的一种体例。

（五）门人附记之语

诸子之中，有门人附记之语，就像后世的题跋。如《荀子·尧问》篇末说："为说者曰：孙卿不如孔子。是不然也。"首末三百余言，详加辩驳，推崇荀卿备至，全如题跋之体。

此外，李零还指出，古书有"往往分合无定""出此入彼"的特点，如银雀山汉简《守法守令十三篇》，其中有四篇与现存古书相出入：《守法》、《守令》与今《墨子》讲城守之法的各篇相出入；《王兵》与《管子》的《参患》《七法》《地图》等篇相出入；《兵令》与今《尉缭子·兵令》相出入。还有像《礼记》《孔子家语》等都是"儒家者言"一类的古书，这些书取舍多端，不自一途，有时会形成分合无定的许多种书①。

顾史考还提到出土的战国楚简中也有后学附益的例子，"如慈利楚简中，即有叙及管仲之事者，其中有与《国语·齐语》或《管子·小匡》篇雷同者，或即尊管仲为师者之后学所作也。上博五《竞建内之》及《鲍叔牙与隰朋之谏》亦皆叙及齐桓公与其大夫的对话，或亦与同门后学有关也未可知。然若欲谓之为'附益'，则其附益于何种前作尚且不明。若夫后学所作之附于先师以行，则适才所提到马王堆帛书本《五行》篇即是其明例，后学之说即在同一卷内附于经文之后，明非一人之著，但同为一家之学。最甚者则有如郭店简《语丛三》篇，明有数种不同书法体同编为一篇，其所书内容或本各自不相关，而共借同一

---

① 李零：《出土发现与古书年代的再认识》，《李零自选集》，广西师范大学出版社 1998 年版，第 29、30 页。

个书写媒体耳。果若如此，则仅察此一例，而辨别古书之作者，甚至识别一篇之学派归属等，其难度与复杂性可知矣。”①

四　古书之分内外篇

余嘉锡指出，古书往往分为内篇与外篇，从《汉书·艺文志》的著录来看，有同为一家之学，以内、外分为二书者；有一书之内，自分内、外者。内外篇的区分，有如下数端②。

（一）凡以内、外分为二书者，必同为一家之学，而体例不同者也

如《汉书·艺文志》中《诗》家有《韩内传》四卷、《韩外传》六卷，《春秋》家《公羊》《穀梁》皆有外传。今《韩内传》已亡，所传《韩诗外传》十卷，亦非完书。而《公羊》《穀梁》的外传皆不传，难以考其异同。至于汉代人将《左传》与《国语》看作《春秋》的内、外传，认为皆左丘明所作。如王充《论衡·案书》篇说：“《国语》，左氏之外传也。左氏传经，辞语尚略，故复选录《国语》之辞以实。”可见东汉之时，《国语》已有《外传》之名，而且以《左传》《国语》为一家之学，分题内、外。但是二书体例不同，《左传》依《春秋》作传，《国语》则每事自为一章，略如后代纪事本末体。韦昭《国语叙》说：“其文不主于经，故号曰《外传》。”（《国语》卷首）看来，是否“主于经”，即为古书分为内、外二传的标准。

（二）一书之内自分内、外者，其外篇大抵较为肤浅，或疑为依托，其例定于刘向

刘向编次古书，有两种体例：一是就原有的篇目，取其文体不类

---

① ［美］顾史考：《以战国竹书重读〈古书通例〉》，《简帛》第4辑，上海古籍出版社2009年版，第441、442页。按，顾氏所说马王堆《五行》篇是一种典型的经解体，此种文体的形成自然是以先师之说为“经”，后学传述为“解”或“说”，传世文献中也较常见，如《墨子》中有《经》和《经说》，《韩非子》中有《解老》《喻老》《内外储说》等。关于“经解”“经说”两种文体的细微区别及帛书《五行》篇的文体问题，下文有详论，可参看。

② 按，以下四条皆略述余先生之义，见余嘉锡《目录学发微　古书通例》，中华书局2007年版，第279—286页。

者，分之以为外篇；二是原书篇章真赝相杂，乃别加编次，取各篇中之可疑者，类聚之以为外篇。

前者如《史记》著录《孟子》七篇，而《汉书·艺文志》则有《孟子》十一篇，《风俗通义》卷八也说："孟轲作书中外十一篇"，此必是刘向依据《史记》，以其溢出之数，编为外书。赵岐《孟子题辞》说："（孟子）著书七篇，二百六十一章……又有《外书》四篇，《性善辩》《文说》《孝经》《为政》，其文不能弘深，不与内篇相似，似非孟子本真，后世依放而托之者也。"（《孟子注疏》卷首）赵岐是否依据刘向《别录》而作此论定，我们已不得而知，但从他的论述中，我们不难看出《孟子》七篇与《外书》四篇的明显区别。

后者如刘向《晏子书录》说："其书六篇，皆忠谏其君，文章可观，义理可法，皆合六经之义。又有重复，文辞颇异，不敢遗失，复列以为一篇。又有颇不合经术，似非晏子言，疑后世辩士所为者，故亦不敢失，复以为一篇。凡八篇。"又，《篇目》说："《外篇》重而异者第七，《外篇》不合经术者第八。"（均见卢文弨《群书拾补》校元刻本）这里指出了第七、第八两篇应列为《外篇》的理由。由此可以考知，刘向在一书之中分列外篇的标准，大抵是因为辞旨重复，传闻异辞，或者怀疑书中所说出于依托。

所以从文献记载和现存古书来看，凡一书之内自分内、外篇的，内篇多为作者论学的宗旨所在，意蕴弘深，而外篇往往比较拉杂、肤浅，不成系统，甚至杂有依托的成分。

（三）古书区分内、外篇当始于刘向

今本《庄子》三十三篇，《内篇》七篇、《外篇》十五篇、《杂篇》十一篇。《内篇》是《庄子》的精义所在；《外篇》虽内容庞杂，仍略有统系；《杂篇》则是"绪言余论"，杂乱无绪。《杂篇》中只有《天下》篇极为精彩，大概是全书之序，循例列于全书之末。考《史记·老子韩非列传》附《庄子传》说："作《渔父》《盗跖》《胠箧》，以诋訾孔子之徒，以明老子之术。《畏累虚》《亢桑子》之属，皆空语无事实。”按今本《庄子》，《胠箧》在《外篇》，《渔父》《盗跖》《庚桑楚》（洪颐煊《读书丛录》卷14以为“亢桑子”即“庚桑楚”）在《杂篇》，可知司马迁所见《庄子》一书，当无内、外、杂篇的分别。后来刘向校理群书，始分内、外、杂篇，编次定著。

再如《史记·孟子荀卿列传》只说孟子“退而与万章之徒，作《孟子》七篇”，并未言及《外书》四篇。所以后来的论者怀疑是刘向根据《史记》，以其溢出之数，编为《外书》。然则《孟子》外书之分，也出自刘向。

（四）后世文集的内外篇

周秦子书区分内、外篇之例，影响到后世文集、杂著的编著。后世作者自编的文集、杂著，若区分内、外篇，内篇一般收录作者认为比较重要的作品，外篇则多为相关的材料。如刘知几《史通》、章学诚《文史通义》，都是如此。

后世作者的诗文作品，往往到身后才能编为全集，所以与古代诸子的情况很相似。作者的诗文作品，有的没有存稿，流传于世，有的自己不满，随时删去。编集的时候，如果出于子弟、门人及朋友之手，则去取严谨，此类作品大多不收录。流传久远，后人偶得前人遗稿，惜其放失，则又搜辑成帙，或重为编定，杂入原书之中，或编为外集，有时则不免杂入伪篇。作者的名气越大，杂入的伪篇越多。如韩愈、柳宗元的外集中，就杂有不少伪妄的文字。

五　古书别本单行、单篇别行之例

古书最早多是散篇杂著，原无一定之本。如《尚书》的典、谟、训、诰，为后世诏令奏议之祖，其中兼有虞、夏、商、周的文字，本非一时之作，其初原是零星抄合，所以都可以单篇别行。古人著作，原先也并无专集，往往随作数篇，旋即流行，为学者所传录，至于编成专集或收入总集，是后人所为。如《中庸》之编入《子思子》，《乐记》之编入《礼记》，《六韬》之编入《太公书》，《新语》之编入《陆贾书》，皆属此例。前文所举古书仅有篇名而无书名之例，也可为印证。

后世图书单篇别行之例，可分三种情况①。

第一，本为单行之篇，后人收入总集，其后又自总集内析出单行。如汉人从《尚书》中析出《禹贡》《洪范》，宋人从《礼记》中析出《曲礼》《檀弓》，单篇独行。

第二，本为单行之篇，后人收入总集后，原来的单行之本，还在社会上流传，与总集并存不废。例如《汉书·艺文志》“论语”类内有《孔子三朝》七篇，刘向《别录》说：“孔子三见哀公，作《三朝》七篇，今在《大戴礼》。”（《艺文类聚》卷55引，按今七篇俱在）所谓“今在《大戴礼》”，可知古本原自单行。又，《汉书·艺文志》“孝经”类有《弟子职》一篇，应劭说：“管仲所作，在《管子书》。”这也说明《弟子职》古本原自单行，与《管子》并存。

第三，本是全书，后人从其中抄出一部分，以便诵读，遂成单篇别行。如刘歆《让太常博士书》说：“至孝武皇帝，然后邹、鲁、梁、赵颇有《诗》《礼》《春秋》先师，皆起于建元之间。当此之时，一人不能独尽其经，或为《雅》，或为《颂》，相合而成。”（《汉书·刘歆传》）汉初本有《诗经》全本，但学者不能尽通其意，所以各取所长，取其中一部分诵习，遂成单行之本。王国维《观堂集林·太史公行年考》，认为《太史公书》130篇，在汉代往往有抄写以别行者，举《后汉书·窦融传》记载光武帝赐窦融《太史公书》中《五宗》《外戚世家》《魏其侯列传》等篇；又，《后汉书·王景传》中赐王景《太史公书》中的《河渠书》，以为明证。

这种情形在出土文献中看得更清楚，顾史考已指出如郭店楚简中的

① 按，以下三条皆略述余先生之义，见余嘉锡《目录学发微　古书通例》，中华书局2007年版，第266—269页。

许多篇被认为是思孟学派的作品，可能属于《子思子》，其他楚简可为明证者亦多。总之，“‘简帛繁重，抄写不易’，除了各别稍具经典性质的书籍或为别例开外，百家书以多篇合写而统一相传并非当时书写体制所能容之事，而单篇别行无疑是战国竹书流传之常例”①。

第三节　古书书名的发生与演变刍议

古书书名问题在上节虽已略有涉及，然其义仍有未尽者，故此详论之。

在此问题上，前人的观点和分歧在上节亦略有揭示，简言之，余嘉锡以为，除官书及不知其学之所自出者之外，多以人名书，自撰书名之所自始，《论语》而外，当以《吕氏春秋》为最早，而流行于汉武帝之世。②

张舜徽在自题书名的起始问题上，对余氏《论语》《太史公》二例提出了反驳，但并未对余氏“始于《吕览》、成于汉武”的观点提出质疑③。以出土文献为据，骈宇骞的看法也大致印证了余嘉锡之说，而李零则主张普遍题写书题是隋唐以后之事④，这与他主张的《隋志》始普遍题写撰人的观点相一致。

一　由《子羔》看古书书题的出现与题写

关于古书的书名问题，有一条材料是上博简的《子羔》，对“子

① ［美］顾史考：《以战国竹书重读〈古书通例〉》，《简帛》第4辑，上海古籍出版社2009年版，第435、436页。

② 余嘉锡：《目录学发微　古书通例》，中华书局2007年版，第210—217页。

③ 张舜徽不同意司马迁自题书名为《太史公》之说，以为《太史公自序》“为太史公书序略”之语乃汉以后人所妄增，非史公原文，“所谓序略，犹云自序之节略耳”；又谓《论语》之名不出先秦，至西汉孔安国始有《论语》之称，《坊记》不可据，详氏著《广校雠略》，华中师范大学出版社2004年版，第19、20页。

④ 李零：《出土发现与古书年代的再认识》，《李零自选集》，广西师范大学出版社1998年版，第27页。

羔”是篇题还是书题的论争关系到古书书题出现时间的早晚和题写方式等问题，有深入探讨的必要。

马承源先生在释文的“说明”中说：“《子羔》形体和上博竹书《鲁邦大旱》《孔子诗论》完全相同。……《子羔》是篇题，书于第五简之背，也可以看作与《鲁邦大旱》和《孔子诗论》合为一册的书题。”[①] 马先生在《孔子诗论》的“说明”提出三篇的关系“有两种可能性：同一卷内有三篇或三篇以上的内容；也可能用形制相同的简，为同一人所书，属于不同卷别”[②]。李零先生对此提出的不同意见是，这三部分内容实际上是一篇，里面的标识符是章号而非篇号，章号共五个：《三王之作》（即《子羔》）部分两个，《孔子诗论》部分两个，《鲁邦大旱》部分一个。章与章之间是连写接抄的，不像分篇那样有留白提行[③]。

但是，笔者注意到，《子羔》《鲁邦大旱》的末简，即《子羔》第十四简、《鲁邦大旱》第六简有大量的留白，并非如李零先生所说的那样是连写接抄的。篇题或书题即“子羔”的书写位置既有可能是书或篇的开头部分的简背，也有可能是结尾部分的简背。事实上，据学者们后来的研究，“子羔”二字应该是题写在《子羔》部分倒数第三简的简背[④]，也就是说，这三部分文字的次序，应该是《子羔》篇在最后。其实，不论这三部分文字如何排序，只要上述《子羔》《鲁邦大旱》的末简标识符后面有明显留白，都能够说明这三部分不是连写接抄的。《子羔》简 14 和《鲁邦大旱》简 6 的照片可以为证[⑤]（图 4－1）。

---

① 马承源主编：《上海博物馆藏战国楚竹书（二）》，上海古籍出版社 2002 年版，第 183 页。

② 马承源主编：《上海博物馆藏战国楚竹书（一）》，上海古籍出版社 2001 年版，第 121 页。

③ 李零：《上博楚简三篇校读记》，中国人民大学出版社 2007 年版，第 6、7 页。

④ 参看陈剑《上博简〈子羔〉、〈从政〉篇的竹简拼合与编连问题小议》，《文物》2004 年第 3 期；裘锡圭《谈谈上博简〈子羔〉篇的简序》，《中国出土古文献十讲》，复旦大学出版社 2004 年版，第 317—328 页；夏世华《〈上海博物馆藏战国楚竹书（二）·子羔〉集释》，简帛网，http：//www. bsm. org. cn/show_ article. php？ id＝857，发布时间：2008 年 7 月 29 日。

⑤ 两幅图片采自马承源主编《上海博物馆藏战国楚竹书（二）》，上海古籍出版社 2002 年版，第 47、56 页。

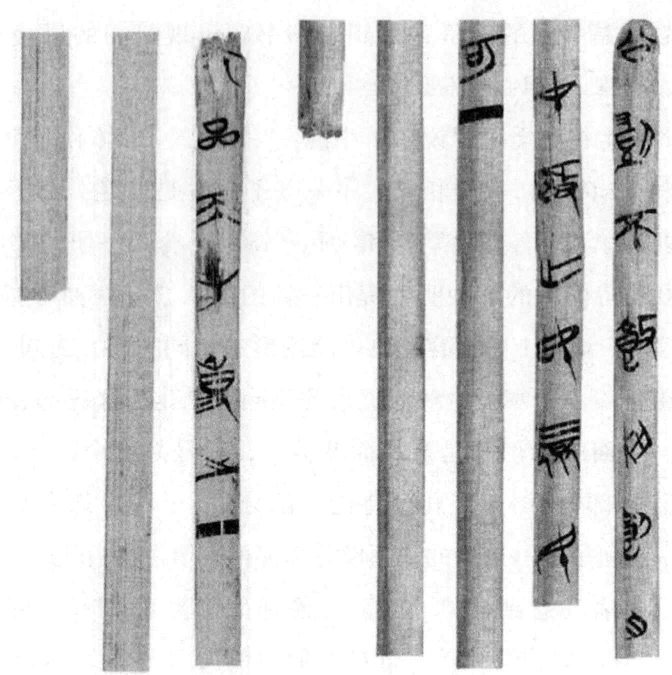

图 4－1　《子羔》简 14（左）和《鲁邦大旱》简 6（右）

马承源先生说《子羔》第 14 简的墨节后面有十三或十四字的空白[①]，濮茅左指出《鲁邦大旱》第 6 简的墨节后有 16 厘米[②]，与文字部分基本等长。这从另一方面说明，《孔子诗论》开头部分的“……行此者，其有不王乎”，李零先生认为应是“子羔”部分的结尾[③]，这一观点是值得商榷的，《子羔》和《鲁邦大旱》末简的大段空白之后无论如何也无法“连写接抄”《孔子诗论》的开头部分。三段文字中的墨节标

① 两幅图片采自马承源主编《上海博物馆藏战国楚竹书（二）》，上海古籍出版社 2002 年版，第 183 页。

② 濮茅左：《〈孔子诗论〉简序解析》，上海大学古代文明研究中心、清华大学思想文化研究所编《上博馆藏战国楚竹书研究》，上海书店出版社 2002 年版，第 13 页。

③ 濮茅左也认为“此句接《子羔》篇的末简（或如马承源先生所说，另属别篇），其后的墨节表示篇结束”，但《子羔》末简后明明有大量留白，怎么会接续其他内容？作者对此并无解释。见氏著《〈孔子诗论〉简序解析》，上海大学古代文明研究中心、清华大学思想文化研究所编《上博馆藏战国楚竹书研究》，上海书店出版社 2002 年版，第 21 页。

识符确实有五个，但李零先生说的两个在《子羔》是包括《孔子诗论》开头部分后面的标识符在内的，也就是说，按原来整理者的分类，《孔子诗论》中包含了三个这样的符号，分见第1、5、18简，其他两个则是图4-1所示者。

值得注意的是，相同的标识符在战国简帛古书中未必具有完全相同的含义，濮茅左先生总结说："墨节通常可表示章节符，有的时候也可表示篇结束符。从现出土文献分析，当时的句读标号还没有非常明确、严格的使用规定。在战国竹书中，我们可以看到，有的时候用墨黓作为句读号，有的时候句读号被遗漏，有的时候甚至整简无句读号，有的时候用墨钉。战国竹书的篇结束符一般用墨钩表示，有时也用墨节，甚至还有用墨钉标号。"作者还举例说，上博简《性情论》的上半篇、《郭店楚墓竹简》中的《鲁穆公问子思》和《唐虞之道》等都是以墨节为结束符的。"因此，区分篇、章的重要准则是卷内文章的内容独立与否，而非模糊概念的标号。"① 这与李零先生关于章号在上博简和郭店简中都作墨钉或宽黑杠（即墨节）、篇号在两种简中都作钩识号的说法并不一致。濮茅左先生说的《性情论》上半篇的结束符在第21简，墨节下有一字的留白，郭店简的两篇结束符后面有更多留白且不接写其他文字。

应该说，濮先生的说法是符合实际的。古书对各种标点符号的使用很不固定，常常因人而异，所以常会出现相同的符号起着不同的作用、不同的符号起着相同的作用等现象。据程鹏万的总结，仅文章结束符（即篇号）就有七种，章句符（即章号）楚简有三种、汉简有四种，今仅录其文章结束符于下②（图4-2）。

兹仅举一例即可知篇号与章号并非如李零先生说的那样具有绝对的区别。如上博简《缁衣》篇，陈佩芬先生在"说明"中介绍："简文均

① 濮茅左：《〈孔子诗论〉简序解析》，上海大学古代文明研究中心、清华大学思想文化研究所编《上博馆藏战国楚竹书研究》，上海书店出版社2002年版，第13页。

② 程鹏万：《简牍帛书格式研究》，上海古籍出版社2017年版，第118页。

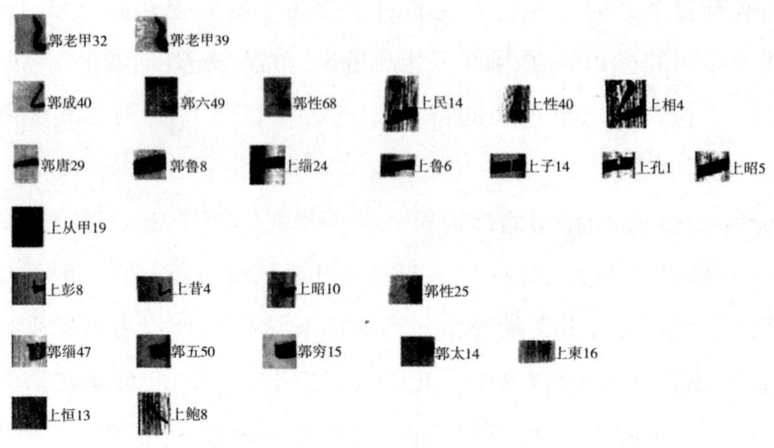

图 4－2　程鹏万总结的文章结束符

以‘子曰’为各章起首，在最末一字下设一墨钉，示该章结束，紧接下章简文。本篇有二十三章，均有相同的分章符号。”① 而这篇文字末尾的篇号，则如上引程鹏万总结的第三种第三例所示，是与《子羔》等篇相同的墨节。并非如李零所说，章号在上博简和郭店简中都作墨钉或宽黑杠（即墨节）、篇号在两种简中都作钩识号。

从另一角度讲，《子羔》等三部分文字的内容、形式都相去甚远，这是有目共睹的。正如李零先生指出的：“（‘孔子诗论’）是由孔子论诗的若干言论杂抄而成。它们和文章的前一部分、后一部分（按：指《子羔》和《鲁邦大旱》）都不一样，不是对话体，而是语录汇编。其中除个别地方是由编写者议论，而把孔子的话插附其中（如留白简的第二章），其他都是采取孔子自述的形式。”② 若按濮茅左先生“区分篇、章的重要准则是卷内文章的内容独立与否”的提法，这三部分的确应视为三篇文字，而不是三章。

---

① 马承源主编：《上海博物馆藏战国楚竹书（一）》，上海古籍出版社 2001 年版，第 171 页。但是李零先生在《上博楚简校读记》中无视这些墨钉章号的存在，认为此篇没有章号，并称篇末的粗横墨节为“墨钉”，其实是不符合实际的。

② 李零：《上博楚简三篇校读记》，中国人民大学出版社 2007 年版，第 35 页。

之所以出现上述歧见，一方面固然是早期古书在标点符号使用上的不稳定性所致，另一方面也可能是因为《孔子诗论》部分在行文中间有三个同样的墨节，起的作用只能按章号理解，所以反而徒增混乱①。

实际上，不同的篇合抄在同一卷竹简上的情况并不罕见。例如郭店简中的《缁衣》《五行》同卷，《鲁穆公问子思》《穷达以时》同卷，《唐虞之道》《忠信之道》同卷，《成之闻之》《尊德义》《性自命出》《六德》等四篇同卷。只是这些竹书都没有篇题或书题，所以与《子羔》等三篇有别。总之，《子羔》等三篇若果同卷，并且"子羔"是它们共同的标题，则书题的出现似乎至少应早至战国中期偏晚的时代。

二 论书名题写起于战国中晚期

战国中晚期古书已有题写书名的习惯，在传世文献中还可以找到一些证据。《韩非子·难三》曾引《管子》中《权修》《牧民》两篇的文字：

> 管子曰："见其可，说之有证；见其不可，恶之有形。赏罚信于所见，虽所不见，其敢为之乎？见其可，说之无证；见其不可，恶之无形。赏罚不信于所见，而求所不见之外，不可得也。"
>
> 管子曰："言于室满于室，言于堂满于堂，是谓天下王。"②

① 值得注意的是，《上海博物馆藏战国楚竹书（一）》发表以后，对《孔子诗论》进行重新编联的学者先后有十余人，其中李学勤的编联方式引起的反响较大，特别是他把第1简放在第5简之后，认为第5简后半"专说《清庙》，指为'王德'，故下云：'行此者其有不王乎?'"（李学勤：《〈诗论〉简的编联与复原》，《中国哲学史》2002年第1期）这是极具启发的，也解决了第1简首句似乎与《子羔》内容相合，但《子羔》末简有大段留白而无法拼联的矛盾。而第18简较为特殊，墨节后有明显残缺，但似乎至少有一字以上的留白，此简又不似《孔子诗论》的结尾，诸家编联也没有将它置于篇末的。李学勤认为这支简应与第19简拼接，19简在前，18简居后，从两简的照片看，这样的拼接是非常合理的，不仅断裂的接口基本吻合，而且拼接后文从字顺。两简的两端都是残缺的，而两简字数之和为40字，符合留白简字数约38—43字的范围，所以我猜想［19+18］简也可能是留白简的一支，终因此篇文字残缺过甚而无法证实。

② （清）王先慎撰，钟哲点校：《韩非子集解》，中华书局1998年版，第380页。

如果古书不题写书名，韩非何以知此言为管子所说？因为这两篇在《管子》属“经言”部分，通篇没有管仲的名讳，韩非很可能是通过《管子》的书名认为这是管仲之言的。在《难三》篇中，韩非还引用了老子的话：“老子曰：‘以智治国，国之贼也。’”① 这里的“老子”固然可能是指人，更可能是指《老子》这部书，因为这句话见于今本《老子》第六十五章，而韩非是今知最早做过“解老”工作的，他对《老子》的研读一定用功甚深。

另外，刘向《战国策书录》言：“本字多误脱为半字，以‘赵’为‘肖’，以‘齐’为‘立’，如此字者多。中书本号，或曰《国策》，或曰《国事》，或曰《短长》，或曰《事语》，或曰《长书》，或曰《修书》。臣向以为，战国时游士辅所用之国，为之策谋，宜为《战国策》。”② “本号”无疑指本有之书名，可见《战国策》不仅有书名，而且很多、很杂乱。正如余嘉锡所说：“所传之本多寡不一，编次者亦不一，则其书名不能尽同。刘向校书之时，乃斟酌义例以题其书。”③ 这些书名绝不可能仅出于口传而不题写在书上，否则刘向恐怕无从得知《战国策》的诸多异名，也难以辨清诸种异名与异本之间的对应关系。从他所说的以“赵”为“肖”、以“齐”为“立”之类的情况看，恐怕这些书中还有不少是古文旧书，极可能是从战国流传下来的古本④。

《史记》中也记载了不少战国时期的书名。如《史记·平原君虞卿列传》载：“不得意，乃著书，上采春秋，下观近世，曰《节义》《称号》《揣摩》《政谋》，凡八篇。以刺讥国家得失，世传之曰《虞氏春秋》。”这是与《吕氏春秋》大致同时的书，虽得之世人，但其得名至迟不会晚于汉初。《孙子吴起列传》说：“世俗所称师旅，皆道《孙子》

① （清）王先慎撰，钟哲点校：《韩非子集解》，中华书局 1998 年版，第 378 页。

② 范祥雍：《战国策笺证》上册，上海古籍出版社 2006 年版，《刘向书录》第 1 页。

③ 余嘉锡：《目录学发微　古书通例》，中华书局 2007 年版，第 218 页。

④ “赵”字古文多有作“肖”者，“齐”字古文多作[古文字]，或作[古文字]，隶定时易讹作“立”。

十三篇。"《魏公子列传》说："诸侯之客进兵法，公子皆名之，故世俗称《魏公子兵法》。"《司马穰苴列传》说："齐威王使大夫追论古者司马兵法，而附穰苴于其中，因号曰《司马穰苴兵法》。"似乎《司马穰苴兵法》之称出自齐威王君臣。这些都是司马迁之前就有的书名。

另外，考察六经由类名向专名的演变时间，也有助于判定书名题写的起始时间。

李零先生有个说法非常好，他说："六艺之书，如《易》《书》《诗》《礼》《乐》《春秋》，本来都是种类名而不是书名。《国语·楚语上》记楚庄王请人教太子，申叔时建议的九门课程有'春秋'、'世'（世系，如《世本》）、'诗'、'礼'、'乐'、'令'（官法、时令，如《左传》宣公十二年'楚国之令典'、《国语·齐语》管仲'作内政以寄军令'）、'语'（事语，如《国语》《战国策》）、'故志'（史记，如《书·仲虺之诰》，战国诸子或称之为'志'）、'训典'（如《书》之《尧典》《舜典》），就是这些种类。"[①] 由于六艺乃周官之旧典，是传统官学内容，而后世百家之学皆自官学出，所以后者在各方面都继承、学习前者，在标题的命名上亦复如此。

官学产生的书籍，出于实用的目的需要区分类别。以较早的《尚书》为例，所谓"举事以为题"或"以事与义题篇"，实际上就是以不同的"言说"行为方式来规定篇章的类型（即文体）[②]，再缀以特定的人或事来实现对此篇此章的特指。例如，《尚书》的六体：典、谟、诰、命、训、誓，除"典"之外，其余五种都是指在不同场合发生的言说行为，此文体即因这种特定的言说方式而命名。《尚书》的许多篇章，即在此言说动词前缀以特定的人、地、事、物等，如《皋陶谟》

① 李零：《出土发现与古书年代的再认识》，《李零自选集》，广西师范大学出版社 1998 年版，第 28 页。

② 关于早期文体命名方式的特点，可参考郭英德《中国古代文体论稿》，《由行为方式向文本方式的变迁：中国古代文体分类生成方式片论之一》，北京大学出版社 2005 年版，第 29—43 页。

《洛诰》《康诰》《文侯之命》《汤誓》《伊训》等。这些特定的篇章既分属于一些特定言说方式的小类，又具有共同的特征，即都属于记录言说行为的文字，所以古人把它们收集起来，统谓之“书”。这个《书》的名称其实已经带有特指的因素，与泛称的“著于竹帛”（许慎《说文解字·序》）之义有了区别。过去学者对《尚书》之“书”的解释仍沿袭了“著于竹帛”即“书写”的本义，认为是史官或臣下所书之义①。但《书》的特指已是很显然的，史官载笔书写记录的君主言行并不都叫作“书”，有相当一部分是收入《春秋》《国语》等史书中的。然则《书》的含义还需别求。

《尚书》中早期的篇章或者是出于后人的追述（如虞、夏书部分），或者果为史官对君主言行的记录（如《盘庚》《金縢》等），但西周稳定以后，特别是西周中期之后，多数训诰誓命之辞都是君主在特定的场合，经过一番带有宗教性的礼仪之后发表的书面讲话②。这些书面的文字在当时被叫作“书”或“命书”、“命册”，所以连带早期的、相传为虞夏商时代的文字也被叫作“书”了。这一点，陈梦家先生最先论及：“‘书’是古代命书结集的简称，犹西周金文之称‘书’‘命书’‘命册’。‘命书’是最早的典册之一，所以后来传录周初诰命的，称诰命的结集与各篇为‘书’。”③

《书》虽然已有特指的成分，但仅是特指此一类的文献，故在早期仍具有类名的性质。这从古籍引《书》的情况即可见一斑。先秦典籍中引“《书》曰”“《书》云”（即直接把所引内容称作“书”）的，据

① 如刘熙《释名》：“《尚书》，尚，上也，以尧为上始而书其时事也。”王充《论衡·须颂篇》：“‘或问《尚书》？’曰：‘尚者上也。上所为，下所书也。’‘下者谁也？’曰：‘臣子也。’然则臣子书上所为矣。”王肃也说：“上所言，史所书，故言《尚书》。”（孔颖达《尚书注疏·尚书序》引）今人刘起釪也认为：“‘书’的意义最初就是‘君举必书’之‘书’，是动词，指史官载笔书写君主的言行。所以《说文》释其义为：‘书，箸也。从聿，者声。’后来由史官书写出来的东西也就叫‘书’，成了名词。”

② 对此，可参看李峰对册命仪式的考证，见氏著《西周的政体：中国早期的官僚制度和国家》，生活·读书·新知三联书店 2010 年版，第 108—118 页。

③ 陈梦家：《尚书通论·王若曰考》，河北教育出版社 2000 年版，第 189 页。

刘起釪先生统计，有：

《论语》的《为政》《宪问》都引“《书》云”，一引“逸《书》”，一引《无逸》篇。又《国语》的《周语》及《楚语》都引“《书》曰”及“《书》有之曰”，皆逸《书》。《左传》七引“《书》曰”，其中三为今《尚书》，四为逸《书》。《墨子》中常称引“先王之书”某某篇，则有今《尚书》，有逸《书》。《孟子》十引“《书》曰”，一为今《尚书》，九为逸《书》。《荀子》有十篇中引“《书》曰”十二次，十为今《尚书》，二为逸《书》。《战国策》二引“《书》云”皆为逸《书》。此外《礼记·坊记》引“《书》云”一次，为逸《书》，《大戴礼记·保傅》引“《书》曰”一次，为《吕刑》，最后《吕氏春秋》一引“《书》”，为逸《书》。①

这些逸《书》虽然不见于今本《尚书》，但在当时或许与其他的《尚书》篇章作为一类被看待，比如新发现的清华简中，像现已发表的八篇，有的见于今本《尚书》，如《尹诰》《金縢》；有的见于《逸周书》，如《程寤》《皇门》《祭公》；有的则不见传世文献记载，如《尹至》《保训》《耆夜》。足见当时虽迟至战国中晚期，《尚书》类的书籍流通、收藏情况仍是以“类”相从的。

《春秋》的情况亦复如是。“《春秋》本是当时各国史书的通名，所以《国语·晋语七》说：‘羊舌肸习于《春秋》。’《楚语上》也说：‘教之《春秋》。’《墨子·明鬼篇》也曾记各国鬼怪之事，一则说：‘著在周之《春秋》。’二则说：‘著在燕之《春秋》。’三则说：‘著在宋之

① 刘起釪：《尚书学史》，中华书局1989年版，第5页。陈梦家先生《尚书通论》也有先秦典籍引《书》的统计，但他把引《尚书》篇名的也算在内，即所有引用《尚书》的情况，刘起釪统计的是只将所引内容称作“书”的情况，此其不同。

《春秋》。'四则说：'著在齐之《春秋》。'《隋书·李德林传》载其《答魏收书》也说：'《墨子》又云："吾见百国《春秋》。'"[①] 不仅《尚书》《春秋》为类名，六经之名，确如李零先生所说，本来都是类名。这种情况在《汉志》中仍有体现，"六艺略"的各类即以六经之名分类，如史书皆归入"春秋类"，"礼""乐"等类也具有同样的特点，这些在后世的四部分类中也一直延续着。

但《春秋》有时又专指鲁国史书。例如《左传·昭公二年》记载：韩宣子"观书于大史氏，见《易》《象》与《鲁春秋》，曰：'周礼尽在鲁矣，吾乃今知周公之德与周之所以王也'"[②]。《孟子·离娄下》曰："王者之迹熄而《诗》亡，《诗》亡然后《春秋》作。晋之《乘》，楚之《梼杌》，鲁之《春秋》，一也。其事则齐桓晋文，其文则史，孔子曰：'其义则丘窃取之矣。'"[③] 据此可知，当时诸侯各国皆有国史，名称不尽相同，如晋史名"乘"，楚史名"梼杌"，鲁史特称"春秋"。

鲁史在孔子笔削之后，《春秋》渐成孔子所修之书的专称，原来的鲁史则被称为《鲁春秋》或《不修春秋》。例如，《礼记·坊记》曰："《鲁春秋》记晋丧曰：'杀其君之子奚齐及其君卓。'"又曰："子云：取妻不取同姓，以厚别也。故买妾不知其姓则卜之。以此坊民，《鲁春秋》犹去夫人之姓，曰'吴'，其死，曰'孟子卒'。"[④] 试以两处《鲁春秋》与孔子所修《春秋》比较，前一条文字略异，后者则相同。《公羊传·庄公七年》还记载："《不修春秋》曰：'雨星不及地尺而复。'君子修之曰：'星霣如雨。'"[⑤] 这里把修订前的《春秋》称作"不修春秋"，则"春秋"一词已隐然成为修订后史书的专称。

---

① 杨伯峻编著：《春秋左传注》（修订本），中华书局1990年版，"前言"第1页。

② 同上书，第1226、1227页。

③（清）焦循撰，沈文倬点校：《孟子正义》，中华书局2015年版，第617—619页。

④（清）孙希旦撰，沈啸寰、王星贤点校：《礼记集解》，中华书局1989年版，第1291、1294页。

⑤（汉）公羊寿传，何休解诂，（唐）徐彦疏：《春秋公羊传注疏》，阮元校勘《十三经注疏》本，台北：艺文印书馆2007年版，第81页。

六经之名，至少在晚周已十分流行。如：

《庄子·天运》：丘治《诗》《书》《礼》《乐》《易》《春秋》六经，自以为久矣。①

《庄子·天下》：《诗》以道志，《书》以道事，《礼》以道行，《乐》以道和，《易》以道阴阳，《春秋》以道名分。②

《荀子·儒效》：《诗》言是，其志也；《书》言是，其事也；《礼》言是，其行也；《乐》言是，其和也；《春秋》言是，其微也。③

《礼记·经解》：入其国，其教可知也：其为人也，温柔、敦厚，《诗》教也。疏通、知远，《书》教也。广博、易良，《乐》教也。洁静、精微，《易》教也。恭俭、庄敬，《礼》教也。属辞、比事，《春秋》教也。④

出土文献郭店楚简《语丛一》⑤中也已明确提到，其顺序则不易确定。总之，“六经”之名既已见于儒家学者的对手——庄子（或其后学）的引述中，则六经的篇目在此时应该是基本确定了，因为同类的文字涵盖甚广，是不宜皆目为“经”的。所以上述六经之名，都应作专名看待。

六经之名在战国中晚期开始由类名演变为专名，再联想到前述诸子私家著述自题书名始于战国末年的《吕氏春秋》，以及骈宇骞举出的晚周简册书名，笔者论证的《子羔》可能为书名，《韩非子》可能见过《管子》书名，刘向所校《战国策》原本题有众多异名并可能是先秦旧

① （清）郭庆藩撰，王孝鱼点校：《庄子集释》，中华书局1961年版，第531页。

② 同上书，第1067页。

③ （清）王先谦撰，沈啸寰、王星贤点校：《荀子集解》，中华书局2013年版，第158页。

④ （清）孙希旦撰，沈啸寰、王星贤点校：《礼记集解》，中华书局1989年版，第1254页。

⑤ 荆门市博物馆：《郭店楚墓竹简》，文物出版社1998年版，第194、195页。按：其言六经的次序与他处皆异，为《易》《诗》《春秋》《礼》《乐》《书》之序。

书，等等，这诸多现象无疑指向一个共同的事实，即战国中晚期已经存在题写书名的古书。

三　西汉以后古书书名的题写情况

题写书名在秦汉之后的确开始流行起来，一个久为学者所注意的事实是，此时学者所著之书，喜欢以“新”字命名。例如，《史记·郦生陆贾列传》载：“陆生乃粗述存亡之征，凡著十二篇。每奏一篇，高帝未尝不称善，左右呼万岁，号其书曰‘新语’。”① 是陆贾《新语》之名，得自高祖及左右群臣也。此外如贾谊《新书》、刘向《新序》、桓谭《新论》等，皆以“新”名。“新”当然是对“旧”而言，似乎汉人很喜欢与古人一较高下，故争立“新”名。

而汉人自题书名的现象似乎也不止于《淮南鸿烈》《太史公书》。例如《汉书·蒯通传》载：“通论战国时说士权变，亦自序其说，凡八十一首，号曰《隽永》。”② 按其语义，似谓“隽永”之号出自蒯通本人。又，《汉志·小说家》有待诏臣饶《心术》二十五篇，班固自注：“武帝时。”颜师古曰：“刘向《别录》云：‘饶，齐人也，不知其姓，武帝时待诏，作书名曰《心术》也。’”③ 观刘向之意，似乎此书名是臣饶自题，而不是像陆贾之书被他人称为《新语》。再如《初学记》卷二十一引刘向《别录》云：“淮南王聘善为《易》者九人，从之采获，署曰《淮南九师书》。”④ 所谓“署曰”者，明谓书上题有书名也。若果如此，至少从武帝时期开始，自题书名的现象开始流行起来的看法，应该是大致符合史实的。

事实上，武帝时期题写书名的事实已为出土文献所证实。近年北京

---

① （汉）司马迁撰，［日］泷川资言考证，杨海峥整理：《史记会注考证》，上海古籍出版社2015年版，第3507页。

② （汉）班固撰，（清）王先谦补注：《汉书补注》，上海古籍出版社2008年版，第3562页。

③ 同上书，第3005页。

④ （唐）徐坚等编：《初学记》，中华书局1962年版，第499页。

大学收藏了一批汉代竹书，内容十分丰富，据初步判断，其“抄写年代多数当在汉武帝时期，可能主要在武帝后期，下限亦应不晚于宣帝”[①]。其中，《老子》一书分上下篇，且在上篇第二简、下篇第一简的简背分别题有“老子上经”“老子下经”的标题，这是书题、篇题合写的例证，但二者之间并没有空格，所以也就没有遵循通常所说的“大题在下，小题在上”的通例；但两篇简末都记录了本篇的字数，“《上经》之末为：‘●凡二千九百卌二’（简1754+1924+2494），《下经》之末为：‘●凡二千三百三’（简2047），合计5245字”[②]。此外，还有一种古书《周驯》，据学者初步研究，应该就是《汉志·诸子略》“道家类”著录的《周训》十四篇，竹书《周驯》也恰为十四篇，全书约6000字，现存近5000字，其中简5215背面上端题有“周驯”二字，是为书题[③]。这两种抄写于汉武帝时期的竹书可以充分证明，其时已有题写书名的习惯，不待隋唐之后方始普遍也[④]。

至于武帝之后，至西汉末期，自题书名的现象已十分普遍，如《汉书·扬雄传》即扬雄自序，其《太玄》《法言》等书显然是自题书名，而像刘向编定之书，据刘向《说苑序奏》，知其所据书本名《说苑杂事》，他据以编定的书，则取名《说苑新书》，简称《新苑》，《新序》也出自题，据《列女传叙录》亦可知其名为自题，《汉书》本传所

① 北京大学出土文献研究所：《北京大学藏西汉竹书概说》，《文物》2011年第6期。

② 韩巍：《北大汉简〈老子〉简介》，《文物》2011年第6期。

③ 阎步克：《北大竹书〈周驯〉简介》，《文物》2011年第6期。作者在介绍时“十四篇”“十四章”混称，此书每篇或章的内容不多，平均400多字，谓之“章”自无不可。但《汉志》著录是十四篇，故称为“篇”与古相合，且《孙子》十三篇，也不过约6000字，大致相当，所以笔者以为称“篇”更为合适。这部书共约250枚竹简，也许当时编联为一卷，故书题题写在某简简背，与余嘉锡说的书只一篇，即以篇题为书题的题写方式相同。但不论如何，既有《汉志》为证，则“周驯”之为书题是无疑的。

④ 事实上，像张家山汉简《二年律令》《奏谳书》《算数书》《脉书》《引书》《盖庐》等标题皆应视为书题，整理者即作如是看。虽然这些书题下面未必分篇，但书的构成并不一定由章到篇、由篇到书一一具备，如《算数书》，包括六十九章，每章皆有章题，很像《老子》河上公本，既然其大题已自名曰“书”，且从规模上看也足以称“书”：有190枚竹简，92道算题（《九章算术》有246道算题），单独成题的术文六个。张家山汉简其他各书大致相同，也应视为题有书题，只是这些书题都不是包含了若干篇、卷的大部头古书而已。

载《洪范五行传论》十一篇，很可能也是刘向自题之名。所以余嘉锡先生说："东汉以后，自别集之外，几无不有书名矣。"[①] 扬雄、王充并汲汲于辩解其书《太玄》《论衡》命意的原因[②]，可见两汉之际以后，自题书名的现象也开始普遍起来。

退一步讲，至少在刘向校书之后，书名应该是普遍题写在官方藏书上了。官方的藏书，如《汉志》所载，数量之巨，万卷有余，而向、歆整理之前，如《战国策》等，异称纷如，篇章重复，自然更加复杂，如无书题加以区分，要在外观上几无区别的数万卷书籍中查找一部书，其难度可想而知。古人必不会如此愚笨，书题之名号既已产生，自然是作为区别异同的标识，不加题写，书名还有何用呢？

可惜的是，今见最"规范"的简帛古书，例如武威《仪礼》简，也不见书名大题，而篇名都取"××第几"的格式，如"士相见之礼第三""服传第八"等。这与《史记·太史公自序》中司马迁所说的"作××第几"是相同的。虽然汉代直至熹平石经时，以今所见，仍只如武威简那样只有篇题"××第几"。但据出土简帛资料和敦煌文献，在汉代已经出现"小题在上、大题在下"的书名题写方式之雏形，至迟在六朝时书籍的标题形式已与唐宋十分相似，下面分别介绍之。

马王堆汉墓帛书有被学界认为是失传的《黄帝四经》的四种文献，其中，《经法》和《经》是包含两级标题的两种。《经法》之末题云："《名理》《经法》凡五千"；《经》之末题云："《十大》《经》凡四千六□□六。"[③] 这种标题题写方式，实际上符合后世"小题在上、大题在下"的格式。无独有偶，阜阳汉简《诗经》的标题皆书于简册正面，独

---

① 余嘉锡：《目录学发微　古书通例》，中华书局2007年版，第217页。

② 见《汉书·扬雄传》及《论衡·对作》、《自纪》等篇。

③ 关于《经》的标题，马王堆汉墓帛书整理小组最初认为是与"十大"二字相联写的，故以"十大经"为题，而在"大"字的辨识上又有"大"与"六"、"四"的争论，由此还引发了关于全文篇数或章数是十四篇、十四篇半、十六篇的争论。李学勤认为"十大"乃《经》篇末一章的标题，此章确可划分为十句格言式话语。见李学勤《马王堆帛书〈经法·大分〉及其他》，《道家文化研究》第三辑，上海古籍出版社1993年版，第280—282页。

占一简，标题上往往还有“右”“右方”“此右”等方位词，如“右方北国”“此右柏州”“右方郑国”等，由这些方位词可推测，《国风》的标题必定位于本国所属最后一篇诗歌篇名之后，也符合“小题在上、大题在下”的格式。由此两例可见，至少在汉代早期就已出现了“小题在上、大题在下”的标题题写方式之雏形，亦可证明后世标题题写的格式，应该经历了一个逐渐发展的过程，绝非一蹴而就的。

敦煌文献的标题题写方式，不烦它求，仅王重民《敦煌古籍叙录》所载六朝写本可为证者已不少，今条列于下。

1.《尚书》残卷（伯二九八〇）。王氏谓：“此残卷自《费誓·孔氏传》文之末行断裂，故所存适为《秦誓》一篇。首题：‘尚书秦誓篇第三十二’，下题：‘周书’，空数字题：‘孔氏传’。篇末题：‘□□□书卷第十三’，所阙当为‘古文尚’三字。”① 按诸书影②，当为“书”字残泐，而非“古文尚”三字。此写本格式与后来的《开成石经》乃至雕版印刷的古籍经典格式已无二致，这充分说明古书普遍书写大题并非隋唐以来的习惯，而是六朝时已普遍流行的习惯。该写本的最后是“古文尚书虞夏商周书目录”，详列每篇目录，“尧典一”“舜典二”……并于每一类之后单列一行，题“右虞书五篇”“右夏书四篇”“右商书十七篇”“右周书卅二篇”，最后一页分三行题曰：

凡虞夏商周书五十八篇

孔国字子国　又曰孔安国汉武帝时为临

淮太守孔子十世孙③

① 王重民：《敦煌古籍叙录》，商务印书馆 1958 年版，第 20 页。然观上图，“古文尚”三字实不缺，倒是“书”字有所残泐。

② 黄永武：《敦煌古籍叙录新编》，台北：新文丰出版公司 1986 年版，第 334 页。以下所据写本照片皆载此书，恕不一一注明。

③ 第一行“周”为旁补小字，第三行“孙（孫）”字仅余“系”旁，“子”旁残泐。

2.《毛诗故训传》残卷三种。“伯二五一四”“伯二五七〇”号卷尾皆题曰“毛诗卷第九”；“伯二五〇六”号卷尾分两行题曰“南有嘉鱼之什十篇卌六章二百七十二句”“毛诗卷第十”。这些诗，每篇前有小序，结尾皆有“ × ×几章章几句”之类的题记。又，凡经传之类，传注文字往往为双行小字，与后世亦同。

3.《礼记》残卷（伯三三八〇）。此卷在篇题“少仪第十八”下空约四字，题有“郑玄注”三字，说明古书题写撰人的风气在六朝时亦已兴起。

4.《尔雅注》残卷（伯二六六一、三七三五）。此卷末题“尔雅卷中　二”五字，“二”字不知何义，且笔迹与后面书主“尹朝宗”的题记相同，故被断为尹朝宗所添加，可略而不论①。但是其余篇题抑或正文行文格式，一如《天禄琳琅丛书》所收宋监本，再次说明唐宋以来的图书样式是延续自六朝的事实。

5.《孔子家语》残卷（斯一八九一）。其《五行解》开篇一行为“五行解第卅　孔子家语　王氏注”，标题格式完全合乎“小题在上，大题在下”的规范。卷末有“家语卷第十”②，也与后世相传的古书格式相合。

6.《阴阳书》残卷（伯三五三四）。此残卷卷末题“阴阳书卷第十三”，旁注“葬事”二字，讲的是丧葬方面的方技学说，正文中还有小题，如“立成法第十二”之类。想其全帙，亦当如《孔子家语》等其他古书的标题格式类似。

7.《刘子新论》残卷（伯三五六二）。此卷存有章题，如“崇学第五”“专务第六”等，格式与唐写本（如伯二五四六、三七〇四及罗振玉《敦煌石室碎金》排印本）完全相同。

8.《老子想尔注》残卷（斯六八二五）。此卷经文、注文漫抄一

---

① 许建平：《敦煌经籍叙录》，中华书局2006年版，第433页。

② 王重民谓“十”乃“七”字之误，写本当与今本相同。见氏著《敦煌古籍叙录》，商务印书馆1958年版，第149页。

气，不作区分，但卷末有后题一行：“老子道经上想尔”。

9.《抱朴子》残卷。罗振玉《抱朴子残卷校记序》言：“敦煌石室本《抱朴子》残卷，存《畅玄》第一，《论仙》第二，《对俗》第三，凡三篇。《论仙》《对俗》二篇均完善，《畅玄》篇则前佚十余行。书迹至精，不避唐讳，乃六朝写本也。……其书题作《论仙》第二，下空二格，接书‘抱朴子内篇’，又空一格，书‘丹阳葛洪作’，乃小题在上，大题在下，而撰人名又在大题之下。”[①] 此卷虽难觅书影，而罗氏描述细致，宛在目前。

今仅据王重民先生《敦煌古籍叙录》一书，不假别求，粗略一览，就可得如上九条古书标题书写的证据。上述九条例证是否皆为六朝写本，当然还有其他说法，如第 1 条《尚书》残卷，王重民、饶宗颐都认为是六朝写本，日本人中村威也则认为是 8 世纪的写本[②]。但这至少可以证明，仅从标题题写格式上是不能区分六朝、隋唐的卷子写本的，足见唐前六朝之时，古书标题格式已极规范，不待隋唐之后方始普遍题写书名也。

四　结语及一点推测

既然古书上一定会写上书名，而出土简帛古书却没有发现或极少题写书名，其原因何在？一种可能是，书名题写在了较易朽败的书衣上，致使今天难以再见到古书的书名。

古书简册在缮写完毕后，还要经过一些等齐、涂胶、装潢等程序，使之美观且不易损坏。然后还要将简册卷起，并用丝绳之类捆扎，为使捆束牢固有时还要插上竹签[③]。这些做完之后才是如何存放的问题。战

① 罗振玉：《抱朴子残卷校记序》，《松翁近稿》，第 213 页。转引自王重民《敦煌古籍叙录》，商务印书馆 1958 年版，第 258 页。

② 许建平：《敦煌经籍叙录》，中华书局 2006 年版，第 125 页。

③ 程鹏万：《简牍帛书格式研究》，上海古籍出版社 2017 年版，第 247 页。

国时，简册一般是存放在竹、木做成的书箧内。若是大部头的书，往往会有若干卷，即便诸多单篇、单卷，或许出于保护书籍和便于取用，古人常将一定卷数的简册放入特制的书衣中，然后再存放在书箧内。陈梦家先生总结道：

> 成卷简册之外，当有书衣包裹，如长沙杨家湾战国竹简，存有绸包的残迹。《说文》曰："帙，书衣也"，字或作从衣作袟。《后汉书·杨厚传》曰："祖父春卿善图识学……临命戒子统曰：吾绨帙中有先祖所传秘记"，此或即《汉书·艺文志》天文类的"《图书秘记》十七篇"。《太平御览》卷六〇六引《中经簿》曰："盛书有缣帙，青缣帙，布帙，绢帙。"《西京杂记》述"(刘)歆欲撰《汉书》，编录汉事"，只成杂记，"为十帙，帙十卷，合为百卷"，此殆《论衡·谢短篇》所谓"汉事未载于经，名为尺籍短书"之类。《隋书·经籍志》有"《周易》一帙十卷卢氏注"，此本于阮孝绪《七录》，《七录·叙目》曰："四部三百五帙三千一十四卷。"大率汉至六朝，一帙十卷，武威九篇约当一帙之数。①

除陈先生提到的杨家湾战国竹简之外，今出实物还有："随州孔家坡汉简包裹在丝帛里、张家山 M136 出土的竹简是包裹在麻织品里。尹湾 M6'君兄缯方缇中物疏'木牍载'记一卷、六甲阴阳书一卷、列女傅一卷、恩泽诏书、楚相内史对、乌傅、弟子职'，这些书籍是放在'缯方缇'里。"② 可惜的是，不论战国简还是汉简，所出实物都不似传世文献记载的那样规范，或许是私人藏书非常有限，大部头、完整的古书本来就少，抄写时竹简长短、卷之大小及容篇多少皆不固定，而存放也十分随意，像尹湾"君兄缯方缇中物疏"所载，除上述书籍之

① 陈梦家：《由实物所见汉代简册制度》，《汉简缀述》，中华书局 1980 年版，第 307 页。
② 程鹏万：《简牍帛书格式研究》，上海古籍出版社 2017 年版，第 249 页。

外，还有“刀二枚、笔二枚、管及衣各一、板研一、箄及衣二、绳杅一、掊一、墨橐一、板旁橐一具、列一”①。这些物品与简书一起放在缯方缇中，应该都是与简书的抄写、制作相关的，但其杂乱随意亦可见一斑。

唯一能够提供一点书名信息的是银雀山汉墓出土的《孙子兵法》篇题木牍（图4－3左）。整理小组的“说明”言：“（木牍）原来大概是缚在盛竹书的书囊外面的。这些木牍大都已经残碎，《孙子兵法》篇题木牍就由六块碎片拼成。木牍上所记似为十三篇篇名，分列三排，第三排分五行，第二排似亦分五行，第一排残缺过甚，情况不明。第二排第二行和第三排第五行都记有数字，第二排第三行篇名上有黑圆点。似木牍原分《孙子兵法》十三篇为两个部分，此牍第一排及第二排的第一、二行记第一部分的篇名及字数总计，第二排后三行和第三排记第二部分篇名及字数总计……第三排末行的‘七势’，或疑为《势》篇别名，但木牍第一排已有《势》篇，此处不应再出《势》篇；或疑即七篇之意，指下卷包括七篇，但古书中没有‘势’字当篇讲的例子。这两个字的确切含义还有待研究。”② 李零先生认为“七势”是后七篇的总题③，其说似可信从，但“七势”何以不包括第一排的“势”？李先生并没有解释。他本来怀疑第一排里面会有书题，但后来又据《守法守令十三篇》的木牍情况（图4－3右）否定了书题存在的可能。但他的说法仍有可商之处，因为他说：“过去，我们曾推测《孙子》篇题木牍第一行是书题，其实不对。现在看来，恐怕应如同出二号木牍首行的‘凡十二’（补注：原释‘凡十三’，近承骈宇骞先生告，牍文实作‘凡

① 连云港市博物馆等：《尹湾汉墓简牍》，中华书局1997年版，第131页。

② 银雀山汉墓竹简整理小组：《银雀山汉墓竹简》（壹），文物出版社1985年版，“摹本”第38页，“释文”第29页。

③ 李零：《〈孙子〉篇题木牍初论》，《文史》第十七辑，又见氏著《〈孙子〉十三篇综合研究》，中华书局2006年版，第372页。

十二'，《兵令》上、下篇乃是一篇），是记全书篇数。"① 但据图4－3右可知②，"凡十二"三字位于木牍最末，而非李零先生说的木牍首行，所以不能拿来进行类比。因此，《孙子》篇题木牍的首行有无书题，只能存疑。但这样的目录（或许也含有书题）题写方式，为我们了解何以出土简牍文献难以发现书名，提供了一种猜测的可能。

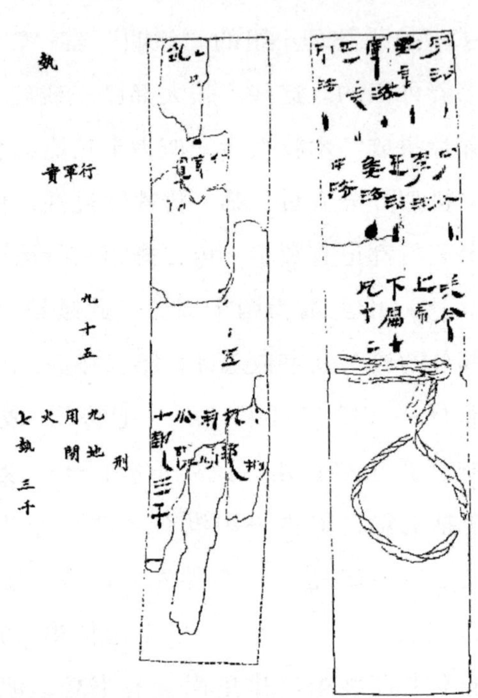

图4－3　银雀山汉墓《孙子兵法》《守法守令十三篇》篇题木牍

总之，书名的从无到有、从随意题写到形成规律，并伴随着书写材料由简牍到纸张的过渡而演变，应该是一个渐进的、前后有别而又相互联系的过程。其中的许多细节还有待新的考古发现。

① 李零：《读〈孙子〉札记》，《〈孙子〉十三篇综合研究》，第415页。

② 为清晰起见，此处用的图片为摹本，见银雀山汉墓竹简整理小组编《银雀山汉墓竹简》（壹），"摹本"第122页。

第四节　新文体的演生

春秋末年就已出现私人著述以阐述自己的观点、见解，在战国时代百家争鸣、游士纵横的氛围下，著书立说之事司空见惯。

传统的文学史著作中，常把诸子散文看作一个由语录体、对话体和专论体三段式阶梯发展模式，这样的看法是否符合历史实际还有无讨论的必要。但据上一节的研究，这三种文体在官学著述中都已开始酝酿。事实上，如果我们依然从著述方式发展演变的视角来观察的话，诸子著述时期的确演生了一些新的文体。当然，这些所谓的“新文体”实际上也可以在过去的传统中找到各自的影子。本节要论述的“新文体”主要包括专论体、设问体、解经体三种。

一　专论体与设问体

上文已对专论体诸子散文与史官官学著述的血脉相连略作论述。传统的文学史观点认为，诸子散文的文体大致遵循着语录体、对话体到专论体的发展脉络。但事实上，诸子中专论体的出现未必比其他二体晚。如《孙子兵法》十三篇，第一章已论其可能为孙武亲著，这十三篇的体裁即专论体，每篇一个核心论题，篇题即对论题的概括。

至于儒家著作，相传为子思所作的《中庸》是一篇文体颇为奇特的文章，可以说是一种语录体和专论体杂糅的体裁，有的章节是和《论语》一样“子曰”式的语录体，有的部分则是颇富哲思的专论体。虽然其作者是否子思，以及其作成时代究竟在何时尚需讨论，但这种介乎语录与专论之间的体裁仍值得我们特别关注。

明初宋濂《诸子辩》云：

《墨子》三卷，战国时宋大夫墨翟撰。上卷《亲士》《修身》《所染》《法仪》《七患》《辞过》《三辩》七篇，号曰“经”；中卷《尚贤》三篇，下卷《尚同》三篇，皆号曰“论”。①

王叔岷对此评曰：“墨翟（前四六八—前三七六）早于庄子，其书分‘经’与‘论’，为原书类别？或后人所分？未敢遽断。”②《墨子》中是否很早就有“论”的分类自然是不敢妄断的，但《尚贤》《尚同》诸篇虽以“子墨子言曰”开篇，保留了语录体的基本形式，而其实质，与前论《国语》中作为专论体前身的贤士大夫之言更为接近。

看来，春秋末、战国早期的诸子之文已经有了专论体之实，只是尚未以“论”名篇而已。至战国中期，以“论”名篇的现象即已出现。王叔岷言：

荀况（前三一三—前二三八）略晚于庄子（前三六八？—前二八八?），荀子已有《天论》《正论》《礼论》《乐论》，四篇以“论”为名。则庄子时当有以“论”名篇者。……而《史记·孟子荀卿列传》，称“慎到著《十二论》。”慎到盖与庄子同时，（钱穆《先秦诸子系年》，慎到生卒年约定为前三五〇—前二七五。岷以为慎到之年或略长于庄子，后有说。）所著《十二论》已失传，姑无论有十二篇“论”，或一篇“论”中分十二章，已以“论”为名，则无可疑。至于公孙龙……东晋张湛《列子·仲尼篇》注引《白马论》数句，始正式称《白马论》，则“白马”原非以“论”为名矣。而《文心雕龙·论说篇》谓“庄周《齐物》，以论为名。”则可信矣。③

---

① （明）宋濂：《诸子辩》，顾颉刚主编《古籍考辨丛刊》第一集，社会科学文献出版社 2010 年版，第 631 页。

② 王叔岷：《先秦道法思想讲稿》，中华书局 2007 年版，第 104 页。

③ 同上。

《庄子》《慎子》的篇名虽然含有“论”字，但是否即庄周、慎到亲题，则仍不敢遽断。至于《荀子》，则谓为荀子亲题似较为可信。

以《荀子》观之，至迟到战国末期已有以“论”名篇的现象，这在《吕氏春秋》中也可以找到例证。《吕氏春秋》中有《论人》《行论》两篇是以“论”名篇的，《论人》篇论述的话题是如何“反诸己”（即修己，自身内在的修为）、如何“求诸人”（即知人），《行论》主要论述“人主之行与布衣异”的问题，都是非常典型的以“论”名篇的专论体。《吕氏春秋》中除“十二纪”“八览”之外的第三大部分，总题曰“六论”，也是以“论”为名的。

综上，专论体诸子散文可以说经历了春秋战国之际的偶然闪现（如《孙子》），战国之初的外“语”实“论”（如《墨子》）或“语”“论”相杂（如《中庸》），到战国中期出现以“论”名篇的现象（如《庄子》《慎子》），直至战国末期不仅以“论”名篇的现象（如《荀子》《吕氏春秋》）更加多见，而且像《韩非子》等更多虽不以“论”名篇但非常成熟的专论体散文已经十分普遍。

设问体是作者设为问答、自问自答的一种文章体例[①]，往往没有问、答的主体，目的是引起读者对所强调内容的注意。设问体出现较晚，它已是一种写作的手段或曰修辞，而不是对现实的记录。换句话说，设问体已是一种有意为之的著述行为，所以是较为晚起的事情。在《庄子》外杂篇中已有，如《至乐》开篇：

> 天下有至乐无有哉？有可以活身者无有哉？今奚为奚据？奚避奚处？奚就奚去？奚乐奚恶？夫天下之所尊者，富贵寿善也；所乐者，身安厚味美服好色音声也；所下者，贫贱夭恶也；所苦者，身

① 本来设问仅是一种修辞手法，之所以将之视为一种文体，是因为在某些诸子中确有以此结构文章的大段议论，同时也是旨在强调其出现的意义。读者若仅仅视之为一种文章体例而非体裁，亦无不可。

不得安逸，口不得厚味，形不得美服，目不得好色，耳不得音声；若不得者，则大忧以惧，其为形也亦愚哉！……故曰：“忠谏不听，蹲循勿争。”……故曰：“至乐无乐，至誉无誉。”……故曰：“天地无为也而无不为也。”人也孰能得无为哉！[①]

其《天下》亦云：“天下之治方术者多矣，皆以其有为不可加矣。古之所谓道术者，果恶乎在？曰：‘无乎不在。’……”[②] 这是在开篇设问之例。

也有在篇中设问者，如《墨子·法仪》：

然则奚以为治法而可？当皆法其父母奚若？天下之为父母者众，而仁者寡，若皆法其父母，此法不仁也。法不仁，不可以为法。当皆法其学奚若？天下之为学者众，而仁者寡，若皆法其学，此法不仁也。法不仁，不可以为法。当皆法其君奚若？天下之为君者众，而仁者寡，若皆法其君，此法不仁也。法不仁，不可以为法。故父母、学、君三者，莫可以为治法。

然则奚以为治法而可？故曰：“莫若法天。天之行广而无私，其施厚而不德，其明久而不衰，故圣王法之。”[③]

《墨子》此类例证甚多，如《七患》《尚贤》《尚同》等，诸篇皆有，通常是在讲述过程中随时设问，以“……者何？”“……将奈何？”“……何也？”等句式发问，然后加以解答。《吕氏春秋》也有类似的文例，如《论人》篇中有“何谓反诸己也？……”“何谓求诸人？……”的设问，《适音》有“何谓适？衷音之适也。何谓衷？……”的设问，

① （清）郭庆藩撰，王孝鱼点校：《庄子集释》，中华书局1961年版，第608—612页。
② 同上书，第1065页。
③ 吴毓江：《墨子校注》，中华书局2006年版，第29页。

《有始》有“何谓九野？……”“何谓九州？……”的设问[①]，等等。《荀子》中对设问的运用多而灵活，如《劝学》于篇中有“学恶乎始？恶乎终？……”之问，《非相》于篇中有“人之所以为人者，何已也？……”之问，《仲尼》篇首则有“仲尼之门人，五尺之竖子言羞称乎五伯。是何也？……若是而不亡，乃霸，何也？……”之问，《儒效》篇则在与秦昭王问答之后，另起一意，始曰：“先王之道，仁之隆也，比中而行之。曷谓中？曰：礼义是也。……”继而曰：“我欲贱而贵，愚而智，贫而富，可乎？曰：其唯学乎。……”《王制》篇则在开篇曰：“请问为政？曰：贤能不待次而举，……”[②] 可见在《荀子》中，设问体不论是在运用的方式上还是所用的设问词上，都更加灵活多变，不拘一格。

此外，还有一种虚拟对话体，这种对话在现实中可能是不存在的，所以这种体裁与现场实录式的对话体有所区别。据虚拟问答的主客情况，可将此体分为两类，一类是主客二者明显为作者虚构，一类是主客二者为历史人物。前者主要存在于一些寓言故事之中，《庄子》中此类故事最多，如《秋水》篇载河伯与北海若的对话，夔、蚿、蛇、风、目、心之间的对话等。后者在有些子书中是作为历史寓言故事出现的，如《庄子》中有许多关于黄帝、尧、舜、老子、孔子等人与弟子或其他历史人物相问答的寓言故事，有的还与虚构的人物对话，如《知北游》篇知、无为谓和黄帝之间的设为问答。不论是虚构人物还是历史人物，寓言故事本身是虚构的，这是此类虚拟对话体与《韩非子》《吕氏春秋》等以历史故事为寓言的不同。

这种虚拟对话体还往往是依托著书喜欢采用的方式，如《鬻子》《六韬》中鬻熊、太公与文王、武王的对话，以及假托为黄帝君臣的作品，包括流传至今的医家著作《黄帝内经》等，都是假托历史上圣君

① 陈奇猷校释：《吕氏春秋新校释》，上海古籍出版社 2002 年版，第 162、276、662 页。

② （清）王先谦撰，沈啸寰、王星贤点校：《荀子集解》，中华书局 2013 年版，第 13、92、124、125、144、148、175 页。

贤臣的问答以阐发治国的大道。

二　解经体——以《五行》篇的文体命名为中心

1973年年底马王堆三号汉墓中出土了一大批珍贵的帛书，其中《老子》甲本卷后有数种古佚书，第一种的内容被认为是失传久已的思孟学派的“五行”学说，因此被学界定名为《五行》，这篇文字包括前后两部分，后一部分是对前面文字的解释说明，自庞朴先生将之定为经和说，学界更无异议。时隔将近20年，1993年10月，在郭店楚墓中出土了一批珍贵竹简，其中的一篇与帛书《五行》经文部分大致相同，并有篇题，即名《五行》，证明了当初学者们命名的准确。

简帛两种《五行》令学界为之振奋，研究著作也是数以百计。然而笔者在阅读《五行》及其研究著作时发现，《五行》篇的文体比较特殊，而已有的研究在这方面用力甚少，或者未曾深思，或者人云亦云，很多说法是不符合先秦时期文体发展情况和古书命名的体例的。因此，本文将在深入探讨先秦解经文体的基础上，进而分析简帛《五行》篇的文体特征，以期对此类文体的发展演变及同类文体间的异同能够有个较为清晰的认识，对《五行》篇及今后可能发现的类似典籍的文体命名能有一定借鉴意义。

（一）当前学界对《五行》篇文体的认识及存在的问题

简、帛两种《五行》被认为有经和解、说的体例，帛书本与竹简本相同的部分通常被称作“经”，而解释经文的部分自庞朴以来即被称作“说”；至于“经”的部分，陈来撰文以为前半、后半自为“经”“解”①。

陈来将《五行》前半视为经、后半视为解并按自己的理解重新分

---

① 陈来：《竹简〈五行〉章句简注——竹简〈五行〉分经解论》，《孔子研究》2007年第3期。徐少华亦以《五行》篇经文部分的自我解说为“经解”关系，但未展开论述，见其《楚简与帛书〈五行〉篇章结构及其相关问题》一文，载《中国哲学史》2001年第3期。

章的做法，是“仿朱子《大学章句》”而作。但朱熹的《大学章句》是以第一章为“经”，后面十章为“传”，而不是“解”。另外，陈来的章句分配显得较为随意，如将原来的28章重新划分为32章，《上经》《下解》各16章，并各自分为3个段落；然而上、下两部分并不能相互对应，《上经》的前4章、5章至9章、10章至16章各为一段落，《下解》的前5章为一段落，但这5章对应的是《上经》的前5章和第13章，《下解》第6章至11章为一段落，对应的是《上经》第12章至14章，《下解》第12章至16章则未明示对应《上经》哪一章，只言释君子之道，及发君子慎独、君子有德之意，对照《上经》，则主要是对应第4、9、10、11各章。如此看来，《下解》与《上经》既难一一对应，则《五行》篇不似《大学》那样整饬可名为“经传”，是否这是陈来先生称之为“经解”的原因之一呢？

《五行》篇“经”的部分，的确如许多学者所注意到的，其前后章节之间存在自我解释的性质。日本学者浅野裕一在《帛书〈五行篇〉的思想史位置》一文中指出，帛书《五行》的第十章至第十三章经文是由后面的第十四至十九章经文来解说的，从内容上看，这样认为是完全正确的。不宁唯是，《五行》篇不只存在后半解释前半的现象，前半的一些章节间也具备“经解”的性质，即第3章后半为经：“思不精不察，思不长（不得，思不轻）不形。不形不安，不安不乐，不乐无德。”第4、5、6、7章为解，或总说，或分说思之不精、不长、不轻和仁、智、圣等相对应的种种情况①。对于浅野的观点，池田知久指出：“这种情况不只限于意味着原本经性质的部分和说性质的部分是由不同时代的不同人写作成书的，相反，这意味着即使是写一般的文章，通过说性质的部分来解说经的部分，对作者来说是一个基本的叙述方式。”池田氏并进一步举《墨子》经和经说、《韩非子》的《内外储说》的经

① 此处章节、文字据李零校注郭店简本《五行》，见氏著《郭店楚简校读记》（增订本），中国人民大学出版社2007年版，第100页；马王堆帛书本分章、文字略异。

和说、《管子》的《经言》和《管子解》为例，认为“这种以相应的经性质的内容和说性质的内容结合起来讲述思想家自己思想的做法，成为这一时代学术界常见的一种基本的叙述形式”[①]。虽然池田并不同意浅野裕一的观点，而是认为《五行》前后两部分作者在设置和意图上有所不同，并非简单的经和说的关系；但他自己则认为帛书《五行》中说的部分，有的地方采取了说中进一步设说的形式，比如其书第七章说注 f、第二十章说注 h、第二十一章说注 d 中，都作出了这样的说明，这同样可以证明其自为经说已经成为当时的一种基本叙述方式的观点[②]。

池田氏的见解基本上是可以接受的。需要补充的是，（1）《五行》篇的经文的确如不少学者所认识到的那样，其中有着自为经解的因素，这一点是不容置疑的。解说文字与“经”文的意涵有着细微差别本不足怪，然而其解“经”的性质不能因此受到质疑。（2）池田强调了经、说为同一个作者在同一时段内写成的可能性，并认为这种叙述方式成为思想家论说的基本方式。但他没有注意《五行》的“经”和“说”两个部分的区别，事实上，“经”的自我解释和“说”对它的解释应该是出于不同作者的，其性质显然有着本质不同。

《五行》篇经部分的文体特征，正如池田氏所说，是“以相应的经性质的内容和说性质的内容结合起来讲述思想家自己思想的做法”，是某位思想家在同一时间段内写就的作品，而不是由不同时期的不同学者创作的。

帛书《五行》“说”部分之被名为“说”，研究者在命名时似乎对“经解”“经说”“经传”等概念的异同缺乏深入考察。首先提出帛书《五行》分“经”“说”的是庞朴，他说：

---

① ［日］池田知久：《马王堆汉墓帛书五行研究》，王启发译，线装书局、中国社会科学出版社 2005 年版，第 39—41 页。

② 同上书，第 66、67 页注 16、17。

这篇佚书原有两个部分组成：自第一七〇行至第二一四行，即原第一大段，为第一部分；自第二一五行的提行另段开始，直至末尾第三五〇行，为第二部分。第一部分提出了若干命题和基本原理，第二部分则对这些命题和原理进行了解说。这是战国时期的一种文章格局。《管子》《墨子》《韩非子》等书中，都有这种篇章。照当时的习惯说法，这第一部分叫《经》，或有一个切合内容的题目某某；第二部分叫《说》，或者叫《某某解》。[①]

这里根本就没有区分“说”“解”之别，或者无意对二者加以刻意地区别。后来他认识到“同为‘经’‘说’，有著者自说与他人补说之分，不能不分辨清楚”[②]，但仍没有分辨“说”“解”之间的差异。后来的学者几乎毫无例外地承庞朴之说，将《五行》后半解经文字称为“说”。只有李学勤曾经提出：“《五行》和《大学》一样，是一篇经、传相结合的作品。”[③] 似乎要把解经部分定名为“传”，但在其文章中有时名“传”，有时又名“说”，实际上和庞朴一样，没有对这些概念加以刻意区分。李氏还说：“现在仔细考虑，我以《墨子》《管子》等书来对比《五行》，虽能说明当时有经与说、解的存在，尚有未达一间之处。因为《墨子》等书的经和说、解，各各分立，自成起讫，而帛书《五行》则经、说前后联贯，体裁有所不同。”[④] 此说亦难成立。第一，《五行》篇的解经部分在经文之后，二者也是各各分立的，从图版可以清晰地看出，不仅解经部分另行提行，而且有所标识；第二，《五行》

① 庞朴：《马王堆帛书解开了思孟五行说之谜——帛书〈老子〉甲本卷后古佚书之一的初步研究》，《文物》1977 年第 10 期。

② 庞朴：《竹帛〈五行篇〉比较》，《郭店楚简研究》（《中国哲学》第 20 辑），辽宁教育出版社 1999 年版，第 223 页。

③ 李学勤：《从简帛佚籍〈五行〉谈到〈大学〉》，《孔子研究》1998 年第 3 期。笔者按：不少学者将《五行》与《大学》的文体相比附，除李学勤和上文提到的陈来仿《大学章句》将《五行》经文析为经、解外，早在马王堆帛书消息发布之时，韩中民就说《五行》篇“文体与《大学》相近”（《长沙马王堆汉墓帛书概述》，《文物》1974 年第 9 期）。

④ 李学勤：《从简帛佚籍〈五行〉谈到〈大学〉》，《孔子研究》1998 年第 3 期。

篇虽然没有“经”、“解”或“说”的题名，但也许是帛书残损使我们看不到，或者抄写者将题名漏掉亦未可知，因为解经部分是从第六章的后半开始解释的，这让所有研究者不得不认为抄写者有所遗漏；第三，虽然《大学》也是采用了类似的解经文体，但大学的经文极短，传文是一章解释一个词或一句话，而《五行》篇却是每一章解释文字对应一章经文，反倒是与《大学》有所不同了。

倒是池田知久在这方面的意见较为客观，他说：“如说文中的‘西下子’和‘孔子’的故事一样，在证明经文的命题的正确性的实例上而举出故事，是接近于《韩非子》的故事学构成的形式（参见《喻老》等）；而且随经文一字一句附上说文，则是接近于《管子》的解的诸篇的形式（参见《心术上》《形势解》等）。然而相对于《韩非子》和《管子》多冠以‘故曰’而引用必须加以解说的经文的情况本篇有所不同，这似乎可以说是开创了新的经学形式的。”与多数学者的意见不同的是，池田知久认为“（经和说）写作年代不会相距很远，毋宁说可以认为是由同一人物或属同一学派的人物在大致同一年代写成的东西”①。不过，在作者和时代问题上，笔者还是倾向于庞朴的意见，他说：“帛书《五行》篇的‘经’和‘说’，看起来，不像是一个计划下的两个部分。这一来由于，‘经’文说理清楚，自我圆满，无须多加解说，也没有为‘说’文有意留下什么；二来也由于，‘说’文虽然逐句解说，并没有说出什么新思想来，相反倒表现得十分拘谨，乏善可陈。因此我设想，《五行》篇早先并没有‘说’或‘解’，帛书所见的‘说’，是某个时候弟子们奉命缀上去的。”②《五行》篇本无“说”“解”是极显然的事，否则在经的部分就不会存在自我解说的现象了；再者，经文与解

① ［日］池田知久：《马王堆汉墓帛书五行研究》，王启发译，线装书局、中国社会科学出版社2005年版，第182页注14。在第七章经、说的注解中，池田认为说对经有相当的补充意义，也是他得出上述结论的一个重要原因，见该书第188页注f。

② 庞朴：《竹帛〈五行篇〉比较》，《郭店楚简研究》（《中国哲学》第20辑），辽宁教育出版社1999年版，第223页。

经文字多有用字上的不同，也可证二者非出一手，如经文“悤”，解经文中作“[illegible]”；经文“聲”，解经文作“變”；经文“简”，解经文作“间”；等等。因此，《五行》之“经”部分的自我解释现象必须同“说”部分对“经”的解释分开来对待，换言之，二者是两种不同的文体。

那么，这两种文体在古书中是否可以找到先例？二者之间是否存在某种关联？这两种文体如何命名才符合古书体例？

（二）先秦典籍中普遍存在解经文体

作为经典的“六经”，在师儒传习的过程中都有传、记、说、故、微等解经类的作品传世（参见《汉书·艺文志》）。实际上，正如研究者所指出的那样，先秦诸子著作中类似《五行》篇的“解经体”也是普遍存在的。比如，《墨子》中有《经》和《经说》；《管子》中《牧民》《形势》《立政》《版法》《明法》诸篇皆有“解”，《宙合》《心术上》篇前后自为经解，《心术下》则被认为是《内业》之“解”①，《幼官》（《玄宫》?）或即《幼官图》（《玄宫图》?）之“解”；《韩非子》之《内、外储说》则自为经、说，《解老》《喻老》也是以《老子》为经典而作出的解释。这些是显见于诸子书中者②。

其实，不以经、说、解等为名，而在写作中先写一段经典性质的文字，然后对这段文字加以解释的写法（《五行》经文即是），亦即庞朴先生说的“第一部分提出了若干命题和基本原理，第二部分则对这些命题和原理进行了解说”的写法，更是所在多有。今略举数例如

① 参黎翔凤《管子校注》，中华书局2004年版，第778页。何如璋以《心术下》为《内业解》，吴汝纶亦以此篇与《内业》相出入，而黎翔凤认为二者各自成文，非“解”亦非散简。按：《心术下》之文字多是对《内业》中重要观点的解释，二者不可能毫无关联，即使非“解”，也是关系紧密的，视之为《内业解》亦不为过。

② 《吕览·有始览》七篇之末皆有“解在乎某某”，形式很像《韩非子·内外储说》《墨子·经说》，后文有相应的解说，皆故事传说，此点与《内外储说》尤其相似，只是散在其他《七览》和《六论》中，并非集中的说解，也没有一定的规律。笔者按：《吕览》的这种文体格式显然是学自《墨子》《韩非子》等书，但其故事传说在《有始览》之外的篇章中自有其地位和作用，与《墨子》《韩非子》等专门解说经文的文字有别，似乎更像是为了避免重复才采取的这种格式，因此本文不把《吕览》的此种情况视为解经体。

表4－1所示。

表4－1　　　　先秦文献自为经解/经说举例

作品	经	解/说
1.《老子》第八章	上善若水	水善利万物而不争，处众人之所恶，故几于道。居善地，心善渊，与善仁，言善信，正善治，事善能，动善时。夫唯不争，故无尤①
2.《论语·季氏》	益者三友，损者三友	友直，友谅，友多闻，益矣。友便辟，友善柔，友便佞，损矣②
3.《孙子·计篇》	兵者，国之大事，死生之地，存亡之道，不可不察也。故经之以五事，校之以计，而索其情：一曰道，二曰天，三曰地，四曰将，五曰法	道者，令民与上同意也，故可以与之死，可以与之生，而不畏危。天者，阴阳、寒暑、时制也。……凡此五者，将莫不闻，知之者胜，不知者不胜。故校之以计，而索其情，曰：主孰有道？将孰有能？天地孰得？法令孰行？兵众孰强？士卒孰练？赏罚孰明？吾以此知胜负矣③
4.《孟子·告子下》	五霸者，三王之罪人也。今之诸侯，五霸之罪人也。今之大夫，今之诸侯之罪人也	天子适诸侯曰巡狩，诸侯朝于天子曰述职。……是故天子讨而不伐，诸侯伐而不讨。五霸者，搂诸侯以伐诸侯者也，故曰五霸者，三王之罪人也。……今之大夫皆逢君之恶，故曰今之大夫，今之诸侯之罪人也④
5.《荀子·君道》	有乱君，无乱国；有治人，无治法	羿之法非亡也，而羿不世中；禹之法犹存，而夏不世王。故法不能独立，类不能自行，得其人则存，失其人则亡。法者，治之端也；君子者，法之原也。……⑤
6.《商君书·修权》	国之所以治者三：一曰法，二曰信，三曰权	法者，君臣之所共操也；信者，君臣之所共立也；权者，君之所独制也。人主失守则危，君臣释法任私必乱。故立法明分而不以私害法则治，权制独断于君则威，民信其赏则事功成，信其刑则奸无端。惟明主爱权重信而不以私害法。……⑥

① （魏）王弼注，楼宇烈校释：《老子道德经注校释》，中华书局2008年版，第20页。
② （清）刘宝楠撰，高流水点校：《论语正义》，中华书局1990年版，第657页。
③ 杨丙安：《十一家注孙子校理》，中华书局1999年版，第1—11页。
④ （清）焦循撰，沈文倬点校：《孟子正义》，中华书局2015年版，第903—913页。
⑤ （清）王先谦撰，沈啸寰、王星贤点校：《荀子集解》，中华书局2013年版，第272页。
⑥ 蒋礼鸿：《商君书锥指》，中华书局1986年版，第82页。

续表

作品	经	解/说
7.《尉缭子·战威》	凡兵有以道胜，有以威胜，有以力胜	讲武料敌，使敌之气失而师散，虽形全而不为之用，此道胜也。审法制，明赏罚，便器用，使民有必战之心，此威胜也。破军杀将，乘堙发机，溃众夺地，成功乃返，此力胜也。王侯知此，所以三胜者毕矣[①]
8.《鹖冠子·博选》	博选者，序德程俊也[②]。道凡四稽：一曰天，二曰地，三曰人，四曰命。权人有五至：一曰伯己，二曰什己，三曰若己，四曰厮役，五曰徒隶	所谓天者，物理情者也。所谓地者，常弗去者也。所谓人者，恶死乐生者也。所谓命者，靡不在君者也。君也者，端神明者也。神明者，以人为本者也。人者，以贤圣为本者也。贤圣者，以博选为本者也。博选者，以五至为本者也。故北面而事之，则伯己者至；先趋而后息，先问而后默，则什己者至；人趋己趋，则若己者至。凭几据杖，指麾而使，则厮役者至；乐嗟苦咄，则徒隶之人至矣。故帝者与师处，王者与友处，亡主与徒处[③]
9.《吕氏春秋·论人》	主道约，君守近。太上反诸己，其次求诸人。其索之弥远者，其推之弥疏；其求之弥疆者，失之弥远	何谓反诸己也？适耳目，节嗜欲，释智谋，去巧故，而游意乎无穷之次，事心乎自然之途，若此则无以害其天矣。……三代之兴王，以罪为在己，故日功而不衰，以至于王。 何谓求诸人？人同类而智殊，贤不肖异，皆巧言辩辞，以自防御，此不肖主之所以乱也。……此圣王之所以知人也[④]
10.《文子·精诚》	名可强立，功可强成	昔南荣趎耻圣道而独亡于己，南见老子，受教一言，精神晓灵，屯闵条达，勤苦十日不食，如享太牢，是以明照海内，名立后世，智略天地，察分秋毫，称誉华语，至今不休，此谓名可强立也。故田者不强，囷仓不满，官御不励，诚心不精，将相不强，功烈不成，王侯懈怠，后世无名。……夫忧民之忧者，民亦忧其忧，乐民之乐者，民亦乐其乐，故忧以天下，乐以天下，然而不王者，未之有也[⑤]

① （周）尉缭子撰，徐勇注译：《尉缭子》，《武经七书新译》本，齐鲁书社 1999 年版，第 130 页。

② 原文作："王铁非一世之器者，厚德隆俊也。"此据《群书治要》改。

③ 黄怀信：《鹖冠子汇校集注》，中华书局 2004 年版，第 1—8 页。

④ 陈奇猷校释：《吕氏春秋新校释》，上海古籍出版社 2002 年版，第 161—163 页。

⑤ 李定生、徐慧君：《文子校释》，上海古籍出版社 2004 年版，第 93 页。

类似的表述方式在诸子中是普遍存在的，由上可知，不论儒、墨、道、法、兵还是杂家之流，都采用了这种解经式的表述法。这种表述方式在根本性质上，与上述《墨子》《管子》等书中的经说、经解并无区别，都是“第一部分提出了若干命题和基本原理，第二部分则对这些命题和原理进行了解说”。

若加以细分，则可将上述表述方式分为如下类型。

（1）数字概括类。如第2、3、6、8四例。

（2）概念阐释类。这种类型往往包含在第（1）类中，如第3例中对道、天、地、将、法的阐释，第6例中对法、信、权的阐释，第8例中对天、地、人、命的阐释，等等。事实上，此类是介于数字概括类和观点阐述类之间的一种类型。

（3）观点阐述类。如1、4、5、6、7、9、10等。这类可以说是较为“高级”的一种，往往能够涵盖前两种类型。

（4）经解、经说类。即上文提到的如《墨子》《韩非子》《管子》中明确题为经解或经说的类型，这是“最高级”的解经体。

这四种类型的表述方式不仅根本性质相同，而且四种类型之间构成一种较为明显的递进式的发展关系，体现了此种著述体例的演进历程。我们可以把前三种类型称作“前解经体”，是较早出现的一种非自觉的解经体表述方式；第四种称作“解经体”，包括“经解”“经说”两类。当然，即使在经解经说类“解经体”完全成熟的战国晚期，乃至当今时代，这几种类型的表述方式也还是同时并存的，只是在标题上往往不体现出来而已。

其实，不仅诸子类著作中有解经性质的表述方式，并且这种表述方式的产生可能是非常早的。在较早的文献记载中，数字概括和概念阐释类的解经文字已经存在。比如《尚书·皋陶谟》：

皋陶曰：“都！亦行有九德。亦言其人有德，乃言曰，载采采。”

禹曰："何?"皋陶曰："宽而栗，柔而立，愿而恭，乱而敬，扰而毅，直而温，简而廉，刚而塞，强而义。彰厥有常，吉哉!"①

皋陶先是概括性地提出了"九德"，然后在回答禹问时详列了九德之目。刘起釪指出，此同《尧典》的"直而温，宽而栗，刚而无虐，简而无傲"有多寡同异，《尚书·立政》亦提及夏代的九德但未详述，而《逸周书》之《常训》《宝典》《文政》三篇中也有九德之目，不同的是，《逸周书》中三种"九德"说，每德都是一字，偶有两字者意义也相一致，只有《皋陶谟》的"九德"是由意义相反相成的两个字构成，可能是受了春秋以后中庸思想的影响，将原来的单字修订成了符合中庸之道的样子②。

《尚书》中另一处更接近后世解经体的是《洪范》：

初一曰五行，次二曰敬用五事，次三曰农用八政，次四曰协用五纪，次五曰建用皇极，次六曰乂用三德，次七曰明用稽疑，次八曰念用庶征，次九曰乡用五福，威用六极。

一，五行。一曰水，二曰火，三曰木，四曰金，五曰土。水曰润下，火曰炎上……

二，五事。一曰貌，二曰言，三曰视，四曰听，五曰思。貌曰恭，言曰从……

……

九，五福。一曰寿……六极。一曰凶短折……③

① （汉）孔安国传，（唐）孔颖达等疏：《尚书注疏》，阮元校勘《十三经注疏》本，台北：艺文印书馆2007年版，第60、61页。

② 顾颉刚、刘起釪：《尚书校释译论》，中华书局2005年版，第512—514页。

③ （汉）孔安国传，（唐）孔颖达等疏：《尚书注疏》，阮元校勘《十三经注疏》本，台北：艺文印书馆2007年版，第168—179页。

以上即箕子对武王陈述的洪范九畴（大法九类）。第一段文字是下文的总纲，这种表述方式，是先总述，后分说，也可以说前者是“经”，后面是“传”或“解”。

类似《皋陶谟》《洪范》的文字表述，在《逸周书》中更为普遍，如《逸周书·文酌解》，通篇都在解释九酌、五大、四教、三频、三尼、七事、一极、三穆、七信、一幹、二御、三安、十二来等；像《大武解》《大明武解》《酆保解》《大开解》《大开武解》《宝典解》《文政解》等，不胜枚举，皆是此类数字概括式的名词解说文字。

此类文字，在后世极为流行。而论其兴起的时代，《皋陶谟》似稍早，刘起釪考证为春秋早期已存在①，《洪范》及《逸周书》各篇，则被学者认为是春秋中期作品②，或者竟属战国诸子百家之作，但亦不乏某些早期史料的影子③，就现在公布的清华大学所藏战国竹简的情况推断，上述史料早出的可能性是极大的。总之，至少自西周至春秋的官方史料中已有数字概括、概念阐释类的解经文字。

《尚书·皋陶谟》还有如下一段话：

> 皋陶曰：“都！在知人，在安民。”
>
> 禹曰：“吁！咸若是，惟帝其难之。知人则哲，能官人；安民则惠，黎民怀之。能哲而惠，何忧乎驩兜？何迁乎有苗？何畏乎巧言令色孔壬？”④

---

① 顾颉刚、刘起釪：《尚书校释译论》，中华书局2005年版，第506—510页。

② 黄怀信：《〈逸周书〉源流考》，西北大学出版社1992年版，第94页。李学勤则断言《洪范》是西周文字，参见李学勤《帛书〈五行〉与〈尚书·洪范〉》，《学术月刊》1986年第11期。

③ 刘起釪认为，除少数可以确定为西周史料外，多数篇章即使保存有西周史料的文字，也往往写成于春秋，甚至受到战国的影响，或者竟是战国诸子之作。见氏著《尚书学史》第三章之《〈逸周书〉篇目简况》，中华书局1989年版，第93—97页。

④ （汉）孔安国传，（唐）孔颖达等疏：《尚书注疏》，阮元校勘《十三经注疏》本，台北：艺文印书馆2007年版，第60页。

这段对话，禹的说法显然是对皋陶之言的解释，若视之为观点阐述类的“前解经体”，似无不可。

这种表述方式在《左传》《国语》中也是存在的。比如《左传·桓公二年》臧哀伯谏纳郜鼎曰：“君人者，将昭德塞违，以临照百官，犹惧或失之，故昭令德以示子孙：是以清庙茅屋，大路越席，大羹不致，粢食不凿，昭其俭也。衮、冕、黻、珽，带、裳、幅、舄，衡、纨、纮、綖，昭其度也。藻、率、鞞、鞛，鞶、厉、游、缨，昭其数也。火、龙、黼、黻，昭其文也。五色比象，昭其物也。锡、鸾、和、铃，昭其声也。三辰旂旗，昭其明也。夫德，俭而有度，登降有数。文、物以纪之，声、明以发之，以临照百官。百官于是乎戒惧，而不敢易纪律。”① 显然“昭德塞违，以临照百官”是“经”语，下面分别从俭、度、数、文、物、声、明七个方面加以阐述，即是对“经”的解说。《国语·越语下》越王勾践即位甫三年就要伐吴，范蠡进谏，二人的前后对话，其实就是范蠡对自己观点的进一步阐释：

> 范蠡进谏曰：“夫国家之事，有持盈，有定倾，有节事。”王曰：“为三者奈何?”范蠡对曰：“持盈者与天，定倾者与人，节事者与地。王不问，蠡不敢言。天道盈而不溢，盛而不骄，劳而不矜其功。夫圣人随时以行，是谓守时，天时不作，弗为人客；人事不起，弗为之始。……”果兴师而伐吴，战于五湖，不胜，栖于会稽。王召范蠡而问焉，曰：“吾不用子之言，以至于此，为之奈何?”范蠡对曰：“君王其忘之乎：持盈者与天，定倾者与人，节事者与地。”王曰：“与人奈何?”范蠡对曰：“卑辞尊礼，玩好女乐，尊之以名。如此不已，又身与之市。”……三年而吴人遣之。归及至于国，王问于范蠡曰：“节事奈何?”范蠡对曰：“节事者与

① 杨伯峻编著：《春秋左传注》（修订本），中华书局 1990 年版，第 86—89 页。

地。唯地能包万物以为一，其事不失……"①

范蠡先是简明地亮出了自己的观点：持盈、定倾、节事，"持盈者与天，定倾者与人，节事者与地"则是进一步的解释。"天道盈而不溢"以下一段主要是对"持盈者与天"的阐发，又在数年之后，通过与越王勾践问答的方式分别对"定倾者与人""节事者与地"加以阐述。若非对话体，而是如后来成熟的诸子专题论说文，则这一段就会是标准的自为经解的体例。

总结上述"前解经体"作品，可以发现，这些文字在内容上基本是论述性的，而且多关乎国家大事。后来的诸子殊途同归，皆"务为治"（《史记·太史公自序》），可以说不论在内容上还是在论述方式上，都是对前代圣贤的继承。

（三）经解、经说体的文体特征

《说文解字·糸部》："经，织从丝也。""经"的本义是纺织时纵向的丝线，段玉裁由"织之从丝谓之经，必先有经而后有纬"推论说："是故三纲五常，《六艺》谓之天地之常经。"② 从先有经而后有纬的事之必然，到"常"的含义是"经"之本义的第一步引申。故《玉篇·糸部》曰："经，常也。"③"法""典"也有"常"的含义（《尔雅·释诂上》）④，所以"经"又与"典""法"相通，《周礼》："太宰之职，掌建邦之六典。"郑注云："典，常也，经也，法也。"⑤ 而典之本义，由字形看，则是简册置于几案之形，许慎《说文》："典，五帝之

---

① 徐元诰撰，王树民、沈长云点校：《国语集解》，中华书局2002年版，第575—578页。

② 段注："从丝二字依《太平御览》卷八百二十六补。"（汉）许慎撰，（清）段玉裁注：《说文解字注》，浙江古籍出版社2006年版，第644页。

③（南朝）顾野王：《大广益会玉篇》，中华书局1987年影印张氏泽存堂本，第124页。

④（晋）郭璞注，（宋）邢昺疏：《尔雅注疏》，阮元校勘《十三经注疏》本，台北：艺文印书馆2007年版，第8页。

⑤（汉）郑玄注，（唐）贾公彦疏：《周礼注疏》，阮元校勘《十三经注疏》本，台北：艺文印书馆2007年版，第311、312页。

书也，从册在丌上，尊阁之也。"[①] 于是，"经"便有了"常行之典"的含义[②]。这是"经"字的第二步引申，即作为书籍的含义，而且是"常行之典"的书籍。

经作为"常行之典"，在最初私学未兴的时代，便是官守之学。私学即诸子，《汉书·艺文志》分诸子为九流十家，并追溯每一家出于某官之守，其说虽有商榷余地，而章学诚将六经归于"周官之旧典"的说法却是极有道理的。他说："六艺非孔氏之书，乃周官之旧典也。《易》掌太卜，《书》藏外史，《礼》在宗伯，《乐》隶司乐，《诗》领于太师，《春秋》存乎国史。夫子自谓'述而不作'，明乎官司失守，而师弟子之传业，于是判焉。"[③] 又有学者据自《尚书·尧典》夔典乐以教国子以至《周礼》之保氏、师氏和乐官系统，以及《左传》《国语》中关于乐师议政的记载，来论证儒家以六经为教育文本的渊源有自[④]。总之，六经作为孔门儒生传习之业，"经"之含义或许如章氏所说，是本于"周官之旧典"，亦即"常行之典"之义。儒家尊奉六经，又取经纶之义，"则以先王政教典章纲维天下"[⑤]。此则为"经"的另一引申义了。

大致说来，经、传之产生是与私学兴起紧密相关的，在私学师生授受过程中需要对已有的官学教本进行解释阐发，遂有传的产生；而原有之官学典常被尊为经。"官司典常为经，而师儒讲习为传"，似是经、传最初的情形。后来私学各家乃至方术杂学各自尊奉自己所传习之经典为"经"，且在传习中出现解经之作。而百家蜂起，遂曰稍后于儒家，但诸子著书的"兴致"似乎远过于"述而不作"的夫子家法。因此，

① （汉）许慎撰，（清）段玉裁注：《说文解字注》，浙江古籍出版社 2006 年版，第 200 页。

② （宋）邢昺：《孝经序疏》，阮元校勘《十三经注疏》本，台北：艺文印书馆 2007 年版。

③ （清）章学诚著，王重民通解：《校雠通义通解》，上海世纪出版集团、上海古籍出版社 2009 年版，第 2 页。

④ 相关情况可参考阎步克《乐师与"儒"之文化起源》，《乐师与史官：传统政治文化与政治制度论集》，生活·读书·新知三联书店 2001 年版，第 1—32 页。

⑤ （清）章学诚撰，吕思勉评：《文史通义·经解上》，上海古籍出版社 2008 年版，第 27 页。

先秦诸子中不仅出现了不少自名为“经”的作品，而且出现了各式各样的解经体的文体式样。

诸子中自题经解的体裁，除了《汉志》所录《老子邻氏经传》以“传”为名但已失传之外，实仅“解”“说”二体。此二体不仅与汉代儒家经师传经之体有别，彼此之间亦有不同。

“解”字的本义，《说文解字》说：“判也。从刀判牛角。”① 甲骨文作“[illegible]”，《甲骨文字典》的解释是：“从角从𦥑从牛，像以手解牛角之形。”并认为《说文》之从刀是从𦥑之讹②。由解牛角引申为分、判，再引申为分析使晓悟之义，即解释、解说。“说”字在甲骨、金文中尚未出现，《说文解字》的解释是：“说，说释也，从言兑声。一曰谈说。”段注：“说释即悦怿。……说释者，开解之意，故为喜悦。”是段玉裁认为开解乃“说”之本义，喜悦反为引申义，所以他认为“一曰谈说”四字“疑后增”③。杨树达观点与段氏大致相同，并谓“言之锐利者谓之说，古人所谓利口，今人所谓言辞犀利者也”，又比较谈说、议论之别曰：“大抵谈说者，言之慷慨激昂者也，而议论则朴实说理者也。”④ 马叙伦引惠栋说，认为“说释”乃“说解”之误，而马氏本人认为“说为兑之后起字，从音，兑声，喜而发音也”⑤。按：“说”的确为兑之后起字，以悦为其本义是对的，但对其说明、解说之义的阐释，杨氏的观点还是可取的。

在对“经”进行解释的文体层面上的含义，“解”和“说”可能也有所区别。对此问题的探讨，必须以一定的文本作为基础，然而传世文献中名为“经解”和“经说”的著作非常少，故只可窥其一斑，是否

---

① （汉）许慎撰，（清）段玉裁注：《说文解字注》，浙江古籍出版社 2006 年版，第 186 页。

② 徐中舒：《甲骨文字典》，四川辞书出版社 1989 年版，第 481 页。

③ （汉）许慎撰，（清）段玉裁注：《说文解字注》，浙江古籍出版社 2006 年版，第 93 页。

④ 杨树达：《积微居小学金石论丛》（增订本），科学出版社 1955 年版，第 37 页。

⑤ 马叙伦：《说文解字六书疏证》卷五，上海书店 1985 年据科学出版社 1957 年影印版，第 59 页。

即为定论，还须进一步检验。兹略陈鄙见于下。

以“解”为题的文献，除《管子解》和《韩非子·解老》外，《汉志》著录大、小《夏侯解故》二十九篇。《六艺略》尚书类序云：“《书》者，古之号令，号令于众，其言不立具，则听受施行者弗晓。古文读应《尔雅》，故解古今语而可知也。”① 大约“解故”二字之义即解诂，亦即所谓“解古今语”，所重在名物训诂，与先秦诸子中的“解”类文字恐异。又，《数术略·五行类》著录《文解六甲》十八卷、《文解二十八宿》二十八卷，其书亦佚，张舜徽“疑为古代用文辞解释专用名词之书”②，是否如此亦难下断言。总之，要了解“解”的含义恐怕只能靠《管子解》和《韩非子·解老》两种了。

以“说”为题的文献，先秦诸子中现存亦仅《墨子·经说》《韩非子·内外储说》两种，赵岐《孟子题辞》言孟子有《外书》四篇——《性善辩》《文说》《孝经》《为政》，其《文说》不知内容如何，似非“经说”之体；《汉志》小说家类有《伊尹说》《鬻子说》《黄帝说》，大概亦是《虞初周说》之类，乃小说家巷语丛谈，又非为“经”而作，亦不足据。然而以“说”为题者，除小说外，尚有《韩非子·说林》《内外储说》，刘向的《说苑》《世说》，等等，综合来看，似乎凡“说”之类，皆有浅显（常以故事说理）、不甚严肃（小说）之倾向，此种倾向亦可视为多数“说”类文体的一个基本特征。

汉代经学发达，解经之作繁夥，其以“说”为名者较多，《诗》类有《鲁说》《韩说》，《礼》类有《中庸说》《明堂阴阳说》，《论语》类有《齐说》《鲁夏侯说》《鲁安昌侯说》《鲁王骏说》《燕传说》，《孝经》类有《长孙氏说》《江氏说》《翼氏说》《后氏说》，等等，这些书皆已久佚，从文献记载和后人辑佚来看，有些是后学整理的先师遗说，有些为本人亲著。前者如《韩诗说》，王先谦曰：“《韩诗》有王、食、

① （汉）班固撰，（清）王先谦补注：《汉书补注》，上海古籍出版社2008年版，第2912页。
② 张舜徽：《汉书艺文志通释》，华中师范大学出版社2004年版，第404页。

长孙之学，此其徒众所传。”① 此说大致是不错的。张舜徽以为与《鲁说》同体，也应该是对的，只是他在解释“说”体时云：“说亦汉人注述之一体。《汉书·河间献王传》云：‘献王所得，皆《经》《传》《说》《记》七十子之徒所论。’是传、说、记三者，固与经相辅而行甚早。说之为书，盖以称说大义为归，与夫注家徒循经文立解、专详训诂名物者，固有不同。”② 这就未免望文生义了。马国翰辑有《韩诗说》九条，反以循经立解、训诂名物为主，如第一条“我姑酌彼金罍”，《韩说》云：“金罍，大夫器也。天子以玉饰，诸侯大夫以金饰，士以梓无饰。”③ 王仁俊辑有韦玄成《鲁诗韦氏说》一条，不足以窥其一斑，《礼》类两种皆已全佚。东汉彭汪有《左氏奇说》，《经典释文序录》说：“汝南彭汪，记先师奇说及旧注。”④ 亦先师遗说之类。本人亲著之作以《论语》《孝经》类居多，王先谦在《齐说》条下注云：“下云传《齐论》者，惟王阳名家。《吉传》云‘王阳说《论语》，即此《齐说》也。”⑤ 然《王吉传》仅说他“以《诗》《论语》教授”⑥，此《齐说》是否王吉亲著遂不可论定；而《夏侯胜传》则言胜“受诏撰《尚书》《论语说》”⑦，《汉书·儒林传》亦载“江公著《孝经说》”⑧，足证《论语》《孝经》二者之“说”特多亲著之作。诸说皆佚，《玉函山房辑佚书》虽然偶有辑本，但或不足信，或过于简短，皆不足为据。

然而综合以上两类来看，汉代经师之“说”经，恐怕与先秦诸子之“经说”有异。汉经师之“说”经，主讲说经义、一家之言之谓。

---

① （汉）班固撰，（清）王先谦补注：《汉书补注》，上海古籍出版社 2008 年版，第 2916 页。
② 张舜徽：《汉书艺文志通释》，华中师范大学出版社 2004 年版，第 199 页。
③ （清）马国翰：《玉函山房辑佚书》，广陵书社 2005 年版，第 530 页。
④ 吴承仕：《经典释文序录疏证》，中华书局 1984 年版，第 122 页。
⑤ （汉）班固撰，（清）王先谦补注：《汉书补注》，上海古籍出版社 2008 年版，第 2937 页。
⑥ 同上书，第 4767 页。
⑦ 同上书，第 4876 页。
⑧ 同上书，第 5442 页。

上述先师遗说如此，本人亲著亦如此，较明显的是《孝经》，班固自注：“长孙氏、江氏、后氏、翼氏四家。”① 接着著录四家之《说》，即四家之义也。桓谭《新论·正经篇》载：“秦近君能说《尧典》，篇目两字之说，至十余万言，但说‘曰若稽古’，三万言。”② 故《汉书·儒林传赞》批评说：“自武帝立《五经》博士，开弟子员，设科射策，劝以官禄，讫于元始，百有余年，传业者浸盛，支叶蕃滋，一经说至百余万言，大师众至千余人，盖禄利之路然也。”③《艺文志》又谓：“后世经传既已乖离，博学者又不思多闻阙疑之义，而务碎义逃难，便辞巧说，破坏形体；说五字之文，至于二三万言。”④ 如此不惮其烦地解说经义，亦与前引张舜徽所说的“以称说大义为归”远不相牟。上述说法皆表明两汉经师的“说”经，乃讲说经义、一家之言之谓。

先秦诸子之“经解”“经说”之间含义则自有分别。观《管子解》《韩非子·解老》，莫不详为解释，且明显有讲授学问的痕迹，似为师生授学的讲义。兹举数例如下（表4-2）。

表4-2　先秦诸子经解举例

经文	解文
《形势》：山高而不崩，则祈羊至矣	《形势解》：山者，物之高者也。惠者，主之高行也。慈者，父母之高行也。忠者，臣之高行也。孝者，子妇之高行也。故山高而不崩，则祈羊至。主惠而不解，则民奉养。父母慈而不解，则子妇顺。臣下忠而不解，则爵禄至。子妇孝而不解，则美名附。故节高而不解，则所欲得矣，解则不得。故曰：山高而不崩，则祈羊至矣⑤

① （汉）班固撰，（清）王先谦补注：《汉书补注》，上海古籍出版社2008年版，第2940页。

② （汉）桓谭撰，朱谦之校辑：《新辑本桓谭新论》，中华书局2009年版，第38页。朱谦之校：“当从《汉书·儒林传》作秦延君，近为延字之形讹。”

③ （汉）班固撰，（清）王先谦补注：《汉书补注》，上海古籍出版社2008年版，第5457页。

④ 同上书，第2951页。

⑤ 黎翔凤：《管子校注》，中华书局2004年版，第21、1166页。

续表

经文	解文
《立政》：寝兵之说胜，则险阻不守	《立政九败解》：人君唯毋听寝兵，则群臣宾客莫敢言兵。然则内之不知国之治乱，外之不知诸侯强弱，如是则城郭毁坏，莫之筑补，甲弊兵凋，莫之修缮。如是则守圉之备毁矣。辽远之地谋，边竟之士修，百姓无圉敌之心。故曰：寝兵之说胜，则险阻不守①
《版法》：正法直度，罪杀不赦。杀僇必信，民畏而惧。武威既明，令不再行	《版法解》：凡国无法则众不知所为，无度则事无机。有法不正，有度不直，则治辟。治辟，则国乱。故曰：正法直度，罪杀不赦。杀僇必信，民畏而惧。武威既明，令不再行②
《明法》：所谓治国者，主道明也	《明法解》：明主者，有术数而不可得欺也，审于法禁而不可犯也，察于分职而不可乱也。故群臣不敢行其私，贵臣不得蔽贱，近者不得塞远，孤寡老弱不失其所职，竟内明辨而不相逾越。此之谓治国。故《明法》曰：所谓治国者，主道明也③
《德经》第一章：上德不德，是以有德④	《解老》：德者，内也；得者，外也。上德不德，言其神不淫于外也。神不淫于外则身全，身全之谓德。德者，得身也。凡德者，以无为集，以无欲成，以不思安，以不用固。为之欲之，则德无舍；德无舍则不全。用之思之则不固，不固则无功，无功则生于德。德则无德，不德则有德。故曰："上德不德，是以有德。"⑤

若仅据《管子》《韩非子》的有限资料来看，"经解"这种文体的特点非常明显：（1）逐字逐句地详细解说经义；（2）不重字义训诂；（3）颇多引申发挥，实属一家之言，上举《形势》《明法》二例尤为明显；（4）在形式上往往在一段解经文字之末以"故曰"引出所解经文；（5）"解"文很像老师授课的记录或讲义，故与"经"的作者和时代可能不一致。

先秦诸子的"经说"之例，亦仅《墨子·经说》《韩非子·内外储说》两种，今亦据其实例分析其特征于下（表4－3）。

① 黎翔凤：《管子校注》，中华书局2004年版，第79、1191页。
② 同上书，第127、1201页。
③ 同上书，第913、1207页。
④ （魏）王弼注，楼宇烈校释：《老子道德经注校释》，中华书局2008年版，第93页。
⑤ （清）王先慎撰，钟哲点校：《韩非子集解》，中华书局1998年版，第130页。

表 4－3 先秦诸子经说举例

经文	说文
《墨子·经上》：义，利也	《经说上》：义，志以天下为芬，而能能利之，不必用①
《墨子·经下》：五行毋常胜，说在宜	《经说下》：五：合水、土、火，火离然。火铄金，火多也。金靡炭，金多也。合之府水，木离木。若识麋与鱼之数，惟所利②
《内储说上》：观听不参则诚不闻，听有门户则臣壅塞。其说在侏儒之梦见灶……是以明主……察一市之患	卫灵公之时，弥子瑕有宠，专于卫国。侏儒有见公者曰："臣之梦践矣。"公曰："何梦？"对曰："梦见灶，为见公也。"公怒曰："吾闻见人主者梦见日，奚为见寡人而梦见灶？"对曰："夫日兼烛天下，一物不能当也；人君兼烛一国，一人不能壅也，故将见人主者梦见日。夫灶一人炀焉，则后人无从见矣。今或者一人有炀君者乎？则臣虽梦见灶，不亦可乎！" …… 庞恭与太子质于邯郸，谓魏王曰："今一人言市有虎，王信之乎？"曰："不信。""二人言市有虎，王信之乎？"曰："不信。""三人言市有虎，王信之乎？"王曰："寡人信之。"庞恭曰："夫市之无虎也明矣，然而三人言而成虎。今邯郸之去魏也远于市，议臣者过于三人，愿王察之。"庞恭从邯郸反，竟不得见③

《墨子》的《经》和《经说》虽然文词古奥，且多错讹，十分难读，然而参以《内外储说》，亦可窥见"经说"的文体特征：（1）非详解经文，而是重点说明；（2）"经"皆简短，大都仅仅表露观点，如果没有"说"，读者很难理解"经"的确切含义，所以"经""说"是相辅相成的；（3）在形式上"经"文中多有"说在"之语，提醒读者"说"文的内容或关键；（4）由二、三两条推断，"经""说"的作者和时代多数应该是统一的；（5）《墨子》的《经说上》多为字

① 在孔孟提出义利之辨之前，古人对义、利的看法并非截然对立的，《左传》有"利者义之和""义，利之本也""义者利之宜"等说法，《国语》《吕览》类似说法也不少。《墨子》以利释义，体现的含义与此相通。芬通分，界也；能，善也。《经说》的大意是，义是以天下万民为目标的，并能够为之很好地带来利益，而不一定居于高位。参吴毓江《墨子校注》，中华书局 2006 年版，第 482 页。

② 五行相生相胜之说由来已久，战国时非常流行。然而《孙子兵法·虚实》已提出"五行无常胜"之说。《墨子》的解释，大意是，水能胜火，然而火上若架一锅水，有锅的隔离，水尽而火燃；火能铄金，但若以多金压一炭火，火亦熄灭；金可以劈木，火可以燃木，而以木击木亦可令折，岂可谓木胜木？五行者，就如麋鹿游山、沉鱼在渊，各适其性，各得其宜，本无所谓相胜与否。参吴毓江《墨子校注》，中华书局 2006 年版，第 572 页。

③ （清）王先慎撰，钟哲点校：《韩非子集解》，中华书局 1998 年版，第 211、212、217、222 页。按：《内外储说》之文例大同，故此不烦多举。

词概念的阐释，格式亦与《经说下》《内外储说》不同，无“说在”字眼的提示，不宜论断其经、说的作者和时代问题①；（6）《韩非子·内外储说》采用了以故事解说经文的方式，符合上文所指出的“说”类文字浅显、不甚严肃的特点。

由以上分析可知，汉代以后的经师“说”经之体，与先秦诸子中的“经说”已大异其趣。经师说经之“说”，为解说儒家经典的一家之言；而先秦诸子的“经说”，“经”与“说”相辅而行，实为一种阐发自己观点的特殊著述方式。相反，诸子中的“经解”乃学派内部师徒传习中所形成的文体，与儒家经学中的传、说、故、微等在性质上倒是更相近些②。

由此来考察诸子中未以“解”“说”标目而具有解经性质的篇章，即可大致判断其为“经解”还是“经说”。比如，《管子》之《宙合》《心术上》篇前后自为经解，不仅逐句解说经义，而且有所引申发挥，且有“故曰”的字眼，其为师生传授讲习之作无疑，与其他《管子解》性质完全相同，故亦可定为“经解”作品。《心术下》与《内业》关系密切，极可能本是《内业解》，但散失严重、前后错乱，已非本来面目。

《韩非子》之《喻老》是以历史故事和民间传说解释《老子》经文的著作，体例较为特殊，介于《解老》和《内外储说》之间，形式类似《解老》而性质更接近《内外储说》，与《韩诗外传》相似。“喻”即比喻之义，即以较为具体形象之事物来说明较为抽象的道理，这与上文提到的“说”类文体具有浅显、不甚严肃的倾向大致相符，故定以

---

① 《墨子》的《经》《经说》情况较为复杂，研究者的认识也难统一，《经》《经说》之先后，《经》上下、《经说》上下之先后，以及哪些出自墨子、哪些出于三墨及其后学，都是有争论的。笔者大致同意吴毓江的看法，认为《经上》《经说上》似时代较早，或与墨子本人有关联；《经下》《经说下》较晚，可能稍早于公孙龙。而吴谓《经》与《经说》同时产生，笔者则认为《经说》上、下的情况不同，不可一概而论。诸说参见吴毓江《墨子校注》附录三《墨子各篇真伪考》，中华书局2006年版，第1015—1027页；谭戒甫《墨辩发微·墨经证义》，中华书局1964年版，第6—14页。

② 《吕览·有始览》的“解在乎某某”之“解”，只是采用了类似解经体的格式，既非解经之体，其“解”字亦仅用其解释说明之义而已，与本文所论“经解”“经说”二体皆异。

为“经说体”似更合适。刘向有《老子说》，可能与《喻老》篇相近。

诚然，因为文献资料的限制，上述结论是否完全符合古书体例，还有待进一步的讨论或新发现文献的验证。但就现有资料而言，以上论断至少是持之有故的。

（四）《五行》篇的文体命名

经过以上分析，现在再来看《五行》篇经和解经两部分的文体，已经是水到渠成的事了。《五行》篇经的部分各章之间存在解释关系，这是作者为了更清楚地表达思想而采取的一种方式，可以说是一种观点阐述类的“前解经体”，而非经解体。因为“经解”之体，须是逐字逐句地解释经文，很像师生授受的讲义或笔记，“解”与“经”的作者和时代往往不统一。从这些基本特征来看，《五行》篇经的部分是不能名为“经解”的。

那么，到底应该如何来命名《五行》篇的解经部分呢？逐条对比本篇与上文总结的“解”“说”两种文体特征，我们不妨认为它更宜名为“解”。

1. 逐字逐句地详细解说经义，“经”的每一句话都有解释。

2. 不重字义训诂。虽然很多字词的解释采用了“××者，××也”的格式，但正如池田知久所说，“‘轻者，尚矣’，并不是论述‘轻’在字义上的训诂，而是给予价值性的评价或是思想上的定义”①。

3. 解释经义较少引申发挥，非常忠实于经文。这种情况，或许是因为经文本身已经讲得比较清楚，而解经者个人又是一位拘守师说的儒者。守师说、重家法的汉代经学传统应该是由来已久的，儒家与其他诸子的一个显著不同，便是“述而不作”，本篇与《管》《韩》在这方面的差异是一个很好的例证。

4. 在形式上没有像《管子解》《韩非子·解老》那样以“故曰”引

① ［日］池田知久：《马王堆汉墓帛书五行研究》，王启发译，线装书局、中国社会科学出版社2005年版，第179页注b。

出所解经文，而是先对每句经文直接复述，然后以“××者，××也”的格式对重点词句加以解释，或者以“言××也”的格式概述经文大义。考虑到早期的文章本无一定之规，有些非关键性的特征容或有所变通，本篇的解经方式与《管子》《韩非子》有所不同是完全可以理解的。

5. 很像学派内后学讲习的记录或讲义，故与“经”的作者和时代可能不统一。

正如前文所总结的那样，在《墨子》《韩非子》的“经说”类篇章中，“说”文多是重点说明而非逐句解释，且经、说相互补充、浑然一体，为同一作者在同一时间段内所完成，这些特征《五行》篇的解经部分都不具备，所以名之为“说”是缺乏文献依据的。至于池田知久说的“酉下子”和“孔子”等接近于《韩非子》的故事学构成形式，不但只是极个别的现象，而且在文中仅一两句话，并没有展开，从全部解经部分来看，是可以忽略不计的。

综上，由于对古代文体缺乏深入的考察，当今学界对《五行》文体上的诸多说法都是不准确的。《五行》篇的文体格式在先秦时期是非常流行的，至少自西周到春秋时期，各种形式的“前解经体”就已存在；战国时期，在诸子的著作中出现了自题为“经解”“经说”的两类文体，二者之间是存在一些区别的。《五行》篇的经文部分是一种观点阐述式的“前解经体”；解经部分是诸子时代十分流行的“经解体”，而不是现在学术界普遍认为的“经说体”。

第五节　先秦诸子流传方式对著述的影响

在绪论中我们已经言及，古书的流传实际上是古书成书过程的一个重要方面。

关于先秦诸子的流传方式，前人曾提出过单篇流传、别本单行的通例，本章已有总结。本章在论述流传方式问题之前，首先要树立一个观念，即先秦诸子的流传，除书的流传之外，更根本的还在于思想文化的传承和传播。思想的传播与书的传承有时是二而一的，有时是相分离的。早期的思想文化传承往往先要经历一段时间的口耳相传，然后由弟子后学搜集整理并著于竹帛。著于竹帛之后就进入了书篇传抄的阶段，在此阶段可能会产生多种抄本，篇幅长短不一，篇次形式各异，最后经汉人汇集各种抄本，甄别善恶，删同存异，著为定本，即后世流传的祖本。书篇的传抄既有可能是藏书者个人所写，亦可能是职业抄手所为。若是前者，则思想传播与书之流传便是二而一的；若是后者，则二者便是相分离的。

无论是口耳相传阶段还是传抄阶段，皆可视为古书成书过程的一环，这也是古书著述不同于后世的一个特点。

一　口耳相传与诸子著述

古书的流传，可从时空上可分为两类，一类是时间上纵向的师、弟子传授，另一类是空间上横向的抄写传播。就流传的方式而言，则有口传与抄写两种。前者与后者虽非一一对应，但口耳相传的学问多发生于师徒之间则是事实。

本来口耳相传的知识传播方式最适合于朗朗上口的韵文歌谣，但由于古书简册的制作、抄写十分不易，所以口传的方式有时竟用于经典的授受。在这方面，最显著的例子是《春秋》经传的传授。据《汉书·艺文志》记载，孔子作《春秋》之后，因“有所褒讳贬损，不可书见，口授弟子”。这是说孔子传授《春秋》的微言大义是口授的，并非《春秋》经文尚未笔之于书。情况或许正如《汉志》所言，因为《公羊》《穀梁》二传，最初都是口耳相传，至汉初方始著于竹帛的。甚至直到班固的时代，《春秋》的另外邹氏、夹氏两家，仍是“邹氏无师，夹氏未有书”的情形①。

① （汉）班固撰，（清）王先谦补注：《汉书补注》，上海古籍出版社2008年版，第2935页。

其实，口耳相传的授学方式在先秦乃至两汉时本是常态，所以很多古书皆非出于师长亲著，往往成于门人后学之手。李零先生曾说："古书从思想酝酿，到口授笔录，到整齐章句，到分篇定名，到结集成书，是一个长过程。它是在学派内部的传习过程中经众人之手陆续完成，往往因所闻所录各异，加以整理方式的不同，形成各种传本，有时还附以各种参考资料和心得体会（笔记、注释、学案、传状），老师的东西和学生的东西并不能分得那么清楚。"① 这个漫长的成书过程，各个阶段都会在古书中留下痕迹，口传的方式也不例外。

口传的方式既包括日常的启示性对话，也包括课程的讲授，还包括各种大同小异的典故传闻。

由于诸子往往不亲自著书，所以有很多子书，其本身就是口传的记录，这些记录在后人看来，便是不同的文体。

这方面最明显的是记言体。如《论语》，以记录"孔子应答弟子时人及弟子相与言而接闻于夫子之语"② 为主；再如《孟子》，主要是"所与高第弟子公孙丑、万章之徒难疑答问"③（赵岐《孟子题辞》）及孟子与诸侯相答问的记录。关于孔子言行的记录，实际并不限于《论语》，在儒门后学的著述中是广泛存在的，甚至非儒家学者的书中，如《庄子》，也有很多关于孔子的逸事。只是因为《论语》在刘歆的《七略》时已被尊列《六艺略》，后世更尊为经典，所以地位远高于七十子后学所记，更遑论儒家之外的诸子所载了。这些孔子言行的记录在流传的过程中（可能出于口传，也可能出于传抄），经过不同的组合，便可能形成不同的书，或成为某些书的素材。实际上，此种情形在各派诸子中是较为普遍的，只是儒家更为突出。像《孔子家语》、《孔丛子》和《礼记》等书中，都大量存在着孔子言行的记录。新出阜阳汉简和

① 李零：《出土发现与古书年代的再认识》，《李零自选集》，广西师范大学出版社 1998 年版，第 30 页。

② （汉）班固撰，（清）王先谦补注：《汉书补注》，上海古籍出版社 2008 年版，第 2939 页。

③ （清）焦循撰，沈文倬点校：《孟子正义》，中华书局 2015 年版，第 12 页。

八角廊汉简中都有一批被整理者命名为《儒家者言》的竹简[①]，这些记录孔门言论的篇什与传世的《礼记》《荀子》《孔子家语》《吕氏春秋》《韩诗外传》《说苑》《新序》等相出入，单独抄撮在一起反倒不知所出。《汉志》中的《道家言》《法家言》《杂家言》等，可能也是同样的情形。

诸子中还有一类情形是体现了师徒之间课程的讲授。比如《墨子》中《尚贤》以后十篇，每篇皆分上、中、下，即被视为墨家三派对墨子授课内容的记载。但这三派的记载并非对墨子授课内容的笔记实录，否则上、中、下三篇之间便不会有很大差异。从上、中、下三篇之间的差异来看，可能是经过了一段时间的口耳相传之后才被书于竹帛的，《韩非子·显学》说“孔、墨之后，儒分为八，墨离为三，取舍相反不同”[②]，则《尚贤》等篇的写定，应至少在墨子去世之后。

《墨子》中的“墨辩”部分，似乎亦可视为课程讲授的笔录。这部分有《经》和《经说》组成，是典型的解经体。如上节所说，解经体在诸子时代分为“经说”“经解”两种，二者之间略有差异，但都是对奉为“经”的文字的解说，特别是“经解体”，更像是对本学派经典的讲授[③]，《管子》“经言”和《管子解》相对应的一些篇章就非常典型。

在战国中晚期，诸子已较习惯于亲自著述之后，出现一些模仿口耳相传式的文体的现象。例如，《文子》的作者相传为老子的弟子，所以《文子》中几乎通篇都由“文子曰”引出下文，或为文子与平王的问答[④]。文子与平王的问答之语是否实录不得而知，但“文子曰”的部分，显

① 按，这是整理者仿照《汉志》中《儒家言》的定名，可能刘向等在校定古书时也看到一些类似阜阳、八角廊汉简的书篇，不知所出，便姑以“儒家者言”为名。

② （清）王先慎撰，钟哲点校：《韩非子集解》，中华书局1998年版，第457页。

③ 对此，请参看本章第四节第二部分“解经体——以《五行》篇的文体命名为中心”。

④ 今本《文子》在流传中已经过改动，没有班固说的周平王问的内容，但新出八角廊汉简有《文子》残简，与今本对比可知，“凡简文中的文子，今本都改成了老子，并从答问的先生，变成了提问的学生。平王被取消，新添了一个老子”。见国家文物局古文献研究室、河北省博物馆、河北省文物研究所定县汉墓竹简整理组《定县40号汉墓出土竹简简介》，《文物》1981年第8期。

然是后人模仿记言体写定的。如《道原》篇云：

老子〔文子〕曰：大丈夫恬然无思，惔然无虑，以天为盖，以地为车，以四时为马，以阴阳为御，行乎无路，游乎无怠，出乎无门。以天为盖，则无所不覆也；以地为车，则无所不载也；四时为马，则无所不使也；阴阳为御，则无所不备也。是故疾而不摇，远而不劳，四支不动，聪明不损，而照见天下者，执道之要，观无穷之地也。故天下之事不可为也，因其自然而推之；万物之变不可救也，秉其要而归之。是以圣人内修其本，而不外饰其末，厉其精神，偃其知见，故漠然无为而无不为也，无治而无不治也。所谓无为者，不先物为也；无治者，不易自然也；无不治者，因物之相然也。①

此一大段文字，有排比，有对偶，韵律严整，绝非口语实录，与《庄子》《荀子》中的专论体相比，犹觉其为后出，其为后学依托无疑，只是还保留着语录的样子而已。

记言体之外，解经体也有被模仿者。最典型的是《韩非子》，其《解老》《喻老》《内外储说》等，都是模拟解经体之作。

口耳相传的阶段，较之手抄文本更容易造成传闻异辞。孙德谦《古书读法略例》有“传闻例”云：

古人引用旧说，有各据传闻，而不必载其书者。即如《论语》一书，后人无不读之，乃《孟子》之中，多与《论语》有异。《公羊传》云：“所传闻异辞。”知古人亦据传闻而已，如非传闻，《孟子》即有取于《论语》，何以文辞不同若此乎？读其书者，明乎其

① 李定生、徐慧君：《文子校释》，上海古籍出版社2004年版，第9页。

> 有传闻之例，则无庸琐琐为之辨订也。①

孙先生举了很多《孟子》、《说苑》与《论语》传闻异辞的例子，如《论语·述而》：

> 子曰："若圣与仁，则吾岂敢？抑为之不厌，诲人不倦，则可谓云尔已矣。"公西华曰："正唯弟子不能学也。"②

《孟子·公孙丑上》的记载则为：

> 昔者子贡问于孔子曰："夫子圣矣乎？"孔子曰："圣则吾不能，我学不厌而教不倦也。"子贡曰："学不厌，智也。教不倦，仁也。仁且智，夫子既圣矣。"③

二者所记孔子之言犹大致保留原意，而与孔子对话的弟子，则由公西华变成了子贡，其评论之意也大不相同。这样的例子不胜枚举。

总之，口耳相传对诸子著述的影响是多方面的，既体现在文体上，也体现在内容上。

二　古书的传抄与文本的变动

口耳相传的传播方式固然可能在先秦乃至两汉发挥了极大的作用，但除了前文所举《公羊》《穀梁》二传之外，整部古书文本以口传的方式传承的尚不多见。因此，对于古书的"文本"而言，似乎传抄方式在古书文本的流传上发挥了更大的作用。所以有学者研究指出，"我们

① 孙德谦：《古书读法略例》，中国书店1984年版，第35页。
② （清）刘宝楠撰，高流水点校：《论语正义》，中华书局1990年版，第282页。
③ （清）焦循撰，沈文倬点校：《孟子正义》，中华书局2015年版，第230、231页。

当然无法否认先秦时期有口头文献存在，但至少在战国时期，文献应该主要是以书面形式存在的”。而且先秦文献的写定，往往不是靠记忆默写，而是照底本抄写，这可以从大量的出土文本得到证明，所以，“先秦两汉文献主要是通过辗转传抄而非口耳相传或凭记忆写录的方式传布的”①。

抄写的传播方式看似要比口传稳定些，而其实不然。因为古人对书籍的态度与后世不同，是完全依照个人的兴趣爱好和实用的目的加以选择去取的，有时会只摘录书中的某些篇章或篇章的一部分，如郭店简中就有三种《老子》，皆为摘抄。李学勤先生已经谈过这点，他说：“古人传流书籍系为实用，并不专为保存古本。有时因见古书文字艰深费解，就用易懂的同义字取代难字。《史记》引用《尚书》使用过这一方法，看本纪部分即可明白。临沂银雀山竹简《尉缭子》的发现，初看与今本不同，颇多深奥文字，细察可见也是经过类似改动，以致面目全非。这大概是由于《尉缭子》是兵书，更需要让武人能够学习理解。”②李零先生也曾指出，古书往往有分合无定、出此入彼的现象，并举银雀山汉简《守法守令十三篇》为例，“有四篇与现存古书相出入：《守法》《守令》与今《墨子》讲城守之法的各篇相出入；《王兵》与《管子》的《参患》《七法》《地图》等篇相出入；《兵令》与今《尉缭子·兵令》相出入。如果从表面上看，似乎可以认为这四篇是从《墨子》《管子》和《尉缭子》中抄出，但经过仔细比较，情况却并非如此。如其中的《王兵》，显然是较原始的本子，《管子》各篇反而是从该篇割裂、增益、拼凑而成”③。这些都是因抄写而使传播变得反倒不稳定的例子。

---

① 冯胜君：《从出土文献看抄手在先秦文献传布过程中所产生的影响》，《简帛》第四辑，上海古籍出版社 2009 年版，第 412—415 页。

② 李学勤：《对古书的反思》，《简帛佚籍与学术史》，江西教育出版社 2001 年版，第 31、32 页。

③ 李零：《出土发现与古书年代的再认识》，《李零自选集》，广西师范大学出版社 1998 年版，第 29、30 页。

抄写的不稳定性表现在众多方面，抄本不仅会因战国时各国的文字系统而各异，更会因抄手的书写习惯而异。在抄写中也往往会发生各种错讹，而较严重的错误是错简或误抄。冯胜君就曾指出，帛书中有时会发生误抄他处文字而出现衍文的现象，“如马王堆帛书《春秋事语·长万章》后本应接抄《宋荆战泓水之上章》，但抄者却误抄了上一章即《鲁桓公少章》，在抄写了自‘鲁桓公少’至‘闵子辛闻’共32字以后，才发现有误，于是另起一行接抄《宋荆战泓水之上章》”。帛书的抄写还可能会因简册底本错简而“出现部分内容（一般是一支整简所抄写的内容）脱于此而衍于彼的现象”，如马王堆帛书《战国纵横家书》第十二章《苏秦自赵献书于齐王章（二）》，其中的错误就可能是竹简底本中该章与第十一章《苏秦自赵献书于齐王章（一）》之间发生了错简①。

如果错简发生在某些经典著作中，有时人们反而会因经典著作的权威地位而不敢质疑，以致错误长期存在，甚至历经千年而得不到纠正。例如，《礼记·乐记》中有数处内容与前后文义不相连属，前人只注意到《乐记》与《史记·乐书》之间有篇次的差异，但因《礼记》为儒家经典，2000多年来几乎没有人质疑《乐记》会有大段的错简，仅有人提出过《乐书》的篇次似乎优于《乐记》。对此，笔者详加考证，认为《乐记》篇次上的错乱，是发生了错简所致②。

典籍记载，先秦时有人已经拥有较多的藏书。钱存训先生在《书于竹帛》一书中说：

> 战国时代，学者拥有自己平日用作教学和写作的藏书，已很普遍。墨子说：“今天下士君子之书，不可胜载。”他们周游列国，也携带书籍，以便途中阅读。公元前4世纪时，诡辩学者惠施行事

① 冯胜君：《二十世纪古文献新证研究》，齐鲁书社2006年版，第209、210页。

② 高新华：《〈乐记〉篇次、流传考》，《中国音乐学》2011年第3期。

“多方，其书五车”。纵横家苏秦，在游说秦惠王分化六国失败后，曾搜遍他的藏书，最后找到一部兵书《太公阴符》。他精研此书后，说服六国合纵，共抗强秦。①

像惠施有书五车，苏秦藏书有数十箧②。从出土发现看，有的墓主随葬的书籍数量的确是较多的，如郭店简和上博简的数量，在有所遗失的情况下仍十分可观。如此众多的书籍，很难想象是藏书者个人之力所抄写。事实上，从出土文献的笔迹已可看出，这些古书是由多人抄写的，甚至有的同一篇也由不同的抄手抄写。这种情况不是个别的，而是非常普遍的。

那么，私人藏书是如何获得的呢？冯胜君推测：

一种情况可能是像吕不韦、孟尝君这样的大贵族，拥有强大的政治权利以及经济力量，可以豢养大批门客（其中固然不乏鸡鸣狗盗之徒，但多数应该还是知识分子，也就是“士”）。这些门客既然可以帮助主人著书立说（如《吕氏春秋》），那为主人抄写一些书籍，就更不在话下了。再例如包山楚墓的墓主人，就有多名抄手为其服务，而且这些抄手的职能已经具有明显的专业化特点。他们既然可以为墓主人书写法律文书或记录卜筮祭祷过程，那么如果有需要，他们为墓主人抄写一些书籍，自然也不会存在什么困难。

但对于那些政治、经济地位较低的知识分子来说，他们自身没有能力拥有专门的抄手为他们抄写书籍。如根据我们前面的讨论，苏秦藏书有数十箧之多，而且很可能并不是他本人手抄的。以苏秦当时的身份和地位，显然不会有人来替他抄书。那么他的藏书是怎样得来的呢？合乎情理的推测是，战国时期可能已有书肆出现。如

① 钱存训：《书于竹帛：中国古代的文字记录》，上海书店出版社 2006 年版，第 10 页。
② 范祥雍：《战国策笺证》上册，上海古籍出版社 2006 年版，第 142 页。

果图书在当时已经成为一种商品，必然伴随着职业抄手的出现。但不得不承认，这种推测由于无法在典籍中得到验证，还只能是一种假设。①

前一种情况是否属实对古书的流传影响还不是很大，关键是后一种情况，即职业抄手、书肆何时出现？

《后汉书·班超传》载："家贫，常为官佣书以供养。"② 可见班超从事过为人抄书的职业；扬雄说："好书而不要诸仲尼，书肆也。"（《法言·吾子》）③ 则扬雄的时代就已存在专门卖书的书肆，书的抄写制作应该至迟在西汉晚期已经职业化。

而据出土文献推测，职业抄手的出现可能要更早。张家山汉墓M247出土的竹简中有多处题有抄写者的姓名，如《二年律令》第81简第二道编绳和第三道编绳之间有"郑炊书"三字，整理者认为郑炊是抄写者姓名④；《引书》第76简末有"□吴"二字，整理者说前一字残，右侧从"页"，此二字为抄写者名⑤；《算数书》第42、56二简的地脚处书分别有"王已雠""杨已雠"的字样，应该是校对的标记。此外，《算数书》有的竹简地脚位置书写"杨""王"等签署文字，张家山竹简整理者认为是"抄写或校对人之姓"⑥，对此，冯胜君认为：

据我们考察，"杨"或"王"都写在章节的第一支或中间的某

① 冯胜君：《从出土文献看抄手在先秦文献传布过程中所产生的影响》，《简帛》第四辑，上海古籍出版社2009年版，第423、424页。

② （南朝宋）范晔撰，（唐）李贤等注：《后汉书》，中华书局1965年版，第1571页。

③ 汪荣宝：《法言义疏》，中华书局1987年版，第74页。

④ 张家山二四七号汉墓竹简整理小组：《张家山汉墓竹简（二四七号墓）：释文修订本》，文物出版社2006年版，第20页。

⑤ 同上书，第181页。按：前面的残字应为抄写者姓，"吴"字为名，整理者对此未加区分。

⑥ 同上书，第131页。

> 支简的编纶之下，而“杨已雠”、“王已雠”则均写于章节结尾的那支简的编纶之下。如此看来，单作“杨”、“王”者似乎不能简单看作是“杨已雠”、“王已雠”之省。而且简末标有“杨”字的简与标有“王”字的简，从字体上看也有差别（特别是两种简文中“为”字的写法）。因此，我们倾向于把“杨”、“王”看成是抄写者的姓。但需要指出的是，《算术书》中至少存在三种以上字体，也就是说除了“杨”、“王”之外，还有其他书手抄写的简文，如《张家山汉墓竹简（二四七号墓）》86 页 36—39 号简；88 页 68—69 号简；90 页 86—87 号简等。[①]

然而不论是抄写者还是校雠者，都可说明此时或更早应该已经有专门的抄书者，或许他们在抄写的同时还负责校对。这就把职业抄手的时代提前到了公元前 186 年（张家山汉简《历谱》的下限）之前。

此外，里耶秦简上书有“某手”字样，如“欣手”“行手”等，李学勤、邢义田和湖南省文物考古研究所的整理者都认为“欣”“行”等是抄手名，或至少有部分是抄写者之名[②]。虽然里耶秦简属文书简，抄写者可能是服务于政府部门的书佐，但正如我们在谈到诸子文体时所论，诸子对官学的继承几乎是全方位的，若官方有了专门的抄书官吏，民间往往会加以效仿。虽然我们尚没有更多的证据，但由此猜测在先秦时可能已经出现职业的抄书人，应该与事实不会相去太远。也许冯胜君先生的推测——战国时书肆和职业抄手的出现——是符合历史实际的。

三　古书内容相重现象

事实上，无论口耳相传还是文本传抄，都是古书成书过程的一部

---

① 冯胜君：《从出土文献谈先秦两汉古书的体例》（文本书写篇），《文史》2004 年第 4 期。

② 李学勤：《初读里耶秦简》，《文物》2003 年第 1 期。湖南省文物考古研究所、湘西土家族苗族自治州文物处：《湘西里耶秦代简牍选释》，《中国历史文物》2003 年第 1 期。邢义田：《湖南龙山里耶 J1（8）157 和 J1（9）1—12 号秦牍的文书构成、笔迹和原档存放形式》，简帛网，http：//www. bsm. org. cn，2005 年 11 月 14 日。

分，都参与并构成了战国秦汉之际的著述。这是其时著述与后世著述的极大不同。上节所论及的各类文体，特别是经解体，便是诸子流派在传授自己学派内部经典时形成的解经类著述。而本节所言口耳相传，自然会形成如《论语》《孟子》中对同一事件的不同记载，文本的传抄也会造成各种异本，或者某学者在著述时会有意无意地采辑抄撰前人的作品，如此，便会导致古书内容相重的现象。

古书内容相重是十分普遍的现象，对此，古人早有注意。如刘向所校《晏子》八篇，前六篇“皆忠谏其君，文章可观，义理可法，皆合六经之义”，而第七篇则是与前“复重”，只是“文辞颇异”，显然是《晏子》之书在流传过程中形成了异文，刘向“不敢遗失”，只得将这些重复的异文单独编为一篇①。此类“文辞颇异”的相重乃是传闻异辞所致，前揭《论语》《孟子》所载孔子与弟子的对话，即如孙德谦所说是传闻异辞。

传闻异辞的相重不仅见于不同的书籍之中，同一部著作之中亦习见，如上述《晏子》即是。再如前文曾引及的《战国策·齐策四》中有“齐宣王见颜斶”“先生王斗”两章，所载内容大略相近，应亦为传闻异辞。但这些传闻异辞似为《晏子》《战国策》成书过程中，同类资料渐渐汇集，从而造成传闻异辞的自然重复。这是因为，此等古书现在虽然视为一部著作，而在战国秦汉之际则是流传于世的多种传本，甚至书名各异（如《战国策》据刘向之说即曾有《国策》《国事》等六名），既非成书于一人，亦非成书于一时，其间存在些许差异自是理所当然。

还有一类古书，虽显系成于一人之手，也存在传闻异辞，其原因则是作者有意地收集。这种现象最典型者是《韩非子》。《韩非子》之《内外储说》常见在讲完一则故事之后，以“一曰”引出另一种传闻，

① （汉）刘向：《晏子叙录》，（清）严可均辑《全上古三代秦汉三国六朝文》，中华书局 1958 年版，第 332 页。

就是有意收集的传闻异辞。如：

> 齐宣王使人吹竽，必三百人。南郭处士请为王吹竽，宣王说之，廪食以数百人。宣王死，湣王立，好一一听之，处士逃。一曰：韩昭侯曰："吹竽者众，吾无以知其善者。"田严对曰："一一而听之。"①

两种传闻异辞大意略同，而一以为齐宣王、湣王，一以为韩昭侯，且多了个人物田严，韩非仅记异辞，不重复故事细节。

《韩非子》作为法家代表作，尤其注重文字的实用功能，故行文简明而不辞费。"储说"，顾名思义可知是韩非为了讲说其法家思想而储积的大量历史传说与民间故事，有的故事在他处也用以说理的话，当然也会导致重复。如《内储说上·七术》载：

> 卫灵公之时，弥子瑕有宠，专于卫国。侏儒有见公者曰："臣之梦践矣。"公曰："何梦？"对曰："梦见灶，为见公也。"公怒曰："吾闻见人主者梦见日，奚为见寡人而梦见灶？"对曰："夫日兼烛天下，一物不能当也；人君兼烛一国，一人不能拥也。故将见人主者梦见日。夫灶一人炀焉，则后人无从见矣。今或者一人有炀君者乎？则臣虽梦见灶，不亦可乎！"②

在《难四》篇，相似的记载如下：

> 卫灵公之时，弥子瑕有宠于卫国，侏儒有见公者曰："臣之梦践矣。"公曰："奚梦？""梦见灶者，为见公也。"公怒曰："吾闻

① （清）王先慎撰，钟哲点校：《韩非子集解》，中华书局1998年版，第232、233页。
② 同上书，第217页。

见人主者梦见日，奚为见寡人而梦见灶乎？”侏儒曰：“夫日兼照天下，一物不能当也；人君兼照一国，一人不能壅也。故将见人主而梦日也。夫灶，一人炀焉，则后人无从见矣。或者一人炀君邪？则臣虽梦灶不亦可乎？”公曰：“善。”遂去雍鉏，退弥子瑕，而用司空狗。①

这里，韩非除了在《难四》中加了事件的结局，前后文字相去无几，二者应具有同源性。

正是由于诸子的著述目的在于说理，只要能阐发自己的学说，他们往往不在意材料的来源，因此战国秦汉之文存在大量重复现象。明代郎瑛《七修类稿》卷二十三列举了《孟子》《管子》《新书》《荀子》《礼记》等众多古书重复的现象，最后说：

予尝反复思维，岂著书者故剽窃耶，抑传记者或不真耶？非也。二戴之于《礼记》，彼此明取删削，定为礼经，其余立言之士皆贤圣之流，一时义理所同，彼此先后传闻，其书原无刻本，故于立言之时因其事理之同，遂取人之善以为善，或呈之于君父，或成之为私书，未必欲布之人人也，后世各得而传焉，遂见其同似。于诸子百家偶有数句数百言之同者，正是如此耳，此又不能尽述。②

这实际上揭示了上古著述的一个极为重要的特点，即实用性原则。正因追求实用，故不甚在意其源出何处，亦不以“剽窃”为耻，而唯求有用。

实用性原则在汉初已被认识。司马谈《论六家要旨》：“《易大传》：‘天下一致而百虑，同归而殊涂。’夫阴阳、儒、墨、名、法、道德，

① （清）王先慎撰，钟哲点校：《韩非子集解》，中华书局1998年版，第385、386页。

② （明）郎瑛：《七修类稿》，上海书店出版社2001年版，第248页。

此务为治者也。”[①] 无独有偶，《淮南子·氾论》也说：“百川异源，而皆归于海；百家殊业，而皆务于治。”[②] 其实，这样的看法早在《庄子·天下》及《荀子·非十二子》中已露端倪[③]。诸子时代远非后来的经学时代可比，经学时代不是没有讲求治国的思想家，但很多人、很多时候是游离于乃至脱离现实的；诸子时代尽管亦不乏“迂远而阔于事情”者，然究以富国强兵、治国平天下为鹄的。

实用性原则下不太讲究“著作权”，故而造成著作之间文字的重复，此等现象在技术性较强的数术、方技类书籍中一直保持着。李零在《中国方术考》中指出：“古代的实用书籍与现代的物理教科书相似（上可至于亚里士多德，下可至于爱因斯坦），内容不断积淀，版本反复淘汰。例如秦禁诗书百家语，不禁医卜农桑，但诗书百家语反而保存下来，医卜农桑之书反而大多亡佚。这是带有规律性的，并不止于秦为然。中国古代的实用书籍是传‘法度名数’，作为书，从不像‘议论文辞’更能传之长久。但这种书虽然代有散亡，可是学术传统却未必中断。比如《唐律》固然是成于唐代，但内容不但含有秦律和汉律的成分，也含有李悝《法经》的成分。还有明代的《素女妙论》，从体系到术语，仍与汉晋隋唐的房中书保持一致。‘瓶’虽然是新的，但‘酒’却可以是老的。在实用书籍中，这是带有普遍性的现象。”[④]

当我们明了了早期古书的实用性属性之后，再回头看其时大量存在的内容相重现象，就不应感到奇怪了。它们之间既非抄袭，亦非剽窃。其书容有先后，后出者赞同先出者，则不妨拿来为我所用；先出者也未必心存“版权所有，违者必究”之意，而是秉持本章第二节章学诚、

---

① （汉）司马迁撰，［日］泷川资言考证，杨海峥整理：《史记会注考证》，上海古籍出版社2015年版，第4304页。

② 何宁：《淮南子集释》，中华书局1998年版，第922页。

③ 程燎原：《千古一“治”，中国古代法思想的一个“深层结构”》，《政法论坛》2017年第3期。

④ 李零：《中国方术考》（修订本），东方出版社2001年版，第29、30页。

余嘉锡所谓“言公”“为公”之信念，乃至把自己的“创新”托于黄帝、神农等圣贤名下也毫不介怀。

值是之故，我们才会发现前文所述众多内容相重的现象，而由出土文献的情况来看，这也是极普遍的。《银雀山汉墓竹简》（贰）之《编辑说明》介绍：

> 本辑所收各篇中，壹·二三“将过”篇的文字基本上与《六韬·论将》论将之十过一段相合，壹·三六·（五）文王问太公“何谓止道起道”一段与《六韬·明传》相近。但是二者的字体和简的编连方式都与第一辑所收《六韬》诸篇截然不同，所以没有把它们编在《六韬》里。《北堂书钞》卷一一五“将有十过”条引《黄帝出军诀》，其文字也与《六韬·论将》基本相合。可能这一段文字曾为好几种古书所采用。
>
> 壹·四四“德在民利”篇的文字，基本上与《周书·王佩》相合。但二者似乎不是同一篇文章。在传世古书里，《尉缭子·十二陵》的文字与《王佩》也很相近。“德在民利”篇残文里有“威在不变”一句，为《王佩》所无，而《十二陵》正有“威在于不变”之语。看来，这三篇文章应该是由同一个来源演变出来的。壹·三“兵之恒失”篇也有一部分文字与《王佩》很相似。在战国秦汉时代，与《王佩》相类的作品大概是相当多的。（《王佩》有“见善而怠，时至而疑，亡正处邪，是弗能居”等语，《六韬·明传》也有类似文字，参看壹·三六·（五）注）。
>
> ……
>
> 第一辑的《王兵》篇与《管子》有密切关系。在第二辑里，贰·六“四时令”篇的文字与《管子·五行》的后半篇相似。贰·四“三十时”篇的十二日为一时，一年三十时，与《管子·幼官》相合。贰·三“禁”篇、贰·五“迎四时”篇的内容，也

与《管子》的某些篇章有相关之处（参看各篇注释）。这些竹书都是研究《管子》书源流的重要资料。

叁·一“唐勒”篇可能是宋玉佚赋，文字与《淮南子·览冥》论御马一段相似。壹·一八“奇正”篇也有不少文句与《淮南子·兵略》相似。这两篇很可能都是编写《淮南子》时所根据的资料。此外，在壹·一四“客主人分”、贰·四“三十时”、贰·七“五令”、贰·一二“占书”等篇里，与《淮南子》相似的文句也时有所见（参看各篇注释）。

贰·五“迎四时”篇的文字与明黄佐《六艺流别》卷十七《五行篇》所引《尚书大传》相似，壹·二“将失”篇的某些文句与《尉缭子·兵教下》相近，贰·一二“占书”篇的某些文句与《开元占经》所引《天镜》等书相近，这些也都是很可注意的现象。[①]

之所以不惮其烦地在此大段引用整理者指出的银雀山汉简中存在着众多与传世文献相重的内容，笔者不仅是想说明此类现象的普遍程度，而且欲借此说明，这委实是古人著述的一种重要方法，此其一。其二，过去我们有时会因某书与某书之相似，而怀疑其中之一为伪造，现在看来，至少以相似定伪造的理由是不能成立的。例如，以前有学者因《文子》与《淮南子》存在诸多相似，便怀疑《文子》乃抄袭《淮南子》之伪作[②]。由于河北定州八角廊汉简《文子》的出土，人们重新审视《文子》之真伪，现在一般不再有人怀疑《文子》为伪作。然而李定生、徐慧君及王利器都一反以往的观点，认为不是《文子》抄袭《淮南子》，而是《淮南子》抄袭《文子》[③]。但就古书内容相重的现象看，无论说谁抄袭谁，可能都是不对的。

---

① 银雀山汉墓竹简整理小组编：《银雀山汉墓竹简》（贰），文物出版社 2010 年版，第 1、2 页。

② 李定生、徐慧君：《文子校释》，上海古籍出版社 2004 年版，《论文子》之第 1—6 页。

③ 同上书，第 6—14 页；王利器：《文子疏义·序》，中华书局 2000 年版，第 9—13 页。

结　语

本课题研究的内容，包括秦统一之前中国范围内（主要指华夏族即后来的汉族）的著述者及其著述行为、著述意识、著述产品等，以及上述内容在不同时段的特点、发展演进的趋势和规律。

文字产生的初期，可能尚无法与语言一一对应，表情达意的功能存在诸多欠缺，对其含义常不能确知，有时不得不作出一些推测；另一方面，由于早期文字的载体保存不易，故传世文献极少，今所能见，多为较特殊的器物和材质，如陶器、青铜器和占卜的甲骨等，铸刻在这些器物上的文字多有特殊的目的或功能，这也影响了我们对这些最早著述的认知。这些方面无疑是重要的，但由于时世久远，文献阙如，所以所谓先秦著述史，主要的研究对象是著述意识不断提高之后、著述行为大为增加、著述产品初步繁盛的“郁郁乎文”的西周、春秋以至战国时代。

本书研究的时代断限是先秦，即公元前221年秦统一六国之前。出于研讨的方便，本书拟对整个先秦时代进行时段划分。划分的标准，主要考虑著述史本身的发展演变特点，并与朝代的断限相参照。

文字的产生显然是著述的先决条件和起始，但文字产生之前即史前时代，已经在酝酿着一些著述的元素；而文字产生的初期，犹延续了前此的某些原始崇拜因素，这一现象，在夏、商和西周初年都有比较明显的体现。原始社会末期至夏、商时期从社会文化上讲是巫觋处于上层的时代，且文字的产生亦与巫觋阶层有莫大的关系，故我们不妨把巫觋时代与漫长的史前时代作为第一个阶段。

西周至春秋时期可说是经典时代，亦可谓之史官时代。六经皆于此时产生，而其编写著述的原因，借章学诚的说法，固与其“周官之旧典”的官学性质分不开。与夏、商相比，此时巫觋的地位已大为降低，从巫觋中分离出来的“史”成为最主要的知识者。周代官学的精华，可以说就主要由各类史官所掌握、整理并传承，因此，我们可把此一阶段称为“史官时代”。

不过，史官时代的前、中、后期也存在细微的差异和因革。商末至西周初年是史官制度开始形成的时期，史官的完备尚需时日，特别是各诸侯国有的还延续着旧的传统。西周中期以后，周代的礼乐文明开始繁盛，各种官制包括史官制度趋于完善。礼制仪节的繁缛和讲究，不仅直接催生了诸多书面文章如册命文书、诰、誓、诗歌之类，礼、乐、诗、书等经典也随之萌芽，有的甚至开始被编辑整理，相似的文风明显反映在青铜铭文等文字上。进入春秋，一方面，周天子的威权遭到挑战，“礼乐征伐自诸侯出”，礼乐制度逐渐崩坏；而另一方面，霸主们莫不以“尊王”相号召，于是出现这样一种怪象：礼乐越是崩坏，越是讲究。出于争霸或自保的目的，列国更加注重富国强兵即国家的治理，于是知识层开始思考治国之道，最初是针对某些具体问题提出想法，后来便出现一些较为系统的观点，这应该是诸子百家争鸣的源头。

春秋末至战国、汉初是诸子时代。这一时期是紧接着春秋礼坏乐崩的乱象而来的，而且变本加厉：原来虽有灭国，但尚以“存灭国，继绝世”相标榜，霸主的目的更主要的是维持旧制；而今则务求一统，专在灭国，对旧的礼制不是维持，而是锐意变法创新。在礼坏乐崩的背景下，新的知识阶层——士人开始兴起。新的士不再是贵族的底层或四民之首，而是文士，是知识的最高代表，诸子更是士人的代表。诸子百家各从不同角度，提出治平之策，并纷纷著书授徒，甚至开始探究表达的技巧，著述意识空前高涨，出现了中国著述史的第一次繁荣。

以上是先秦著述史的分期梗概，也是第一章的主要内容，同时还是后面三章的纲要。在第二、三、四章，我们即按照上述分期，分别论述巫觋时代、史官时代和诸子时代的著述情况。由于每一时期都有各自的鲜明特点，所以在论述时关注的重点、采用的方法也各有不同。

在巫觋时代，我们将文明起源视为著述史的开端，所以特别考察了环境对于文明起源与发展的影响。文字的起源是本章关注的重点，这与岩画和各种刻画符号密切相关。但是，我们在承认岩画与文字起源相关的同时，特别强调了岩画研究的态度应该更加审慎，尽量避免过度阐释或随意比附。相比而言，刻画符号与文字关系更为紧密，对刻画符号的研究已经取得相当进展，虽然还无法还原中国文字起源的每个细节，但刻画符号由远及近、由简到繁的排列，已经能够让我们大致清楚地看到文字破茧而出的诞生影像。当然，由符号到文字的雏形，再到成熟的、成体系的汉字系统，是经历了一个漫长的过程的，对这个过程的考察，可以让我们更好地认识到汉字系统何以如此，而不是其他；我们的先民是如何看待文字的；等等。事实上，文字既在一种浓厚的宗教氛围中诞生于巫觋之手，特殊的造字方式、表意的文言表达方式，以及文字崇拜现象，都深刻地影响着先秦著述史的方方面面。

史官时代的著述，是以史官为主的官守之学居于主导地位。本章首先探讨了史官的“职业化”历程，一反过去从“史”字的本义研究史官起源的方法，我们从史官的职能入手，对早期史官的职业化历程进行勾勒，同时也可以反映西周官职建设的进程，以及西周礼乐制度的特点。接着我们研究了史官时代著述意识的情况及其演进，包括史官的著述意识、官守之学与著述之关系，以及本时期的最后阶段，即春秋晚期出现的“立言不朽”意识，及至私家教育、私家著述的出现。第三部分是史官时代的著述方式及其对诸子著述的开启。事实上，史官时代尚无独立的、明显的著述意识，因此，其著述大都出于实用的目的和行政的需要。此时的著述方式，就其大的方面而言，既有传统上所说的“左史记言，右史记事”的现场记录方式，实际上还有（也许是更早、更重要的）“代言”式的写作。而无论记言还是代言，包括编年纪事，其目的是相同的，就是鉴戒资政，所以在记言或代言的语、书类古书中比较注重说理。可以说，这对诸子而言，无论是从著述方式还是内容上，都具有直接的先导作用。最后，本章较为详细地论述了史官时代各类经典的生成。虽然我们说史官时代是各类经典（主要是六经）形成的关键时期，但当时尚未称之为“经”，而且这些经典也多是一类文献的统称，故在此部分我们亦以经典类文献的生成为研究对象，而非研究具体的六经的生成。对于易类文献，我们以王家台秦简《归藏》为例，深入探讨了易类文献生成的规律。我们把书、语类文献放在一起进行研究，这两类文献都是具有重大政治意义的记言（或代言）之作，书类文献主要是关于君王的，而语类文献则是对贤明的卿大夫之嘉言懿行的记录。同样的，记事之作也出自史官的手笔，春秋类的编年体史书可能是列国太史对本国（包括列国通报给本国）的大事记，这些史官多为周王朝所派遣，具有较强的独立性和使命感，能够秉笔直书、书法不隐，他们大多先把事件记录在单支竹简上，然后再将一段时间的竹简编连成册。至于诗类文献的生成，我们在讨论了与制礼作乐相关的雅、颂，及与封建规诲相关的变风、变雅之外，还对“献诗说”、“采诗说”和“删诗说”进行了评述。最后，本章对西周春秋时期书籍的编定和收藏进行了总结。

诸子时代的著述，我们首先考察了诸子著述意识的演进，诸子著述意识较以往发生了质的改变。在士阶层兴起之后，士人成为知识文化的代表，他们是诸子的母体。诸子自由讲学，周游列国，宣扬自己的学说，著书立说也成为他们记录、传播自己学说的重要方式，至战国晚期，“著书布天下”成为很多人有意识的追求。过去，余嘉锡等前辈学者利用传世文献对古书通例进行过深入研究，随着出土文献的不断增加，人们已经能够看到相当多的古书实物，利用出土实物补充古书通例是诸子时代著述史的一项重要研究内容。此外，我们还在本章对诸子著述中的新文体进行了研究，并特别对其中的解经文体进行了考证。诸子著述还有一个不同于后来的重要特点，即许多作品是在流传过程中进行创作的，也可以说，流传参与了创作。

著述史的相关研究对于文献学、文化史、文学史、思想史等都具有重要的参考价值，但相关的研究还远远不够。限于水平，本书的研究也是刚刚起步，而且其中难免疏漏和错误。任重而道远，我愿以此为起点，为之付出更多努力。

参考文献

一　古籍

（汉）班固撰，（清）王先谦补注：《汉书补注》，上海古籍出版社 2008 年版。

陈奇猷：《吕氏春秋新校释》，上海古籍出版社 2002 年版。

（晋）陈寿撰，（南朝宋）裴松之注：《三国志》，中华书局 1959 年版。

程树德撰，程俊英、蒋见元点校：《论语集释》，中华书局 1990 年版。

二十五史刊行委员会编：《二十五史补编》，中华书局 1955 年版。

范祥雍：《战国策笺证》，上海古籍出版社 2006 年版。

（南朝宋）范晔撰，（唐）李贤等注：《后汉书》，中华书局 1965 年版。

方诗铭、王修龄撰：《古本竹书纪年辑证》，上海古籍出版社 2005 年版。

（唐）房玄龄等撰：《晋书》，中华书局 1974 年版。

傅亚庶：《孔丛子校释》，中华书局 2011 年版。

顾颉刚主编：《古籍考辨丛刊》，社会科学文献出版社 2010 年版。

（南朝）顾野王：《大广益会玉篇》，中华书局 1987 年影印张氏泽存堂本。

郭沫若、闻一多、许维遹：《管子集校》，科学出版社 1956 年版。

（清）郭庆藩撰，王孝鱼点校：《庄子集释》，中华书局 1961 年版。

郭沂：《孔子集语校补》，齐鲁书社 1998 年版。

何宁：《淮南子集释》，中华书局1998年版。
（清）胡培翚撰，（清）胡肇昕、（清）杨大堉补：《仪礼正义》，广西师范大学出版社2018年影印师顾堂丛书本。
（汉）桓谭撰，朱谦之校辑：《新辑本桓谭新论》，中华书局2009年版。
黄怀信：《鹖冠子汇校集注》，中华书局2004年版。
黄晖：《论衡校释》，中华书局1990年版。
（汉）贾谊撰，阎振益、钟夏校注：《新书校注》，中华书局2000年版。
蒋礼鸿：《商君书锥指》，中华书局1986年版。
（清）焦循撰，沈文倬点校：《孟子正义》，中华书局2015年版。
（明）郎瑛：《七修类稿》，上海书店出版社2001年版。
（明）乐韶凤、宋濂等：《洪武正韵》，文渊阁《四库全书》本。
黎翔凤：《管子校注》，中华书局2004年版。
（唐）李鼎祚撰，（清）李道平疏：《周易集解纂疏》，中华书局1994年版。
李定生、徐慧君：《文子校释》，上海古籍出版社2004年版。
（宋）李昉等编：《太平广记》，中华书局1961年版。
（宋）李昉等编：《太平御览》，中华书局1960年缩印商务印书馆影宋本。
（宋）李昉等编：《文苑英华》，中华书局1966年版。
（宋）李过：《西溪易说》，文渊阁《四库全书》本。
（北魏）郦道元著，陈桥驿校证：《水经注校证》，中华书局2007年版。
林伊夫、刘庆、黄朴民、徐勇、葛玉莹、宫玉振注译：《武经七书新译》，齐鲁书社1999年版。
（清）刘宝楠撰，高流水点校：《论语正义》，中华书局1990年版。
刘文典：《淮南鸿烈集解》，中华书局1989年版。
（汉）刘向集录：《战国策》，上海古籍出版社1998年版。
（汉）刘向撰，向宗鲁校证：《说苑校证》，中华书局1987年版。
（汉）刘向撰，赵仲邑注：《新序详注》，中华书局1997年版。
（唐）刘知几撰，（清）浦起龙通释，吕思勉评：《史通》，上海世纪出版集团、上海古籍出版社 2008 年版。
（唐）陆德明撰，吴承仕疏证，张力伟点校：《经典释文序录疏证》，中华书局 2008 年版。
（清）马国翰：《玉函山房辑佚书》，广陵书社 2005 年版。
（唐）欧阳询撰，汪绍楹校：《艺文类聚》，上海古籍出版社 1999 年版。
（清）阮元：《诂经精舍文集》十四卷，嘉庆扬州阮氏刻本。
（清）阮元、王先谦：《清经解全编　皇清经解续编》，齐鲁书社 2016 年版。
（清）阮元校勘：《十三经注疏》，台北：艺文印书馆 2007 年版。
（唐）释道宣辑：《广弘明集》，《四部丛刊初编·子部》，上海书店 1989 年版。
（宋）司马光编著，（元）胡三省音注：《资治通鉴》，中华书局 1956 年版。
（汉）司马迁撰，（南朝宋）裴骃集解，（唐）司马贞索隐，（唐）张守节正义：《史记》，中华书局 2014 年版。
（汉）司马迁撰，［日］泷川资言考证，杨海峥整理：《史记会注考证》，上海古籍出版社 2015 年版。
（汉）宋衷注，（清）秦嘉谟等辑：《世本八种》，中华书局 2008 年版。
（清）苏舆撰，钟哲点校：《春秋繁露义证》，中华书局 1992 年版。
（清）孙希旦撰，沈啸寰、王星贤点校：《礼记集解》，中华书局 1989 年版。
（清）孙星衍撰，陈抗、盛冬铃点校：《尚书今古文注疏》，中华书局 2004 年版。
（清）孙诒让：《周礼正义》，中华书局 2000 年版。
谭戒甫：《墨辩发微》，中华书局 1964 年版。
汪荣宝：《法言义疏》，中华书局 1987 年版。
（魏）王弼注，楼宇烈校释：《老子道德经注校释》，中华书局 2008 年版。
王卡：《老子道德经河上公章句》，中华书局 1993 年版。

王利器：《文子疏义》，中华书局 2000 年版。
（清）王聘珍撰，王文锦点校：《大戴礼记解诂》，中华书局 1983 年版。
（清）王先谦：《诗三家义集疏》，中华书局 1987 年版。
（清）王先谦、刘武：《庄子集解　庄子集解内篇补正》，中华书局 2012 年版。
（清）王先谦撰，沈啸寰、王星贤点校：《荀子集解》，中华书局 2013 年版。
（清）王先慎撰，钟哲点校：《韩非子集解》，中华书局 1998 年版。
王贻樑、陈建敏：《穆天子传汇校集释》，华东师范大学出版社 1994 年版。
（唐）魏征、令狐德棻撰：《隋书》，中华书局 1973 年版。
（唐）魏征等撰：《群书治要》，中华书局 1985 年版。
（战国）吴起：《吴子》，中华书局 1985 年版。
吴毓江：《墨子校注》，中华书局 2006 年版。
吴则虞：《晏子春秋集释》，中华书局 1982 年版。
（南朝梁）萧统辑，（唐）李善注：《宋尤袤刻本文选》，国家图书馆出版社 2017 年版。
（唐）徐坚等编：《初学记》，中华书局 1962 年版。
徐元诰撰，王树民、沈长云点校：《国语集解》，中华书局 2002 年版。
许富宏：《慎子集校集注》，中华书局 2012 年版。
（汉）许慎撰，（清）段玉裁注：《说文解字注》，浙江古籍出版社 2006 年版。
（汉）许慎撰，（宋）徐铉校定，愚若注音：《注音版说文解字》，中华书局 2015 年版。
续修四库全书总目提要编纂委员会编：《续修四库全书总目提要·史部》，上海古籍出版社 2014 年版。
（清）严可均辑：《全上古三代秦汉三国六朝文》，中华书局 1958 年版。

（汉）扬雄著，张震泽笺注：《扬雄集校注》，上海古籍出版社 1993 年版。
杨丙安：《十一家注孙子校理》，中华书局 1999 年版。
杨伯峻：《列子集释》，中华书局 1979 年版。
杨伯峻编著：《春秋左传注》（修订本），中华书局 1990 年版。
（清）永瑢等撰：《四库全书总目》，中华书局 1965 年版。
（清）于鬯：《香草校书》，中华书局 1984 年版。
余乃永校注：《新校互注宋本广韵》，上海辞书出版社 2000 年版。
（清）俞樾：《诸子平议》，中华书局 1954 年版。
袁珂校注：《山海经校注》（增补修订本），巴蜀书社 1993 年版。
（晋）张华撰，王根林校点：《博物志》，《汉魏六朝笔记小说大观》，上海古籍出版社 1999 年版。
张觉：《吴越春秋校注》，岳麓书社 2006 年版。
张舜徽主编：《二十五史三编》，岳麓书社 1994 年版。
张震泽：《孙膑兵法校理》，中华书局 2014 年版。
（清）章学诚著，王重民通解：《校雠通义通解》，上海世纪出版集团、上海古籍出版社 2009 年版。
（清）章学诚撰，吕思勉评：《文史通义》，上海世纪出版集团、上海古籍出版社 2008 年版。
（宋）郑樵撰，王树民点校：《通志·二十略》，中华书局 2009 年版。
中国科学院图书馆整理：《续修四库全书总目提要·经部》，中华书局 1993 年版。
（宋）朱熹：《四书章句集注》，中华书局 2005 年版。
（清）朱彝尊撰，林庆彰等主编：《经义考新校》，上海古籍出版社 2010 年版。
［日］竹添光鸿注：《左氏会笺》，巴蜀书社 2008 年版。

二　出土文献

［日］白川静：《金文通释》，株式会社平凡社 2004 年版。

北京大学出土文献研究所编：《北京大学藏西汉竹书》（壹—伍），上海古籍出版社 2012—2015 年版。
曹玮编著：《周原甲骨文》，世界图书出版公司 2002 年版。
甘肃省博物馆、中国科学院考古所编著：《武威汉简》，文物出版社 1964 年版。
高明：《帛书老子校注》，中华书局 1996 年版。
郭沫若：《石鼓文研究　诅楚文考释》，科学出版社 1982 年版。
郭沫若主编，中国社会科学院历史研究所编：《甲骨文合集》，中华书局 1982 年版。
国家文物局古文献研究室编：《马王堆汉墓帛书》（壹），文物出版社 1980 年版。
韩自强：《阜阳汉简〈周易〉研究》，上海古籍出版社 2004 年版。
河北省文物研究所定州汉墓竹简整理小组：《定州西汉中山怀王墓竹简〈六韬〉释文及校注》，《文物》2001 年第 5 期。
河北省文物研究所定州汉墓竹简整理小组：《定州西汉中山怀王墓竹简〈文子〉释文》，《文物》1995 年第 12 期。
河北省文物研究所定州汉墓竹简整理小组编：《定州汉墓竹简〈论语〉》，文物出版社 1997 年版。
胡厚宣主编：《甲骨文合集释文》，中国社会科学出版社 1999 年版。
胡平生、韩自强：《阜阳汉简诗经研究》，上海古籍出版社 1988 年版。
湖北省荆沙铁路考古队编：《包山楚简》，文物出版社 1991 年版。
荆门市博物馆编：《郭店楚墓竹简》，文物出版社 1998 年版。
李零：《长沙子弹库战国楚帛书研究》，中华书局 1985 年版。
李圃主编，古文字诂林编纂委员会编纂：《古文字诂林》，上海教育出版社 2004 年版。
李学勤主编：《清华大学藏战国竹简》（壹—柒），中西书局 2010—2017 年版。

连云港市博物馆等编：《尹湾汉墓简牍》，中华书局 1997 年版。
刘庆柱、段志洪、冯时主编：《金文文献集成》，线装书局 2005 年版。
刘雨、卢岩编著：《近出殷周金文集录》，中华书局 2002 年版。
马承源主编：《上海博物馆藏战国楚竹书》（一—九），上海古籍出版社 2001—2012 年版。
马王堆汉墓帛书整理小组编：《马王堆汉墓帛书》（叁），文物出版社 1983 年版。
彭邦炯、谢济、马季凡编著：《甲骨文合集补编》，语文出版社 1999 年版。
裘锡圭主编，湖南省博物馆、复旦大学出土文献与古文字研究中心编纂：《长沙马王堆汉墓简帛集成》，中华书局 2014 年版。
上海博物馆商周青铜器铭文选编组编：《商周青铜器铭文选》，文物出版社 1986 年版。
睡虎地秦墓竹简整理小组编：《睡虎地秦墓竹简》，文物出版社 1990 年版。
宋镇豪、段志洪主编：《甲骨文献集成》，四川大学出版社 2001 年版。
吴镇烽编著：《商周青铜器铭文暨图像集成》，上海古籍出版社 2012 年版。
吴镇烽编著：《商周青铜器铭文暨图像集成续编》，上海古籍出版社 2016 年版。
武汉大学简帛研究中心、荆州市博物馆编著：《楚地出土战国简册合集 1. 郭店楚墓竹书》，文物出版社 2011 年版。
徐在国编著：《楚帛书诂林》，安徽大学出版社 2010 年版。
银雀山汉墓竹简整理小组编：《银雀山汉墓竹简》（壹），文物出版社 1985 年版。
银雀山汉墓竹简整理小组编：《银雀山汉墓竹简》（贰），文物出版社 2010 年版。
于省吾：《商周金文录遗》，中华书局 2009 年版。
于省吾主编，姚孝遂按语编撰：《甲骨文字诂林》，中华书局 1996 年版。
张家山二四七号汉墓竹简整理小组：《张家山汉墓竹简［二四七号墓］：

释文修订本》，文物出版社 2006 年版。

张亚初：《殷周金文集成引得》，中华书局 2001 年版。

张政烺、日知编：《云梦竹简》（一）、（二），吉林文史出版社 1990 年版。

张政烺、日知编：《云梦竹简》（三），东北师范大学出版社 1994 年版。

中国社会科学院考古研究所编：《殷周金文集成》，中华书局 1988 年版。

中国社会科学院考古研究所编：《殷周金文集成释文》，香港中文大学出版社 2001 年版。

钟柏生、陈昭容、黄铭崇、袁国华：《新收殷周青铜器铭文暨器影汇编》，台北：艺文印书馆 2006 年版。

周法高主编：《金文诂林》，香港中文大学出版社 1975 年版。

三　专著

［俄］B. A. 伊斯特林：《文字的产生和发展》（第二版），左少兴译，北京大学出版社 2002 年版。

［意］埃马努埃尔·阿纳蒂：《世界岩画：原始语言》，张晓霞、张博文、郭晓云、张亚莎译，宁夏人民出版社 2017 年版。

［法］埃马努埃尔·阿纳蒂：《艺术的起源》，刘建译，中国人民大学出版社 2007 年版。

［英］艾兰：《龟之谜：商代神话、祭祀、艺术和宇宙观研究》（增订版），汪涛译，商务印书馆 2010 年版。

［日］白川静：《常用字解》，苏冰译，九州出版社 2010 年版。

［日］白川静：《金文的世界：殷周社会史》，温天河、蔡哲茂合译，台北联经出版事业公司 1989 年版。

白寿彝主编：《中国史学史》第一卷《先秦时期：中国古代史学的产生》，上海人民出版社 2006 年版。

［德］贝林格：《气候的文明史：从冰川时代到全球变暖》，史军译，社会科学文献出版社 2012 年版。

常耀华:《殷墟甲骨非王卜辞研究》，线装书局 2006 年版。

常玉芝:《商代周祭制度》，中国社会科学出版社 1987 年版。

常玉芝:《商代宗教祭祀》，中国社会科学出版社 2010 年版。

陈鼓应:《老子注译及评介》，中华书局 1984 年版。

陈来:《古代宗教与伦理——儒家思想的根源》，生活 · 读书 · 新知三联书店 1996 年版。

陈梦家:《汉简缀述》，中华书局 1980 年版。

陈梦家:《尚书通论》，河北教育出版社 2000 年版。

陈梦家:《西周铜器断代》，中华书局 2004 年版。

陈梦家:《殷虚卜辞综述》，中华书局 1988 年版。

陈兆复:《古代岩画》，文物出版社 2002 年版。

陈兆复:《中国岩画发现史》，上海人民出版社 1991 年版。

程俊英、蒋见元:《诗经注析》，中华书局 1991 年版。

程鹏万:《简牍帛书格式研究》，上海古籍出版社 2017 年版。

[日] 池田知久:《道家思想的新研究：以〈庄子〉为中心》，王启发、曹峰译，中州古籍出版社 2009 年版。

[日] 池田知久:《马王堆汉墓帛书五行研究》，王启发译，线装书局、中国社会科学出版社 2005 年版。

董治安:《先秦文献与先秦文学》，齐鲁书社 1994 年版。

方稚松:《殷墟甲骨文五种记事刻辞研究》，线装书局 2009 年版。

[法] 费尔南 · 布罗代尔:《15 至 18 世纪的物质文明、经济和资本主义》，顾良、施康强译，生活 · 读书 · 新知三联书店 2002 年版。

[法] 费尔南 · 布罗代尔:《菲利普二世时代的地中海和地中海世界》，唐家龙、曾培耿等译，商务印书馆 1996 年版。

冯胜君:《二十世纪古文献新证研究》，齐鲁书社 2006 年版。

冯时:《考古求知集》，中国社会科学出版社 1997 年版。

[英] 弗雷泽（Frazer，J. G.）:《金枝：巫术与宗教之研究》，徐育新等

译，中国民间文艺出版社 1987 年版。
盖山林：《世界岩画的文化阐释》，北京图书馆出版社 2001 年版。
盖山林：《乌兰察布岩画》，文物出版社 1989 年版。
盖山林：《中国岩画》，广东旅游出版社 1996 年版。
盖山林：《中国岩画学》，书目文献出版社 1995 年版。
高崇文：《古礼足征：礼制文化的考古学研究》，上海古籍出版社 2015 年版。
高火编：《欧洲史前艺术》，河北教育出版社 2003 年版。
高明：《高明论著集》，科学出版社 2001 年版。
顾颉刚、刘起釪：《尚书校释译论》，中华书局 2005 年版。
顾颉刚等：《古史辨》第一——七册，上海古籍出版社 1982 年版。
郭沫若：《郭沫若全集·考古编》，科学出版社 1982 年版。
郭沫若：《青铜时代》，中国人民大学出版社 2005 年版。
郭沫若：《殷周青铜器铭文研究》，科学出版社 1961 年版。
郭英德：《中国古代文体学论稿》，北京大学出版社 2005 年版。
过常宝：《先秦散文研究：早期文体及话语方式的生成》，人民出版社 2009 年版。
过常宝：《制礼作乐与西周文献的生成》，中国社会科学出版社 2015 年版。
［美］哈罗德·布鲁姆：《影响的焦虑》，徐文博译，生活·读书·新知三联书店 1989 年版。
韩建业：《早期中国：中国文化圈的形成和发展》，上海古籍出版社 2015 年版。
何怀宏：《世袭社会及其解体：中国历史上的春秋时代》，生活·读书·新知三联书店 1996 年版。
何晋：《〈战国策〉研究》，北京大学出版社 2001 年版。
何景成：《商周青铜器族氏铭文研究》，齐鲁书社 2009 年版。
何景成：《西周王朝政府的行政组织与运行机制》，光明日报出版社 2013

年版。
何树环：《西周锡命铭文新研》，文津出版社 2007 年版。
何崝：《中国文字起源研究》，巴蜀书社 2011 年版。
河南省文物考古研究所编：《舞阳贾湖》，科学出版社 1999 年版。
侯才：《郭店楚墓竹简〈老子〉校读》，大连出版社 1999 年版。
胡厚宣、胡振宇：《殷商史》，上海人民出版社 2003 年版。
胡适：《先秦名学史》，学林出版社 1983 年版。
湖北省文物考古研究所、北京大学考古系、湖北省荆州博物馆编著：《邓家湾：天门石家河考古报告之二》，文物出版社 2003 年版。
户晓辉：《地母之歌：中国彩陶与岩画的生死母题》，上海文化出版社 2001 年版。
黄怀信：《〈逸周书〉源流考辨》，西北大学出版社 1992 年版。
黄怀信等：《逸周书汇校集注》（修订本），上海古籍出版社 2007 年版。
黄侃笺识，黄焯编次：《量守庐群书笺识》，武汉大学出版社 1985 年版。
黄仁宇：《中国大历史·自序》，生活·读书·新知三联书店 2008 年版。
黄永武：《敦煌古籍叙录新编》，台北：新文丰出版公司 1986 年版。
解希恭主编：《襄汾陶寺遗址研究》，科学出版社 2007 年版。
金景芳、吕绍刚：《周易全解》（修订本），上海古籍出版社 2005 年版。
金毓黻：《中国史学史》，河北教育出版社 2003 年版。
李峰：《西周的政体：中国早期的官僚制度和国家》，生活·读书·新知三联书店 2010 年版。
李零：《〈孙子〉十三篇综合研究》，中华书局 2006 年版。
李零：《郭店楚简校读记》（增订本），中国人民大学出版社 2007 年版。
李零：《李零自选集》，广西师范大学出版社 1998 年版。
李零：《中国方术考》（修订本），东方出版社 2001 年版。
李零：《中国方术续考》，中华书局 2006 年版。
李圃、郑明主编：《古文字释要》，上海教育出版社 2010 年版。

李祥石：《世界岩画欣赏》，宁夏人民出版社 2017 年版。

李祥石：《岩画与文字》，宁夏人民出版社 2017 年版。

李祥石：《走进岩画》，宁夏人民出版社 2014 年版。

李孝定：《汉字的起源与演变论丛》，台北联经事业出版公司 1986 年版。

李学勤：《对古书的反思》，《简帛佚籍与学术史》，江西教育出版社 2001 年版。

李学勤：《古文献论丛》，上海远东出版社 1996 年版。

李学勤：《通向文明之路》，商务印书馆 2010 年版。

李学勤：《殷代地理简论》，科学出版社 1959 年版。

李学勤：《中国古代文明研究》，华东师范大学出版社 2009 年版。

李学勤：《周易溯源》，巴蜀书社 2006 年版。

李学勤：《走出疑古时代》，辽宁大学出版社 1994 年版。

梁启超：《墨子学案》，《饮冰室专集之三十九》第三册，中华书局 1989 年版。

梁振华：《桌子山岩画》，文物出版社 1998 年版。

廖名春：《〈周易〉经传与易学史续论：出土文献与传世文献的互证》，中国财富出版社 2012 年版。

廖群：《先秦两汉文学考古研究》，学习出版社 2007 年版。

廖群：《中国审美文化史·先秦卷》，山东画报出版社 2000 年版。

［法］列维－布留尔：《原始思维》，丁由译，商务印书馆 1981 年版。

林华东：《良渚文化研究》，浙江教育出版社 1998 年版。

林清源：《简牍帛书标题格式研究》，台北：艺文印书馆 2004 年版。

林沄：《林沄学术文集》，中国大百科全书出版社 1998 年版。

刘斌：《神巫的世界：良渚文化综论》，浙江摄影出版社 2007 年版。

刘兰华、张柏：《中国古代陶瓷纹饰》，哈尔滨出版社 1994 年版。

刘起釪：《尚书学史》，中华书局 1989 年版。

刘青砚、刘宏编著：《阿尔泰岩画艺术》，山东美术出版社 1998 年版。

刘五一：《中原岩画》，中州古籍出版社2012年版。
刘五一编著：《具茨山岩画》，中州古籍出版社2010年版。
刘咸炘著，黄曙辉编校：《刘咸炘学术论集·校雠学编》，广西师范大学出版社2010年版。
刘笑敢：《老子古今——五种对勘与析评引论》，中国社会科学出版社2006年版。
龙虬庄遗址考古队编著：《龙虬庄：江淮东部新石器时代遗址发掘报告》，科学出版社1999年版。
罗根泽：《管子探源》，岳麓书社2010年版。
马如森：《甲骨金文拓本精选释译》，上海大学出版社2010年版。
马叙伦：《说文解字六书疏证》，上海书店1985年据科学出版社1957年影印版。
蒙文通：《先秦诸子与理学》，广西师范大学出版社2006年版。
彭浩：《郭店楚简〈老子〉校读》，湖北人民出版社2000年版。
钱存训：《书于竹帛：中国古代的文字记录》，上海世纪出版集团、上海书店出版社2004年版。
钱存训：《中国古代书籍纸墨及印刷术》（修订版），北京图书馆出版社2002年版。
钱穆：《国史大纲》，商务印书馆1996年版。
钱穆：《先秦诸子系年》，商务印书馆2001年版。
钱穆：《庄老通辨》，生活·读书·新知三联书店2002年版。
裘锡圭：《文字学概要》，商务印书馆1988年版。
裘锡圭：《中国出土古文献十讲》，复旦大学出版社2004年版。
饶宗颐：《饶宗颐二十世纪学术文集》，中国人民大学出版社2009年版。
任式楠、吴耀利主编：《中国考古学·新石器时代卷》，中国社会科学出版社2010年版。
容庚：《金文编》，中华书局1985年版。

山东省文物管理处、济南市博物馆编：《大汶口：新石器时代墓葬发掘报告》，文物出版社 1974 年版。

施雅风主编、孔昭宸副主编：《中国全新世大暖期气候与环境》，海洋出版社 1992 年版。

宋耀良：《中国史前神格人面岩画》，上海三联书店 1992 年版。

宋耀良：《中国岩画考察》，台北联经出版事业公司 1998 年版。

宋兆麟、黎家芳、杜耀西：《中国原始社会史》，文物出版社 1983 年版。

苏秉琦：《中国文明起源新探》，辽宁人民出版社 2011 年版。

孙德谦：《古书读法略例》，中国书店 1984 年版。

孙培青主编：《中国教育史》（修订版），华东师范大学出版社 2000 年版。

孙庆伟：《追迹三代》，上海古籍出版社 2015 年版。

孙亚冰、林欢：《商代地理与方国》，中国社会科学出版社 2010 年版。

孙诒让：《籀庼述林》，中华书局 2010 年版。

［英］泰勒：《原始文化》，蔡江浓编译，浙江人民出版社 1988 年版。

唐兰：《古文字学导论》，齐鲁书社 1981 年版。

唐兰：《中国文字学》，上海古籍出版社 2005 年版。

［日］田家康：《气候文明史》，范春飚译，东方出版社 2012 年版。

［法］汪德迈：《中国思想的两种理性：占卜与表意》，金丝燕译，北京大学出版社 2017 年版。

汪中文：《两周官制论稿》，高雄：复文图书出版社 1993 年版。

王博：《老子思想的史官特色》，文津出版社 1993 年版。

王国维：《观堂集林》，中华书局 1959 年影印本。

王国维著，胡平生、马月华校注：《简牍检署考校注》，上海古籍出版社 2004 年版。

王国维著，谢维扬、房鑫亮主编：《王国维全集》，浙江教育出版社 2010 年版。

王昆吾：《中国早期艺术与宗教》，东方出版中心 1998 年版。

王明珂：《华夏边缘：历史记忆与族群认同》，台北允晨文化实业有限公司 1997 年版。
王绍武：《全新世气候变化》，气象出版社 2011 年版。
王叔岷：《先秦道法思想讲稿》，中华书局 2007 年版。
王宇信、魏建震：《甲骨学导论》，中国社会科学出版社 2010 年版。
王宇信、徐义华：《商代国家与社会》，中国社会科学出版社 2011 年版。
王宇信、杨升南主编：《甲骨学一百年》，社会科学文献出版社 1999 年版。
王玉哲：《中华远古史》，上海人民出版社 2000 年版。
王重民：《敦煌古籍叙录》，商务印书馆 1958 年版。
吴承学：《中国古代文体学研究》，人民出版社 2011 年版。
吴浩坤、潘悠：《中国甲骨学史》，上海人民出版社 1985 年版。
吴少珉、赵金昭主编：《二十世纪疑古思潮》，学苑出版社 2003 年版。
西安半坡博物馆：《史前研究》，三秦出版社 2000 年版。
夏鼐：《中国文明的起源》，中华书局 2009 年版。
萧兵：《中庸的文化省察——一个字的思想史》，湖北人民出版社 1997 年版。
熊铁基等：《二十世纪中国老学》，福建人民出版社 2002 年版。
徐梵澄：《老子臆解》，中华书局 1988 年版。
许建平：《敦煌经籍叙录》，中华书局 2006 年版。
许抗生：《帛书老子注译与研究》，浙江人民出版社 1982 年版。
许兆昌：《先秦史官的制度与文化》，黑龙江人民出版社 2006 年版。
许兆昌：《周代史官文化：前轴心期核心文化形态研究》，吉林大学出版社 2001 年版。
许倬云：《西周史》（增订本），生活·读书·新知三联书店 1995 年版。
许倬云：《中国古代社会史论：春秋战国时期的社会流动》，邹水杰译，广西师范大学出版社 2006 年版。
严文明：《仰韶文化研究》（增订本），文物出版社 2009 年版。

严志斌：《商代青铜器铭文研究》，上海古籍出版社 2013 年版。
阎步克：《乐师与史官：传统政治文化与政治制度论集》，生活·读书·新知三联书店 2001 年版。
阎步克：《士大夫政治演生史稿》，北京大学出版社 2003 年版。
杨宽：《西周史》，上海人民出版社 2003 年版。
杨宽：《战国史》，上海人民出版社 2003 年版。
杨树达：《积微居小学金石论丛》（增订本），科学出版社 1955 年版。
杨锡璋、高炜主编，中国社会科学院考古研究所编著：《中国考古学·夏商卷》，中国社会科学出版社 2003 年版。
姚名达：《中国目录学史》，上海古籍出版社 2002 年版。
尹振环：《帛书老子再疏义》，商务印书馆 2007 年版。
［以色列］尤瓦尔·赫拉利：《人类简史：从动物到上帝》，林俊宏译，中信出版社 2017 年版。
于省吾：《甲骨文字释林》，中华书局 1979 年版。
于省吾：《双剑誃诸子新证》，中华书局 2009 年版。
余嘉锡：《目录学发微　古书通例》，中华书局 2007 年版。
余英时：《士与中国文化》，上海人民出版社 2003 年版。
翟锦程：《先秦名学研究》，天津古籍出版社 2005 年版。
詹剑锋：《老子其人其书及其道论》，湖北人民出版社 1982 年版。
张光直：《美术、神话与祭祀》，郭净、陈星译，辽宁教育出版社 1988 年版。
张光直：《中国青铜时代二集》，生活·读书·新知三联书店 1990 年版。
张吉良：《中国古典道学与名学》，齐鲁书社 2004 年版。
张朋川：《中国彩陶图谱》，文物出版社 1990 年版。
张舜徽：《张舜徽集：广校雠略·汉书艺文志通释》，华中师范大学出版社 2004 年版。
张西堂：《诗经六论》，商务印书馆 1957 年版。

张亚初、刘雨：《西周金文官制研究》，中华书局 1986 年版。
张忠培：《中国考古学：走向与推进文明的历程》，紫禁城出版社 2004 年版。
张忠培、严文明：《中国远古时代》，上海人民出版社 2010 年版。
张紫晨：《中国巫术》，上海三联书店 1990 年版。
赵纪彬：《赵纪彬文集 3》，河南人民出版社 1991 年版。
赵容俊：《殷商甲骨卜辞所见之巫术》，文津出版社 2003 年版。
赵士炜：《中兴馆阁书目辑考》，国立北平图书馆《古逸书录丛辑》1933 年铅印本。
郑良树：《诸子著作年代考》，北京图书馆出版社 2001 年版。
郑良树：《竹简帛书论文集》，中华书局 1982 年版。
中国社会科学院考古研究所编：《甲骨文编》，中华书局 1965 年版。
朱凤瀚：《商周家族形态研究》（增订本），天津古籍出版社 2004 年版。
朱兴国：《三易通义》，齐鲁书社 2006 年版。

四　论文

［德］J. 利普斯：《从信号鼓到报纸》，李毅夫译，《民族问题译丛》1957 年第 10 期。
白奚：《齐桓公养士与稷下学宫》，《管子学刊》1990 年第 3 期。
北京大学出土文献研究所：《北京大学藏西汉竹书概说》，《文物》2011 年第 6 期。
蔡先金、刘昕：《从文学史的角度：甲骨卜辞透视》，《社会科学战线》2015 年第 9 期。
蔡运章：《秦简〈寡〉、〈天〉、〈螜〉诸卦解诂——兼论〈归藏易〉的若干问题》，《中原文物》2005 年第 1 期。
曹定云：《中国文字起源试探》，《殷都学刊》2001 年第 3 期。
曹书杰、原昊：《〈世本·作篇〉七种辑校》，《古籍整理研究学刊》2008

年第5期。
柴焕波：《跨湖桥契刻考释》，《湖南考古辑刊》第8集，岳麓书社2009年版。
晁福林：《商代的巫与巫术》，《学术月刊》1996年第10期。
陈剑：《上博简〈子羔〉、〈从政〉篇的竹简拼合与编连问题小议》，《文物》2004年第3期。
陈久金、张敬国：《含山出土玉片图形试考》，《文物》1989年第4期。
陈来：《竹简〈五行〉章句简注——竹简〈五行〉分经解论》，《孔子研究》2007年第3期。
陈梦家：《王若曰考》，《说文月刊》1944年第4卷（合刊本）。
陈梦家：《商代的神话与巫术》，《燕京学报》1936年第20期。
程二行、彭公璞：《〈归藏〉非殷人之易考》，《中国哲学史》2004年第2期。
［日］池田知久：《郭店楚简〈五行〉研究》，《中国哲学》第21辑，辽宁教育出版社2000年版。
邓佩玲：《〈诗经·周颂〉与〈大武〉重探——以清华简〈周公之琴舞〉参证》，《岭南学报》复刊第4辑，上海古籍出版社2015年版。
董作宾：《殷墟文字甲编自序》，《考古学报》1949年第4期。
范子烨：《"悠然望南山"：一句陶诗文本的证据链》，《淮阴师范学院学报》（哲学社会科学版）2012年第4期。
冯胜君：《从出土文献看抄手在先秦文献传布过程中所产生的影响》，《简帛》第四辑，上海古籍出版社2009年版。
冯胜君：《从出土文献谈先秦两汉古书的体例》（文本书写篇），《文史》2004年第4期。
冯时：《山东丁公龙山时代文字解读》，《考古》1994年第1期。
高广仁：《大汶口文化的社会性质与年代——兼与唐兰先生商榷》，《大汶口文化讨论文集》，齐鲁书社1979年版。

高亨：《文字形义学概论》，《高亨著作集林》第八卷，清华大学出版社2004年版。
高亨：《周代"大武"乐的考释》，《山东大学学报》1955年第2期。
高炜：《龙山时代的礼制》，《庆祝苏秉琦考古五十五年论文集》，文物出版社1989年版。
高新华：《文子其人考》，《文史哲》2012年第4期。
高新华：《战国至汉初的黄老思想研究》，博士学位论文，北京大学，2010年。
葛英会：《读郑州出土商代牛肋骨刻辞的几种原始资料与释文》，《中原文物》2007年第4期。
葛志毅：《史献书与史鉴思想考源》，《史学集刊》2001年第2期。
葛志毅：《试论〈尚书〉的编撰资料来源》，《北方论丛》1998年第1期。
葛志毅：《中国古代的记事史官与早期史籍》，瞿东朴主编《史学理论与史学史学刊》，社会科学文献出版社2007年版。
公婷婷：《中国水稻起源、驯化及传播研究》，博士学位论文，中央民族大学，2017年。
［美］顾史考：《以战国竹书重读〈古书通例〉》，《简帛》第4辑，上海古籍出版社2009年版。
国家文物局古文献研究室、河北省博物馆、河北省文物研究所定县汉墓竹简整理组：《定县40号汉墓出土竹简简介》，《文物》1981年第8期。
韩建业：《双墩文化的北上与北辛文化的形成——从济宁张山"北辛文化遗存"论起》，《江汉考古》2012年第2期。
韩巍：《北大汉简〈老子〉简介》，《文物》2011年第6期。
韩中民：《长沙马王堆汉墓帛书概述》，《文物》1974年第9期。
何炳棣：《有关〈孙子〉〈老子〉的三篇考证》，中研院近代史研究所2002年版。

何红中：《全球视野下的粟黍起源及传播探索》，《中国农史》2014年第2期。
何晋：《论〈战国策〉的编写及有关苏秦诸问题》，《历史研究》1964年第1期。
胡厚宣：《殷代的史为武官说》，《全国商史学术讨论会论文集》，《殷都学刊》1985年增刊。
湖南省文物考古研究所、湘西土家族苗族自治州文物处：《湘西里耶秦代简牍选释》，《中国历史文物》2003年第1期。
季云：《藁城台西商代遗址发现的陶器文字》，《文物》1974年第8期。
贾连翔：《从清华简〈筮法〉看〈说卦〉中〈连山〉〈归藏〉》，《出土文献》第五辑，中西书局2014年版。
江西省博物馆、北京大学历史系考古专业、清江县博物馆：《江西清江吴城商代遗址发掘简报》，《文物》1975年第7期。
姜永帅：《商代青铜器纹饰“一首双身”造型母题的来源与演变》，《南京艺术学院学报》（美术与设计版）2013年第3期。
李家浩：《王家台秦简“易占”为〈归藏〉考》，《传统文化与现代化》1997年第1期。
李零：《关于银雀山简本〈孙子〉研究的商榷——〈孙子〉著作时代和作者的重议》，《文史》第七辑，1979年。
李零：《苏埠屯的“亚齐”铜器》，《文物天地》1992年第6期。
李零：《跳出〈周易〉看〈周易〉——“数字卦”的再认识》，《传统文化与现代化》1997年第6期。
李锐：《上博简〈慎子曰恭俭〉管窥》，《中国哲学史》2008年第4期。
李尚信：《读王家台秦墓竹简“易占”札记》，《周易研究》2008年第2期。
李维明：《郑州出土商代牛肋骨刻辞新识》，《中国文物报》2003年6月13日第7版。
李学勤：《〈归藏〉与清华简〈筮法〉、〈别卦〉》，《吉林大学社会科学学报》2014 年第 1 期。
李学勤:《〈诗论〉简的编联与复原》,《中国哲学史》2002 年第 1 期。
李学勤:《帛书〈五行〉与〈尚书·洪范〉》,《学术月刊》1986 年第 11 期。
李学勤:《初读里耶秦简》,《文物》2003 年第 1 期。
李学勤:《初识清华简》,《光明日报》2008 年 12 月 1 日。
李学勤:《从简帛佚籍〈五行〉谈到〈大学〉》,《孔子研究》1998 年第 3 期。
李学勤:《建国六十年来甲骨学研究的回顾与展望》,《殷都学刊》2010 年第 1 期。
李学勤:《良渚文化的多字陶文》,《吴地文化一万年》,中华书局 1994 年版。
李学勤:《清华简〈系年〉及有关古史问题》,《文物》2011 年第 3 期。
李学勤:《谈安阳小屯以外出土的有字甲骨》,《文物参考资料》1956 年第 11 期。
李学勤:《小臣墙骨牍的几点思考》,李雪山等编《甲骨学 110 年:回顾与展望》,中国社会科学出版社 2009 年版。
李学勤:《作册般铜鼋考释》,《中国历史文物》2005 年第 1 期。
连劭名:《江陵王家台秦简〈归藏〉筮书考》,《中国哲学史》2001 年第 3 期。
梁韦弦:《秦简〈归藏〉与汲冢书》,《齐鲁学刊》2003 年第 6 期。
梁韦弦:《王家台秦简"易占"与殷易〈归藏〉》,《周易研究》2002 年第 3 期。
廖名春:《王家台秦简〈归藏〉管窥》,《周易研究》2001 年第 2 期。
[日] 林巳奈夫:《中国先秦时代の旗》,《史林》1966 年第 49 卷第 2 号。
林沄:《从武丁时代的几种"子卜辞"试论商代的家族形态》,《古文字研究》第一辑,中华书局 1979 年版。

林沄：《对早期铜器铭文的几点看法》，《古文字研究》第五辑，中华书局 1981 年版。
林沄：《谈谈汉字历史中的几个问题》，《出土文献》第二辑，2011 年。
林忠军：《王家台秦简〈归藏〉出土的易学价值》，《周易研究》2001 年第 2 期。
临汝县文化馆：《临汝阎村新石器时代遗址调查》，《中原文物》1981 年第 1 期。
刘桓：《殷代史官及其相关问题》，《殷都学刊》1993 年第 3 期。
刘笑敢：《〈老子〉早期说之新证》，陈鼓应主编《道家文化研究》第四辑，上海古籍出版社 1994 年版。
刘笑敢：《出土简帛对文献考据方法的启示（之二）——文献析读、证据比较及文本演变》，《中国哲学史》2010 年第 2 期。
刘雨：《殷周青铜器上的特殊铭刻》，《故宫博物院院刊》1999 年第 4 期。
刘云、朱丹阳、高薇：《良渚考古 80 年　终于弄清王城布局》，《都市快报》2016 年 12 月 15 日第 11—13 版。
刘云辉：《仰韶文化“鱼纹”“人面鱼纹”内含二十说述评——兼论“人面鱼纹”为巫师面具形象说》，《文博》1990 年第 4 期。
刘志一：《龙虬庄陶文破译》，《东南文化》1998 年第 1 期。
陆思贤：《二里头遗址出土饰牌纹饰解读》，《中原文物》2003 年第 3 期。
陆思贤：《将军崖岩画里的太阳神象和天文图》，《淮阴师专学报》（社会科学版）1983 年第 3 期。
路德斌：《一言之误读与荀学千年之命运——论宋儒对荀子“性恶”说的误读》，《河北学刊》2012 年第 5 期。
马先醒：《睡虎地秦简中的篇题及其位置》，《简牍学报》1981 年第 10 期。
倪晋波：《王家台秦简〈归藏〉与先秦文学——兼证其年代早于〈易经〉》，《晋阳学刊》2007 年第 2 期。
牛清波：《中国早期刻画符号整理与研究》，博士学位论文，安徽大学，

2013 年。
潘世宪：《再探群巫》，《周易研究》1991 年第 1 期。
庞朴：《马王堆帛书解开了思孟五行说之谜——帛书〈老子〉甲本卷后古佚书之一的初步研究》，《文物》1977 年第 10 期。
庞朴：《竹帛〈五行篇〉比较》，《郭店楚简研究》（《中国哲学》第 20 辑），辽宁教育出版社 1999 年版。
彭裕商：《“王若曰”新考》，《四川大学学报》（哲学社会科学版）2014 年第 6 期。
骈宇骞：《出土简帛书籍题记述略》，《文史》2003 年第 4 辑。
濮茅左：《〈孔子诗论〉简序解析》，上海大学古代文明研究中心、清华大学思想文化研究所编《上博馆藏战国楚竹书研究》，上海书店出版社 2002 年版。
齐思和：《孙子著作时代考》，《燕京学报》1940 年第 26 期。
饶宗颐：《谈高邮龙虬庄陶片的刻划图文》，《东南文化》1996 年第 4 期。
饶宗颐：《如何进一步精读甲骨刻辞和认识“卜辞文学”》，宋镇豪、段志洪主编《甲骨文献集成》第 29 册，四川大学出版社 2001 年版；原载香港中文大学中国文化研究所《中国语文研究》1992 年第 10 期。
饶宗颐：《未有文字以前表示“方位”与“数理关系”的玉版》，《文物研究》第 6 期，黄山书社 1990 年版。
任俊华、梁敢雄：《〈归藏〉、〈坤乾〉源流考——兼论秦简〈归藏〉两种摘抄本的由来与命名》，《周易研究》2002 年第 6 期。
任平平：《二里头遗址出土玉礼器纹饰特征探析》，《科学与财富》2017 年第 9 期。
山东大学历史系考古专业：《山东邹平丁公遗址第四、五次发掘简报》，《考古》1993 年第 4 期。
山东省文物考古研究所、莒县博物馆：《莒县大朱家村大汶口文化墓葬》，《考古学报》1991 年第 2 期。

史善刚、董延寿：《王家台秦简〈易〉卦非“殷易”亦非〈归藏〉》，《哲学研究》2010 年第 3 期。

宋国定：《郑州小双桥遗址出土陶器上的朱书》，《文物》2003 年第 5 期。

孙长初：《大汶口文化“[illegible]”符号新解》，《东南文化》2005 年第 3 期。

汤惠生、梅亚文：《将军崖史前岩画遗址的断代及相关问题的讨论》，《东南文化》2008 年第 2 期。

汪宁生：《八卦起源》，《考古》1976 年第 4 期。

王葆玹：《从秦简〈归藏〉看易象说与卦德说的起源》，见艾兰、邢文编《新出简帛研究》，文物出版社 2004 年版。

王博：《老子思维方式的史官特色》，《道家文化研究》第四辑，上海古籍出版社 1994 年版。

王长丰、张居中、蒋乐平：《浙江跨湖桥遗址所出刻划符号试析》，《东南文化》2008 年第 1 期。

王传龙：《“〈归藏〉”用韵、筮人及成书年代考》，《儒家典籍与思想研究》第六辑，北京大学出版社 2014 年版。

王贵民：《商朝官制及其历史特点》，《历史研究》1986 年第 4 期。

王贵民：《商周庙制新考》，《文史》第 45 辑，中华书局 1998 年版。

王贵民：《说钔史》，胡厚宣等《甲骨探史录》，生活·读书·新知三联书店 1982 年版。

王晖：《中国文字起源时代研究》，《陕西师范大学学报》（哲学社会科学版）2011 年第 3 期。

王辉：《王家台秦简〈归藏〉校释 28 则》，《江汉考古》2003 年第 1 期。

王明钦：《试论〈归藏〉的几个问题》，古方等《一剑集》，中国妇女出版社 1996 年版。

王明钦：《王家台秦墓竹简概述》，见艾兰、邢文编《新出简帛研究》，文物出版社 2004 年版。

王宁：《秦墓〈易占〉与〈归藏〉之关系》，《考古与文物》2000 年第

1 期。

王萍：《老子与中国早期史官》，《文史哲》2000 年第 2 期。

王青：《浅议新砦残器盖纹饰的复原》，《中原文物》2002 年第 1 期。

王威威：《〈黄帝四经〉的无为思想及其对〈管子〉、〈韩非子〉的影响》，载清华大学法学院凯原中国法治与义理研究中心论文集《黄帝思想与先秦诸子百家》，社会科学文献出版社 2015 年版。

王威威：《老子与韩非的无为政治之比较——从权力与法的角度看》，《哲学研究》2013 年第 10 期。

王兴国：《龟占蓍卜解谜——论龟蓍作为卜筮具及其在古代卜筮中的作用和地位》，《文史哲》2014 年第 2 期。

王蕴智：《郑州商城遗址牛骨刻辞的释读及其性质》，《纪念徐中舒先生诞辰 110 周年国际学术研讨会论文集》，巴蜀书社 2010 年版。

王治国：《金文所见西周王朝官制研究》，博士学位论文，北京大学，2013 年。

吴树平：《从临沂汉墓竹简〈吴问〉看孙武的法家思想》，《文物》1975 年第 4 期。

［美］夏含夷：《从西周礼制改革看〈诗经·周颂〉的演变》，《河北师院学报》（社会科学版）1996 年第 3 期。

夏世华：《〈上海博物馆藏战国楚竹书（二）·子羔〉集释》，简帛网，http：//www. bsm. org. cn/show_ article. php？ id = 857，发布时间：2008 - 07 - 29。

萧艾：《卜辞文学再探》，《殷都学刊》1985 年增刊。

肖从礼：《〈周易〉卦名用商〈易〉略考》，《丝绸之路》2010 年第 6 期。

新智：《山顶洞中赤铁矿粉的新解释》，《化石》1987 年第 4 期。

邢文：《〈左传〉、〈国语〉筮例的再认识》，《国际儒学研究》第四辑，1998 年。

邢文：《秦简〈归藏〉与〈周易〉用商》，《文物》2000 年第 2 期。

邢义田：《湖南龙山里耶J1（8）157和J1（9）1－12号秦牍的文书构成、笔迹和原档存放形式》，简帛网，http：//www.bsm.org.cn，2005年11月14日。

徐少华：《楚简与帛书〈五行〉篇章结构及其相关问题》，《中国哲学史》2001年第3期。

徐中舒：《西周墙盘铭文笺释》，《考古学报》1978年第2期。

许宏：《高度与情结——夏鼐关于夏商文化问题的思想轨迹》，《南方文物》2010年第2期。

许兆昌、齐丹丹：《试论清华简〈系年〉的编纂特点》，《古代文明》2012年第2期。

严文明：《〈鹳鱼石斧图〉跋》，《中原文物》1981年第12期。

阎步克：《北大竹书〈周驯〉简介》，《文物》2011年第6期。

杨振彬：《长江下游史前刻划符号》，《东南文化》2001年第3期。

叶舒宪：《经典的误读与知识考古——以〈诗经·鸱鸮〉为例》，《陕西师范大学学报》（哲学社会科学版）2006年第4期。

于豪亮：《帛书〈周易〉》，《文物》1984年第3期。

余杭县文管会：《余杭县出土的良渚文化和马桥文化的陶器刻划符号》，《东南文化》1991年第5期。

俞伟超：《含山凌家滩玉器和考古学研究精神领域的问题》，《文物研究》第5期，黄山书社1989年版。

翟奎凤：《易学史上的三易说》，《中国典籍与文化》2009年第2期。

张懋镕：《一千年来商周青铜器族徽文字研究述评》，《新史学》2007年第18卷第2期。

张明华、王惠菊：《太湖地区新石器时代的陶文》，《考古》1990年第10期。

张显成：《简帛标题初探》，谢维扬、朱渊清主编《新出土文献与古代文明研究》，上海大学出版社2004年版。

张亚初：《商代职官研究》，《古文字研究》第十三辑，1986 年。
张亚初、刘雨：《商周族氏铭文考释举例》，《古文字研究》第七辑，中华书局 1982 年版。
张琰、高圆、李鑫雅：《北方面具岩画中原始宗教含义的体现》，《内蒙古农业大学学报》（社会科学版）2007 年第 4 期。
张政烺：《试释周初青铜器铭文中的易卦》，《考古学报》1980 年第 4 期。
张志华、梁长海、张体鸽：《河南平粮台龙山文化城址发现刻符陶纺轮》，《文物》2007 年第 3 期。
赵朝洪、郁金城、王涛：《北京东胡林新石器时代》，《中国文物报》2003 年 5 月 9 日。
赵争：《古书体例研究与古书辨伪——以孙德谦、刘咸炘、余嘉锡为中心的考察》，《湖南科技学院学报》2012 年第 1 期。
周晓陆：《生命的颂歌——关于释读龙虬庄陶文的一封信》，《东南文化》1998 年第 1 期。
朱伯崑：《庄学生死观的特征及其影响——兼论道家生死观的演变过程》，《道家文化研究》第四辑，上海古籍出版社 1994 年版。
朱凤瀚：《作册般鼋探析》，《中国历史文物》2005 年第 1 期。
朱乃诚：《良渚文化玉器刻符的若干问题》，《华夏考古》1997 年第 3 期。
朱志荣、朱媛：《夏代二里头陶器的审美特征》，《清华大学学报》（哲学社会科学版）2011 年第 5 期。